2014 제5회

젊은작가상 수상작품집

2014 제5회

젊은작가상 수상작품집

황정은 · 상류엔 맹금류

문학동네

| 차례 |

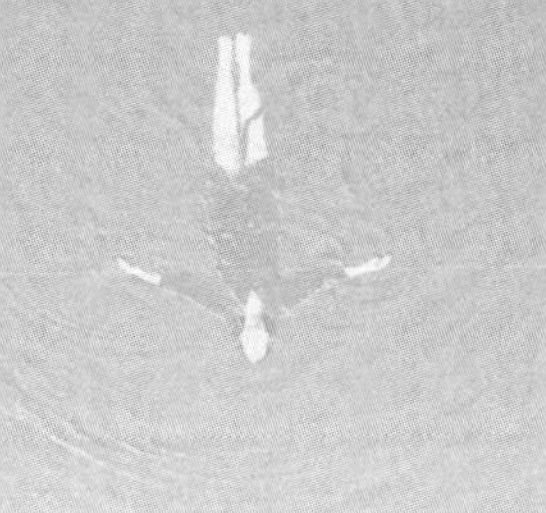

황정은

상류엔 맹금류

작가노트 여름에

해설 황현경 터프해라

황정은

2005년 경향신문 신춘문예에 단편소설 「마더」가 당선되어 등단. 소설집 『일곱시 삼십이분 코끼리열차』 『파씨의 입문』 『아무도 아닌』, 장편소설 『百의 그림자』 『야만적인 앨리스씨』 『계속해보겠습니다』, 연작소설 『디디의 우산』 『연년세세』가 있다. 2012년, 2013년 젊은작가상, 한국일보문학상, 신동엽문학상, 이효석문학상, 대산문학상, 김유정문학상, 만해문학상을 수상했다.

| 대상 수상작 |

상류엔 맹금류

나는 오래전에 제희와 헤어졌다. 헤어질 무렵엔 무슨 대화를 나눴는지 기억나는 것이 없다. 나눈 대화가 거의 없었기 때문인지도 모른다. 그즈음엔 제희네까지 갈 일이 있어도 안에는 들어가지 않고 집 앞에서 헤어졌다.

제희의 이름은 제희. 재희가 아니라 제희. 이름을 말할 일이 있을 때마다 제희는 자기 이름의 모음을 일러주었다. 아이 말고 어이. 재희 말고 제희. 제희에게는 누나가 넷 있었다. 막내가 제희였는데 딱히 아들을 바란 출산의 결과는 아닌 듯했다. 제희네 어머니가 장사로 너무 바빠 아이를 떼러 갈 시간을 내지 못했기 때문이라고 들었다. 자라는 동안에도 제희는 아들이라고 딱히 대우를 받거나 혜택을 누린 것이 없었다. 적어도 내가 들은 바로는 누나들과 공평하게 먹었고 얻어맞았고 나누어 받았다.

제희는 누나들과 닮았다. 사진을 보면 알 수 있었다. 다들 요모조모 달라 보이는 얼굴을 하고 있는데도 사진 안에서는 공통된 윤곽이 보였다. 그건 물리적인 형태라기보다는 어쩌면 분위기 같은 것인지도 몰랐다. 제희는 여자에게 친절했다. 친절하게 굴자고 마음먹고 친절한 것이 아니라 여성의 생태를 잘 이해하고 있는 것처럼 보였다. 누나들의 성장을 지켜보면서 간접적으로 경험한 여성성을 내면화한 듯했다. 제희와 같이 다니다보면 남자친구라기보다는 자매나 친한 남매 같을 때가 많았고 나는 그런 친밀감을 느낄 수 있다는 것이 좀 즐거웠다.

그해 제희네 아버지는 한쪽 폐를 제거하는 수술을 받았다. 젊은 시절에 제대로 치료하지 않은 결핵으로 이미 손상된 폐에 암세포가 번졌다는 것이었다. 제희네 아버지는 감기 치료를 하러 병원에 들렀다가 우연히 그 사실을 알았다. 암이 발견된 뒤로는 제희가 아버지를 모시고 병원을 다녔고 얼마 지나지 않아 수술을 시도해볼 수는 있지만 가망은 별로 없다는 최종 진단을 받았다. 소식을 들은 밤에 제희네 누나들이 마루에 모였다. 제희네 어머니와 제희까지 여섯 사람이 손을 잡고 둥글게 앉아서 이 고난을 잘 헤쳐나가자고 스스로에게 또 서로에게 다짐했다. 그건 분명한 기도였지만 일방적인 위탁은 아니었고 서로간의 다짐이자 격려였다. 제희나 제희네 누나들에게는 신이 없었다.

나는 조금 떨어진 자리에 앉아 그들을 보았다. 제희가 손수 개조해서 벽에 걸어둔 선풍기 아래 크고 작은 액자들이 걸려 있었다.

오래된 사진과 액자 들. 아름다운 여자. 가장 오래된 사진은 제희네 어머니였다. 흑백사진으로, 결혼하기 직전인 십대 후반에 그 사진을 찍었을 것이다. 헵번스타일로 머리를 말고 민소매 원피스를 입은 그녀는 아주 세련되고 아름다워 보였다. 눈에도 생기가 있고 표정이 풍부했다. 그리고 그녀의 아이들, 그들의 어린 시절이 있었다. 코스모스와 백일홍 곁에서 멜빵바지를 입고 찍은 사진. 옛날 집 마당에서 벌거벗고 등목을 하는 마른 아이들. 사진 속 아이들이 모두 그 마루에 모여 있었다. 역경을 함께 이겨내고 살아남은 사람들이었다. 내 사진도 언제고 그 벽에 걸릴 것이라고 나는 생각했다. 그러고 나면 또 언젠가 사진 속의 나보다도 훨씬 나이든 내가 그 사진 아래 앉아 있게 되는 날도 오겠지. 나는 그걸 의심하지 않았다. 제희와 나는 오래 만났고 서로의 집을 잘 알았다. 아마도 다음번 고난이 닥쳤을 땐 나도 그들과 손을 잡고 이 마루에 앉을 것이다. 제희네 어머니의 화분들에 둘러싸여서, 우리가 힘을 합쳐 이 고난을 잘 이겨내자고 진심으로 다짐하게 될 것이다. 그렇게 되는 것이 당연하고 자연스러웠다.

제희네 아버지는 여름이 끝날 무렵에 수술을 받았다. 여섯 시간이 걸렸는데 예상보다도 긴 시간이었다. 수술을 끝내고 나타난 의사는 피곤해 보이는 모습과는 다르게 상쾌한 어투로 경과를 일러주었다. 열고 보니 가슴이 너무 지저분한 상태라서 고름과 이물질을 깨끗하게 걷어내느라고 그만큼의 시간이 걸렸다는 것이었다. 유별나게 힘든 수술이었고 한번 더 이런 수술을 하라고 하면 자기는 사양할 것 같다며 그는 웃었다. 수술은 일단 성공적이라고 그는 말했다.

나는 제희네 부모님이 시장에서 장사를 했다고 들었다. 재래시장에서 과일을 팔았고 꽤 규모가 있는 가게로 장사도 잘되어서 시장 상인들 중에서도 번듯하게 살았다고 했다. 제희네 부모님은 주변 상인들하고 계를 들어서 크게 현금을 돌리곤 했는데 어느 해, 제희네 어머니의 소개로 계원이 된 여자가 곗돈을 가지고 달아났다. 제희네 어머니와는 자매처럼 지내던 사이로 일이 벌어지고 보니 시장 안에서 신용이 있었던 제희네 이름으로 여러 상인들에게 상당한 금액의 돈을 빌리기까지 했던 모양이었다. 모두 합치자 큰돈이 되었다. 그건 정말 큰돈이었다. 달아날 것을 작정하고 달아난 사람이라 좇아갈 길도 찾아낼 길도 없었다고 제희네 어머니는 말했다. 이후의 상황은 제희네 누나들이 잘 기억하고 있었다. 어제까지만 해도 형님 동생, 하던 상인들이 제희네 가게로 몰려와서 박스를 뒤집고 과일을 짓밟았는데 당시 고등학생이던 맏딸에게까지 찾아와서 학교를 그만두고 어떻게든 돈을 갚으라고 요구를 했던 모양이었다. 제희가 두 살이 되었을 무렵으로 제희네는 이때 크게 넘어졌고 그 뒤로 다시는 전과 같은 모습으로 일어나지 못했다.

우린 의논해볼 데도 없었다, 라고 제희네 어머니는 말했다.

둘 다 실향민이었으니까. 상황이 이러저러하다고 하소연이라도 해볼 연고가 없었다. 그 상황에 머리털 까만 아이만 다섯이지. 우린 딱 두 가지 길을 생각했다. 함께 살든가, 함께 죽든가.

처음에 제희네 부모님이 생각해본 것은 후자 쪽이었다. 하지만 아이 다섯과 자신들을 한꺼번에 '확실하게' 죽일 수 있는 방법을 좀처럼 생각해낼 수가 없어서, 그렇다면 사는 길, 하고 방향을 틀었다고 제희네 어머니는 말했다. 제희네 아버지는 사정이 좀 나아질 때까지 아이들을 시설에 넣으면 어떠냐고 제안했지만 그건 그녀가 반대했다. 입양이라도 되면?

살았는지 죽었는지도 모르게 영영 만날 수 없게 된다면?

그걸 또 겪게 된다면?

잠든 아이들 곁에서 제희네 부모님은 다시 생각해보았고 이번엔 제희네 어머니가 빚을 두고 멀리 달아나는 것을 제안했다. 이것은 제희네 아버지가 반대했다. 그는 자기 잘못도 아닌 일 때문에 범죄자나 다름없는 방식으로 달아날 수는 없으며 그렇게 도망치는 모습을 보여서 아이들 보기에 부끄러운 부모가 되고 싶지는 않다고 말했다. 제희네 어머니가 그 말에 공감했다. 거기까지 들려주고 제희네 어머니는 내게 묻듯 말했다. 그래서 어떻게 했냐.

그들은 아이들을 기르며 빚을 갚겠다고 결심했다. 과일가게와 집을 처분한 뒤 방이 한 개인 셋방을 빌려서 들어갔고 거기서부터 다시 시작했다. 전과 같은 상태는 아니더라도 조금씩 사정은 나아졌다고 제희네 어머니는 말했다. 딸들도 거의 시집을 보냈다. 사위들도 좋은 사람들이었다. 그녀에게는 고난 속에서도 아이 다섯 가운데 누구도 흘리지 않고 어떻게든 끌어안고 버텨서 길러낸 것에 관해, 단념하지 않고 가족을 가족으로 유지한 것에 관한 자부가 있었다. 제희네 어머니에게 세상에서 가장 나쁜 여자는 자식을 버린 여자였다.

나는 부도덕하다고 생각했다.

제희네 부모님과는 잘 지냈고 존경심도 가지고 있었으나 그 시점의 선택에 관해서는 그런 생각을 하지 않을 수가 없었다. 두 사람은 빚을 전부 갚기도 전에 늙어버렸고 제희네 누나들과 제희가 그 몫을 나누어 받을 수밖에 없었으니까. 맏딸인 큰누나는 진학을 포기하고 전철역에서 보세 의류를 팔았다. 그녀는 수입의 일부를 빚을 갚는 데 보태고 또다른 일부로는 빚의 이자를 갚는 데 보태고 남은 일부로는 생활하는 데 들어가는 비용을 보탰다. 그녀가 결혼한 뒤로는 둘째, 셋째, 넷째, 제희 순이었다. 제희네 누나들 가운데 대학에 진학한 사람은 단 한 명도 없었고 결혼해 사는 누나들을 비롯해서 모두가 형편이 그만그만했다.

나는 그것을 골똘히 생각해볼 때가 있었고 그때마다 좀 사나운 심정이 되었다. 제희네 부모님은 왜 도망가지 않았을까. 왜 새로운 곳에서 새롭게 시작하지 않았을까. 자식들에게 부끄럽지 않은 부모가 되고자 하는 것은 자신들의 욕심일 뿐이라는 생각은 안 해보았을까. 빚을 떠안으면서 딸들에게 짐을 지운 것이라는 생각은 해본 적이 없었을까. 자신들의 양심과 도덕에 따랐지만 딸들의 인생을 놓고 봤을 때는 부도덕한 선택이 아니었을까.

내가 두서없이 그런 이야기를 하면 제희는 어쩔 수 없다는 듯 웃었다. 그냥 그런 사람들인 거야. 그리고 그대로 도망을 가서 살았다면 우리는 만나지도 못했을걸? 제희는 그렇게 말했고 나는 옳다고 생각했다. 제희네 부모님이 도망을 결심했다면 제희는 나와 같은 고장에서 살지 못했을 것이고 고교 동창생인 우리에게는 어쩌면 접점이 없었을지도 몰랐다. 어쩔 수 없이 그렇게 납득은 하면서도 당시를 상상하면 한숨이 나왔다.

제희네 아버지가 퇴원한 날에 제희네 누나들은 다시 그 집에 모였다. 제희는 누나들과 돈을 모아서 환자가 드러눕고 일어나기 편하도록 전동으로 작동되는 침대를 사서 방에 넣어두었다. 제희네 아버지가 그 위에 앉자 제희네 누나들은 한 번씩 그의 머리를 끌어안았다. 우리 아버지, 한번 안아봅시다. 그의 조그만 머리가 이제는 그보다 더 크게 자란 딸들의 품에 한 번씩 묻히는 광경을 나는 지켜보고 있었다. 나는 내 부모님과 한 번도 그런 포옹을 해본 적이 없었다. 내 부모가 서로를 그렇게 포옹하는 모습을 본 적도 없었다. 어렸을 적부터 그들과 나는 사이가 좋지 않았고 부모님간에도 마찬가지였다. 내가 제희네를 수차례 들락거리면서 동경하고 부러워하고 어떤 밤에는 눈물이 날 정도로 질투했던 것이 바로 그런 광경이었다. 그리고 그건 어쩌면 내가 그들로부터 나눠 받을 수 있게 될지도 몰랐던 어떤 것이었다.

제희네 아버지는 그뒤로 집에 머물면서 투병했다. 방사선 치료를 하지 않아도 되는 것은 다행이었으나 수술 부위에 자꾸 문제가 발생했다. 폐를 들어낸 자리는 말 그대로 텅 비어 있는 상태였고 시간이 지나면 차츰 몸을 구성하는 다른 물질들로 채워지는데 그사이 염증이 생겨서 고름이 차지 않도록 관리해야 했다. 관리를 위해 옆구리에 구멍을 뚫고 배수로 삼아 짤막한 관을 박아두었는데 새로 돋아나는 살 때문에 그 길이 자꾸 막혔고 그게 완전히 막히면 목숨이 위태로워지는 상황이었다. 담당의는 재생력이 좋은 것이고 그건 좋은 징조라는 이야기를 한 모양이었지만 염증도 빈번했다. 제희네 아버지의 옆구리는 날씨, 습도, 기분에 예민하게 반응했고 두 달에 한 번씩은 재입원해야 하는 상황이 벌어졌다. 몸이 붓고 열이 나고, 그러면 내부 상태를 점검하기 위해 병원을 찾았고 그때마다 입원해서 수술이나 다름없는 과정으로 검사를 했다. 아물 만하면 열고 아물 만하면 여는 과정이었다. 제희네 아버지는 그간에 부쩍 지치고 여위었는데 그보다는 어깨 통증과 관절염으로 고생하며 종일 그를 돌보는 제희네 어머니의 피로가 더 심각했다. 지치고 우울하다는 것이 눈에 보였고 귀로 들렸다. 그즈음 제희네 어머니가 제희네 아버지를 향해 던지는 말은 곁에서 듣기에도 주눅이 들 정도로 거친 경우가 많았다.

제희가 나들이를 가자고 제안한 것은 어느 해 여름이 끝나갈 무렵이었다.

수목원에 가자고 제희는 말했다.

부모님과 텔레비전을 보다가 수목원을 보았는데 저런 근사한 곳에 소풍 가고 싶다고 제희네 아버지가 말했고 제희네 어머니가 그즈음 드물게도 공감했다는 것이었다. 두 분이 여태 여행을 함께 가본 적이 없다는 것을 안 것도 처음, 아버지가 먼저 어딘가에 소풍을 가고 싶다고 말한 것도 처음이라고 제희는 말했다. 제희는 수목원을 몇 군데 알아보았고 수도권에서 너무 멀지 않은 곳으로 원시림이 잘 보존되어 있는 큰 수목원을 골랐다. 삼림 보호를 위해 관람객을 제한적으로 받아들이는 숲으로 사전에 예약을 해야 입장할 수 있는 곳이었다. 거기 모시고 가고 싶다고 하면서 제희는 함께 가겠느냐고 물었고 나는 가겠다고 대답했다. 나는 수목원에 가본 적이 없었다.

*

9월 초순이었다.

그해 여름은 다른 해보다 무더웠다. 그때까지도 더위가 가시지 않아 가만히 앉아 있어도 땀이 흘렀다. 제희네 어머니는 이날의 나들이를 위해 인견으로 만든 옷 한 벌을 샀고 도시락을 준비했다. 시동을 걸고 기다리는데 뭐가 들었는지 모를 짐이 여섯 개나 내려왔다. 마지막으로 그 짐을 싣고 다닐 카트를 실은 뒤 수목원을 향해 출발했다. 수목원까지는 별다른 막힘 없이 가더라도 두 시간이 걸리는 거리였다.

자유로로 진입해서 속도를 높이기 시작했을 때 제희네 아버지가 신분증을 가져오지 않았다고 말했다. 마지막 순간에 탁자 어딘가에 놓아두었는데 챙긴 기억이 없다는 것이었다. 예약한 인원만 예약한 이름으로 입장할 수 있는 숲이었으므로 입구에서 신분증 확인이 있을지 몰랐다. 그걸 가지러 되돌아갈 수도 없는 시점이었다. 제희네 어머니가 곧바로 그의 정신머리를 타박하기 시작했고 제희네 아버지는 자책도 아니게 화를 냈다. 그는 신분증을 탁자에 놓아두고 여기까지 와버린 다른 누군가를 비난하는 것처럼 혀를 찼다. 괜찮을 거야. 운전대를 잡고 있던 제희가 설마 거기까지 온 사람을 되돌려보내기야 하겠느냐고 여러 차례 달랜 뒤에야 상황은 진정되었다. 제희는 지나간 시절의 음악이 나오는 채널로 라디오를 틀어두었다. 때도 아니게 폭염주의보가 있던 날이었다. 에어컨디셔너의 냉기 속에서도 대시보드는 직사광선을 받고 뜨겁게 달아올랐다. 바람 소리가 시끄러워 냉기를 줄이면 바로 숨쉬기가 곤란해졌다.

제희와 나는 어른들의 컨디션에 신경을 곤두세우고 있었다. 제희네 부모님, 특히 제희네 어머니는 예민하게 들뜬 채로 기분이 좋아졌다가 나빠지기를 반복했다. 아무것도 아닌 것이나 아무것도 아닌 말이 꼬투리가 되었다. 제희네 아버지가 소음이 신경쓰이니 에어컨디셔너를 좀 끄자고 말하자 나머지 사람들은 이 더위에 어쩌라는 것이냐고 쏘아붙였다. 제희네 아버지가 그러냐고 웃으면 그게 웃기냐고, 왜 우습지도 않은데 웃느냐고 정색을 하고 물었다. 제희가 능숙하게 화제를 전환해가며 둘 사이를 달래는 동안 나는 조수석 모서리를 손으로 붙들고 있었다. 고집스럽고 뜨거운 것을 무릎에 올려두고 앉은 기분이었다. 파도를 수차례 타고 넘는 것처럼 가라앉았다가 떠오르고 다시 가라앉기를 반복하면서, 아슬아슬하게 나아가는 길이었다.

제희는 그늘에 차를 세우려고 주차장을 두 바퀴 돌았지만 적당한 자리를 찾지 못했다. 웬만한 나무 그늘엔 먼저 도착한 차들이 자리를 잡고 있었다. 그늘 한 점 없는 주차장 복판에 차를 세워두고 짐을 내리는 동안 해는 우리 머리 꼭대기에 있었다. 정오였다. 제희네 아버지가 뒷좌석에서 깨끗한 파나마모자를 꺼내 머리에 얹었다. 제희네 어머니는 나무 그늘 쪽을 바라보고 서 있었는데 이마를 덮은 곱슬머리 때문에 눈 아래 짙은 그늘이 져 있었다.

제희는 트렁크를 열어둔 채로 카트에 짐을 실었다. 도시락 찬합, 수박 반통을 담았다는 아이스박스, 돗자리 두 묶음과 각종 피크닉 용품이 담긴 종이봉투, 간식을 담은 배낭이었다. 여섯 개의 짐은 부피도 모양도 제각각이라서 카트에 쌓기가 쉽지 않았다. 찬합은 둥글고 아이스박스는 아래쪽으로 갈수록 좁아지는 형태에 물병은 길쭉하고 돗자리는 더 길쭉해서 어떻게 쌓아도 균형이 잘 맞지 않았다. 특히나 피크닉 용품이 담긴 종이봉투는 아래쪽에 놓으면 찌그러져서 균형을 무너뜨렸고 위에 얹으면 짐을 고정하는 고무줄 틈으로 빠져 바닥으로 떨어졌다. 그런 과정을 반복하면서 벌써 몹시 구겨진 상태였다. 나는 지쳐서 뒤로 물러섰다. 제희는 저걸 끌고 숲으로 들어갈 작정일까. 카트를 끌기에 적당한 길만 있는 것도 아닐 텐데 어쩔 생각일까, 하고 생각했다. 산책을 하러 왔는데 그래서야 산책하기가 어려운 모양새였다. 한두 개는 두고 가도 상관없을 것 같았는데 제희네 어머니는 다 필요한 거라며 몽땅 가지고 입장하기를 고집했다. 제희는 뜨거운 시멘트 바닥에 무릎을 꿇은 채로 짐을 쌓았다가 내리고 다시 쌓기를 반복하면서 땀을 흘리고 있었다. 제희네 아버지는 부채를 부치면서 줄이 너무 짧은 것 아니냐고 말했다. 제희는 비뚤비뚤하게 쌓인 짐 위로 고무줄을 당기다가 고리에 발목을 다쳤다. 굵은 고무줄 끝에 수리 발톱처럼 생긴 금속 고리가 달려 있었는데 그게 어딘가에 잘못 걸렸다가 탁, 풀리면서 제희의 왼쪽, 그것도 안쪽 복사뼈를 때렸다. 조그만 돌이 쪼개지는 듯한 소리가 났다. 제희는 발목을 붙들고 앉은 채로 한동안 움직이지 못했다. 복사뼈를 덮은 손 위로 핏줄이 불거져 있었다. 괜찮으냐고 묻자 제희는 괜찮다고 답하면서 한두 번 발을 털어본 뒤 똑바로 섰다. 제희네 어머니가 멍한 눈빛으로 제희를 바라보고 있었다.

숲은 예상보다 조용하고 한적했다.

주차장에 차들을 내버려두고 숲으로 들어간 사람들은 다 어디에 모였는지 인적이 드물었다. 그늘을 찾아 어디론가 들어간 모양이라고 나는 생각했다. 신분증 문제로 입구에서 실랑이가 벌어졌을 때 우리 뒤쪽에 서서 다음 차례를 기다리고 있던 젊은 커플이 팔짱을 낀 채로 앞서 걷고 있었다. 그들도 양치식물원 쪽으로 모퉁이를 돌아 사라지자 넓은 편백나무 가로수 길에 제희네와 나뿐이었다.

제희는 내 목에 카메라를 걸어주며 사진을 찍어보라고 말했다. 어머니와 아버지가 나란히 걷고 있을 때, 그럴 때 자연스럽게. 그게 쉽지는 않았다. 부채를 부치며 걷는 아버지와 큰 나무들에 한눈을 팔며 걷는 어머니, 그들의 뒤쪽에서 카트를 끌며 천천히 걷는 제희까지 한 번에 담아보려고 했지만, 누군가는 앵글 바깥에 있었고 제희네 아버지와 어머니가 워낙 떨어진 채로 걷고 있어 그 둘을 한 번에 앵글에 담을 수 있는 순간도 많지 않았다. 나는 몇 번 시도를 해보다가 무궁화와 반송, 당단풍에 카메라를 가져다대고 찍었다. 제희는 조금씩 다리를 절며 걷고 있었다. 그의 뒤쪽에서 기묘한 형태로 짐을 실은 카트가 용케 균형을 유지하며 끌려가고 있었다. 제희가 문득 멈춰 서서 허공을 바라보더니 봐, 라고 말했다. 나는 제희가 뭘 보라는 건지 알 수 없었다. 내게는 보이지 않았다. 이거. 보이지도 않는데 이것을 보라며 제희는 검지로 공중을 가리키고 있었다.

거미였다.

거미 한 마리가 거미줄 끝에서 바람을 타고 있었다. 구름 어딘가에서 내려온 것처럼 보였다. 다리가 투명하고 등에 아름다운 하늘색 무늬가 있는 거미였다. 제희네 어머니가 다가와 보더니 피난길에 숲에서 이런 거미를 더러 보았다고 말했다. 그녀는 거미를 능숙하게 손가락에 얹고 거미가 손등 위를 기어다니도록 내버려두었다. 거미를 들여다보는 얼굴에 장난기가 어렸다. 그녀는 이따금 그런 얼굴을 할 때가 있었고 그럴 때 나는 그녀의 어린 시절을 생각하게 되었다. 1939년생 노부인의 어린 시절. 그런 걸 생각하면 이상하고 아득한 기분이 되었다. 그녀는 어린 시절에 전쟁을 겪었다. 살던 집에서 짐을 꾸려 어딘지 알 수 없는 곳으로 피난을 가는 길에 가족을 영영 잃어버리기도 하고 폭탄이 터져 부모나 형제의 몸이 바로 곁에서 조각나기도 하는, 그런 전쟁을 말이다. 그녀는 내게 전쟁중에 있었던 일을 들려준 적이 있었다. 피난길에 갓난쟁이 막내를 등에 업었는데 어느 순간 부모님과는 헤어졌고 그뒤로 다시는 만나지 못했다. 갓난쟁이 막내는 그 피난길에서 죽었다. 막내를 이불로 감싸서 등에 업고 있었는데 공습 뒤 잔불이 남은 들판을 걸을 때 불티가 튀었는지 솜 속으로 번진 불에 타 죽었다는 것이었다. 아기가 울어대도 방법이 없어 그냥 업고 걷다가 문득 등이 뜨거워 아기를 내려놓고 이불을 열고 보니 새카맣게 그을려 죽어 있었다고 그녀는 말했다. 내가 그 이야기를 들은 당시부터 거슬러올라가도 오십여 년 전의 이야기였다. 그것을 함께 들은 제희가 슬펐겠다고 말하자 그녀는 슬펐다거나 잊었다거나 답하지는 않고 그때는 그런 일을 겪은 사람이 많았다고만 답했다.

나는 그 이야기를 들은 이후로 그녀의 어린 시절을 생각하면 다 타고 남은 하얀 잿더미로 덮인 들판에 서 있는 여자아이를 떠올리게 되었고 그 여자아이는 왠지 육십대 초반인 그녀의 얼굴을 하고 있는 경우가 많았다. 내가 알고 있는 얼굴, 노부인의 얼굴을 말이다. 그녀는 전쟁고아였다가 헵번스타일로 머리를 만 아름다운 여인이었다가 이제 오십견으로 고통을 받고 관절염으로 다리를 저는 노부인이었다. 그 사이사이에, 내가 모르고 제희도 모르고 심지어는 그녀 자신조차 잘 모르는 일들이 그녀에게 일어났을 것이다. 나는 그 사이를 잘 상상할 수 없었다. 폐허 속 여자아이, 유행하는 스타일로 맵시 있게 자신을 가꿀 줄 아는 아름다운 여자, 부어오른 관절 때문에 대체로 시무룩한 표정을 하고 있는 제희네 어머니. 각각이 다른 사람 같았다. 육십 년이었다. 반백 년이 넘는 시간. 거미가 그녀의 팔뚝으로 기어올랐다. 길 위로 나온 것들을 모조리 끝장내버릴 것처럼 날은 더 무더워지고 있었다. 나는 땀이 밴 손으로 카메라를 붙들고 있다가 거미를 들여다보고 있는 그녀를 찍었다. 거미는 다음 바람을 타고 어디론가 날아갔다.

여보.

제희네 아버지가 길 앞쪽에서 옆구리를 내려다보며 서 있다가 말했다.

나 이게 새는 것 같아. 좀 봐줘.

제희네 아버지.

제희네 누나들의 말을 빌리면 그는 교장이 되었어야 할 사람이었고 최소한은 독학자나 선생님이 되었어야 했을 사람이었다. 그는 부지런했고 주어진 일을 필요 이상으로 꼼꼼하게 처리했으며 한자리에서 긴 시간을 들여 해내야 하는 일을 잘했다. 보수정당의 오랜 지지자였으며 정치를 말할 기회가 있을 때는 약간 들뜬 채로 보수 성향의 신문에서 사용하는 어휘로 말했고 일기를 썼고 신문을 스크랩했고 재활용품을 깔끔한 솜씨로 손수 분리했고 밤에는 머리맡에 낡은 트랜지스터라디오를 틀어두고 누웠다. 트랜지스터라디오는 오래전에 그가 빚의 일부라도 갚아보려고 일본으로 건너가 불법적으로 체류하며 일했을 당시의 생활품이었다. 그는 그것을 틀어두고 자리에 누워서도 오랫동안 잠들지 않고 눈을 뜬 채로 누워 있었는데 그가 그렇게 누워서 무엇을 생각하는지 아무도 물은 적이 없었고 그가 스스로 말한 적도 없어서 결국엔 아무도 몰랐다. 언제고 한번은 내가 제희에게 아버지의 일본생활에 대해 물은 적이 있었다. 제희는 조금 생각을 해본 뒤에 자신은 아는 것이 없다고 대답했다. 아버지에게 물어본 적이 없었느냐고 묻자 없다고 대답했다. 궁금한 적이 없었느냐고 다시 묻자 그러게, 궁금한 적도 없었다고 대답하며 제희는 그것 참 이상하다는 표정으로 고개를 기울였다. 제희네 아버지는 일 년 정도를 일본에 머물렀고 그간에 모은 엔화를 구석구석에 숨겨 돌아왔다. 공항 입국장으로 들어서는 그를 봤을 때 일 년 사이 너무 늙고 마르고 쇠약해진 모습에 누나들과 어머니가 충격을 많이 받았다고 제희는 말했다. 특히 머리카락이 거의 사라지고 없어서 어머니가 한동안 닭발을 가마솥에 삶아 먹이는 등의 노력을 한 뒤에야 어느 정도 예전 모습이 되었다고 제희는 덧붙였다. 제희는 그때 어렸는데 어머니가 닭발을 사러 가는 길에 자주 데리고 다녔다고 했다. 알고 지냈던 시장 상인들과 마주치는 것이 싫다며 일부러 버스를 타고 먼 시장까지 가서 닭발을 한 자루 사서 다시 버스를 타고 돌아오던 길이 기억난다고 제희는 말했다. 제희네 아버지는 그걸 곤 국물을 마시고 천천히 회복되었지만 정수리 쪽에 당시의 흔적이 성글게 남아 있었다.

그는 작고 인자한 노인이었다. 한쪽 폐를 잃은 뒤로는 침대에 꼼짝 않고 드러누워 있는 때가 많았으나 여전히 깔끔한 솜씨로 재활용품을 분리했고 신문을 스크랩했고 손자들과도 잘 놀아주었다. 요즘은 귀가 잘 들리지 않는지 뭘 물으면 자꾸 엉뚱한 소리를 한다고 제희네 어머니는 불평했다.

아버지한테 너무 그러지 마세요.

제희가 부드럽게 일렀다.

몸도 아픈 사람한테 자꾸 그러면 가혹하잖아요.

제희네 어머니와 제희, 그리고 내가 벤치에 앉아 있었다. 뒤쪽으로 거대한 은행나무가 솟아 있었고 그 그늘로 그 주변은 몇 도쯤 서늘했다. 땀에 젖은 거즈를 교체하고 소독도 할 겸 제희네 아버지를 따라 남성용 화장실에 들렀다 나온 제희네 어머니는 열에 달아오른 얼굴을 하고 있었다. 붉게 주름진 목으로 땀이 흘러내렸다. 제희네 아버지는 화장실에서 나오다가 바위틈에 설치된 식수대를 발견하고 물을 마시고 있었다. 그는 수도꼭지에 입을 대고 한참을 마신 뒤 손수건에 물을 적셔 벌겋게 달아오른 목과 팔뚝을 닦았다. 그를 멍하니 바라보고 있다가 제희네 어머니가 말했다.

글쎄 나도 모르게 말이 그렇게 나오는데 어쩌냐.

전부 그가 자초한 거라고 그녀는 말했다.

내가 의지할 곳 없이 혼자 살아가는 게 너무 힘들어서 비슷한 처지의 남자를 이른 나이에 중신으로 만났다. 사람이 성실했고 그거면 됐다고 생각했다. 이날까지 정신없이 살아왔는데 내가 저 양반한테 뭐 받은 게 없다. 생일이라고 빵 한 덩어리, 장미 한 송이, 다정한 말 한마디 받은 적이 없다. 남들도 다 그러고 살려니, 하고 살았는데 이만큼 살고 보니 그게 아니다. 내가 사랑을 못 받고 살았다. 나만 그러고 살았고 남들은 그러고 살지 않았더라. 이제야 그걸 알고 보니 너무 열받는다. 저 얼굴 볼 때마다 나는 너무 열이 받는 거다.

제희네 아버지가 젖은 손수건을 손목에 묶고 무작정 길을 따라 걸어올라가기 시작했다. 저거 봐라. 제희네 어머니가 무표정하게 말했다.

혼자 가는 거, 저거 봐라.

제희네 어머니는 서쪽에 있다는 희귀식물관에 가보고 싶어했는데 그보다 먼저 밥 먹을 장소를 찾아보자고 말했다. 제희네 아버지가 벌써 밥을 먹느냐고 묻자 제희네 어머니는 밥을 먹지 않고 무슨 힘으로 여길 다 돌아볼 거냐고 쏘아붙였다. 나는 제희의 곁에서 걸으며 돗자리를 펼칠 만한 공간이 있는지 둘러보았다. 길은 아스팔트로 포장되어 있거나 쇄석이 깔려 있었고 넓거나 구불구불하거나 좁았다. 길 양쪽으로는 출입이 금지된 화단과 야외식물원이었다. 돗자리를 펼칠 만한 공간은 없었다. 양치식물과 작약이 자라는 구간을 지나자 열대식물을 연구하는 센터가 나타났고 그 근방엔 관람객들이 좀 있었다. 제희네 어머니는 돔처럼 생긴 온실 안으로 들어가보고 싶어했는데 입장이 가능한 시간이 따로 정해져 있었다. 투명한 온실 벽을 통해 넓은 잎을 가진 열대식물이 보였다. 온실에서 빠져나온 수로는 주머니 모양의 연못과 연결되어 있었다. 갈대와 파피루스 사이로 연밥이 올라와 있었고 갈색 잠자리들이 물과 구름 사이를 날아다녔다. 물은 미지근해 보였다.

앉아 있을 만한 곳이 없어 계속 이동했다. 그늘지지 않은 곳은 복사열이 대단해서 그냥 걷고 있는 것만으로도 숨이 막혔다. 평평하지 않은 길이나 비탈에서 카트는 자꾸 한쪽으로 뒤집어졌고 그럴 때마다 짐이 흘러내리거나 무너져내렸다. 제희는 조금 전보다 더 많은 땀을 흘리고 있었고 다리를 상당히 절었다. 괜찮다고 하는데 괜찮아 보이지 않았다. 안쪽 복사뼈에 아주 작고 아주 짙은 자주색 멍이 올라와 있었다. 짐승의 발톱이나 송곳니에 찍힌 것처럼 보였고 그쪽 발로는 제대로 바닥을 딛지 못했다. 뼈에 문제가 생긴 것 아니냐고 묻자 제희는 고개를 저었다. 카트를 내가 끌겠다고 해도 내주지 않고 나중엔 대꾸도 없이 땀만 흘리며 묵묵히 걸었다.

벽돌이 깔린 갈림길에서 제희네 부모님은 오른쪽의 비탈로 올라가보자고 말했다. 그즈음부터 부쩍 늘어난 관람객들이 그 길을 택해 가고 있었다. 고운 흙으로 덮인 가파른 비탈이 정점에서 오른쪽으로 휘어져 있었다. 경사가 꽤 급했다. 비탈을 다 올라간 곳에 무엇이 있는지는 물론 보이지 않았다. 그저 사람들이 그 길로 가고 있었고 차가 올라간 흔적도 있었다. 저기 뭐가 있나보다고 우리도 저쪽으로 가보자고 제희네 어머니가 말했다. 카트에 실린 짐이 자꾸 아래쪽으로 쏟아졌다. 제희는 비탈에 무릎을 꿇고 짐을 다시 쌓은 뒤 고무줄을 더 팽팽하게 조였다. 올라가거나 내려오는 사람들이 제희와 내 곁을 둥글게 돌아갔다. 제희네 부모님은 뒤처진 일행엔 아랑곳 않고 앞서 가고 있었다.

작은 계수나무들이 있었다. 오른쪽은 깎아낸 산비탈이었고 왼쪽은 야트막한 물이 흐르는 계곡이었다. 계곡을 내려다보며 점점 비탈을 올라가는 길이었다. 올라갈수록 계곡과의 낙차가 커졌다. 계곡엔 제멋대로 구르다가 거칠게 쪼개진 듯한 돌이 많았고 나무줄기엔 상당히 높은 위치까지 흙이 말라붙어 있었다. 비가 올 때는 꽤 거친 기세로 범람하는 듯했다.

제희네 어머니가 문득 멈춰 서더니 계곡에 내려가고 싶다고 말했다. 제희네 아버지가 동의했다. 물이 저기에 있으니 물 곁에 자리를 잡고 밥을 먹자는 것이었다.

말이 나오자마자 제희네 아버지가 계수나무 사이로 성큼 내려섰다. 첫번째로 발 닿는 곳에 낙차가 좀 있었다. 그는 노부인이 내려오기 편하도록 주변을 오가며 돌을 옮기고 굵은 나뭇가지를 모으고 꺾어서 발 디딜 곳을 만들기 시작했다.

나는 당황했다.

여기는…… 안 되지 않을까요? 이렇게 하면 안 되지 않을까요? 혼자 중얼거리듯이 물으며 안절부절 서 있었다. 저기 앉으면 된다고 하는데 내 눈엔 앉을 만한 곳이 보이지 않았다. 젖은 흙이 달라붙은 채로 축 늘어진 나무들은 음산해 보였고 햇빛도 들지 않았다. 돌들 위로는 물에 휩쓸렸다가 쌓인 채로 썩어가는 잎들이 달라붙어 있었다.

나는 거기 내려가는 게 싫었다. 그렇게 행동해서는 안 되는 공공의 장소라는 검열도 작동했으나 무엇보다도 직관적으로 그 장소가 싫었다. 나는 그곳에서 분명히 뭔가가 비참하게 죽었을 거라고 생각했다. 그렇지 않으리란 법은 없었다. 수목원이지만 본래는 숲이니까. 눈물이 날 정도로 그리로 가고 싶지 않아서 다른 곳을 찾아보자고 나는 말렸다. 제희가 좀 거들어주기를 바라며 돌아보았으나 제희는 카트에 기대서서 체념한 듯 계곡을 내려다보고 있었다.

계곡 바닥은 습했고 부패중인 식물 냄새로 공기가 진했다.

제희가 축축하게 젖은 돌들 위로 돗자리 두 개를 펼치자 제희네 어머니가 도시락을 열었다.

계곡 쪽에서 보니 그건 계곡이 아니고 수로였다. 콘크리트로 비탈 측면이 덮여 있었고 사람의 머리통만한 배수 구멍도 몇 군데 보였다. 바닥에 깔린 돌엔 노란 줄무늬가 있었고 그 위로 찬물이 흘렀다. 제희네 아버지는 바위에 쪼그리고 앉아서 그 물에 손을 씻고 세수를 하고 목을 닦고 양말을 벗고 발을 닦았다. 먹어도 되는 물이라며 입도 헹궜다. 제희네 어머니는 물병 두 개를 물에 담갔다. 관람객들이 우리를 내려다보며 비탈을 오르고 있었다. 아홉 살 정도로 보이는 사내아이 한 명이 제희네 아버지가 만들어둔 받침을 딛고 비탈 아래로 내려섰다가 어머니로 보이는 여자에게 꾸중을 듣고 도로 올라갔다. 제희네 부모님은 내가 토라졌다고 생각했는지 달래려는 것처럼 자꾸 음식을 권했다. 나는 비탈을 등지고 앉아서 그걸 조금씩 먹었다. 만두처럼 소를 넣은 주먹밥, 야채김밥, 계란을 넣은 샌드위치와 소시지, 새우튀김, 치즈, 토마토, 단정하게 자른 오렌지, 수박, 깨끗하게 씻은 포도. 새벽부터 열심히 준비한 도시락이라는 것을 알 수 있었는데 맛이 조금도 느껴지지 않았다. 목이 메어 음식이 잘 넘어가지 않았다. 본래 이런 데 놀러 와서는 이런 물 옆에서 밥을 먹는 거라고 활달한 기색으로 음식을 건네고 말을 걸어오던 제희네 부모님도 차츰 입을 다물었다. 제희는 거의 먹지 않았다. 얼굴이 창백했고 어머니가 주먹밥을 내밀면 고개를 끄덕이며 어서 먹으라고 말했다. 뭐라 말할 수 없는 표정으로 자기 부모님을 지켜보고 있었는데 제희가 그런 표정을 하고 있어서 나는 마음이 아팠다. 그건 얼마나 이상한 광경이었을까. 이상한 장소에 자리를 펼치고 밥을 먹고 있는 노부부와 그들 곁에서 울적하게 그들을 지켜보고 있는 젊은 남자, 그리고 그들을 등지고 앉은 여자.

비탈 아래쪽에서 원동기 소리가 들려왔다. 헬멧을 쓴 남자가 나타나서 계수나무 사이에 원동기를 세워두고 우리를 물끄러미 내려다보았다. 그가 이 구간의 관리인인 듯했다. 관람객 중 누군가가 신고를 한 것인지도 몰랐다. 그는 제희네 아버지를 아저씨, 라고 불렀다. 여기는 국립공원이고 여기서 이런 행동을 해서는 안 된다고 그는 말했다. 제희네 아버지는 알겠다고, 이것만 다 먹고 올라간다며 그를 향해 사람 좋게 웃어 보였다. 관리인은 아무런 대꾸도 표정도 없이 물끄러미 이쪽을 보고 있다가 비탈을 마저 올라가버렸다.

후식은 아무도 먹으려 들지 않았다. 수박 반통은 고스란히 아이스박스에 도로 담겼고 절반 넘게 남은 도시락 찬합도 서둘러 포개졌다. 물비린내가 밴 돗자리 바닥엔 젖은 모래가 달라붙어 있었다. 나는 제희가 그걸 접어서 카트에 싣는 걸 도왔다. 제희네 어머니는 내려왔던 자리에서 나뭇단을 딛고 비탈로 올라갈 때 발을 헛디뎠다. 비탈을 내려오며 우리를 지켜보고 있던 사람들이 놀라서 소리를 질렀다. 제희가 그녀의 뒤쪽에 서 있다가 제때 그녀를 붙들지 않았더라면 계곡의 뾰족한 돌들을 향해 굴렀을지도 몰랐다. 먼저 비탈에 올라섰던 제희네 아버지가 크게 웃으며 그녀의 오른쪽 팔을 잡고 위로 끌어당겼다. 제희네 어머니는 짤막하게 비명을 지른 뒤 아픈 팔을 그렇게 마구 당기면 어떡하느냐고 말했다. 그런 얘기를 하면서 그녀는 웃었다. 제희네 아버지도 웃었다. 우리가 좋은 사람들이고 누구에게도 악의가 없다는 것을 보여주고 싶어하는 웃음인 것 같았다. 그 비탈에서, 그 웃음이 점차로 사라지는 것을 나는 아주 이상한 심정으로 지켜보고 있었다. 제희네 어머니는 통증을 참는 듯 눈을 꾹 감은 채로 어깨를 감싸쥐었다.

제희네 부모님은 비탈 위쪽을 단념하고 근처 식물원이나 둘러보자고 말했다. 피곤해 보였고 나들이에 관한 의욕도 사라진 것처럼 보였다. 느리게 이동했다. 나는 비탈을 다 내려온 곳에서 아까는 보지 못했던 안내판을 보았다. 맹금류 축사라고 적힌 안내판이 화살표 모양으로 비탈 위쪽을 가리키고 있었다. 뒤처진 채로 그 앞에 한동안 서 있다가 일행에게 돌아갔다.

위쪽에 맹금류 축사가 있더라고 나는 말했다. 똥물이에요.

저 물이 다, 짐승들 똥물이라고요.

*

나는 오래전에 제희와 헤어졌다. 수목원 나들이가 있고 이 년쯤 지난 시점이었을 것이다. 헤어질 무렵엔 무슨 대화를 나눴는지 모르겠다. 무슨 일을 계기로 헤어지게 되었는지도 지금은 기억나지 않는다. 어째서일까? 그날의 나들이는 이렇게 기억하고 있는데.

수목원을 나오는 길에 제희네 부모님은 들어올 때보다도 떨어진 채로 걷고 있었다. 제희네 어머니는 주머니에서 이어폰을 꺼내 귀를 틀어막은 채 노래를 불렀다. 사랑도 매화처럼 한철이라 한철이로다. 제희는 슬퍼 보였다. 말을 붙여도 대답이 없었고 내 쪽을 쳐다보려고도 하지 않았다. 수목원을 떠나서 집으로 돌아오는 길은 공사중이었다. 도로 양쪽으로 벌겋게 벗겨진 길을 달리다가 산을 향해 움푹 들어간 곳에서 복숭아를 파는 노점을 만났다. 제희네가 먼지 쌓인 노점에서 복숭아를 둘러보고 가격을 흥정하는 동안 나는 손을 비틀며 차 안에 남아 있었다. 차로 돌아온 제희네 어머니는 내 무릎에 작은 상자를 올렸다. 무화과였다. 불그스름하게 벌어진 것으로 여섯 개가 담겨 있었다. 언젠가 여름에 내가 무화과를 맛있게 먹더라며 집에 가져가서 먹으라고 그녀는 말했다.

이따금 생각해볼 때가 있다.

차라리 내가 제희네 부모님에게 적극적으로 동조하고 흔쾌히 그 비탈에서 내려서서 계곡 바닥에 신나게 돗자리를 깔았다면 어땠을까. 그편이 모두에게 좋지는 않았을까. 그러는 게 옳지 않았을까.

나는 지금 다른 사람과 살고 있다. 제희보다 키가 크고 얼굴이 검고 손가락이 굵은 사람으로 그에게는 누나나 형이나 동생이 없다. 그의 부모님은 자동차로 두 시간 걸리는 거리의 소도시에서 살고 있고 두세 달에 한 번쯤 나는 그와 함께 그 집을 방문해 밥을 먹고 돌아온다. 그는 내게 친절하고 나도 그에게 친절하다. 그러나 어느 엉뚱한 순간, 예컨대 텔레비전을 보다가 어떤 장면에서 그가 웃고 내가 웃지 않을 때, 그가 모는 차의 조수석에 앉아서 부쩍부쩍 다가오는 도로를 바라볼 때, 어째서 이 사람인가를 골똘히 생각한다.

어째서 제희가 아닌가.

그럴 땐 버려졌다는 생각에 외로워진다. 제희와 제희네. 무뚝뚝해 보이고 다소간 지쳤지만, 상냥한 사람들에게.

최근에 나는 텔레비전을 통해 우연하게 그 수목원을 다시 보았다. 나와 살고 있는 사람은 수목원의 규모에 감탄하며 거기 가보고 싶다고 말했다. 나는 제희의 뒤를 따라 터벅터벅 걸었던 가로수 길을 멍하니 보고 있다가 거기 간 적이 있다고 답했다. 언제 누구와 갔느냐고 묻는 것처럼 그가 나를 바라보았으나 더는 아무 말도 하지 못했다.

나는 그날의 나들이에 관해서는 할말이 많다고 생각해왔다. 모두를 당혹스럽고 서글프게 만든 것은 내가 아니라고 말이다.

| 작가노트 |

여름에

「상류엔 맹금류」는 「양의 미래」와 같이
여름에 썼다. 작년 여름에
단편 두 개를 쓰고 가을에 다시 두 개를 썼는데
각 계절에 두 개의 원고를 쌍둥이처럼 붙여 작업했으므로
각각의 단편은 각각이지만
공유하는 것이 있는 한 쌍들이라고 나는 생각한다.

여름에 쓴 소설엔 '내 탓인 것 같다'가 있었다.
네 탓이라고 누군가 노려볼 때 그게 왜
내 탓이냐고 항변하고 싶은데
생각하고 보면 내 탓인 것 같다는 생각을
떨쳐버릴 수가 없는 삶.

멀쩡하게 사는 것 같다가도 불규칙한 주기로 돌아오는 혜성 같은 그런

심정의 영향을 받으며 살아가는 삶.

여름의 화자들 때문에 가을과 겨울에 밤잠을 더러 설쳤다.

걱정이 되었던 것이다.

| 해설 |

터프해라

황현경

「上行」은 고추를 따러 시골로 내려갔다 올라오는 '나'와 오제와 그의 어머니의 하루를 담고 있다. 누군가는 아련하게 또 누군가는 먹먹하게 읽었다던 그 소설이 나는 도리어 섬뜩했다. 저들이 잠시 머물다 떠난 시골은, 마치 오제의 기억 속에서 울리던 사발시계처럼, 그저 손 내밀고 발 뻗으면 쉽게 닿는 곳에 있지 않던가. 아무 때고 가 닿을 수 있는 그곳을 하필 일억육천만원이 없어 못 내려간다던 오제. 안쓰럽던 그가 문득 섬뜩하게 느껴졌던 건 올라오는 길에 '나'에게 힘주어 건넨 "그게 경제다"라는 말 때문이었다. 저는 다 안다는 양 의심 없이 말하던 오제는 언제든 괴물보다 더 위험해질 수 있을 것만 같았다. 그때부터 나는, 줄곧 '가장 보통의 존재'들의 희미한 목소리에 귀 기울여왔던 예민하고 섬세한 작가 황정은이라면 이런 이들이 그냥 그렇게 되도록 내버려두진 않을 거라고, 이들에 관해서는 할말이 많을 거라고 생각해왔다. 그때부터 나는 「상류엔 맹금류」를 기다렸다.

「상류엔 맹금류」의 마지막 문장은 많은 질문을 만들어낸다. "모두를 당혹스럽고 서글프게 만든 것은 내가 아니라고 말이다." '나'인 것도 아닌 것도 같을 때에, 만약 '나'가 아니라면 누구인가. '나'를 두둔하자니 제희네에게 책임을 돌리게 된다. 그렇다면 '나'의 입을 빌려 그들의 삶은 애초부터 "부도덕"한 방식으로 맺어지고 이어져온 것이라 해야겠다. 곗돈을 들고 달아난 이를 대신해 그 큰돈을 갚다 못해 제희와 네 딸들에게까지 빚을 떠넘긴 제희네 부모의 선택을 누군들 제희처럼 어쩔 수 없다는 듯 웃어넘길 수 있으랴. 그런 제희마저 폭염주의보가 내린 9월의 수목원에서만큼은, 짐을 떨구길 반복하는 카트 줄에 다리를 다쳐 절뚝거리다 체념한 듯 부모를 따라 내려간 그 습하고 불길한 물가에서만큼은 결국 웃음을 거두지 않았는가.

이만큼만 읽는다면 이렇게 말하기는 쉽다. 가령 제희네에게 가족이라는 허울은 족쇄나 다를 바 없었을진대, 한데 묶여 서로에게 힘겹게 끌려다니던 자신들에게만은 그게 보이지 않았던 게다. 저들 둘에게만 최선이었던 제희네 부모의 선택은 제희와 그의 누나들에게는 무거운 짐이었을 뿐, 그 '짐'을 질질 끌고 다녀야만 했던 그들의 삶은 언젠가는 그런 당혹스럽고 서글픈 순간을 마주하게 되어 있던 게 아니었을까. 그게 하필 그날 그곳에서였다면 곁에 있었을 따름인 '나'는 아니라고 할 수도 있겠다. 하나 그렇다 하려니 눈에 밟히는 장면들이 있다. 아버지의 수술을 앞두고 둥글게 모여 앉은 제희네 가족들이 서로 손을 맞잡고 다짐하며 격려하던 장면. 물가로 내려설 아내를 위해 제희네 아버지가 성치 않은 몸으로 "주변을 오가며 돌을 옮기고 굵은 나뭇가지를 모으고 꺾어서 발 디딜 곳을" 만들던 장면. 다시 산책로에 오르던 어머니가 발을 헛디디자 제희와 제희네 아버지가 앞뒤에서 붙들고 끌어주며 함께 웃던 장면. 그리고 무엇보다도 이 장면.

> 제희네 아버지가 퇴원한 날에 제희네 누나들은 다시 그 집에 모였다. 제희는 누나들과 돈을 모아서 환자가 드러눕고 일어나기 편하도록 전동으로 작동되는 침대를 사서 방에 넣어두었다. 제희네 아버지가 그 위에 앉자 제희네 누나들은 한 번씩 그의 머리를 끌어안았다. 우리 아버지, 한번 안아봅시다. 그의 조그만 머리가 이제는 그보다 더 크게 자란 딸들의 품에 한 번씩 묻히는 광경을 나는 지켜보고 있었다.(15쪽)

이런 모습들을 무심히 지나치지 않았다면 이 가족에 대해 함부로 말할 수는 없으리라. 쏟아지길 거듭하던 여섯 개의 '짐'을 기어이 한데 매달아 절룩거리며 묵묵히 끌고 가는 것이야말로 이 가족의 '윤리'였으니까. 아니 윤리라고 하면 이 소설은 자칫 윤리와 도덕을 맞세워놓았다는 식으로 잘못 읽힐 것 같다. '태도.' 가족으로서 함께 취하는, 삶의 태도. 그렇게 "누구도 흘리지 않고 어떻게든 끌어안고 버텨서" 살아온 그들을 좀체 하나의 앵글에 담지 못하던 '나'였기에 감히 그 태도를 부도덕하다 매도했던 것이다. 그럴 때에 '나'가 말하는 그 도덕이라는 것은 “여기서 이런 행동을 해서는 안 된다”는 국립공원 관리인의 말과 섬뜩하게 닮았다.

그렇다면 누구인가. 상류에서 흘러내린 맹금류의 똥물에 몸을 닦고 입을 헹구는, 하류에서 출발해 하류에서 맴도는 그들의 지긋지긋한 비루함을 탓할 것인가. 그들이 처한 하류에서의 삶은 이렇듯 당혹스럽고 서글픈 일들의 연속인 법이라고 할 것인가. 화살표 모양의 안내판이 가리키는 저 위쪽에 있는지도 없는지도 모를 맹금류들이 그들을 그렇게 만들었다고 할 것인가. 이런 식으로, 그들이 추악한 세상에서 나름의 윤리로 간신히 그러나 아름답게 살아가고 있다고 간편하게 말한다면 이는 곧 “그게 상류다”라거나 “그게 하류다”라고 말하는 셈이 아닌가. ‘윤리’라고 하기에도 조심스러운데 하물며 ‘하류의 윤리’라고 할 참인가.

바로 이 지점에서 우리는 딜레마에 빠진다. ‘나’라고 하지 않으려니 이토록 비겁해진다. 그러나 막상 ‘나’라고 하려니 “좀 사나운 심정”이 된다. 저 또한 지금껏 궁금해하듯, 그날 그들을 흔쾌히 따라가 신나게 돗자리를 깔았다 한들 지금 ‘나’와 그들은 함께일까. 모를 일이다. 아니 “무슨 일을 계기로 헤어지게 되었는지도 지금은 기억나지 않는다”. 그럴 수밖에. 폐를 들어낸 아버지의 가슴처럼 아물 만하면 다시 헤집기를 반복하는 가운데에 돋아난 새살들로 울퉁불퉁 채워진 것이 제희네의 삶일진대, 그 속을 ‘나’ 아닌 누군들 다 알까. 삶? 예컨대 ‘나’가 전해들어 조금 알고 있는 제희네 어머니의 삶, “그 사이사이에, 내가 모르고 제희도 모르고 심지어는 그녀 자신조차 잘 모르는 일들이 그녀에게 일어났을 것이다”. 사랑? 그 사랑, 고작 "매화처럼 한철이라 한철"이란다. 이렇듯 그날의 진실에 대해서라면, 그들의 진실에 대해서라면 '나'도 우리도 모르는 게 더 많다.

그러니 "무뚝뚝해 보이고 다소간 지쳤지만, 상냥한 사람들"에게 버려졌다는 생각에 이따금 외로워하며, 돌이킨들 끝내 모를 그날 그곳에 묶여 있는 '나'를 비난할 이 누구인가. 그후로도 너무 오래 '나'는 '나'를 당혹스럽고 슬프게 했다. 무화과를 건네던 제희네 어머니는 그리될지를 언뜻 예감했던가보다. 꽃 없이 바로 열매 맺는 게 아닌 열매 속에서 속꽃 피는 게, 그게 무화과 아닌가. 어떤가. 꽃 피고 열매 맺는 그런 삶도 있고, 활짝 한번 피지 못한 꽃들이 모여 그대로 열매가 되는 그런 삶도 있다. 불그스름하게 벌어진 틈으로 보이는 수도 없이 많은 무화과 꽃들이 곧 제희네 삶, 그 모든 꽃 시절의 순간들이거늘, 저들도 미처 다 모르는 그 속을 '나'라고 도저히 알 수는 없었으리라.

그럼에도 '나'는 어떠한가. 뱉지도 삼키지도 못하고 곱씹는 그 한마디 즈음에서 거듭 멈추고 또 돌아가길 일삼고 있지 않은가. 그러니 다만 보이지 않을 뿐, 그 한마디 앞에는 '황정은의 말줄임표'가 한 백 개쯤 있다. 하여 우리에게는 얼핏 자기변명으로 들리는 그 한마디는, 적어도 '나'에게는 저 자신을 끝없는 자기반성으로 이끄는 의문문이었을 테다. 그럴 때에 진실이 쏙 빠져나간 그날의 물가를 한없이 맴도는 '나'의 마음은 그 자체로 진실 따위와 비견할 수 없을 만치 무거운 진심이다. 답이 없다고 질문을 버리면 그 보통의 존재는 마침내 괴물보다 더 위험해진다. 그런 이가 되지 않기 위해

'나'는 안간힘을 쓰고 있다. 세상이 그들을 그렇게 만드는 게 아니라, 세상을 어떻게도 만드는 게 다름아닌 '나'들이다. 이 인과를 거꾸로 놓으면 우리는 황정은 소설에서 점점 멀어진다.

이따금, 누군가의 말마따나 모든 게 다 망가져버린 건 아닌가 싶을 때, 그 세상이 어째서 와르르 무너져내리지 않는가를 생각한다. '나' 같은 이들 덕분이겠다. 아니 자신과의 싸움을 지루하게 이어가고 있는 저들만큼만 세상이 남아 있는지도. 구태여 「상류엔 맹금류」를 기다렸다고 쓰고 나니 황정은의 인물들은 이미 '나'와 충분히 닮아 있었다는 생각이 든다. 우리는 여태껏 무엇이 그들을 작게 만드는가가 궁금했는데, 정작 작가는 그들 자신은 어떠해야만 하는가가 새삼스레 또 궁금했나보다. 요컨대 이번에 그녀는 딱 '나'처럼 썼다. 세상 그 무엇에도 징징대지 않겠다는 이 태도라니. 터프하다, 황정은!

황현경
2012년 문학동네신인상에 평론 「반격, 김사과!」가 당선되어 등단.

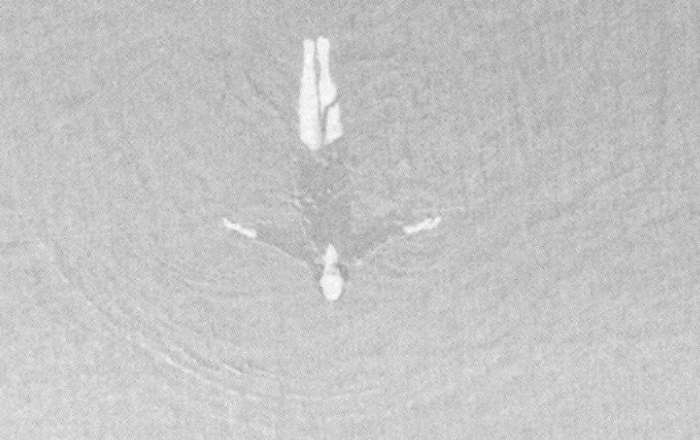

조해진

빛의 호위

작가노트 영원한 예의를 향해

해설 박인성 감각의 디아스포라

조해진

2004년 『문예중앙』 신인상에 중편소설 「여자에게 길을 묻다」가 당선되어 등단. 소설집 『천사들의 도시』 『목요일에 만나요』 『빛의 호위』 『환한 숨』, 장편소설 『한없이 멋진 꿈에』 『로기완을 만났다』 『아무도 보지 못한 숲』 『여름을 지나가다』 『단순한 진심』 『완벽한 생애』가 있다. 2010년 대산창작기금을 수혜했고, 신동엽문학상, 무영문학상, 이효석문학상, 대산문학상을 수상했다.

| 수상작 |

빛의 호위

입국 심사대로 이어지는 낯선 공항의 북적이는 통로에서 나는 문득 걸음을 멈추고 주위를 둘러봤다. 눈 내리는 둥글고 투명한 세계를 부드럽게 감싸주던 그 멜로디가 귓가에서 되살아나고 있었다. 갑작스러운 악천후로 비행기들이 연착되는 바람에 저마다의 스케줄에 차질이 생긴 사람들은 통행에 방해가 되는 나를 거칠게 밀치며 지나갔다. 통유리 너머로는 눈이 쌓여가는 뉴욕국제공항의 어두운 활주로와 창문마다 희미한 불빛이 어른거리는 비행기들이 보였다. 눈이 내리고 있었구나. 그제야 알게 됐다는 듯 나는 나직이 중얼거렸다. 그 순간 내 귀에만 들리는 멜로디의 볼륨이 한 단계 더 올라가는 듯했다. 권은을 다시 만난 이후로, 아니 녹슬고 찌그러진 현관문 안의 풍경을 기억의 영역에 고스란히 복원하게 되면서부터, 그 멜로디는 그렇게 종종 긴 세월을 통과하여 내가 서 있는 곳으로 흘러들어오곤 했다. 그럴 때 내가 할 수 있는 거라곤 그 멜로디가 울려퍼지는 세계 안쪽을 가만히 들여다보는 것 외엔 아무것도 없었다. 그 세계는 부엌과 화장실이 딸려 있지 않은 작고 추운 방일 때도 있었고 일요일의 눈 쌓인 운동장일 때도 있었으며 가끔은 약품 냄새가 진하게 밴 병실일 때도 있었다. 그리고 그 세계에 사는 주민은, 언제나 권은 한 사람뿐이었다.

일 년 전, 일산에 위치한 북카페에서 이십여 년 만에 권은과 재회했을 때 나는 사실 그녀를 기억하지 못했다. 파주에 살고 있다는 권은을 만나기 위해 그 근처 일산까지 가게 된 건 오로지 인터뷰를 위해서였다. 그 무렵 신문사와 연계된 시사잡지사에서 기자로 있던 나는 문화계를 이끌어갈 신진들을 인터뷰하는 코너도 하나 맡고 있었는데, 주로 분쟁지역에서 보도사진을 찍는 젊은 사진작가 권은이 바로 그 주의 인터뷰이였던 것이다. 그날 그녀가 내게 들려준 이야기는 대부분 인상적이었고 사뭇 감동적인 면도 있었다. 친구가 준 필름 카메라를 접하면서 사진에 입문했다는 이야기는 흥미로웠고, 분쟁지역에서의 생사를 넘나드는 에피소드들에는 하나같이 그녀의 절박한 열정이 그대로 투영되어 있었다.

인터뷰가 끝나갈 쯤, 북카페 창밖으로 굵은 눈송이가 날리는 게 보였다. 금방 그칠 눈 같지는 않네. 인터뷰 원고를 저장하며 혼잣말을 하는 내게 권은이 작은 목소리로 이렇게 말했다. 태엽이 멈추면 멜로디도 끝나고 눈도 그치겠죠. 보통의 사람들이 구사하지 않는 그녀의 표현이 재미있어서 수수께끼냐고 장난스럽게 물었지만 권은은 말없이 웃기만 할 뿐, 더이상 아무 말도 하지 않았다. 인터뷰를 마무리하고서 북카페를 나온 우리는 신호등 앞에서 헐거운 악수를 나눈 뒤 헤어졌다. 몇 발자국 걷다가 무심결에 뒤를 돌아봤을 때, 고개를 숙인 채 가만히 눈을 맞고 있는 권은의 옆모습이 보였다. 눈발이 제법 거세지고 있었는데도 그녀는 좀처럼 움직이지 않았다. 다가가 우산이라도 씌워주고 싶다는 생각을 잠깐 했지만 같은 우산 아래 있는 동안 우리를 둘러쌀 침묵이 부담스러웠다. 나는 이내 지하철역 쪽으로 걸음을 돌렸고 권은 쪽을 다시 돌아보지 않았다.

돌이켜보면 그 만남에서 그녀가 내게 한 이야기들, 가령 사진에 빠져들었던 계기며 태엽과 멜로디에 대한 언급은 일종의 힌트들이기도 했다. 심지어 차가운 눈 속에서 꿈쩍도 않고 서 있던 그 모습도 나에게는 하나의 기호였는지도 모른다. 하지만 그날 그녀가 내게 건네고 싶었던 것이 잊고 있던 지나간 시절을 열어줄 열쇠와도 같은 것이었음을, 그때 나는 짐작조차 하지 못했다.

감각은 왔던 순서대로 떠났다. 멜로디가 옅어지면서 우리가 나누었던 대화도 지워져갔고 권은이 서 있던 거리 풍경도 점점이 뒤로 물러났다. 남은 건 아스팔트 바닥에, 권은의 코트 깃에, 그리고 그녀의 신발 위에 내려앉던 하얀 눈송이뿐이었다. 정신을 차리고 다시 고개를 들었을 때, 그 눈송이는 공항의 통유리 너머에서 나부끼는 눈발 속으로 금세 스며들었다.

공항을 빠져나가 버스를 타고 맨해튼 시내에 도착한 건 밤 열한 시가 다 되어서였다. 밤의 네온사인에 눈이 부셨고 원색의 광고판은 끝도 없이 이어졌지만, 출구 없는 미로에 내던져진 듯 대도시 한복판에서 나는 자주 방향감각을 상실했다. 예약해놓은 호텔을 찾아가는 동안, 이 휘황한 도시가 누군가의 꿈속은 아닌가, 하는 생각이 점점 더 견고해졌다. 그러니까 작고 추운 방에 혼자 앉아 스노우볼의 태엽을 감고 또 감으며 눈 내리는 세계에 빠져 있다가 눈물 한 방울 흘릴 새도 없이 급하게 잠이 들곤 했던 어떤 외로운 소녀의 꿈. 그런데, 이 꿈속은 어째서 이토록 추운 것인가.

*

일산에서의 인터뷰 이후 권은을 다시 만나게 된 건, 아마도 스노우볼 때문이었을 것이다. 인터뷰 기사를 잘 봤다는 그녀의 전화를 받기 전, 나는 조카의 크리스마스 선물을 사러 대형마트 아동 코너에 갔다가 스노우볼을 발견하게 됐는데 그 사물에는 권은의 수수께끼를 풀어줄 단서들이 모두 들어 있었다. 조카의 선물을 골라야 한다는 것도 까맣게 잊은 채 태엽이 돌아가는 동안 멜로디가 흐르고 눈이 내리는 그 둥글고 투명한 세계를 나는 한참 동안 넋 놓고 바라봤다. 갈 곳이 없다는 듯 하염없이 눈을 맞으며 우두커니 서 있던 권은이 그 세계 안에 있었다. 그제야 나는, 그날 거리에서 본 그녀의 모습이 오랫동안 내 마음의 한 부분을 차지하고 있었다는 것을 느리게 깨달았다. 의례적인 감사의 전화를 걸어온 권은에게 술이나 한잔하자고 제안한 건, 그러니 스노우볼 때문이었다고밖에는 설명할 수가 없다. 나는 그때껏 인터뷰를 통해 알게 된 사람을 사적으로 다시 만난 적이 한 번도 없었고 그런 필요성을 느껴본 적도 없었다. 권은과의 두번째 만남이 없었다면, 그래서 헬게 한센의 다큐멘터리 〈사람, 사람들〉에 대해 듣지 않았다면, 어쩌면 나는 평생 그녀가 누구인지 모른 채 살았을지도 모르겠다.

지금의 나는, 아무것도 후회하지 않는다.

아마 크리스마스가 지난 어느 날이었을 것이다. 서울의 연말 분위기는 절정에 달해 있었고 어디를 가나 사람들이 많았다. 잡지사가 위치해 있는 을지로 지하철역에서 만난 우리는 그 근처 술집으로 자리를 옮겼다. 맥주와 간단한 안주가 나오자 권은은 뜻밖의 소식을 전했다. 일주일 후 보도사진을 찍으러 목사와 선교사로 이루어진 봉사단체를 따라 시리아의 난민캠프를 방문할 거라는 얘기였다. 시리아는 내전중인 국가였고 외국인을 인질로 납치하거나 부상을 입히는 것으로도 악명이 높았다. 걱정이 되는 건 사실이었지만 나는 다시 생각해보라거나 가지 않는 게 좋겠다는 말은 할 수 없었다. 그건 전적으로 권은의 일이었고, 잘 알지도 못하는 젊은 사진작가의 필모그래피가 내 간섭으로 바뀌는 상황은 껄끄러웠다. 카메라만 있다면 모든 위험을 충분히 피해 갈 수 있다고 믿는 그녀의 순박한 열정을 내 멋대로 깎아내릴 수도 없었다. 게다가 그녀는 이미 적지 않은 분쟁지역을 다녀온 전문적인 사진작가였다.

그래서 어떤 사진을 찍을 계획인데요? 나는 괜히 맥주나 거푸 비우며 건성으로 그런 질문밖에 할 수 없었다. 사람을 찍어야죠. 그녀가 대답했다. 전쟁의 비극은 철로 된 무기나 무너진 건물이 아니라, 죽은 연인을 떠올리며 거울 앞에서 화장을 하는 젊은 여성의 젖은 눈동자 같은 데서 발견되어야 한다. 전쟁이 없었다면 당신이나 나만큼만 울었을 평범한 사람들이 전쟁 그 자체니까. 마치 준비라도 한 듯 유려한 문어체로 덧붙여 설명하는 그녀를 나는 어리둥절하게 건너다봤다. 내 표정이 너무 진지했는지 그녀는 이내 웃음을 터뜨리며 누군가의 말을 인용해서 대답한 것뿐이라고 이어 말했다. 헬게 한센이 한 말이죠. 헬게 한센? 그 사람이 누군데요? 내가 가장 좋아하는 사진기자예요. 분쟁지역을 다니게 된 것도 그의 영향이라고 할 수 있고요. 그랬으므로, 그 사진기자가 생애 최초로 다큐멘터리를 찍었다는 소식을 들었을 때 그녀는 어떻게든 그 영상을 보고 싶어 한동안 여러 독립영화관의 상영 스케줄을 수시로 확인했고 각종 영화 관련 사이트를 돌아다니며 DVD나 파일에 대해 문의를 하기도 했다. 하지만 그 다큐멘터리는 국내에서 상영된 적이 없었고 DVD나 파일을 판매하는 곳도 없었다. 그녀가 헬게 한센의 유일한 다큐멘터리인 〈사람, 사람들〉을 볼 수 있었던 건 일본에서 영화를 공부하는 친구가 어렵게 파일을 구해 보내준 덕분이었다. 처음엔 헬게 한센에 대한 관심으로 보게 된 그 다큐멘터리에서, 그리고 그녀는 알마 마이어라는 여성을 알게 되었다. 이상해요. 권은이 말했다. 권은의 표현에 따른다면, 각기 다른 시대와 역사에서 출항한 배에 탑승한 승객들처럼 아무런 관련이 없는 알마 마이어와 그녀는 비슷한 경험을 공유하고 있었다. 마치 두 사람을 태운 전혀 다른 두 척의 배가 똑같은 풍랑을 견디며 잠시 표류한 적이 있기라도 한 것처럼. 그래서 그때부터 시간이 날 때마다 알마 마이어에게 편지를 쓰곤 한다고, 권은은 쑥스럽다는 듯 웃으며 말했다. 그 웃음이 어딘지 낯익어서 나는 물끄러미 그녀를 건너다봤고, 어느 순간 그녀와 나의 시선이 허공에서 어색하게 얽혔다. 그럼 알마 마이어한테서 답장도 받고 그랬어요? 나는 그녀에게서 재빨리 시선을 거두고는 그녀의 빈 잔에 맥주를 따라주며 얼떨결에 물었다. 개인 블로그에 쓰고 있어요, 일기처럼. 아, 물론 한국어로요. 어차피 알마 마이어는 내 편지를 받을 수도 없거든요. 그녀는 이미 2009년에 죽었으니까요. 나는 맥주를 따르다 말고 또 한번 진지하게 그녀를 건너다봤다. 그렇다면 그녀는 한 번도 만난 적 없는, 게다가 이미 죽고 없는 여성에게 무엇을 기대하며 편지를 써왔다는 말인가. 그녀와 알마 마이어의 겹쳐진 경험이 무엇인지 궁금하긴 했으나 타인의 내밀한 사연을 섣불리 공유하고 싶지는 않았다. 자연스럽게 화제가 바뀌었다. 전세 가격의 믿을 수 없는 상승이라든지 삼십대 중반이라는 우리의 애매한 나이 같은 시시콜콜한 주제로 대화는 이어졌지만, 내 마음속엔 권은의 이야기가 사라지지 않고 응고된 채 남아 있기는 했다.

밤 열시쯤 술집을 나와 각자의 길로 돌아서기 전, 나는 그녀에게 말했다. 참, 수수께끼 풀었어요. 태엽이 멈추면 멜로디도 끝나고 눈도 그치는 곳 말이에요. 그녀는 그게 뭐냐고 묻는 대신 마치 내가 무슨 말인가를 더 해주기를 기다린다는 듯 말없이 나를 바라보기만 했다. 근데 나이가 몇인데 아직까지 장난감을 좋아하는 거예요? 나는 농담을 한 건데 그녀는 웃지 않았다. 마침 빈 택시가 우리 앞에 와서 섰다. 그녀는 곧 택시에 올랐고, 나는 택시 밖에 서서 조심해서 다녀오라는 식상한 당부를 했다. 고맙다고, 그녀가 말했다. 카메라…… 네? 택시가 곧 출발했으므로 카메라에 이어졌을 그녀의 또다른 힌트들에 대해서 나는 듣지 못했다. 작고 추운 방, 그 방에

형광등이 켜진 순간 작동을 멈춘 스노우볼, 그리고 그 방을 나설 때마다 내 시야를 가득 채웠던 주황빛의 허름한 골목들과 카메라를 가슴에 안고 그 방으로 달려갔던 어느 늦은 가을날…… 이런 힌트들은 좀더 시간이 흐른 뒤에야 눈 쌓인 운동장에 띄엄띄엄 새겨진 발자국처럼 한 걸음씩 천천히 내게로 왔다.

*

다음날 아침, 뉴욕엔 짙은 안개가 꼈다. 구층 높이의 호텔방에서 내려다본 뉴욕 거리는 물에 잠긴 고대도시만큼이나 비현실적으로 보였고 영원이라는 시소 끝에 세워진 허상인 듯 멀게 느껴졌다. 내가 아직 알아내지 못한 비밀들이 잔뜩 숨겨져 있는, 길을 잃은 채 울먹이며 헤매고 다녀야 했던 권은의 어린 시절 꿈속 도시처럼.

호텔을 나와 맨해튼의 앤솔러지 필름아카이브에 도착하자 〈사람, 사람들〉의 특별 상영을 알리는 표지판이 보였다. 나는, 맞게 찾아온 것이다. 로비에 마련된 테이블에는 이스라엘이 팔레스타인을 공격했던 오 년 전의 사진자료와 〈사람, 사람들〉의 팸플릿이 놓여 있었다. 팸플릿 한 장을 들고 로비의 구석 자리로 걸어갔다. 팸플릿에는 〈사람, 사람들〉의 감독인 헬게 한센이 2009년 1월 이집트에서 팔레스타인으로 향하던 구호품 트럭이 피격되었을 당시 살아남은 사람들 중 한 명이라고 소개되어 있었다. 헬게 한센은 이 다큐멘터리를 완성하게 된 계기를 이렇게 말했다. "구호품 트럭의 피격으로 사망한 노먼 마이어와 하나뿐인 아들을 잃은 그의 어머니 알마 마이어를 통해 역사의 폭력에 맞서는 개인의 가치 있는 용기를 보았기 때문이다. 나는 생존자고, 생존자는 희생자를 기억해야 한다는 게 내 신념이다."

팸플릿이 구겨지지 않도록 납작하게 잘 펴서 가방에 넣은 뒤 상영관 안으로 들어갔다. 평일 이른 시각이었지만 객석은 절반 이상 차 있었다. 빈자리를 찾아 가방을 내려놓고 앉자 곧 관내의 조명이 꺼졌고 바로 그 순간부터 예상하지 못한 긴장감이 밀려들었다. 스크린에 영상이 비치고 다큐멘터리의 제목이 뜰 때까지도 긴장감은 수그러들지 않아 이내 손끝까지 떨려왔다.

다큐멘터리는 아무런 자막이나 내레이션 없이, 팔레스타인의 수도인 라말라의 사원 벽에 붙어 있는 수많은 사람들의 사진들을 비추며 시작됐다. 사원 벽은 하나의 거대한 앨범처럼 보였고 조악한 한 장 한 장의 사진 속에 들어가 있는 남자, 여자, 노인, 아이 들은 각기 다른 표정으로 떠나온 세상을 고요하게 건너다보고 있었다. 히잡을 쓴 젊은 여성이 한 청년의 사진 앞으로 비틀비틀 걸어가 정성스럽게 입을 맞추는 장면에 카메라는 오래 머물렀다. 사원으로 오기 전, 죽은 연인에게 보여주기 위해 화장을 하면서 눈동자가 젖을 만큼 눈물을 흘렸을 그녀의 모습을 상상해보라고 주문하듯이.

짧지만 강렬한 오프닝 화면이 지나가자 곧이어 구호품 트럭 안이 나왔다. 운전사를 비롯한 여섯 명의 동승자들은 간간이 웃으며 이야기를 나눴고 트럭이 잠시 쉴 때는 지도를 펼쳐놓고 진지하게 상의를 하기도 했다. 아마도 편집으로 인해 다른 동승자들의 컷이 잘려나간 때문이겠지만, 주로 원 숏을 받는 사람은 노먼이었다.

내가 찾아본 기사에 따르면, 노먼의 죽음은 미국사회에서 커다란 이슈가 되었고 오랜 기간 회자되었다. 아무리 전시라 해도 구호품 차량은 피격하지 않는다는 불문율이 깨졌다는 것, 그로 인해 퇴직 의사였던 유대계 미국인이 사망했다는 것, 그리고 그 트럭에 실려 있던 대부분의 구호품은 그 유대계 미국인이 자신의 전 재산을 털어 구입한 거였다는 것, 이 모든 것은 많은 사람들에게 드라마 같은 인상을 주었고 특별한 시사성을 얻을지도 모른다는 기대감을 갖게 했다. 노먼에 대한 관심이 고조되자 그의 어머니 알마 마이어도 덩달아 유명해졌다. 각종 매스컴은 연일 그녀와의 인터뷰를 시도했고 유대인 커뮤니티를 제외한 각계각층에서 위로의 메시지를 보내왔다. 그녀는 그 어떤 인터뷰에도 응하지 않았고 위로의 말들은 모두 무시했다. 외출을 하지 않았으며 손님을 초대하지 않았고 전화도 받지 않았다. 그녀가 노먼의 일로 만난 외부인은 헬게 한센이 유일했다. 헬게 한센이 그녀에게 보낸, 노먼의 마지막 열다섯 시간이 기록된 영상—그리고 이 영상은 훗날 〈사람, 사람들〉에 고스란히 담기게 된다—을 보고 난 후였다.

*

권은과의 그 두번째 만남 이후 석 달 만에 신문과 뉴스를 통해 그녀의 불운한 소식을 접했을 때, 나는 사실 그리 민감하게 반응하지 않았다. 놀라긴 했지만 충격 수준은 아니었고 착잡한 심정은 들었으나 일상을 잊을 만큼 괴롭진 않았다. 내가 그 술집에서 그녀를 만류했다 해도 그녀는 떠났을 터였다. 게다가 내가 무슨 자격으로 그녀의 결정을 되돌릴 수 있었을 것인가. 그리 생각하는 게 편했다. 그 무렵, 나는 영화잡지사로 직장을 옮겼으므로 권은에 대한 생각을 오래 붙들고 있을 만한 여유도 없었다. 새로운 직장에는 새로운 인간관계와 새로운 형식의 글쓰기가 있었고 나는 그 모든 것에 최대한 빨리 적응해야 했다. 권은의 일은 저절로 잊혀갔다. 아니, 잊기 위해 무의식적으로 나는 노력했다. 권은을 망각하는 일은 그렇게, 거의 성공할 뻔했다.

기억의 뒤편에만 희미하게 남아 있던 권은의 이름이 손끝에 닿을 듯 다시 가까워진 건, 잡지사 선배 기자가 갑자기 퇴사를 하면서 그가 담당했던 여러 업무가 나에게 넘어오면서부터였다. 내가 새로 맡게 된 그의 업무 중에는 뉴욕에서 열리는 다큐멘터리 영화제의 취재 건도 포함되어 있었는데, 그가 작성한 영화제 관련 자료에서 나는 헬게 한센의 〈사람, 사람들〉을 발견했던 것이다. 자료에 따르면 이 다큐멘터리는 2010년에 공개되자마자 평단의 호평을 받았으며 그해 다수의 국제영화제에 초청을 받기도 했다. 자료에는 또한, 영화제측이 구호품 트럭의 피격이라는 전례 없는 사고의 발발 오 주년을 맞아 〈사람, 사람들〉의 특별 상영을 준비할 거라는 내용도 담겨 있었다.

그날부터 나는 권은이 일산의 북카페와 을지로의 술집에서 내게 했던 말들을 자주 되새겼다. 기자들이 모두 떠난 깊은 밤의 사무실에 앉아 권은에 관한 모든 정보를 찾겠다는 듯 인터넷을 뒤지기도 했다. 기억들은 어느 한 순간 섬광처럼 내 머리를 강타한 것이 아니라 아주 먼 곳에서 한 조각씩 내 감각 속으로 흘러들어왔다. 친구가 준 필름 카메라로 사진에 입문하게 됐다는 그녀의 고백이 첫번째 단서였고, 을지로 거리에서 택시에 올라탄 그녀가 고마웠다고 말한 뒤 카메라를 언급한 장면은 확증처럼 다가왔다. 아무려나 내가 기억 속에서 돌아보는 그녀의 세계에서는 언제나 눈이 내리고 있었다. 그 세계는 둥글고 투명했으며 눈이 내리는 동안만큼은 쉬지 않고 귀에 익은 멜로디가 흐르기도 했다. 그리고 이런 비현실적인 대화를 나누었던 일요일 오후의 눈 쌓인 학교 운동장. 셔터를 누를 때 카메라 안에서 휙 지나가는 빛이 있거든. 그런 게 있어? 어디에서 온 빛인데? 평소에는 눈에 잘 안 띄는 곳에 숨어 있겠지. 어떤 데? 장롱 뒤나 책상 서랍 속이나 아니면 빈 병 같은 데……

뉴욕으로 취재를 오기 전, 나는 권은이 입원해 있는 병원을 수소문해서 찾아갔다. 예상대로 그녀는 내 방문을 무척 놀라워했다. 다리에 박힌 포탄 파편을 제거하는 수술을 이미 세 차례나 받았지만 남은 생애 동안 두 발로 걸어다닐 수 있을지는 의문이라는 우울한 이야기를 전하면서도 눈빛만은 의아함으로 검게 일렁이고 있었다. 그 후지사의 필름 카메라, 아직도 갖고 있어요? 긴 침묵 끝에 내가 묻자 그녀는 잠시 뚫어지게 날 바라봤고, 이내 우리는 서로를 마주보며 멋쩍게 웃었다. 다시 찾아오겠다는 말은 끝내 하지 못했다. 병실을 나서기 전, 그녀는 자신의 블로그 주소를 메모지에 적어주었다. 그 블로그에 내게 쓴 편지도 있다고 덧붙여 말하면서도 또 보면 좋겠다는 식의 얘기는 그녀 역시 꺼내지 않았다.

그날 집으로 돌아와 나는 노트북을 켜고 권은의 블로그로 들어갔다. 블로그의 카테고리 중에는 편지란이 있었고 그 속에는 그녀가 알마 마이어 앞으로 쓴 열두 통의 편지와 내게 쓴 한 통의 편지가 포스팅되어 있었다. 책상에 앉아 단숨에 편지들을 다 읽은 후엔 욕실로 들어가 오랫동안 샤워를 했다. 수건으로 몸을 닦으며 뿌연 김이 서린 세면대 거울 앞에 서자, 옳고 그른 선택 따위 없는 모호한 세상을 창문 안쪽에서 건너다보고 있는 듯한 착각이 들었다. 나쁘지 않은 착각이었지만 김은 곧 사라져갔다. 조금씩 선명하게 내 모습을 되비추는 거울에 대고 나는 속삭이듯 물었다. 그래서 넌, 지금 행복하니? 모호한 세상에서는 답변이 돌아오지 않았고, 내 등뒤에서는 문손잡이를 돌리는 쇳소리가 들려왔다. 돌아보지 않아도 알 것 같았다. 그 문은 녹슬고 찌그러진 현관문일 것이고, 얼떨결에 문을 열게 된 열세 살의 소년은 암순응이 되지 않은 두 눈을 껌뻑이며 겁먹은 목소리로 이렇게 물을 터였다. 거, 거기, 권은 집, 맞아요?

*

스크린 속에서 알마 마이어는 그 오랜 칩거에 대해 이렇게 설명한다.

—사람들이 노먼을 시대의 양심이니 유대인의 마지막 희망이니 하는 수식어로 포장하는 걸 도저히 용납할 수 없었어요. 그런 거창한 수식어 뒤에 숨어 있으면 아무것도 하지 않고도 정의의 증인이 될 수 있다고 믿는 건, 뭐랄까, 나에겐 천진한 기만 같아 보였죠. 알려 했다면 알았을 것들을 모른 척해놓고 나중에야 자신은 몰랐으

므로 아무런 책임이 없다고 주장하는 것처럼 말이에요. 전쟁이 끝나고 나서야 홀로코스트의 잔인함에 양심적으로 경악하던 그 수많은 비유대인들을 나는 기억하고 있어요. 화가 나진 않았어요. 그때나 지금이나 그저 무기력해졌을 뿐이에요. 무기력한 환멸 같은 거, 그런 거였죠.

화면이 바뀌면서 다큐멘터리는 자연스럽게 알마 마이어의 과거를 짚어갔다. 1916년 벨기에에서 태어난 알마 마이어는 유대인이면서 여성이라는 차별을 딛고 1938년에 브뤼셀 필하모닉 오케스트라에 바이올리니스트로 입단했다. 하지만 1940년, 벨기에에 유대인 등록령이 내려지면서 그녀는 오케스트라에서 해고됐고 게토에 갇히거나 수용소로 끌려가야 하는 상황에 처해졌다. 그때 그녀의 연인이자 같은 오케스트라에서 호른을 연주하던 장이 브뤼셀 외곽에 위치한 사촌형의 식료품점 지하창고에 그녀의 은신처를 마련해주었다.

창문이 없던 그 지하창고는 램프를 켜지 않으면 아침이나 한낮에도 깜깜했다. 가끔은 눈을 뜨고 있어도 꿈속처럼 몽롱하고 아스라한 장면들이 허공에 펼쳐지곤 했다. 그럴 때 눈을 한번 꾸욱 감았다 뜨면 어김없이 낯선 거리가 나왔는데, 그 거리에서 유일하게 불이 켜진 곳은 악기상점뿐이었다. 조심스럽게 그 악기상점의 문을 열고 들어가면 오랫동안 만나지 못한 오케스트라 단원들이 반갑게 그녀를 맞이해주었다. 그들은 곧 각자의 악기 앞에 앉아 무가나 행진곡 같은 활기찬 연주를 시작했고 그녀와 시선이 엇갈릴 때마다 더할 나위 없이 호의적인 미소를 지어 보이곤 했다. 아픈 건 없다고, 살아 있는 한 그 모든 아픔은 위로받고 치유되기 위해 존재하는 거라고 속삭이듯이. 흐뭇한 마음으로 그들의 연주에 심취해 있다가 어느 순간 다시 한번 눈을 꾸욱 감았다 뜨면 선율도, 단원들도, 그들의 미소도 사라지고 없었다. 달콤했던 환영이 사라질 때마다 그녀는 더 외로워졌고 더 쓸쓸해졌다. 어머니가 만들어준 음식을 마음껏 먹는 꿈을 꾸면서 자신도 모르게 입술을 오물거리다가 문득 잠에서 깨고 나면 바람뿐인 벌판에 혼자 서 있는 듯한 기분에 견딜 수 없이 추워지곤 했던 것처럼. 이 주에 한 번씩 장이 물과 빵이 담긴 바구니를 들고 지하창고를 찾아오긴 했지만 그 무렵엔 누구나 그렇듯 장 역시 가난했으므로 그 양은 보름을 버티기엔 늘 부족했다. 바구니는 가볍고 초라했지만 장은 바구니 밑바닥에 자신이 작곡한 악보 한 장씩을 깔아놓는 걸 잊지 않았다. 빛으로 에워싸인 허공의 악기상점을 본 날이면 그녀는 바이올린을 꺼내 활이 줄에 닿지 않도록 적당한 거리를 유지하며 그 악보들로 연주를 했다. 조명이 없는 무대에서, 관객의 박수를 받지 못한 채, 소리가 없는 연주를.

—장이 작곡한 그 악보들은 식료품점 지하창고에서 날마다 죽음만 생각하던 내게는 내일을 꿈꿀 수 있게 하는 빛이었어요. 그러니 난 이렇게 말할 수 있어요. 그 악보들이 날 살렸다고 말이에요.

긴 이야기를 마친 뒤 알마 마이어는 천천히 고개를 들어 인터뷰 중 처음이자 마지막으로 조금 웃었다. 어두운 객석에서 나는, 얼떨결에 그녀를 따라 웃고 말았다.

*

거, 거기, 권은 집, 맞아요?

문은 열렸지만 그 안으로 선뜻 들어가지 못한 채 나는 몇 번이나 묻고 또 물었다. 녹슬고 찌그러진 현관문은 깜깜한 방과 곧바로 이어져 있었는데 그 방에서 빛을 발하는 건 둥글고 투명한 스노우볼뿐이었다. 햇빛이 거의 들지 않는 그 작고 추운 방에 가게 된 계기는 사실 내 의지와는 상관이 없었다. 권은이 연락도 없이 나흘이나 결석을 하자 담임은 반장인 나와 부반장을 맡고 있던 여학생을 불러 상황이 어떤지 보고 오라고 부탁했었다. 교무실을 나서자 부반장은 피아노 교습이 있다며 동행을 거부했고, 어쩔 수 없이 나 혼자 종이에 적힌 주소를 따라가보니 바로 그 현관문이 나왔던 것이다. 더디게 암순응이 찾아오자 그제야 허름한 외투를 껴입은 채 담요까지 뒤집어쓰고 있는 권은이 보였다. 권은은 곧 몸을 일으켜 형광등을 켰고 형광등이 켜진 순간, 태엽이 다 풀린 스노우볼도 작동을 멈췄다.

부엌과 화장실이 딸려 있지 않은 방이었다. 휴대용 가스레인지와 주전자, 그리고 세면도구가 담긴 플라스틱 대야는 그 방의 많은 역할을 보여주는 듯했다. 온기 없는 그 가난한 방에서 열세 살의 그녀가 무엇을 먹으며 어떻게 살고 있는 건지, 나로선 가늠조차 할 수 없었다. 권은의 유일한 가족인 아버지는 짧게는 한두 달에서 길게는 반년까지 집을 비운다고 했다. 비밀로 해줘. 그녀가 물이 담긴 유리컵을 내밀며 말했다. 난 고아가 아니야. 보호시설 같은 덴 절대 안 가. 할말이 딱히 생각나지 않아 얼떨결에 벌컥벌컥 들이마신 물에서는 수돗물 특유의 비릿한 소독약 맛이 났다. 나는 얼굴을 찡그리며 유리컵을 내려놓고는 알았어, 말한 뒤 서둘러 그 방을 나왔다. 다음날 담임에게는 권은이 아프다고 둘러댔다. 따지고 보면 아주 틀린 말도 아니었다. 부임한 지 얼마 되지 않은 젊은 담임은 내 말에 신경도 쓰지 않는 눈치였다. 그날 이후 나는 권은이 죽을지도 모른다는 상상에 자주 빠져들곤 했다. 권은이 죽는다면, 하고 가정하는 것만으로도 숨이 막혀왔다. 어떤 날은 같은 반 아이들이 나 때문에 권은이 죽었다고 수군거리는 환청을 듣기도 했다.

누가 시키지도 않았지만 나는 그후로 몇 번 더 권은의 방을 찾아갔다. 숨이 막혀오고 환청을 듣는 게 싫어서였을 뿐, 대책 같은 건 없었다. 내가 그녀의 방에 갖다줄 수 있는 거라곤 읽다 만 만화책이나 스노우볼에 들어가는 건전지처럼 사소한 것뿐이었다. 너는 어서 가. 나는 괜찮아. 여자애와 한방에 단둘이 있는 게 어색했으면서도 쉽게 떠나지 못하고 방안을 서성이고 있으면 그녀는 그렇게 말하며 내 등을 떠밀곤 했다.

권은의 방을 나와 차도로 이어지는 좁은 내리막길을 따라 걷다 보면 주황빛의 전등도, 골목 사이로 급하게 사라지는 꼬마들도, 공동 화장실의 부서진 문짝과 그 사이로 살짝 보이는 더러운 변기도, 심지어 공터에 화난 짐승처럼 잔뜩 웅크리고 있는 불도저도 도무지 이 세상의 풍경 같지 않게 흐릿하게 번져 있곤 했다. 산비탈에 시멘트와 판자로 대충 지어진 집들은 그나마도 반 이상 헐린 상태였다. 나도 권은처럼 열세 살일 뿐이었다. 폐허가 되어가는 동네의 외진 방에서 권은이 감당해야 하는 허기와 추위를 나는 해결해줄 수 없었다. 안방 장롱에서 우연히 후지사의 필름 카메라를 발견했을 때 일말의 주저도 없이 그걸 품에 안고 무작정 권은의 방으로 달려갔던 건, 내 눈에는 그 수입 카메라가 중고품으로 팔 수 있는 돈뭉치로 보였기 때문이다. 권은은 내 기대와 달리 그 카메라를 팔지 않았다. 그건, 당연한 일이었을 것이다. 그녀에게 카메라는 단순히 사진을 찍는 기계장치가 아니라 다른 세계로 이어지는 통로였으니까. 셔터를 누를 때 세상의 모든 구석에서 빛 무더기가 흘러나와 피사체를 감싸주는 그 마술적인 순간을 그녀는 사랑했을 테니까. 그런데, 셔터를 누른 직후 뷰파인더 속 그 빛이 한꺼번에 사라지고 나면 권은도 알마 마이어처럼 더 외로워지고 더 쓸쓸해졌을까. 사진에는 담기지 않는 프레임 밖의 풍경처럼, 그 이야기는 지금 내가 확인할 수 없는 영역 속에 있다. 어쩌면, 영원히.

권은은 그 후지사의 필름 카메라로 방안의 사물들을 찍다가 카메라에 담을 만한 더, 더 많은 풍경을 찾기 위해 조금씩 집 밖으로 나오기 시작했고 학교도 다시 다녔다. 학교로 돌아온 그녀에게, 하지만 나는 다가가지 않았고 말을 걸지도 않았다. 언제나 똑같은 옷만 입고 다니는 권은과 친하다는 인상은 그 누구에게도 주고 싶지 않아서였을 것이다. 권은 역시 날 못 본 체할 때가 많았다. 우리는 결국 친구가 되지는 못했지만 그래도 서로의 비밀 하나씩을 지켜주긴 했다. 나는 권은이 고아나 다름없다는 걸 누구에게도 발설한 적 없었고, 권은 또한 내가 아버지의 카메라를 훔친 사실을 끝까지 모른 척했다. 권은이 친척을 따라 먼 지방으로 이사를 가게 되었다는 소식을 들은 건 겨울방학을 이 주 정도 앞둔 어느 날이었다. 학교에는 권은의 아버지가 도박장 근처 쓰레기장에서 시신으로 발견됐다는 소문도 떠돌았지만 확실한 건 없었다.

그로부터 아주 많은 시간이 흐른 뒤, 권은은 지상의 주소를 갖고 있지 않은 알마 마이어에게 이런 편지를 쓴다. 아버지가 좀처럼 돌아오지 않는 그 방에서 거의 날마다 똑같은 꿈을 꿨노라고, 그 꿈을 꾸고 싶지 않아 잠이 올 때까지 스노우볼의 태엽을 감았고 일 분 삼십 초 동안 눈 내리는 세계에 빠져 있다가 마지막 멜로디가 끝나기 직전 이불을 머리끝까지 뒤집어쓰고는 급하게 눈을 감곤 했노라고도. 처음 와보는 낯선 도시를 헤매다가 엄마를 부르며 깨어나는 꿈이었죠. 단 한 번도 그 레퍼토리는 바뀌지 않았어요. 거기까지 쓴 뒤, 권은은 잠시 침묵한다. 나도 그녀의 침묵을 지켜준다. 며칠이 지난 후에야 권은은 다시 블로그를 열고 천천히 쓴다. 어느 날은 차가운 벽에 이마를 대고 간절히 기도도 했습니다. 이 방을 작동하게 하는 태엽을 이제 그만 멈추게 해달라고, 내 숨도 멎을 수 있도록. 내 손에 카메라가 들어오기 전까지 고작 그런 걸 난 기도했던 거예요. 그러니까…… '그러니까'에 이어지는 문장은 권은이 내 앞으로 쓴 단 한 통의 편지에서도 비슷하게 반복됐다. 그 편지에서 그녀는 나를 반장이라고 불렀다. 이십여 년 만이긴 했지만 내가 자신을 알아보지 못해서 서운했다고, 그러나 한편으론 다행이라는 생각도 했다고 편지에는 적혀 있었다. 편지 안에서 그녀가 내게 묻는다. 반장, 사람이 할 수 있는 가장 위대한 일이 뭔지 알아? 편지 밖에서 나는 고개를 젓는다. 누군가 이런 말을 했어. 사람을 살리는 일이야말로 아무나 할 수 없는 위대한 일이라고. 그러니까…… 그러니까 내게 무슨 일이 생기더라도 반장, 네가 준 카메라가 날 이미 살린 적이 있다는 걸 너는 기억할 필요가 있어. 은이. 그 편지가 저장된 날은 그녀와 내가 을지로에서 만나 맥주를 마신 날이었다. 내게 고맙다고 말한 뒤 택시를 타고 떠난 그녀는 연말의 서울 거리를 가로지르는 택시 안에서 언젠가 살아 있는 사람이 읽을 수도 있는, 이번에는 꽤 쓸모 있는 편지를 써야겠다고 생각했던 것이다.

*

1943년이 되어서야 알마 마이어는 그 지하창고를 벗어날 수 있었다. 누군가 알마 마이어를 독일 경찰에 신고했다는 소식을 전해 들은 장이 이번에도 그녀의 또다른 탈출을 도왔다. 알마 마이어는 장을 따라 스위스로 갔고 스위스 국경도시에서 그와 헤어졌다. 그때 이미 그녀는 노먼과 심장과 심장으로 연결되어 있었지만 인지하지는 못했으므로 장에게는 아무 말도 하지 못했다. 그녀가 노먼의 존재를 알게 된 건 미국으로 향하는 증기선 삼등칸에서 심한 뱃멀미를 하고 난 뒤였다. 1943년 11월, 미국의 관문인 엘리스 아일랜드에 도착한 알마 마이어가 가장 처음으로 한 일은 그녀에게는 몸의 한 기관과도 같았던 수제 바이올린을 판 것이었다. 그 돈으로 그녀는 거처를 구할 수 있었고 노먼을 낳을 때까지 일을 하지 않아도 되었다. 장이 살아 있다는 것을 알게 된 건 거짓말처럼 전쟁이 끝나고 오 년이나 지난 후였다. 하지만 그녀는, 이미 결혼을 해서 가정을 이루고 있던 장에게 자신의 생존과 주소를 알리지 않았다. 그녀가 생각하기에, 장은 이미 그녀를 위해서 너무 많은 일을 했고 그로 인해 오랫동안 삶이 불안정했다. 그녀는 장의 일상을 또다시 흔들고 싶지 않았다. 그것은 연인으로서의 자존심이라기보다는 인간적인 예의에 가까웠다.

헬게 한센이 보내준 영상을 보기 전까지, 하지만 그녀는 노먼이 오랫동안 장의 생애를 멀리서 지켜봐왔다는 것을 알지 못했다. 노먼은 무려 삼십 년 가까이 뉴욕 외곽에 위치한, 타인의 개인정보를 비밀스럽게 수집해주는 비인가 사무소의 고객이었다. 노먼은 한 달에 한 번 정도 그 사무소에 들러 장의 최근 동향에 대해 들었고 간혹 사진을 건네받기도 했다. 그러나 노먼은 정보만 전달받을 뿐, 장에게 자신의 존재를 알리지 않았고 편지나 전화를 한 적도 없었다. 어머니가 생각하는 인간적인 예의에 동의하지는 않았으나 그 선택을 지켜주고 싶었고, 세상에는 진실 이외의 것이 더 진실에 가까운 경우도 있다고 생각했기 때문이다. 2007년, 노먼은 장에 대한 마지막 정보를 건네받았다. 장의 장례식장을 찍은 사진과 묘지 주소가 적힌 책자 같은 것이었다. 유감이에요, 노먼. 오랜 시간 노먼의 일을 담당해오며 노먼과 함께 늙어온 사무소 소장은 그렇게 말한 뒤 담배 한 대를 권했다. 담배를 다 피우고 나서 사무소를 나온 노먼은 주차해놓은 자신의 자동차를 지나쳐 무작정 걸었다. 장 베른, 프랑스계 벨기에인, 평생 작곡가를 꿈꾸었으나 단 한 곡도 발표를 못한 사람, 마흔 이후엔 지방의 작은 오케스트라에서조차 밀려났으며 그 어디에서도 독주 초청을 받아본 적이 없는 무명의 호르니스트…… 삼십 년 가까이 제공받아온 그 정보들을 떠올리며 노먼은 그날 이런 다짐을 했다.

—그가 인생에서 한 가장 위대한 일을 내 삶에서 재현해주자는 다짐이었죠. 쓰레기 같은 전쟁에서 죽을 뻔했던 여성을 살린 그 일을 말이에요. 사람을 살리는 일이야말로 아무나 할 수 없는 가장 위대한 일이라고 나는 믿어요. 보다시피 나도 이제 늙었어요. 더 늙기 전에, 나는 그가 했던 방식으로 그의 역사를 기념해주고 싶어요.

노먼이 말을 마치자 구호품 트럭 안엔 숙연한 침묵이 흘렀다. 카메라는 동승자 한 명 한 명을 클로즈업한 뒤 조금씩 뒤로 물러났다. 스크린은 서서히 페이드아웃되고 있었다. 완벽한 어둠이 찾아오기 직전, 그리고 관객들의 뒤통수를 내리치듯 강렬한 폭발음이 상영관 안을 가득 메웠다. 객석에 조명이 들어오고 스크린에는 엔딩 크레디트가 한 줄씩 뜨고 있었지만 두 귀는 그 폭발음 너머의 비참한 장면에 닿아 있는 듯 여전히 얼얼하기만 했다. 가장 마지막으로 엔딩 크레디트에 올라오는 두 사람의 이름 옆에는 생몰년도가 정확하게 기재되어 있었다. 노먼 마이어, 그리고 감독과의 인터뷰 이후 두 달 만에 자택에서 숨진 알마 마이어가 그들이다. 그들의 세계를 작동하게 하던 태엽은 모두 2009년에 멈춘 것이다.

엔딩 크레디트마저 끝난 뒤에도 스크린에서 시선을 떼지 못한 채 자리를 지키고 있는데 누군가 내 등을 가볍게 쳤다. 뒤를 돌아보자 청소도구를 든 중년의 흑인 여성이 서 있었다. 그제야 주위를 보니 객석은 모두 비어 있었다. 가방을 챙겨 황급히 건물을 나오자 아침의 안개는 모두 걷히고 뜻밖에도 눈부신 겨울햇빛이 온 거리에 내리비치고 있었다.

*

나는 빛으로 일렁이는 맨해튼 거리 속으로 천천히 스며들어갔다. 몇 개의 블록과 모퉁이를 지나자 그곳이 눈에 들어왔다. 벌어진 입을 다물지 못한 채 거리의 모든 햇빛을 빨아들이는 그곳, 악기상점의 쇼윈도 쪽으로 나는 한 발 한 발 걸어갔다. 악기상점 안에는 여러 악기들이 진열되어 있었고 그중엔 바이올린과 호른도 있었다. 권은이 옆에 있었다면, 그녀는 분명 알마 마이어와 장 베른이 각자의 악기를 들어 연주를 하는 상상에 빠져들었을 것이다. 아마도 눈을 한 번 꾸욱 감았다 뜬 뒤, 빛의 호위를 받으며. 이상할 건 없었다. 태엽이 멈추고 눈이 그친 뒤에도 어떤 멜로디는 계속해서 그 세계에 남아 울려퍼지기도 한다는 걸, 그리고 간혹 다른 세계로 넘어와 사라진 기억에 숨을 불어넣기도 한다는 것 역시, 나는 이제 이해할 수 있었다.

발아래를 보았다.

눈이 녹기 시작하면서 그 위에 새겨진 사람들의 발자국들이 조금씩 지워져가고 있었다. 몇 걸음 앞에 쭈그리고 앉아 있는 권은의 작은 뒷모습이 보였다. 일요일 오후, 눈 쌓인 학교 운동장에는 우리 외에는 아무도 없었다. 조금씩 권은에게 다가가자 누군가 남기고 간 발자국에 후지사의 필름 카메라를 들이대고 있는 그녀의 자세가 또렷해졌다. 뭐해? 그건, 학교로 되돌아온 권은에게 내가 처음 건넨 말이었다. 권은이 카메라에서 눈을 떼며 놀란 얼굴로 날 올려다보더니 이내 뚱한 목소리로 되물었다. 넌 왜 학교에 있는데? 집에 손님이 왔는데 갈 데가 없어서…… 근데 여기서 뭘 하는 거야? 권은은 대답 대신 손짓으로 자기 옆에 앉아보라는 표시를 해 보였다. 얼떨결에 그녀 옆에 앉자, 테두리가 흐릿해지고 있는 발자국을 손가락으로 가리키며 그녀가 말했다. 발자국 안에 빛이 들어 있어. 빛을 가득 실은 작은 조각배 같지 않아? 어, 그런가…… 여기에도 숨어 있었다니…… 뭐가? 셔터를 누를 때 카메라 안에서 휙 지나가는 빛이 있거든. 그런 게 있어? 어디에서 온 빛인데? 내가 관심을 드러내자 권은은 그때까지 내가 한 번도 본 적 없는 한껏 신이 난 얼굴로 날 바라봤다. 그녀의 이야기는 아직 시작되지 않았지만 나는 이미 알고 있었다. 평소에는 장롱 뒤나 책상 서랍 속, 아니면 빈 병 속처럼 잘 보이지 않는 곳에 얄팍하게 접혀 있던 빛 무더기가 셔터를 누르는 순간 일제히 펴져나와 피사체를 감싸주는 그 짧은 순간에 대해서라면, 그리고 사진을 찍을 때마다 다른 세계를 잠시 다녀오는 것 같은 그 황홀함에 대해서라면, 나는 이미 모든 것을 기억하고 있었다. 권은이 내가 알고 있는 그 이야기를 시작한다. 악기상점의 쇼윈도에 반사되는 햇빛이 오직 그녀만을 비추고 있었다.

| 작가노트 |

영원한 예의를 향해

오 년여 전, 아우슈비츠에 간 적이 있습니다. 그 무렵엔 폴란드에서 살고 있었으니 그곳에 가는 게 어렵지는 않았죠. 중앙역에서 기차를 한 번만 타면 다섯 시간 이내에 아우슈비츠가 있는 도시에 닿을 수 있었습니다. 물리적으로 그토록 가까운 곳에 아우슈비츠가 있었음에도 폴란드를 떠나기 석 달 전에야 그곳을 찾아갔던 건 감정적인 거리감 때문이었을 것입니다.

그곳에 가는 걸 기다리면서도 두려워했습니다.

귀국 후 프리모 레비의 『이것이 인간인가』(이현경 옮김, 돌베개, 2007), 서경식의 『디아스포라의 눈』(한승동 옮김, 한겨레출판, 2012), 그리고 『디아스포라 기행』(김혜신 옮김, 돌베개, 2006)을 읽으며 살아남은 자의 예의에 대해 생각했습니다. 전쟁을, 학살을, 혹은 그와 비슷한 무게의 고통을 겪었거나 겪고 있는 사람들에게 우리는 무엇을 해줄 수 있는지……

이 화두는 우리가 살아 있는 한 지속될 테지요. 그리고 우리의 죽음 이후에도 누군가는 짊어질 생의 무게일 것입니다. 아무리 시간이 흘러도, 세대와 세대가 지나가도, 우리가 잊어서는 안 되는 어떤 영원한 예의에 대해 쓰고 싶었다고 한다면 너무 거창하겠죠. 실은 저도 잘 모르는 영역입니다. 그러니 이 소설을 쓰게 된 계기를 저는 이렇게밖에는 말할 수 없을 것 같아요. 대단하고 위대한 삶이 아니라 조금이나마 인간다워지는 순간에 대해서 쓰고 싶어서였다고요.

그 빛의 순간이 읽는 분들의 마음속에도 비쳐지길 소망합니다.

| 해설 |

감각의 디아스포라

박인성

조해진의 소설에 접근하기 위한 열쇳말 중 하나는 '디아스포라(diaspora)'이다. '흩어진 자(離散者)'를 가리키는 이 단어는 사회-역사적 지평에서만이 아니라 문학에서 빈번하게 다루어지는 문제적 인물들의 형상이다. 여기에서 '흩어진 자'라는 말은 두 가지 방식으로 받아들일 수 있는데, 하나는 우리가 익히 알고 있듯이 정주할 고향을 잃고 뿔뿔이 흩어진 민족이라는 의미이며, 다른 하나는 자기 존재를 그 자체로 조각난 삶의 형태로 받아들이며 살아가는 자들이라는 의미이다. 전자의 의미에서 다시 후자의 의미에 다가설 때 디아스포라는 경험하거나 도달하기 어려운 삶의 형상인 동시에, 어디에나 편재하는 보편의 운명으로 재발견된다. 물론 그러한 방식의 보편화가 디아스포라라는 특수한 운명을 탈색시키거나 손쉽게 이해가능한 것으로 탈바꿈시키는 것은 아니다. 여전히 디아스포라는 보편화되지 않는 배제되고 억압된 삶의 양태를 고스란히 지닌 채로 우리 삶의 낮은 지점에서만 가까스로 재발견될 따름이다. 이러한 발견의 지점에서 조해진의 소설은 디아스포라를 인간 존재의 핵심적인 조건으로 재구축하는 무척이나 섬세하고도 위험한 작업을 수행하고 있다.

이미 조해진은 과거 장편소설 『로기완을 만났다』(창비, 2011)에서 그러한 디아스포라적 개인으로서 로기완이라는 탈북자의 삶을 사후적인 서술의 형식으로 추적한 바 있다. 여기에서 추적이라 부르는 일련의 과정은 어디까지나 로기완이 머물다 사라진 흔적을 그저 뒤늦게 더듬어갈 수밖에 없는 한계를 명백히 인식하는 것에서부터 시작된다. 온전히 재현되거나 보편화되기를 거부하는 '타자'의 서사를 있는 그대로 고스란히 이해하거나 관찰한다는 것은 불가능하다. 오히려 객관화될 수 없는 그의 고통에 섣불리 연민으로 다가가는 과정 속에서 타자는 손쉬운 동일시의 대상이 되거나, 그를 지켜보는 시선의 권력에 포획될 위험에 처해 있다. 그러므로 단순히 조해진의 소설이 디아스포라의 형상들에 근접하고 있다고 말하는 것만으로는 충분하지 않다. 그의 서술적 윤리는 타자의 절대적 외부성과 그것에 접근해 들어가는 주체의 시선과 서술이 가지는 권위 사이에서 끊임없이 망설이며 서성인다. 연민이나 동정을 빌미로 타자의 세계를 함부로 두드리고 열어보며, 그 어두운 방안에 불을 밝힐 권리가 과연 우리에게 존재한단 말인가?

따라서 디아스포라라는 단어는 소문자 역사(history)의 형태로만 기록될 수 있는 삶에 다가서기 위한 최소한의 입구 역할만을 수

행할 뿐이다. 문제는 그 입구에 들어서는 자의 불안이 구체화되는 순간이다. 「빛의 호위」에서 이십여 년 전 과거에 학교에 나오지 않은 권은의 집을 찾아간 서술자 '나'의 두 눈이 집안의 어둠 속에서 그저 암순응만을 기다려야 했던 것처럼, 그러한 희미하고 불확실한 감각에 스스로를 내맡길 때에만 비로소 구체화되는 삶의 순간이 존재한다. 권은의 삶은 단순히 가난과 불우함의 문제만으로 규정되지 않으며, "그 세계에 사는 주민은, 언제나 권은 한 사람뿐이었다"라는 환기만큼이나 '흩어진 자'로서의 정체성을 지니고 있었다. 그리고 세월이 흐른 뒤에야, 과거 '반장'이었던 '나'는 다시금 권은을 만나게 된다. 그녀가 누구인지도 모르는 채로, 수수께끼 같은 그녀의 암시에 의해서만 겨우 과거의 기억을 되살리게 되는 '나'의 시선과 목소리에는 소설의 서술자가 마땅히 갖추어야 할 확신이나 권위보다는 차라리 주저와 망설임이 우선한다.

필연적으로 이 소설은 '나'의 시선으로 권은의 현재 삶 그 자체에 천착하기보다는 이미 지나버린 세월만큼이나 되찾을 수 없는 간극을 더듬으며 우회한다. 그가 찾고 있는 것은 예전 그대로의 감정의 소생이나 관계의 복원 같은 것이 아니라, 그것이 그저 불분명하게 되돌아오는 순간의 감각들에 존재하는 탓이다. 이십여 년 전 "암순응이 되지 않은 두 눈"으로 빛이 돌아오기를 기다리는 과정처럼, 빛의 감각이 구체화되는 것은 명백한 진실이라기보다는 차라리 시신경의 과장이나 속임수에 가까운 것일 수도 있다. 그럼에도 불구하고 기억이란 그러한 제어할 수 없는 감각의 형태로, 온다. "기억들은 어느 한순간 섬광처럼 내 머리를 강타한 것이 아니라 아주 먼 곳에서 한 조각씩 내 감각 속으로 흘러들어왔다." 일찍이 발터 벤야민은 이러한 순간의 제어할 수 없는 방식으로 되살아나는 삶의 충격을 '무의지적 기억'이라 불렀다. 이 기억이야말로 주체화되지 않는 타자와의 만남이 우리 삶 내부에서 펼쳐지는 진정한 경험인 탓이다.

이러한 방식으로만 말해질 수 있는 경험적 영역을 이해할 때 비로소 우리는 이 작품이 이십여 년 만에 이루어진 권은과의 재회 그 자체보다도, 권은이 소개해준 사진작가 헬게 한센의 유일한 다큐멘터리 영화 〈사람, 사람들〉을 보여줌으로써 대신 말하는 방식을 보다 잘 이해할 수 있다. 헬게 한센은 홀로코스트의 위기를 넘기고 살아남은 유대인 여성 알마 마이어와, 그녀의 아들이자 팔레스타인에 구호물자를 전달하러 가다 숨진 노먼 마이어의 삶을 다룬다. 이국의 땅에서 홀로 객석에 앉은 채로 다시금 어둠 속에서 그들의 삶을 지켜보던 '나'는 그들과 권은의 삶 사이에 희미하지만 중요한 연관성이 있음을 볼 수 있었다. 그것은 이십여 년 전 좁고 추운 방에서 그 세계의 유일한 주민이었던 권은의 삶이 그저 저 홀로인 것만은 아니었음을 알게 되는 것이며, 어쩌면 그것이 디아스포라라는 이름으로 가능한 고통과 기억의 연대임을 아는 것이다.

> 각기 다른 시대와 역사에서 출항한 배에 탑승한 승객들처럼 아무런 관련이 없는 알마 마이어와 그녀는 비슷한 경험을 공유하고 있었다. 마치 두 사람을 태운 전혀 다른 두 척의 배가 똑같은 풍랑을 견디며 잠시 표류한 적이 있기라도 한 것처럼.(50쪽)

그러나 각기 다른 시대의 다른 상황에 놓인 이들에게 어떻게 이러한 '경험의 공유'가 가능한 것일까? 이러한 가능성을 되묻는 지점에서 조해진이 감각적으로 형상화하고 있는 저 빛들 사이의 유사(analogy)에 주목해야 한다. 그것이 권은에게는 카메라 "셔터를 누를 때 카메라 안에서 휙 지나가는 빛", 어디에서 왔는지도, 어디로 가는지도 모르는 빛의 감각이었다면, 알마 마이어에게는 그녀의 연인이었던 "장이 작곡한 그 악보들"이 곧 "식료품점 지하창고에서 날마다 죽음만 생각하던 내게는 내일을 꿈꿀 수 있게 하는 빛"이었음이 겹쳐진다. 때때로 우리는 스스로의 감각에 속는다. '나'가 이십여 년 전 권은에게 주었던 카메라가 권은에게 선사한 빛의 산란이 그러하며, 알마 마이어가 사실 어떤 연주도 없이 음악을 듣고 그 속에서 빛의 호위를 느낄 수 있었던 것 또한 일종의 마술적인 감각의 속임수일 테니까. 그러나 속임수라는 표현에는 오해의 여지가 있을 것이다. 그들 누구도 그러한 감각을 의도적으로 조작한 것이 아니며, 오히려 그들 몸의 감각 자체가 그들의 의도나 의지로 수렴되지 않고서 제각각 흩어진 채로 작동하고 있기 때문이다. 저 빛이 본래 하나의 덩어리라기보다는 수많은 입자들의 희미한 연대로서만 가능하듯, 흩어진 감각들은 저도 모르게 자신을 노출시킨 채로 연약하고 희미한 공명을 예비한다.

그러한 의미에서 조해진이 그려낸 빛의 감각은 제어할 수 없는 형태의 기억들, 무의지적 기억이라는 표현들과 다시 연결된다. 어쩌면 아직 한 번도 경험해본 바 없는 그러한 타자의 기억을 자신의 삶 속으로 불러들이는 육체적 감각들은 진실보다 더 많은 경험들을, 혹은 더 많은 삶의 가능성들을 전달한다. "태엽이 멈추고 눈이 그친 뒤에도 어떤 멜로디는 계속해서 그 세계에 남아 울려퍼지기도 한다는 걸, 그리고 간혹 다른 세계로 넘어와 사라진 기억에 숨을 불어넣기도 한다는 것", 여기에서 단순히 동정과 연민을 넘어서 타자에게 닿을 수 있는 가능성 또한 잔향(殘響)처럼 남아서 뒤늦게야 우리를 찾아온다.

이러한 감각의 차원에서 삶은 단지 상징적인 정체성으로서만 구성되고 의미를 얻는 것이 아니다. "사람들이 노먼을 시대의 양심이니 유대인의 마지막 희망이니 하는 수식어로 포장하는 걸 도저히 용납할 수 없었어요"라는 알마 마이어의 언급은 그러한 의미화의 불가능성에 대한 것이다. 노먼이 추구한 것은 인류애라는 보편의 의미가 아니라, 단독자로서의 삶이 또다른 단독자에게 다가서는 시도이자, 그가 아버지 장이나 어머니 알마로부터 물려받은 감각에의 충실함이었다. 보편화되지 않는 감각의 특수성이 역설적으로 타자와의 연결 혹은 횡단의 가능성을 낳는다. 바로 권은에게 "카메라는 단순히 사진을 찍는 기계장치가 아니라 다른 세계로 이어지는 통로"로서 존재했던 것처럼, 그리고 '나'와 카메라가 스스로도 모르는 사이에 권은에게 그러한 가능성의 한 통로가 되어주었던 것처럼. 우리 모두가 보편화된 디아스포라라고 말하는 것은 쉽다. 그러나 의지를 넘어서 작동하는 흩어진 감각들 자체가 우리 내부에서 발견되는 타자에 다름아님을 아는 것은 좀처럼 쉬운 일이 아니다. 이에 대하여 「빛의 호위」에서는 권은의 입을 통해 헬게 한센의 언급을 옮김으로써 그 중요한 관점의 이행을 이미 표현하고 있다.

> 전쟁의 비극은 철로 된 무기나 무너진 건물이 아니라, 죽은 연인을 떠올리며 거울 앞에서 화장을 하는 젊은 여성의 젖은 눈동자 같은 데서 발견되어야 한다. 전쟁이 없었다면 당신이나 나만큼만 울었을 평범한 사람들이 전쟁 그 자체니까.(49쪽)

이러한 언급을 신뢰할 때, 디아스포라의 고통과 기억은 유대인 이산자의 역사가 아닌, 오히려 그들을 기억하고 기념하는 평범한 자들의 감각이나 그들을 둘러싼 빛의 산란 속에서 찾아져야 한다. 노먼 마이어가 아버지 장을 굳이 직접 만나지 않고도 그의 역사를 기념하고자 했던 것처럼, 때로는 직접적인 관계와 소통보다도 그를 기억하고 기념하는 과정이 부지불식간에 의도나 의지를 넘어 생 자체를 되살리는 '호위'가 될 수 있다. 조해진이 이미 『로기완을 만났다』에서 연민을 인정하는 태도를 통해 타자 앞에 멈추어 서는 멈춤의 윤리를 그려냈다면, 「빛의 호위」에서는 고통과 기억의 연대라는 것이 가능하다면 그것은 아주 희미한 감각의 유사 속에서만 이루어질 수 있음을 그려냈다. 이 시도가 디아스포라의 단독성과 그 보편화 사이에 희미한 연대성의 층위를 애써 되살리는 조해진의 예민한 감각이 빚어낸 소중한 결과물이다. 권은이 이미 죽은 알마 마이어에게, 그리고 다시 만날 수 있을지도 모를 '나'에게 블로그에나마 편지를 쓴 것과 마찬가지로 때로는 도달할 수 없는 종류의 메시지가 기념하는 것들, 그리고 그것에 다가서는 희미하고 여린 능력만

이 그렇게 우리에게 주어져 있다. 디아스포라의 감각, 아니 어쩌면, 감각의 디아스포라. 그렇게 우리는 빛에 둘러싸인 채로, 빛의 자녀들이 된다.

박인성
2011년 경향신문 신춘문예에 평론 「불필요한 문장들과 다시 서사하기—김중혁·윤성희·박형서의 최근 소설들에 대하여」가 당선되어 등단.

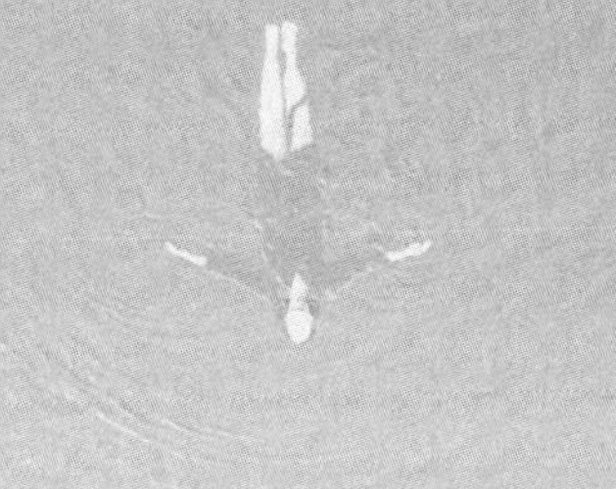

윤이형

쿤의 여행

작가노트 느린 날들의 꿈일기

해설 금정연 with or without 쿤

윤이형
2005년 중앙신인문학상에 단편소설 「검은 불가사리」가 당선되어 등단. 소설집 『셋을 위한 왈츠』 『큰 늑대 파랑』 『러브 레플리카』 『작은마음동호회』, 중편소설 『개인적 기억』, 장편소설 『설랑』, 청소년소설 『졸업』이 있다. 2015년 젊은작가상, 문지문학상을 수상했다.

| 수상작 |

쿤의 여행

쿤을 뜯어냈다. 말 그대로, 뜯어냈다. 길고 힘든 수술이었다고 의사는 말했다.

내게 붙은 쿤은 내가 자랄 모습으로 자라났다. 처음에는 우무나 곤약과 비슷하게 물컹거리는 회백색 덩어리였던 그것은 다 자라자 무표정한 마흔 살 여자의 모습으로 굳었다. 윤기 없는 머리카락에 작은 눈, 넓은 어깨와 전체적으로 약간 살집이 붙은 몸을 지닌 여자였다. 예쁜 것과는 거리가 멀었고, 말이 없어선지 다소 답답해 보였다.

병원으로 오기 위해 집을 나설 때부터 쿤은 거세게 저항했다. 도살장으로 끌려가는 짐승처럼 울부짖으며 몸부림쳤다. 팔다리를 휘젓고 제 머리를 쥐어뜯고, 몸을 좌우로 뒤흔들며 손에 잡히는 것이라면 뭐든 가리지 않고 집어던졌다. 보다 못한 남편이 노끈을 가져와 우리를 꽁꽁 묶었다. 남편의 티셔츠가 땀으로 푹 젖었다. 그도 그럴 것이 이 몸의 주도권을 잡고 있는 건 내가 아니라 쿤이었고, 나는 쿤의 등에 달라붙어 살고 있었던 것이다. 나는 팔로 쿤의 목을 감고, 두 다리를 쿤의 옆구리에 바싹 붙여 업힌 자세로 그녀와 한몸이 되어 살아왔다. 내 가슴과 배는 쿤의 널찍한 등에 단단히 엉겨붙어 있었다. 쿤은 나를 충분히 지탱할 만한 몸집이었으므로 뜯겨나온 건 쿤이 아니라 실은 나라고 해야 할지도 몰랐다.

수술 전날까지 남편은 나를 설득했다. 꼭 해야겠느냐고, 한 번만 달리 생각해볼 수는 없겠느냐고 안타까운 목소리로 물었다. 나는 쿤의 목덜미에 고개를 파묻었다. 괴로운 마음에 쉽게 고개를 들 수 없었다. 나를 만난 뒤로 모든 걸 감수하고 희생하며 살아온 남편이었다. 내가 어떤 모습이든 무엇을 하든 이해하고 내 편이 되어준 그였지만 이번처럼 커다란 짐을 떠맡은 적은 없었다. 쿤의 목덜미에서 달큰한 냄새가 났다. 굳게 뭉쳐둔 마음이 풀어헤쳐지며 막막한 두려움이 몰려왔다. 할 수 있을까. 그러나 마지막 설득을 하는 와중에도 남편은 내 손이 아닌 쿤의 손을 잡고 있었다. 그게 나인 것처럼 놓지 않고 꼭 부여잡고 있었다. 언제나 허전했을 그의 손을 먼저 잡아준 적이 내겐 없었다. 떨어지지 않으려고 쿤의 목에 매달리느라 내 손은 그에게 닿아본 적이 없었다. 이런 형상을 하고 남은 삶을 끝낼 수는 없다는 마음이 솟구쳤다. 나는 쿤을 보내야 했다.

울부짖는 쿤과 내가 옆으로 엎드린 자세로 수술대에 묶였다. 의사들이 우리의 팔목에 각각 마취제를 주사하고 1부터 숫자를 세라고 했다. 1, 2, 3……20까지 센 게 기억난다. 망각이 나를 빨아들였다.

아무것도 없다. 없어졌다.

달라진 감각이 가슴과 배를 저릿하게 감싸고 머리로 올라왔다.

링거와 항생제, 복합재생제를 맞으며 회복실에서 사흘을 보냈다. 나흘째 되는 날 소변줄이 제거되자 침대 난간을 붙잡고 일어나 앉았다. 남편이 떠주는 밥을 먹고, 휠체어에 앉아 화장실을 오갔다.

붕대를 감은 배에 힘이 들어가지 않았다. 붕대 위에 복대를 겹쳐 감고 조이자 겨우 허리를 펼 수 있었다. 허벅지와 팔 안쪽에 남은 거무죽죽한 욕창의 흔적을 나는 낯설게 바라보았다. 몸 곳곳이 오래된 기계처럼 삐걱거렸고, 뒤틀린 골반이 뻐근했다. 걸어도 될까? 멋모르고 한 발로 바닥을 디뎠다가 나는 비명을 지르며 주저앉았다. 울음과 함께 차오르는 욕지기를 꿀꺽 집어삼켰다.

일주일째 되는 날 물리치료를 시작했다. 눈물을 닦으며 병실로 돌아오는데 복도 한쪽에 서 있는 남편과 딸이 보였다. 보행보조기를 밀고 걸어가는 십여 미터가 한없이 멀게 느껴졌다. 하늘거리는 원피스를 입은 아이는 입을 한일자로 다물고 차렷 자세로 버티고 있었다. 뛰어 도망치고 싶은 마음이 얼굴에 역력했다. 나는 걸어가 손을 내밀었다. 아이의 눈이 휘둥그레졌다.

안녕, 딸. 엄마야.

아이가 주저하며 손을 뻗었다. 제 앞에 선 열다섯 살 소녀의 얼굴을 빤히 들여다보았다. 엄마? 이게 우리 엄마야? 아이가 남편에게 물었다. 남편이 고개를 끄덕였다. 응, 엄마야. 그러니까 놀라지 마. 울지도 말고.

아이는 울지 않았다. 그 마음이 어떤 것인지 나는 짐작할 수 없었다. 앞으로도 짐작할 수 없을 거였다. 나는 딸의 손을 잡고 떨리는 목소리로 말해주었다.

딸, 미안해. 엄마가 자랄게. 얼른 자랄게.

굴비를 굽고 소시지와 달걀을 부쳐 아이에게 밥을 먹였다. 쿤의 손으로는 쉬웠던 부엌일이 내 손에는 아무래도 붙지 않아 몇 번이나 뒤집개를 떨어뜨리고 식칼을 놓쳤다. 주방기구들이 온몸으로 나를 거부하는 듯했다. 회복이 덜 되기도 했지만 중학생 정도의 몸으로 집안일을 예전만큼 하긴 무리였다. 보이는 곳만 깨끗하게 닦고 빨래는 하루 두 번에서 한 번으로 줄였다.

다행히 아이는 이제 아홉 살, 제 스스로 옷을 챙겨입고 친구와 함께 놀다 올 수 있는 나이였다. 그렇다고 벌써 엄마가 필요 없어진 건 아니었다. 숙제와 준비물을 챙겨 가방에 넣고 옷매무새를 바로 잡아주는데 아이가 중얼거렸다. 고마워, 언니…… 아니, 엄마.

서먹한 얼굴로 돌아보며 집을 나서는 아이를 웃으며 보내는 일이 쉽지 않았다. 학부모 모임도, 공개수업 참관도 당분간 포기해야 했다. 중학생 언니의 얼굴을 하고 엄마들 사이에 앉아 있을 수는 없었다. 쿤을 떼어내지 말걸 그랬나 하는 후회가 처음으로 밀려들었다.

그러나 오래전 쿤에게 내 발로 걸어가 업힌 것처럼 그 등에서 내려오기로 한 것 역시 다른 누구도 아닌 내 선택이었다. 아이 때문에 그냥 사는 게 아니라 아이를 생각하면 더더욱 달라져야 했다.

나는 어지러운 마음을 바로잡고 샤워를 했다. 새로 사온 티셔츠와 청바지를 입고 머리를 높이 올려 묶었다. 배낭을 메고 집을 나와 버스정류장을 향해 걸었다.

납골당은 한산했다. 백합 한 송이를 올리고 향을 피웠다. 키가 작아진 까닭에 까치발을 해야 엄마가 있는 칸에 손이 겨우 닿았다.

사진 속 엄마가 희미하게 웃었다. 마흔 살이던 딸이 갑자기 소녀의 몸으로 돌아왔는데도 개의치 않는 듯한 미소였다. 그 미소를 똑바로 본 적이 전에는 없었다. 늘 쿤이 나 대신 엄마를 보고 나 대신 엄마의 어깨를 주물렀다. 방학 때 엄마의 가게에서 카운터 앞에 앉아 있던 것도, 음식 접시를 나르던 것도 쿤이었다.

엄마는 내 배에 붙어 자라는 쿤과 나를 똑같이 아끼고 보듬으며 키웠다. 남대문시장에 가서 천을 떼다 구멍 난 원피스를 만들어 입혔고, 다른 사람들의 눈에는 괴물이었을 우리에게 예쁘다고 아낌없이 말해주었다. 우리가 대학에 가고 연애와 결혼을 하는 걸 지켜보며 대견해했고, 내 아이를 쿤이 낳았을 때는 눈물을 흘리며 세상에서 가장 행복한 사람의 얼굴을 하고 웃었다. 우리가 해내는 평범한 일들, 일상의 모든 조그만 순간들이 엄마에게는 경이와 감사의 대상이었다. 엄마는 우리를 사랑했다. 그러나 정작 내가 쿤의 등뒤에서 내내 엄마를 외면하고 있었다는 사실은 알지 못했다.

나는 엄마를 보고 싶지 않았다. 엄마가 겪어온 시간, 감내해야 했던 삶의 무거움을 알고 싶지 않았고, 닮고 싶지 않았다. 나는 쿤의 뒤에서 밥은 먹었는지, 아픈 데는 없는지 엄마에게 묻곤 했다. 그러나 그 이상은 하지 않았다. 내가 아무 말도 하지 않으면 오븐이 예열될 때처럼 약간의 시간이 지난 뒤에 쿤이 천천히 움직였다. 쿤은 해마다 엄마의 생일을 챙겼고 장례식에서 엄마의 유해가 수습되는 광경도 나 대신 지켜보았다. 나는 그런 일은 슬퍼서 하기 싫었다.

그런데 막상 쿤 없이 엄마 앞에 서보니 울기에는 내가 엄마를 너무 모른다는 생각이 들었다. 사진 속 엄마가 내 기억보다 젊고 예쁘다는 생각이 들 뿐이었다. 나는 휴지를 배낭에 도로 넣고 폴라로이드 카메라를 꺼냈다. 향이 다 탈 때까지 기다리며 셀카를 찍었다. 웃으면서도 찍고 심각한 얼굴로도 찍고 브이자를 그리면서도 찍었다. 철컥, 기이잉. 철컥, 기이잉. 방문객들이 별 희한한 여자애를 다 본다는 표정을 지으며 지나갔다. 열 장이 넘는 사진 가운데 제일 잘 나온 한 장을 골라 엄마 사진 옆에 테이프로 붙이고 인사를 했다.

엄마, 안녕. 곧 다시 올게요.

나는 홀가분해졌고 빨라졌고 가벼워졌다. 그러나 쿤 없이 지내는 일은 말처럼 쉽지 않았다.

다른 사람들의 눈이 있는 곳에선 그나마 괜찮았지만, 집에 있으면 모르는 사이에 내 손과 발이, 팔과 허벅지가 늘 거기 있던 쿤의 등을 찾아 헤맸다. 그 널찍하던 등에 기댈 수도, 그 몸에 엉겨붙을 수도 없다니. 다시는 그럴 수 없다니. 입이 마르고 경련이 일어날 지경이었다. 나는 거울을 보며 의지를 다지려 애를 썼다. 어리다. 아직도 어리다. 그렇게 되뇌다보면 떨리던 손발이 진정되고 마음이 차분해졌다. 그러나 다시, 조금만 방심하다 정신을 차려보면 나는 쿠션이나 딸아이의 테디베어 인형, 커다란 여행용 가방 같은 것들에 딱 붙어 그게 쿤인 양 끌어안고 있었던 것이다.

조금만 지나면 혼자서도 아무렇지 않을 거야. 우리 어디 커다란 흔들바위 같은 거 끌어안으러 갈까? 참다 참다 남편에게 업혀버린 나를, 남편은 면박 주는 대신 조용히 다독였다. 그런 그가 고맙고 미안해서 나는 그의 등에 오래 있지 못했다. 그를 내 두번째 쿤 따위로 만들어버릴 수는 없는 일이었다. 이제는 내가 자랄 때까지 나를 안을 수 없는데도, 그는 화내지도 채근하지도 않았다.

오래 붙어 있었던 만큼 성장이 더딜 수 있어요. 세계를 보면 자라는 데 도움이 되는데, 여러 가지 방법이 있으니 마음 가는 일부터 시작하면 돼요. 의사는 그렇게 말했다. 물 많이 마시고 푹 자고, 사람들과 얘기 많이 나누고요.

나는 컵 가득 생수를 따라 마시고 밖으로 나갔다. 동네 편의점과 슈퍼마켓, 패스트푸드점과 동물병원과 안경점을 차례로 찾아가 아르바이트 모집글을 보고 왔다고 말을 꺼냈다. 사람들의 눈이 의아함으로 커졌다. 신분증과 이력서를 함께 내밀며 최근에 쿤 제거 수술을 받았다는 말을 덧붙였지만 크게 달라지는 건 없었다. 몇몇 사람들은 따끔하게 충고했다. 건강이 안 좋았건 무슨 다른 사정이 있건, 그런 건 우리가 알 필요가 없죠. 그냥 거울 한번 봐봐요. 미성년자잖아? 사람을 상대하지 않아도 되는 일을 찾는 게 나을 거예요. 여기 매일 왔었노라고, 단골이라고 아무리 말해도 소용없었다.

쿤에서 내려온 나를 그들은 알아보지 못했다.

밤이 되어 밖으로 나왔다. 아이를 재우고 마음이 답답해 나온 길이었는데, 왼쪽할머니가 중얼거리며 돌아다니는 소리가 들렸다. 나는 나도 모르게 아파트 단지 쪽으로 그녀를 따라 걷기 시작했다. 왼쪽할머니는 남편과 내가 붙인 별명이었다. 낮에 사람들을 보면 그 할머니는 타이르고 가르치고 화를 냈다. 아저씨, 아기엄마! 길을 다닐 때는 발뒤꿈치 들고 왼쪽으로 다녀야지! 그렇게 법으로 정해져 있는데! 사람들은 들은 척도 하지 않았지만 할머니는 하루도 빼놓지 않고 삼거리에 나와 좌측통행을 권했다. 밤에 혼잣말을 하며 종이박스를 주우러 다니는 할머니가 낮의 할머니와 동일인이라는 건 얼마 전에 알았다. 오른쪽, 오른쪽! 이봐, 오른쪽에 딱 붙어! 밤의 대사는 그랬다.

나는 약간의 거리를 두고 할머니를 따라갔다. 재활용품 분리수거일이어서 쓸 만한 박스는 많았다. 옆 단지 쓰레기장에서 박스 몇 개를 따로 빼서 겹쳤다. 놀이터 옆을 지나는 할머니에게 박스를 끌고 갔다. 오른쪽으로…… 하고 중얼거리던 할머니는 나를 보더니 웅얼거림을 뚝 멈추고 말했다.

아이고, 떨어졌네? 아기가 돼버렸어. 아니, 어느 쪽으로 다녔는데 떨어져버린 거야?

나는 무서움을 참고 박스 무더기를 할머니 앞에 내려놓았다. 돌아서서 집으로 향하려는데 할머니의 목소리가 들렸다.

고생은 하지 마! 고생하는 거랑 크는 거랑은 아무 상관도 없어.

나는 어디서부터 세계를 봐야 할지 알 수 없었다. 그래서 우선 내가 가진 세계를 추슬러보기로 했다. 추슬러놓고 보니, 그것은 아주 작았고 아주 엉망이었다. 나는 그걸 가다듬는 일부터 시작하기로 했다.

아르헨티나에 사는 S아주머니에게 메일을 썼다. 십 년 전 그곳 한인촌을 취재하러 갔을 때, 그녀는 쿤과 나를 집으로 초대해 김치찌개를 끓여주었다. 온천에 데려가줬고, 낡은 호텔에 묵고 있던 우리가 더위에 쪄죽을까봐 꽁꽁 얼린 물을 가져다줬다. 쿤이라고요? 뭔지는 모르겠지만, 보통이랑 다른 몸을 한 사람들은 두 배로 조심해야 돼. 그녀는 자신의 조그만 옷가게에서 제일 커다란 티셔츠를 내게 선물했다. 자신을 비롯한 이민자들이 얼마나 외롭게 살고 있는지 기사에 꼭 써달라고도 했다.

하지만 한국에 돌아온 나는 그 기사를 쓰지 못했고, 왜 쓰지 못했는지 그녀에게 설명하지도 못했다. 데스크에서 잘린 게 아니라 나 스스로 포기했다. 내겐 조금 더 화려하고 극적인 이야기가 필요했는데 그녀의 이야기는 너무 소박했던 것이다.

나는 A에게도 메일을 썼다. 그동안 연락하지 않은 건 바빠서가 아니라 질투 때문이었다고 사실대로 말하고, 아버지 장례식에 가지 못해 미안하다고 썼다.

그동안 몇 번이나 A에게서 메일을 받았지만 답장하지 않은 건 나였다. 그녀는 외국 감독들과 메일을 주고받는 유명한 기자가 되었고, 책도 계속 잘 팔리고 있었다. 회사를 그만두고 몇 년이 지나자 나는 그녀가 하는 영화 얘기를 더이상 알아들을 수 없었다. 알아듣는 척, 즐거운 척 몇 번인가 답장을 쓰려고 해봤지만, 그런 문장들을 적고 있는 쿤과, 그 뒤에 달라붙은 나를 견디기가 힘들었다. A는 부당하게 해고된 선배 기자들과 함께 몇 달 전부터 신문사 건물에서 경영진과 맞서 싸우고 있었다. 쿤을 떼어내고 나니 그런 그녀를 응원하는 일쯤은 할 수 있을 것 같았다. 힘내, 너는 옳은 일을 하고 있어, 나는 마지막에 썼다. 내 마음속에는 질투가 그대로 있었다. 그러나 그 말만은 질투가 섞이지 않은 진심이었다.

마치 죽음을 앞둔 사람처럼 나는 부지런히 메일을 썼다. 그동안 연락하지 못한 사람들, 사과하고 싶은 사람들이 제법 많아 편지를 다 썼을 때는 밤이 돼 있었다.

일주일이 지났다. 답장은 어디서도 오지 않았다. 기다리지 않는다고 생각하며 기다리다보니 그들의 마음을 조금 알 것도 같았다.

떡볶이와 만두를 시켜놓고 분식집에 오래 앉아 있었다. 교복을 입은 아이들이 우르르 들어와 라면을 시켜 먹고 나갔다. 집으로 가는 줄 알았는데 언덕을 올라 학교로 도로 들어가는 게 보였다. 중학생이 야간 자율학습이라니. 나는 중얼거리며 일어났다. 저녁을 먹고 교실로 돌아가는 아이들 사이에 섞여 유령처럼 걷다가, 교문 앞에서 멈췄다. 바쁘게 뛰어가던 아이들이 교복을 입지 않은 나를 이상하다는 듯 돌아보았다.

검푸른 밤 한가운데 희끄무레하게 떠 있는 운동장은 무언가가 튀어나올 것처럼 괴괴했다. 저만치 불 켜진 학교 건물을 보고 있으려니 식은땀이 났다. 저기 들어가볼 마음을 먹고 왔다. 저 복도를 다시 걸으면, 저 교실에 들어가 앉으면, 저 건물에서의 시간들이 아무것도 아닌 것으로 바뀔 것 같았다. 그런데 그럴 수가 없었다.

그 시간들은 중학교에 입학하고 얼마 안 되어 시작됐다. 나는 공부를 잘하지도, 아주 못하지도 않았다. 누구를 무시하거나, 특별히 잘못된 말을 한 적도 없었다. 안 그래도 눈에 띄는 처지라 말 자체를 거의 하지 않았다. 그러나 아무리 조심했어도, 쿤에 달라붙은 채 괴상한 주머니처럼 생긴 옷을 입고 뒤뚱거리는 아이를 보통의 중학교 이학년들이 그냥 지나칠 리 없었다. 아이들은 내 머리카락과 사물함과 책상과 미술 숙제에 껌과 죽은 쥐와 새빨간 물감으로 표시를 했다. 너는 우리와 다르다는, 결코 같을 수 없다는 표지였다. 그런 표지를 받은 날이면 쿤의 몸은 공기를 집어넣은 것처럼 부풀어올랐다. 쿤은 날마다 비대해져갔고, 그럴수록 더한 일들이 일어났다. 나는 끝까지 견뎠다. 견디는 것 말고는 할 수 있는 일이 없었다.

그때가 생각나자 속이 울렁거렸다. 멀리서 바라볼 수는 있었으나 그 일들을 모두 없던 일로 할 수는 없었다. 걸음을 돌려 나오다가 나는 결국 운동장 구석에 조금 토했다.

C에게 문자를 보냈다. 하늘색 티셔츠, 빨간 배낭, 포니테일. 창가 쪽 자리에 있어.

저기, 혹시……? 고개를 들자 C가 서 있었다. 나는 고개를 끄덕였다. C가 입을 딱 벌렸다. 믿을 수 없다는 표정이었다. 오래 알고 지내긴 했어도 그 또한 내가 아닌 쿤을 나라고 기억하며 지내온 것이었다. 갑자기 삼촌이 된 기분이네, 자리에 앉은 그가 중얼거리며 웃었다. 어색한 건 나도 마찬가지였다. 그는 정말 내 삼촌처럼 보였다.

파스타와 피자를 시켰다. 요즘은 SNS로 매일 보고 있었지만, 마지막으로 C의 얼굴을 직접 본 건 십 년도 더 전이었다. 그는 사진보다 건강하고 생기 있어 보였다. 돼먹지 못한 클라이언트가 있어서 피곤하긴 한데 월급은 꼬박꼬박 나와. 다행인가? 다행이지. C는 기타를 계속 연습하고, 주말에는 캠핑을 다니고, 최근에는 케틀벨과 요리도 배운다고 했다.

언제 그렇게 된 거야? 수술은 잘됐고? 그럼 아이는 누가 봐? 괜찮을까? 힘들 텐데.

C의 쿤이 자상하게 물었다. 그 쿤은 C이기도 했다. 나와 마찬가지로 쿤에 업혀다니는 처지였던 그의 몸은 몇 해 전 하나로 합쳐졌다. C가 조금씩 줄어들고 작아져 쿤의 등으로 스며든 거라고 사람들은 말했다. 그 얘기를 처음 들었을 때 나는 실소했다. 쿤에게 흡수되다니, C는 끝나버린 거라고 생각했다. 종종 배에서 진물이 흐르고 혼자서는 대소변도 해결할 수 없고 사람들의 동정에 찬 시선을 받는 이상한 몸일지언정 내가 C보다는 나아. 나는 속으로 그렇게 생각했었다.

하지만 쿤을 떼어내고 나니, 그리고 그와 마주앉고 보니, 나는 알 수 없어져버리고 말았다. 그는 정말 쿤 속으로 흡수된 것일까? 그런 소문은 누가 만들었는지, 나는 왜 그것을 믿은 것인지 궁금했다. 내 눈앞에 있는 것은 C였고, 다른 누구도 아니었다. 그는 가짜처럼, 껍질처럼 보이지 않았다.

다행이야, 네가 원해서 한 거라면. 사고를 당하거나 해서 억지로 떨어지면 회복이 어렵다고 들었거든. C가 조심스럽게 말을 고르는 게 느껴졌다. 나는 내내 하고 싶었던 질문을 했다.

너도 사실은 떼어낸 거지? 쿤 말이야.

그걸 물어보려고 만나자고 한 거야? ……마음대로 생각해.

넌…… 어떻게 한 거야? 그다음에는?

글쎄, 내가 뭘 했지? 난 그냥 똑같았던 것 같은데. 돈을 벌어야 해서 벌었고, 그 외의 시간에는 하고 싶은 일을 했어. 달리 할 일도 없었고, 다른 데 시간을 뺏길 이유도 없었거든. 가족을 만들거나 아이를 키우는 건 나에게는 사치여서, 그쪽은 깨끗하게 포기했어. 네가 결혼해버린 이후로 누굴 사귀고 싶다는 마음도 들지 않았고.

그가 웃었다. 나도 따라 웃었다. 우리는 스물네 살 때 소개팅을 하고 꼭 두 달 사귀었을 뿐이었다. 헤어지자고 먼저 말한 건 C였지만, 실은 헤어지고 말고 할 만큼의 뭔가가 있었던 것도 아니었다. 우리가 사귀기로 한 데엔 두 가지 이유가 있었다. 당시 유행하던 체코 작가의 똑같은 책을 우연하게도 동시에 읽고 있었고, 서로의 쿤이 마음에 들었다. 그때 그의 쿤은 어딘가 서글퍼 보였고, 아마 그때의 그에게 물었다면 내 쿤도 마찬가지라는 대답이 돌아왔을 것이다. 쿤 뒤에 탄 소년과 소녀는 서로를 보지 못했을 거라 나는 확신한다.

우리는 서로의 눈에만 서글퍼 보이는 쿤에 업혀 거리를 걸어다니는 그렇고 그런 수많은 커플 중 하나였다. C와 나는 각자의 쿤의 귀에 헤드폰을 씌우고, 쿤끼리 손을 잡게 하고는 레코드점에 가는 걸 좋아했다. 그러고는 쿤에게 바구니를 들고 커버가 예쁜 CD를 수없이 골라 담게 했다. 지금은 불가능한 일이지만 우리는 그때 우리의 월급으로 자취방 월세를 내고, 괜찮은 레스토랑을 돌아다니며 식사를 하고, 어머니에게 용돈을 드리고, 커피를 마시고, 좋은 공연과 영화를 보고, 그러고도 커버가 예쁜 CD를 수없이 살 수 있었던 것이다. 그리고 두 달 만에 그 일은 지루해졌다.

우리는 다시 연락하지 않았지만, 한때 쿤과 함께 넷이 만나는 데이트를 했던 사람들답게 다른 사람들을 통해 서로의 소식은 계속 전해들었다. 나는 내가 지금 열다섯 살이고, 그에게 미련이나 사심이 전혀 느껴지지 않는다는 게 다행스러웠다. 그러나 단지 원하는 걸 얻기 위해 너무 아무렇지 않게 연락했나 싶어 그런 내가 조금 무섭기도 했다.

날 도와줄 수 있겠어? 내가 물었다.

남이 도와줄 수 있는 일은 아닌 것 같아. C가 말했다.

그러고는 덧붙였다. 참고로 난, 자라고 싶다는 생각 같은 거 안 했어. 남들이 뭐라고 하든, 가능하면 어른이 되지 않고 남고 싶었다고. 그랬는데 떨어져나갔어. 저절로 말야. 연결 부분이 점점 늘어나면서 너덜너덜해지더니, 어느 날 아침 눈을 떴는데 뱃가죽 전체에 당기는 것처럼 통증이 느껴지는 거야. 심하지는 않았지만 기분이 이상하더라고. 일어나보니, 없어졌어. 감쪽같이. 뭐가 이런가, 싶었어. 뭐가 이래? 난 아무 잘못도 안 했는데, 내가 왜 어른이 돼야 하는 거야? 그런데 그뒤로 내 마음과는 상관없이 몸이 쑥쑥 커지기 시작했어. 난 정말 이렇게 되고 싶지 않았는데.

언니, 아니 엄마, 왜 그래?

응?

기분이 안 좋아?

엄마가? 아냐 아냐. 핫케이크 만들어줄까?

괜찮아. 무슨 일이야? 내가 도와줄게.

정말?

응. 내가 도와줄 수 있는 일이면.

나는 딸의 손을 잡아 얼굴에 부볐다.

고마워. 엄마가 하나만 물어봐도 돼?

응.

우리 딸은 옛날 엄마가 좋아, 지금 엄마가 좋아?

딸은 잠시 생각하다 대답했다.

옛날 엄마는 나이가 많고, 지금 엄마는 안 많아.

그래. 그런데 누가 더 좋아?

음…… 잘 모르겠어. 옛날 엄마는 키가 커서 좋았어. 지금 엄마는 언니 같아서 좋아. 친구 같고. 나랑 말도 더 잘 통하고, 옷도 예쁘게 입고, 전에는 모르던 노래도 많이 알고. 그래서 좋아.

정말?

응. 그런데 좀, 다이어트 비디오에 나오는 사람 같기도 해. 옛날엔 안 그랬는데.

다이어트 비디오에 나오는 사람?

응. 쉬지 않고 몸을 움직이고, 계속 웃고, 또 몸을 움직이고, 하나 둘 셋 넷 하나 둘 셋 넷, 할 수 있어, 할 수 있어! 그런 말을 끝도 없이 하는 그 언니들 같아.

나는 한숨을 쉬었다.

그래서 싫어?

싫진 않지만 안타까워. 언니, 아니 엄마. 엄마는 키가 안 커져서 힘든가봐. 엄마가 안 크면 나랑 계속 언니 동생처럼 놀 수 있을 텐데.

하지만 나는 네 엄마야. 앞으로 육 년 뒤에도 엄마가 이대로 있으면, 넌 엄마보다 점점 커질 거야. 그러면 엄마는 너보다 점점 작아지고, 너한테 엄마가 필요할 때 도움이 돼주지 못할 거야. 그래도 좋아?

딸은 곰곰이 생각했다. 그러고는 솔직하게 대답했다.

아니, 그런 건 완전 싫어.

계속 하고 싶은 일을 했어.

C는 그렇게 말했다. 나는 백화점에 가서 좋아하는 로즈메리 향 향수를 한 병 샀다. 점원이 고객님 나이에는 아직 좀 이르신데요, 하고 말해서 복숭아 향도 한 병 같이 샀다. 사놓고 먼지만 쌓아둔 오븐을 꺼내 베이킹 공부를 시작했다. 신선한 재료를 사서 식빵과 머핀과 진저브레드쿠키를 구웠다.

언젠가 버스 안에서 보았던 동네에도 가보았다. 철공소들이 늘어선 오래된 길을 걸으며 쇠를 두드리는 아저씨들과 구루마 끄는 할아버지의 뒷모습을 사진 찍었다. 집에 돌아와 그 사진을 참고하면서 스케치북에 그림을 그려보았다. 나는 날마다 줄넘기를 했고, 에

드워드 호퍼에 관한 책을 사서 읽었다. 그래도 내 몸은 조금도 커지지 않았다.

여름과 가을이 더디게 지나갔다. 겨울은 더 길었다. 그리고 오지 않을 것 같던 봄이 찾아왔다.

벤치에 앉아 이십 년 전 내가 다닌 학교의 학생들을 구경했다. 아이들은 그때나 지금이나 비슷하게 어리고 촌스럽고 발랄했다. 학교 로고가 새겨진 점퍼를 교복처럼 맞춰입은 일학년과 어울리지 않는 정장을 차려입고 바쁘게 걸어가는 사학년을 나는 쉽게 구분할 수 있었다. 하지만 누구도 그때의 나처럼 쿤에 업혀 학교를 오가지는 않았다.

모교엔 제법 자주 왔었다. 봄에는 벚꽃 사진을 찍고 가을에는 단풍을 구경하러 왔다. 가끔 시간이 나면 쿤과 둘이서 산책하러 들르기도 했지만, 별다른 생각은 들지 않았다. 사 년 내내 어떻게 해도 내가 속할 수 없었던 공간이었다. 그러고 보니 학교를 다니는 동안에도 나는 쿤에게 업힌 채 늘 산책만 한 것 같았다. 수업을 듣고, 학점을 따고, 시험을 보는 일 사이에 무엇이 있었는지 기억나지 않았다. 나는 이 공간을 알지 못했다.

도서관 앞을 지나 학생회관으로 들어갔다. 동아리방이 있는 삼층, 복도 맨 마지막 방을 향해 걸었다. 둥근 달 모양의 도화지와 거기에 적혀 있는 글자들이 보였다. '문과대 학생극회 낮달'. 몇 번 새로 만들어 붙였는지 모르지만 그 글자들은 여전히 그 자리에 있었다.

언론고시를 준비하며 매일 여섯 개 신문 주요기사를 스크랩해 읽던 삼학년 이학기의 오후였다. 토할 것 같은 기분에 잠깐 도서관을 나왔다가 극회 신입회원 모집 공고를 봤다. 뭐에 홀렸는지 정신을 차려보니 어느새 낮달 동아리방의 문 앞이었다.

쿤의 손이 손잡이에 얹혀 있었다. 그 문을 열었다면 뭔가 달라졌을까? 하지만 그때 나는 일학년도 아니고 무려 삼학년 이학기씩이나 되는 처지였다. 남은 한 해를 바짝 취업 준비에 써도 부족했다. 안 되겠다는 판단이 섰고, 우리는 그냥 돌아섰다.

뭘 할 수 있을까.

다시 학교에 입학할 수는 없었다. 수험 공부를 할 시간도, 등록금을 낼 여력도 내겐 없었다. 이 공간이 어른이 되는 데 도움이 된다는 증거는 없어진 지 오래였다. 뉴스에도 소문 속에도 반대편 증거들만 넘쳐났다. 그러나 무엇을 어떻게 해야만 한다는 조바심 같은 건 이젠 없었다. 그저 이곳이 떠올랐고, 걷다보니 어느새 여기까지 와 닿은 것뿐이었다. 그리고 와보니 하고 싶은 일이 있었다.

손잡이에 손을 얹었다. 이번에는 조그만 나 자신의 손이었다. 그걸 돌려보는 게 내가 하고 싶은 일이었다. 끼이익, 소리를 내며 천천히 문이 열렸다.

극회 일을 배우고 싶다고, 네가?

복잡한 퍼즐을 마주한 표정으로 회장이 나를 보았다.

하지만 어째서, 네가 다니는 중학교에서 배우지 않고?

사정이 있어요. 중학생이 아니에요. 고등학교도 안 갈 거고요.

……어른이 되고 싶어요. 그런데 갈 데가 없어요. 방해가 되지는 않을게요. 와도 된다고 해주세요.

경찰이 우릴 찾아오거나, TV에 나오거나, 그런 일이 생기는 거 아냐? 우린 그런 건 좀 싫은데. 안 그래도 피곤한 인생들이거든?

회장은 재미있는 청년이었다. 일상적인 말도 무대에 올라 연기하듯 내뱉었다. 원래 목소리 톤이 그런 건지, 쉬지 않고 연습을 하는 건지 알 수 없었다. 그가 얼굴을 찡그렸다.

집에, 보내야 하는 거 아닌가. 부모님 집에 계시니? 아, 우리가 지금 스태프가 부족하긴 해. 하지만 제대로 찾아온 건지 모르겠네. 우린 가능하면 어른이 안 되려는 마음을 가진 사람들인데. 그렇지 않나?

어른, 의 정의에 따라 다르겠지. 옆에 서 있던 여학생이 말했다. 큰 키와 짧은 더벅머리가 눈에 들어왔다. 연극을 하는 게 어른이 되는 것과 상충하는 일이라고 난 생각 안 해. 어른이라는 말이 책임질 줄 알고, 할 일을 제대로 하는 인간을 뜻한다면.

그녀가 돌돌 말린 두툼한 종이 뭉치를 내밀었다. 우선 나가서 이것 좀 붙여줄래?

나는 학교 곳곳을 돌아다니며 공연 포스터를 붙였다. 게시판에도, 강의실 옆 벽에도 빈 공간이 많지는 않았다. 기업에서 나온 취업설명회와 성형외과 홍보물, 디자인 콘퍼런스와 브랜드 이미징과 크리에이티브 공모전 광고, 도서관에서 맥북 프로를 잃어버린 학생의 호소문, 과외 자리와 가사도우미 하실 분과 자취방 룸메이트를 구하는 광고들이 물고기 비늘처럼 빽빽이 붙어 있었다.

학생회관으로 돌아가는 길에 대자보를 봤다. 이십 년 전의 나는 대자보를 별로 좋아하지 않는 아이였다. 싫었다기보다는, 그저 별로였다. 신입생 OT에서 내숭을 버리고 모두 빨리 친해지자며 방방 뛰는 율동을 강요하던 선배들이나, 그 무렵 남학생들이 하나같이 빳빳하게 세우고 다니던 폴로셔츠 옷깃과 마찬가지로, 단순히 내 취향이 아니었던 것이다. 그 특유의 글씨체도, 어딘가 집요하게 친한 척하는 듯한 말투와 그 속에 담긴 어려운 내용의 부조화도 별로였다. 쿤이 가끔 대자보 앞에 서 있을 때면 나는 잠을 잤다. 읽어봤자 무슨 소린지 와 닿지 않을 테니까.

이제는 그 글들이 쉽게 읽혔다. 그런 곳에 서서 취향이라는 말을 떠올리는 것만으로 얼굴이 뜨거워질 수도 있다는 걸 처음 알았다. 나는 이제 별로인 것들도 예전보다 잘 참았다. 신자유주의가 무엇인지도, 비정규직 노동자들이 어떤 대접을 받는지도 들어서 대충은 알고 있었다. 공감 가는 정치 관련 트윗을 보면 RT를 했고, 한 달에 만원씩 시민단체 후원도 하고 있었다. 내 주위의 사람들이, 내가 팔로한 유명인들이, 쉬지 않고 그런 일들을 얘기하고 걱정하면 나는 열심히 들었다. 다만 그게 정말로 나 자신의 관심사인지는 며칠을 생각해도 알 수 없었다.

꿈을 꾸었다. 도서관 앞에서 대자보를 읽고 있는데 쿤이 소리없이 내 뒤로 다가와 등에 올라타는 꿈.

쿤은 통통한 두 팔로 내 목을 껴안고, 두 다리로 나를 감싸 조였다. 나는 그 자리에 고꾸라졌다. 겨우 다리에 힘을 넣어 버티고 일어났다. 무거우니 내려오라고, 아무리 외로워도 너를 업을 수는 없다고 나는 부탁하고 사정하고 화를 냈다. 하지만 쿤은 내려오지 않았다.

몸을 비틀어 흔들었다. 그래도 쿤은 떨어지지 않았다. 쿤의 물렁한 배가 내 등에 닿아 한 덩어리가 되려 하고 있었다. 누구 없어요? 살려줘! 살려줘요! 소리치며 나는 주위를 둘러보았다. 여자애 하나가 내 쪽을 보고 얼굴을 찡그렸다. 도서관 안에도, 밖에도 온통 원피스를 입은 어린 여자애들뿐이었다. 자세히 보니 얼굴이 모두 똑같았다. 그애들은 내 딸이었다.

딸에게 도움을 청할 수는 없었다. 딸에게 쿤을 물려줄 수는 없었다. 나는 쿤을 업은 채 신음을 흘리며 열람실로 갔다. 검색용 컴퓨터에 '쿤'을 입력했다. 수없이 많은 밀란 쿤데라 연구서들 사이에서 제목을 찾아냈다. '쿤을 없애는 법'. 나는 자연과학 서고로 가서 책을 찾아 빼냈다. 쿤이 두 팔로 내 목을 조르기 시작했다.

나는 쿤의 팔을 잡아뜯으며 간신히 책을 펼쳤다. 쿤을 영원히 없애는 법 : 거울을 볼 것. 책에는 그렇게 쓰여 있었다.

일주일에 세 번 학교에 나가 낮달 동아리방에서 시간을 보냈다. 공연 준비를 돕기도 하고 잡다한 허드렛일도 했다. 연습하는 모습을 보고 싶다는 마음이 굴뚝같았다. 하지만 저녁시간이라 아주 늦게까지 있을 수는 없었다.

처음에만 좀 영문을 몰라했을 뿐, 나라는 이상한 존재가 들어와 거치적거리는데도 사람들은 곧 신경쓰지 않게 됐다. 그런 데 쓸 시간까지는 없는 듯했다. 모두들 아르바이트 두어 개씩은 하고 있었고, 동아리방과 강당과 도서관, 강의실과 학교 밖 일터를 쉬지 않고 오갔다. 단지 극회 사람들만 그런 건 아니었다. 캠퍼스를 걸어다니는 아이들 대부분이 기계를 하나씩 손에 들고 나 때와는 비교되지 않는 촘촘한 밀도로 시간을 사용하고 있었다. 이십 년 전 쉬는 시간에 나는 여학생 휴게실에 들어가 쿤과 라면을 나눠 먹고 잤다. 지금 그들은 짬이 나면 영어로 된 소설을 읽거나, 복잡해 보이는 자료를 검색하며 뭔가 골똘히 생각하거나, 일드를 보며 문장들을 따라 외우고 있었다. 그들은 놀 때도 뭔가 쌓아올리는 듯 놀고 쉴 때도 긴장을 풀지 않은 채 쉬었다.

어느 날 무대 배경을 색칠하고 있는데, 더벅머리가 내 곁에 와서 섰다. 그녀는 내 손목을 붙잡고는 나직한 목소리로 물었다.

너 진짜 열다섯 살 아니지?

네?

떨어져나온 거지? 다 알아. 원래는 몇 살이었어?

나는 대답하지 못했다. 낮술을 좀 마셨는지 붉어진 얼굴을 하고, 그녀는 거침없이 말했다.

솔직히 댁 같은 사람들, 좀 짜증나. 제 나이대로 못 살고 쿤 같은 거에나 붙어다니고. 받을 혜택은 다 받았는데 속에 든 건 없고, 나이들어 여기저기 젊은 애들 있는 데나 집적거리며 친한 척하고. 모를 것 같아? 당신들은 커피 한 잔 마시면서 한 삼십 분 얘기 듣고는, 칼럼에다 쓰든지 방송 나가서 얘기하잖아. 이십대가 지금껏 무는 생각을 하며 살아왔고, 살고 있고, 살아갈 건지. 그런 게 그렇게 재밌어? 도대체 왜 그러는 거야? 여긴 왜 왔어? 뭘 하려고?

나는 잠깐 동안 가만히 있었다.

숨을 고르고, 그녀에게 다가가 말했다.

선배, 밥 사주세요.

뭐?

그녀는 이해하지 못했다.

왜 떼어낸 거야? 불편해서? 불편해도 지금 그 상태만큼 불편하진 않았을 텐데.

어떻게 아셨어요, 제가 그런 줄?

미안. 인체 공부 하느라고 사람들 관찰을 좀 했거든. 자세히 말하면 기분 나쁠 테니 그냥 알 수 있었다고 할게. 난 그냥 이해가 잘 안 돼. 댁이 여기서 뭘 하는 건지.

나는 그녀가 불쾌하지 않았다. 내 쪽에서도 그녀를 이해할 방법이란 없었으니까. 그녀는 이십 년 전의 나보다 훨씬 예쁘고, 훨씬 열심히 살고 있었다. 그런데도 그녀는 틈만 나면 자진해서 술에 절었고, 취하면 누군가를 붙잡고 소리를 질러댔다. 무시하지 마! 나 무시하지 말라고! 대낮부터 누가 건드리지도 못할 만큼 취한 일도 몇 번 있었다. 그 상태가 되면 그녀는 동아리방 소파에 누워 겉옷을 덮고 새우잠을 자다가, 한 시간쯤 지나면 부스스 일어나 화장실에 가서 세수를 했다. 한번은 그녀가 동아리방 날적이에 무언가를 적어넣는 걸 본 적이 있었다. 내용은 볼 수 없었다. 다만 그녀가 자신이 쓴 한 페이지 분량의 문장들 위를 검은 볼펜으로 북북 긋더니, 글자들이 완전히 보이지 않게 될 때까지 꼼꼼하게 검은색을 칠하던 모습, 그리고 그 검은 폐허를 뚫어져라 들여다보던 모습이 기억났다. 그녀는 그 페이지를 찢어버리는 대신 풀로 봉했다. 뒷장에 다른 사람이 쓴 글이 있어서인 것 같았다.

그냥 내가 뭘 놓친 건지, 뭘 못 보고 지나쳤는지 알고 싶었어요.

그녀는 나를 물끄러미 쳐다보았다.

그래서 알게 됐어?

아뇨, 아직은.

난 내가 뭘 놓칠 수나 있는지 잘 모르겠어. 뭔가가 있긴 있을까?

그럼요, 나는 말해주고 싶었다. 그러나 그럴 수 없었다.

나처럼 백사십만원만 내면 한 학기를 다닐 수 있었거나, 배낭여행을 가서 우연히 과 친구들 셋을 만날 만큼 여유 있는 시대를 타고났더라면 그녀는 더 많은 일들을 할 수 있었을 것이다. 그러나 그건 단지 그녀로 살아보지 못한 내 인상일 뿐이었다. 마주앉은 지 겨우 두 시간이 지났을 뿐이었다. 나는 그녀를 몰랐다.

배우가 되고 싶었어. 그런데 공무원이 되어야 해. 그것도 엄청나게 잘됐을 때 얘기고, 아마도 죽어라 면접 봐서 대충 날 붙여주는 데 들어가겠지. 취업한 다음에는 무대에 오를 수 없을 테고, 그다음엔 가끔 취미생활로 극장 가는 것조차 힘들어지겠지.

……

회장 있잖아. 걘 불어로 희곡 쓴다?

불어로 희곡을요?

응. 나중에 프랑스에 간대. 어려서부터 부모님 따라 여기저기 다니다가 한국에 들어왔거든. 그렇게 안 보이지? 근데 그래. 학교는 두 번짼데 어쩌면 또 갈지도 모른대. 집에서 연극하라고 밀어줘서 졸업 후엔 극단에 들어갈 수도 있고, 취업을 따로 안 해도 되고. 너무 부럽지.

그러네요.

연극을 좋아한다는 공통점이 없었으면 걔랑 내가 친해질 수 있었을까. 잘 모르겠어. 왜 그런 애가 나랑 같이 이 조그만 동아리방에 있는 건지. 우린 처지가 완전 달라. 걔가 보는 이 세상이랑 내가 보는 여기랑 같을까? 같겠어? 그럴 순 없지 않을까? 그런데 웃기는 게 뭔지 알아? 그런 걔가 나보다 훨씬 열심히 한다는 거야. 걔는 밤을 새워서 연습하는데, 난 리딩도 잘 안 해. 입으로만 좋아한다고 떠들면서. 난 뭘 믿고 이러지?

……

……미안. 내가 오늘 기분이 좀 안 좋아서 할 얘기 안 할 얘기 막 쏟아내네. 아까 기분 많이 나빴을 텐데, 조금만 이해해줘.

……선배.

응?

고마워요.

뭐가?

제 선배가 되어주셔서요.

난 그런 적 없는데. 댁이 마음대로 그렇게 부른 거잖아.

제 평생 처음 가져보는 선배예요.

……뭐야, 진짜. 막 가려워지게.

부탁이 있어요.

응?

저한테 연기 좀 가르쳐주실래요?

숨을 깊이 들이쉰다. 가슴을 지나 배까지 공기가 가득찬다. 내쉰다. 입과 코를 지나 머리 위로 파란 숨이 빠져나간다.

소리를 질렀다. 목이 아프도록 소리쳐도 아무도 오지 않았다.

나를 텅 빈 강당에 세우고 그녀가 맨 먼저 시킨 건 우는 연기였다. 시늉은 했으나 내 눈에서는 눈물이 나오지 않았다. 웃다가 죽을 것처럼 웃어보라는 게 그다음 명령이었다. 웃음은 울음보다는 쉬웠지만 도중에 사레가 들려 기침이 멈추지 않았다.

안 되겠네. 이번에는, 욕을 해봐. 댁이 알고 있는 최고의 욕을 해보라고. 외쳐보라고. 자, 시, 작! ……뭐라고? 그게 댁이 아는 최고의 욕이야? 진짜?

그녀는 나를 꽤 오래 견뎌주었다. 내게 새와 고양이가 되어보라고 주문했다. 신과 싸우는 단 한 명의 인간이 되어보라고도 했다. 나는 하늘을 날다가 훨훨 내리고, 하루종일 늘어지게 낮잠을 자고, 주먹을 휘둘러 허공을 때렸다. 이마에 땀이 배어나왔다.

이제, 무엇이든 되고 싶은 것이 되어봐.

나는 가만히 서 있었다. 보이지 않는 거대한 물음표가 내리누르는 것 같았고, 텅 빈 객석이 나를 적대하는 느낌이었다.

나는 나를 사랑하는 사람이 되고 싶었다. 그랬다. 그게 내가 되고 싶은 것이었다. 그러나 어떻게 눈을 깜빡일지, 어떻게 숨을 쉬어야 할지조차 나는 알 수 없었다.

내가 가만히 있자, 그녀는 내게 세상에서 가장 있고 싶지 않은 장소를 떠올려보라고 했다. 그런 곳을 상상해. 가장 어둡고 무겁고 슬픈 곳을. 그리고 거기서 뛰어나와 달리기 시작해. 내 자신이 죽도록 싫어지면 난 그렇게 해. 달리다보면 반대편의 장소가 떠올라. 내가 되고 싶었던 내가, 아직 보이지는 않지만 거기서 기다리고 있는 게 느껴져.

그래서 나는 어디로 가야 하는지 알게 되었다.

그가 반짝, 눈을 떴다.

언제 왔냐.

아버지의 두 발이 침대 밖으로 튀어나와 있었다. 그의 체구에 비해 침대가 너무 작은 탓이었다. 침대 옆 협탁에는 방금 가져온 것처럼 싱싱한 꽃다발과 곱게 포장된 선물들이 쌓여 있었다.

오라고 한 게 언젠데 이제 왔냐. 여기 아무도 없는데.

간과 폐에 문제가 생겨 병원 신세를 지기 직전까지 아버지는 전국을 돌아다니며 강연을 했다. 열일곱 고등학생부터 쉰을 넘긴 중년의 직장인들까지 수많은 사람들이 그의 이야기를 듣기 위해 강연 몇 시간 전부터 줄을 섰다. 멘토, 선생님, 스승님, 나의 정신적 지주. 그들은 그를 그렇게 불렀다. 그가 하는 말에 눈물을 흘렸다. 아픔을 위로하고, 상처를 치유하는 사람. 그것이 그의 직업이었다.

참 무심하구나. 여기서 내가 얼마나 외로웠는지 알아.

내가 정말로 좋아하는 몇 안 되는 사람들마저 그를 존경하고, 만나고 싶어 어쩔 줄 몰라했다. 그런가, 그럴 만한가, 나는 생각해보았다. 생각하고 또 생각했었다.

소변통 좀 갈아다줘.

그가 채워놓은 소변통을 들고 나는 복도로 나갔다. 화장실 거울에 비친 나를 보았다.

익숙한 느낌이 스치고 갔다. 오래전 내가 쿤을 만난 날도 꼭 이랬다. 나를 사랑하지 않는 그를 모두가 사랑한다는 사실을 내가 알게 된 날, 거울에 비친 나는 잘못되어 보일 만큼 불완전했고, 그대로는 도저히 견딜 수 없다는 생각이 들었다.

우연히 그날 그곳을 굴러가고 있던 쿤은, 그러니까 아무런 잘못이 없었다. 우무처럼 물컹거리고, 곤약처럼 미끄러운 작은 회백색 덩어리일 뿐이었다. 나는 내 앞을 지나가던 쿤을 붙잡아 두 손으로 움켜쥐었다. 순간, 쿤 표면에 주르르 흐를 만큼의 물기가 배어나왔다. 당황하는 듯한 느낌이 손가락을 타고 전해져왔다. 잡히지 않은 부분이 아래위로 쭉, 늘어났다. 그러더니 도망치려고 있는 힘을 다해 울컥거리기 시작했다.

나는 손가락에 힘을 넣었다.

엄마는 그를 사랑했다. 나 때문이었을까. 그렇다 해도 열다섯 살의 나는 엄마를 이해할 수 없었다. 나 때문이 아닐지도 모른다는 생각, 그런 사랑도 있을 수 있다는 생각은 아직 내게 도착하기 한참 전이었다.

몸부림치던 쿤의 윗부분이 납작한 원반 모양으로 점점 커다랗게 부풀어오르더니 내 상반신을 담요처럼 폭 덮었다. 도망칠 길이 없었으니 제 딴에는 자기 몸을 방어하려는 움직임이었다. 한순간 아무것도 보이지 않았다. 숨이 막혔다. 이대로 죽는 건가, 나는 생각했다. 그러나 그건 잠깐이었다. 쿤으로 덮인 몸이 천천히 따뜻해지기 시작했던 것이다. 나는 휘젓던 두 팔을 멈추고 숨을 몰아쉬며 몇십 초 동안 그대로 서 있었다. 그러고는 그 축축한 덩어리 속으로 손을 넣어 내가 안을 수 있는 만큼 그것을 감싸안았다.

그날 나와 닿은 그 순간부터 쿤은 내 몸에 붙어 살게 되었다. 내 겉모습을 취하고, 내 명령에 복종하며, 내 역사를 공유하고, 나 대신 추해지면서. 그러니 실은 쿤이 나를 빨아먹은 게 아니라, 내가 쿤을 취하고 사용하고 버린 것이었다.

빈 소변통을 들고 병실로 돌아갔다.

그런데 너, 어떻게 된 거냐. 꼭 중학생 같구나.

나는 대답하지 않았다.

왜 그랬니.

그는 왜 그랬을까. 왜 평생 엄마와 나를 때리고, 쓸모없는 것들이라고 욕을 하고, 결국에는 집을 나가버리지 않으면 안 됐을까. 쿤이 있을 때는 보이지 않았다. 그러나 이제 내 귀는 그의 거대한 몸 뒤에서 들려오는 가느다란 목소리를 구별할 수 있었다.

나는 그에게 다가갔다.

사과해요.

무엇을.

우리에게 한 일들요.

나는 기다렸다. 한참이 지나 그가 작은 목소리로 흐느꼈다.

미안하다.

……

이제, 날 좀 편하게 해다오.

나는 그를 옆으로 눕게 했다. 내 손바닥에 쏙 들어오는 그의 작은 머리통을 쓰다듬었다. 제대로 가눠지지 않는 그의 여린 목을 두 손으로 감쌌다. 자신의 쿤에 눌려 숨을 헐떡이는 조그만 그를, 나는 이제 똑바로 볼 수 있었다. 쿤을 보낸 내가 어른이 되겠다고 말하면서도 실은 또다른 쿤들을 계속 찾아다녔듯, 그 역시 무언가를 견딜 수 없어 끝없이 쿤을 찾아다니는 불완전한 어린애에 불과했던 것이다.

쿤을 뜯어냈다. 길고 힘든 수술이었다고 의사는 말했다.

아버지의 쿤은 그가 자랄 모습으로 자랐고, 이제 그와 함께 숨을 거두었다. 나는 그의 쿤을 화장해 바다에 뿌리고, 어린 그의 몸은 수습해 양지바른 곳에 묻었다.

다시 봄이 되었을 때 나는 남편과 아이와 함께 그곳을 찾았다. 새로 싹이 올라오는 무덤 언저리를 밟았을 때, 문득 궁금해졌다. 쿤을 만나지 않고 살았다면, 우리의 빈 곳을 그대로 비워둔 채 살았다면 우리는 서로를 만날 수 있었을까. 그리고 나는 평생 한 번이라도 집을 나서볼 수나 있었을까.

나는 무덤 앞에 잠깐 서 있다가, 흙 속에서 벌레와 진물과 어둠을 생생하게 견디고 있을 내 어린 아버지에게 말해주었다.

괜찮아요, 자라지 않아도.

딸이 내 손에 제 손가락을 끼워넣었다. 딸의 손은 따뜻했고, 내 손에 비해 아직 조그맸다. 그리고 시간은 아직 남아 있었다.

남편과 딸의 손을 잡고 열다섯 살의 나는 천천히 걷기 시작했다.

| 작가노트 |

느린 날들의 꿈일기

이 이야기는 아무런 구상 없이 즉흥적으로, 소설이라기보다는 꿈일기에 가까운 방식으로 쓰여졌다. 깨어나자마자 곧바로 머리맡에 놓인 노트에 꿈을 받아쓰기하는 것처럼, 내 무의식의 수면에 유빙처럼 떠다니던 덩어리들을 건져올려 그대로 종이 위에 옮긴 것이다. 그래선지 쓰는 동안 즐거웠고, 쓰고 나서는 좀 괴로웠다.

가끔씩 생각이 나면 유튜브에서 슬로 로리스(slow loris, 열대우림에 사는 원숭이의 일종) 동영상을 찾아본다. 마치 슬로모션 디버프에 걸린 것처럼 느릿느릿 움직이는 그 짐승에게 시간이란 것이 어떤 방식으로 흐를지 궁금해한다. 너무 느려서 천적도 별로 없다는 그 원숭이는 세계를 따라가기 버거운 것으로 느낄지, 아니면 자신의 속도를 털처럼 편안하게 받아들이며 잘 살아갈지.

늙어버리고 싶다거나 옛날로 돌아가고 싶다는 게 아니라 자라고 싶다고 말하는 마흔 살의 인간을 상상하는 것만으로 어떤 사람들의 팔에는 소름이 돋고 기분이 나빠질 것이다. 그들에게 양해를 구한다. 그녀가 자랄 수 있을지 없을지, 자라야 하는 건지 아닌지 나는 모르겠다. 내가 아는 건 그녀가 자라고 싶어한다는 것이다.

그녀의 괴로움은 내가 이 이야기를 쓴 다음 느낀 괴로움과도 무관하지 않다. 상징의 세계에서 일어나는 이런 이야기는 앞으로는 가능하면 쓰고 싶지 않다는 생각이 든다. 시간이 갈수록 내 내면의 굴곡에 따라 노을이 지고, 파도가 치고, 괴물들이 출현할 뿐인 세계를 만드는 일이 떳떳하지 않게 느껴진다. 나와는 아무런 관련 없이 존재하는 단단하고 엄연한 세계를 보고 거기 있는 삶들을 그려내고 싶다. 지금은 여기 있지만 언젠가는 그곳에 갈 것이다.

| 해설 |

with or without 쿤

금정연

1

쿤이 무엇이냐는 질문에는 비교적 쉽게 답할 수 있을 것 같다. 우리는 이미 성장을 주저하는 심약한 소년이 올라탔던 일종의 외적 자아를 목격한 적이 있다. 크고 아름다운 초호기[1]의 모습을. 물론 「쿤의 여행」에는 인류 멸망의 위기도, 음모를 일삼는 범세계적 비밀 조직도, 레이나 아스카를 닮은 미소녀도 없다.[2] 쿤 또한 처음에는 슬라임[3]을 연상시키는 "우무나 곤약과 비슷하게 물컹거리는

1) 알다시피 〈신세기 에반게리온〉에서 주인공 이카리 신지가 조종하는 인간형 병기를 가리킨다.

2) 나 역시 무척이나 안타깝다는 사실을 밝힌다.

3) 스퀘어 에닉스社의 RPG '드래곤 퀘스트' 시리즈에 등장하며 유명세를 얻은

회백색 덩어리"일 뿐이었다.

하지만 일단 '나'와 접촉하자 쿤은 "내 겉모습을 취하고, 내 명령에 복종하며, 내 역사를 공유하고, 나 대신 추해지면서" '나'의 인생을 살아가기 시작한다. 대단한 인생은 아니다. 서드 임팩트는 물론이고 세컨드는커녕 퍼스트 임팩트[4]조차 일어나지 않은 세상에서 쿤은 기껏해야 일상을 살 뿐이다. 대부분의 사람들이 그렇게 하는 것처럼. '나'는 쿤의 널찍한 등에 업혀 쿤이 학교를 가고, 연애를 하고, 그 밖의 사소하고도 중요한 일들을 처리하는 꼴을 그저 바라볼 뿐이다. 이층 버스를 탄 관광객들이 그렇게 하는 것처럼. 하지만 이십오 년은 관광으로 보내기에는 너무 긴 시간이다. 그리하여 쿤의 등에 매달린 그녀가 열다섯 살 소녀의 모습으로 남아 있는 동안, 쿤은 "내가 자랄 모습으로 자라"난다. "윤기 없는 머리카락에 작은 눈, 넓은 어깨와 전체적으로 약간 살집이 붙은 몸을 지닌" 마흔 살 여자의 모습으로. 그러던 어느 날, '나'는 쿤을 뜯어내기로 결심한다. 평범하게 나이를 먹은 또래의 여자들이 주름살 제거 수술을 받기로 마음먹는 것처럼. 소설은 바로 그곳에서 시작한다.

> 쿤을 뜯어냈다. 말 그대로, 뜯어냈다. 길고 힘든 수술이었다고 의사는 말했다.(81쪽)

젤리 형태의 몬스터.

4) 만약 아직까지 '에반게리온' 시리즈를 보지 못했고, 볼 시간도 없다면, 포털 사이트에서 '에반게리온이 더 이해되는 동영상'을 검색할 것.

2

물론 미용이 목적은 아니다. 우리는 "마지막 설득을 하는 와중에도 남편은 내 손이 아닌 쿤의 손을 잡고 있었다. 그게 나인 것처럼 놓지 않고 꼭 부여잡고 있었다. (……) 떨어지지 않으려고 쿤의 목에 매달리느라 내 손은 그에게 닿아본 적이 없었다. 이런 형상을 하고 남은 삶을 끝낼 수는 없다는 마음이 솟구쳤다"라거나 "아이 때문에 그냥 사는 게 아니라 아이를 생각하면 더더욱 달라져야 했다" 같은 말을 통해 그녀의 사정을 짐작할 수 있다. 말하자면 그것은 '민낯'에 대한 갈망이다. 쿤이 아닌 '나'의 손으로 남편의 손을 잡고, '진정한 나'의 모습으로 아이 앞에 서고 싶은 마음이다. 그리하여 '나'는 쿤이라는 이름의 사회적 자아를 버리고 '본연의' 자기 자신으로 돌아온다.[5] 열다섯 살, 중학교 이학년생의 모습으로. 그러니 소설이 지체된 성장을 따라잡기 위한 '나'의 고군분투를 그릴 거라는 사실을 짐작하기는 어렵지 않다. 원한다면 "진정한 자아를 찾아가는 여정"(윤대녕)이라고 말해도 좋다. 어쩐지 철 지난 농담처럼

---

5) 어쩌면 '나'는 일종의 신체통합정체성장애(Body Integrity Identity Disorder, BIID)를 갖고 있는지도 모른다. 건강한 신체의 일부에 이질감을 느끼고 '완전한' 자신이 되기 위해 그것을 절단하고픈 욕구를 느끼는 장애다. '나'가 생각하는 '완전한' 자신이 중학교 이학년의 모습을 하고 있다는 사실도 주목할 만하다. 언젠가 윤이형은 등장인물의 입을 빌려 "저주를 풀려면, 저주 속으로 들어가는 수밖에 없"(「셋을 위한 왈츠」, 『셋을 위한 왈츠』, 문학과지성사, 2007)다고 말했고, 그렇다면 「쿤의 여행」을 '중2병을 극복하기 위해 중2로 돌아가는 이야기'로 읽을 수도 있을 것이다. 왜 진작 이런 생각이 떠오르지 않았는지 모르겠다.

들리기는 하지만.

3

'나'는 "세계를 보면 자라는 데 도움이" 된다는 의사의 말을 따라 익숙한, 그러나 낯선 세계를 새롭게 돌아보며 이런저런 사람들을 만난다. 쿤을 떼어낸 몸은 "홀가분해졌고 빨라졌고 가벼워졌"지만 자신의 두 발로 하는 여행은 생각만큼 쉽지 않다. 그렇다면 어째서 제목은 '나의 여행'이 아닌 '쿤의 여행'인가? 쿤은 이미 떼어버렸는데?

4

초호기와 쿤이 모두 일종의 외적 자아 혹은 사회적 가면으로 기능한다는 말은 이미 했다. 하지만 결정적인 차이가 있다. 신지가 초호기에 탑승하는 건 사도[6]의 습격과 같은 특수한 상황으로 제한된다. 이때 신지가 치르는 전투를 어른이 되기 위해 반드시 수행해야 하는 (사회적인) '퀘스트'[7]라고 한다면, 초호기는 그것을 돕는 보조 기구라고 말할 수 있다. 그렇지만 신지는 어른이 되는 것을 원치 않

6) 〈신세기 에반게리온〉에 등장하는 미지의 생명체. 영어로는 Angel.

7) 그럴듯한 필자라면 이쯤에서 '대타자의 욕망'처럼 그럴듯한 용어를 선택했을 것이다.

는다. 따라서 매번 초호기에 오를 때마다 소년은 새롭게 갈등하고, 거듭되는 갈등은 소년을 (미미하게나마) 변화시킨다.[8] 중요한 건 인류의 명운이 아니다. 아담이나 릴리스도, 사도나 겐도도 아니다.[9] 한 소년의 성장이고, 초호기는 그저 거들 뿐이다. 마치 보행기처럼.[10] 그리하여 신지가 더는 초호기를 필요로 하지 않는 날, 비로소 세계에는 평화가 찾아올 것이다. 과연 그런 날이 올지는 모르겠지만.

반면 '나'는 자신의 의지로 쿤에 오른다. "평생 엄마와 나를 때리고, 쓸모없는 것들이라고 욕을 하고, 결국에는 집을 나가"버린 아버지의 사적인 얼굴과 "멘토, 선생님, 스승님, 나의 정신적 지주"라고 불리며 "아픔을 위로하고, 상처를 치유하는 사람"으로 행세하던 공적인 얼굴 사이에 존재하는 간극을 "견딜 수 없"었던 열다섯 살의 소녀는 심연으로 추락하지 않기 위해 본능적으로 쿤을 움켜쥔다. 과연 쿤은 그녀의 보호막이 되어준다. 아버지의 표리부동함으로부터, 엄마의 장례처럼 "슬퍼서 하기 싫"은 일들로부터, 세상을 알아가며 어쩔 수 없이 겪어야 하는 모든 고난으로부터. 문제는 고통뿐

8) 그럴듯한 필자라면 이쯤에서 신지와 신지에게 초호기 탑승을 강요하는 아버지 이카리 겐도와의 미묘한 관계를 프로이트나 라캉의 이론을 통해 풀어냈을 것이다.

9) 물론 레이나 아스카는 소중하다.

10) 감독인 안노 히데아키는 자폐적인 오타쿠 문화를 비판하며 "현실에 대처해서 다른 사람들 사이에서 살아가라"는 말을 하고 싶었다고 밝힌 바 있다. 주인공 소년의 심약한 성격에 감정을 이입하거나 세계의 운명이라는 거대한 스케일에 열광하는 대신, 자신의 의지와는 상관없이 초호기(보행기)에 올라탄 소년이 마음의 벽을 허물고 현실로 나아가는(사회적인 걸음마를 떼는) 과정을 주목하라는 것이다. 순진한 소리다.

아니라 기쁨과 같은 긍정적인 삶의 감각까지도 쿤이라는 필터를 거쳐야 한다는 사실이다. '나'는 쿤을 타고 있는 한 무엇도 '진정으로' 대면할 수 없다는 사실을 깨닫는다. 그리고 '나'는 더이상 그런 삶을 원치 않는다. 그녀는 자라기로 마음먹었고, 그러려면 먼저 쿤에서 내려와야 한다. 물론 그것은 충분조건이 아닌 필요조건일 뿐이다. 소설이 쿤을 떼어내는 것으로 시작하는 것도 그 때문일 것이다.

5

하지만 그녀가 발 디딘 현실은 기대와는 달랐다. 엄마의 유골이 안치된 납골당을 찾고, 동네를 돌며 아르바이트를 구하고, 정신이 오락가락하는 할머니의 뒤를 따라 공연히 박스도 주워보지만(할머니는 그녀에게 "고생은 하지 마! 고생하는 거랑 크는 거랑은 아무 상관도 없어"라고 충고한다) 성장은 요원하기만 하다. 쿤에게 업혀 있을 때와 다를 바 없는 '나' '나' '나'가 있을 뿐이다. 심기일전해서 "그동안 연락하지 못한 사람들, 사과하고 싶은 사람들"에게 밤새워 편지를 쓰고, "저 복도를 다시 걸으면, 저 교실에 들어가 앉으면, 저 건물에서의 시간들이 아무것도 아닌 것으로 바뀔 것" 같다는 생각으로 모교를 찾고, 쿤을 떼어내고 어엿한 사회인이 되는 데 성공한 옛 연인을 만나보기도 하지만 무엇 하나 그녀를 어른으로 만들어주지는 못한다. 그런 '나'에게 아홉 살 딸아이가 말한다.

그런데 좀, 다이어트 비디오에 나오는 사람 같기도 해. 옛날엔 안 그랬는데.

다이어트 비디오에 나오는 사람?

응, 쉬지 않고 몸을 움직이고, 계속 웃고, 또 몸을 움직이고, 하나 둘 셋 넷 하나 둘 셋 넷, 할 수 있어, 할 수 있어! 그런 말을 끝도 없이 하는 그 언니들 같아.(95~96쪽)

6

사태는 분명하다. 21세기 한국을 살아가는 대부분의 사람들처럼, '나' 역시 성장과 자기 계발을 혼동하고 있는 것이다.[11] '나'는 "계속 하고 싶은 일을 했"다던 C의 말을 따라 향수를 사고, 베이킹 공부를 시작하고, 사진을 찍고, 그림을 그리고, 날마다 줄넘기를 해보지만 조금도 자라지 않는다. '하고 싶은 일을 하라'는 주문은 결국 강박적인 자기 계발의 짝패일 뿐이다. 그리하여 다시 돌아온 봄, 어른은커녕 중학교 삼학년조차 되지 못한 '나'는 봄의 캠퍼스를 찾는다. 무작정 연극 동아리방의 문을 열고 어른이 되고 싶다고 말한다. 회장이 연극과 성장의 관계에 대해 고민하는 사이, 큰 키에 더벅머리를 한 여학생이 끼어든다.

---

11) 만약 이카리 겐도가 21세기 한국을 살았다면 자꾸만 도망치는 아들을 향해 "신지, 어른이 되어라" 같은 대사를 내뱉는 대신 '자기 주도 학습법'에 대한 책을 내밀었을 거다.

연극을 하는 게 어른이 되는 것과 상충하는 일이라고 난 생각 안 해. 어른이라는 말이 책임질 줄 알고, 할 일을 제대로 하는 인간을 뜻한다면.(99쪽)

7

그렇지만 그녀 또한 '진정한' 어른은 아니다. '나'의 정체를 알아챌 정도로 눈썰미가 있고, 어른이란 어른을 연기하는 사람에 지나지 않는다는 사실을 알 만큼 똑똑하며, '나'에게 대놓고 "솔직히 댁 같은 사람들, 좀 짜증나. 제 나이대로 못 살고 쿤 같은 거에나 붙어 다니고"라고 말할 정도로 거침없긴 하지만, 그녀 역시 부자가 아닌 부모와 부족한 재능과 불성실한 자기 자신 때문에 괴로워하는 평범한 이십대일 뿐이다. 하지만 그녀와의 만남은 '나'를 변화시킨다. 그녀에게 연기를 배우며 자신의 여행이 어디에서 시작해야 했는지, 비로소 알게 되는 것이다. "세상에서 가장 있고 싶지 않은 장소"이자 "가장 어둡고 무겁고 슬픈 곳", 바로 아버지의 병실이다. 그리고 그곳에서 '나'는 "쿤을 보낸 내가 어른이 되겠다고 말하면서도 실은 또다른 쿤들을 계속 찾아다녔듯, 그 역시 무언가를 견딜 수 없어 끝없이 쿤을 찾아다니는 불완전한 어린애에 불과했"다는 사실을 깨닫는다. 우리 모두가 그러한 것처럼. 결국 그녀가 그토록 바라던 성장 또한, '진정한'이나 '본연의' 같은 단어들과 마찬가지로, 또하나의 쿤에 지나지 않았던 것이다.[12] 그렇다고 그것들이 무의미하다고 말할 수는 없을 것 같다. 우리 모두는 불완전하고, 자신의 불완전함을 견딜 수 없어 그것을 채우려는 불완전한 시도를 거듭하지만, 그것 또한 불완전한 우리들이 짊어져야 하는 몫일 것이다.

8

이듬해 봄, 남편과 아이와 함께 아버지의 무덤을 찾은 '나'는 생각한다. "쿤을 만나지 않고 살았다면, 우리의 빈 곳을 그대로 비워 둔 채 살았다면 우리는 서로를 만날 수 있었을까. 그리고 나는 평생 한 번이라도 집을 나서볼 수나 있었을까."[13] 그녀의 생각은 내게 〈애니 홀〉의 한 대목을 떠올리게 한다. 한 소년이 정신과 의사에게 말한다. "형이 미쳤나봐요. 자신을 닭이라고 생각해요." 의사가 말한다. "그럼 한번 데려와보지 그러니?" 하지만 소년은 난색을 표한다. "안 돼요." "왜?" "그러면 계란을 못 낳잖아요." 우디 앨런은 이렇게 덧붙이는 것을 잊지 않는다. "우리 모두에게는 계란이 필요하다"고.

---

12) 문득 쿤이 '내가 아닌, 그러나 내가 아닌 것도 아닌 모든 것'을 총칭하는 단어인지도 모르겠다는 생각이 든다. 반다이 남코社의 게임 〈괴혼 : 굴려라 왕자님〉에서 왕자님이 굴리는 덩어리를 떠올릴 것.

13) 이것이 바로 제목이 '나의 여행'이 아닌 '쿤의 여행'일 수밖에 없는 이유다.

9

물론 우리 모두에게는 쿤이 필요하다. 나에게도, 당신에게도 그리고 신지에게도.

금정연
서평가. 저서로 『書書飛行』 『난폭한 독서』 『실패를 모르는 멋진 문장들』 『아무튼, 택시』 『담배와 영화』 『그래서... 이런 말이 생겼습니다』 『아까운 책 2013』(공저) 『문학의 기쁨』(공저) 『일상기술연구소』(공저)가 있다. 옮긴 책으로 『Hug! Friends』가 있다.

최은미

창 너머 겨울

작가노트 어떤 겨울

해설 전소영 창 안쪽 상흔

최은미

2008년 『현대문학』 신인상에 단편소설 「울고 간다」가 당선되어 등단. 소설집 『너무 아름다운 꿈』 『목련정전』 『눈으로 만든 사람』, 중편소설 『어제는 봄』, 장편소설 『아홉번째 파도』가 있다. 2014년 대산창작기금을 수혜했고, 2015년, 2017년 젊은작가상, 대산문학상, 한국일보문학상을 수상했다.

| 수상작 |

창 너머 겨울

그 여자는 내 사촌형수였다. 사촌 규가 처음 그녀를 데리고 왔을 때 나는 마당에서 타이어의 눈을 털어내고 있었다. 설날 오후였고 귀경차가 몰리기 전에 출발할 생각이었다. 결혼할 여자를 인사시키러 오겠다는 규의 전화를 받고 어머니는 여동생 결혼식 때의 축의금 명부를 꺼내와 한 칸씩 짚어나갔다. 며칠 동안 내린 눈 위로 겨울해가 내리쬐는 날이었다. 눈이 되쏘는 빛에 사방이 부셨지만 바닥은 벌써 질척거리고 있었다. 화단 돌에 흙을 털고 있는데 "큰어머니!" 하는 규의 목소리가 들렸다.

고개를 드는데 갑자기 눈이 시어 나는 눈을 감았다. 일 초. 이 초? 눈이 떠지고 빛이 익었을 때 나는 규 옆에 서 있는 한 여자를 보았다. 여자는 마당 한가운데에 서서 장갑을 벗고 있었다. 장갑 때문이었다. 장갑에 달린 고리가 반짝하고 흔들리면서 사방으로 빛이 튀었다. 나는 넘어질 뻔했다.

어머니는 규와 여자의 손을 한쪽씩 잡으며 거실 가운데로 자리를 권했다. 여자는 두 다리를 가지런히 포개 한쪽으로 접고 앉았다. 두꺼운 타이츠를 신고 있었지만 발목이 가늘었고 발가락간의 경사가 급했다. 어머니가 수정과를 내주자 여자는 규의 집에서는 물 한 모금도 못 마시며 긴장했던 사람처럼 두 모금을 연거푸 마셨다. 그런데도 그릇에 입술 자국이 묻어나지 않았다. 나는 그게 너무 신기해 여자의 입술이 닿았던 사발과 여자의 입술을, 그녀가 화장을 한 것인지 원래 입술이 반짝이는 것인지를 생각하며 번갈아 쳐다보았다. 그러다 머쓱해져 규한테 눈을 고정시켰다. 규는 모발이 처지고 피부는 여전히 지저분했다. 로션을 제대로 안 발랐는지 면도 자국이 허옇게 일어나 있었다. 무슨 말 끝에 규는 금연 한 달째라며 한바탕 웃어젖혔다. 여자도 같이 웃었다. 뒤이어 어머니도 웃었다. 웃고 있었지만 쓰린 속을 감추지 못하는 게 보였다. 결혼식 때 뵙겠다는 인사를 끝으로 둘은 일어섰다. 여자가 허리를 숙여 부츠를 신었다. 여자의 발이 긴 부츠 속으로 들어갔다. 눈이 꽤 녹았을 텐데, 땅도 밟지 않고 사뿐히 미끄러져 온 것처럼 여자의 굽에는 티 하나 묻어 있지 않았다.

립스틱도 묻어나지 않고 흙도 묻어나지 않는 여자.

그게 형수의 첫인상이었다. 그래서인지 형수는 이 세상의 범속한 여자가 아닌 것처럼 느껴졌다. 그래서 규와는 더더욱 어울리지 않았다.

저 자식이 어떻게 저런 여자를. 저런 자식이 어떻게.

올라오는 휴게소에서 나는 선 채로 우동을 삼켰다.

몇 달 뒤 봄에 둘은 결혼을 했다. 나는 규의 결혼식장 입구에 앉아 신랑측 축의금 봉투를 받았다. 이 년 뒤에 규는 딸을 낳았다. 한 해에 두어 번은 그들을 봤다. 규의 아내이자 한 아이의 엄마인 그녀는 나를 볼 때마다 도련님이라고 불렀다. 그러나 나는 한동안 그녀를 형수라고 부르지 않았다.

*

아버지가 말씀하셨다. 그날을 잊을 수 없다고. 옆에서 작은아버지가 조용히 웃었다. 규는 풀들을 긁어모았고 나는 술을 따랐다. 참 좋았지. 참 좋았어. 나는 출근버스 창에 머리를 기대고 졸았다. 졸면서 꿈을 꾸면 아버지가 나왔다. 그날을 잊을 수가 없다. 아버지는 버스 창에 깃발처럼 매달려 따라왔다. 신호에 걸려 버스가 멈추면 좌석 어디쯤에서 어머니가 고무장갑을 흔들었다. 버스가 다시 속력을 내면 아버지가 검은 얼굴로 펄럭이며 창을 두드렸다. 나는 창이 열리지 않게 안간힘을 쓰다가 머리를 찧고 깨어났다. 그날도 그랬다. 버스는 조용하게 멈춰 서고, 사람들은 종종거리며 길을 건너고, 나는 앞좌석의 사람이 바뀌는 것을 보다가 가방에서 신문을 꺼냈다.

*

한 여자가 유리창 안쪽에 앉아 있는 사진이었다. 그 여자가 형수가 아닌 것은 분명했다. 규의 딸이 세 돌인가 네 돌인가였다. 아이한테 매달려 있을 형수가 일간지 일 면에 나올 가능성은 거의 없었다.

여자는 유리창 안쪽에 앉아 이쪽 어딘가를 내다보고 있었다. 습기 자욱한 유리창 표면으로 물방울들이 흘러내렸다. 여자는 좌석에 등을 기댄 채로 생각을 놓은 듯한 시선을 밖으로 풀어놓고 있었다. 맺힌 물방울들이 여자의 이마와 턱선과 목덜미를 지나 흘러갔다. 여자는 밀폐된 창 안에서 정사를 나눈 뒤 쉬고 있는 것 같기도 했고 바깥에서 벌어지는 사건을 무심히 목격하며 지나치는 사람 같기도 했다. 사진 밑에는 이런 설명이 달려 있었다.

'창 너머 겨울—중부 내륙지방에 한파주의보가 내려진 24일 오전, 출근버스에 탄 직장인이 김이 서린 창 너머 바깥을 내다보고 있다. 기상청은 26일부터 평년기온을 회복해 추위가 누그러질 것이라고 예보했다.'

출근을 하자 그룹웨어 게시판에 여자의 사진이 올라와 있었다. 밑에는 환호 댓글이 수두룩했다. 여자는 나와 같은 직장이었다. 나는 여자와 같은 부서였던 적이 한 번도 없었지만 얼굴도 이름도 알고 있었다. 복도에서 마주치면 업무 얘기도 몇 마디 나누었을 것이다. 그런데도 그 사람이 신문 속 여자와 동일인일 것이라고는 생각하지 못했다. 몇 주 뒤 인사이동으로 그녀와 같은 부서가 되었을 때 나는 규와 형수가 정말로 결혼을 했을 때와 같은 놀라움을 느꼈다.

여자는 널찍한 통로 하나를 사이에 두고 내 건너편 자리에 앉았다. 여자가 고개를 숙이고 있으면 파티션 너머로 머리를 묶어올린 끈이나 핀이 보였다. 여자가 모니터를 보고 있으면 파티션 경계로 미간이 아슬아슬하게 걸쳐졌다. 그녀가 시야에 들어올 때마다 내 머릿속에선 한파, 습기, 너머, 정사, 목격 같은 단어들이 한꺼번에 뒤섞였다.

같은 부서가 되었지만 여자와 같이 밥을 먹는 일은 드물었다. 그녀는 근처 구내식당에서 맑은국을 먹었고 나는 남자 부원들 몇과 밖으로 나가 고기가 들어간 걸쭉한 찌개나 해장국을 먹었다. 그래도 주초에 한 번은 부서원이 다 같이 점심을 먹었다. 그녀는 식당에 둘러앉으면 몸에 밴 일인 듯 사람들 앞에 숟가락부터 놓았다. 식당을 나가면서는 계산대 옆의 사탕을 집어 정다운 큰언니처럼 신입들한테 나누어주었다. 그녀가 수저를 놓을 때 휴대폰만 들여다보던 신입들이었다.

전통 소품을 늘어놓은 거리를 한참 걸어올라가 큰길을 건너야 사무실이었다. 신년부터 음력설까지, 거리에는 갖가지 장신구들이 늘어섰다. 갓끈이나 옥로 같은 남자 장신구도 있었지만 사람들 눈을 끄는 것은 여자 장신구였다. 비녀와 댕기부터 시작해 색색의 노리개와 가락지, 사극에서나 보던 뒤꽂이와 떨잠까지. 밥을 먹고 올라오면서 직원들은 장신구 부스 앞에서 탄성을 지르며 서로에게 장신구들을 대보고 웃고 했다. 용수철 같은 떨 끝에 새 장식이 달린 것이었다. 1월 첫째 주에도 둘째 주에도 셋째 주에도 넷째 주에도 나는 그녀가 머리에 떨잠을 꽂아보는 것을 지켜보았다. 떨잠을 꽂아보며 환하게 웃다가, 떨잠을 제자리에 놓으며 웃음을 거둔 그녀가 무심히 이쪽을 돌아볼 때, 그럴 때 잠깐 일간지 일 면 속 모습을 포착할 수 있었지만 평소의 그녀는 사진 속 느낌을 좀처럼 드러내지 않았다.

외투를 벗고 난 사무실은 서늘하고 침침했다. 해가 잘 들지 않고 외풍도 있었다. 그녀와 나는 통로에 있는 옷걸이를 같이 썼다. 점심시간 한 시간을 제외한 아침 아홉시부터 저녁 여섯시까지, 그녀의 코트와 내 코트는 어깨와 어깨가, 팔과 팔이 서로 맞닿아 있었다. 마주보고 포개져 있을 때도 있었고 먼저 건 사람이 뒤에서 안고 있을 때도 있었다. 그 옷걸이는 그즈음 내 마음 한쪽을 가장 저릿하게 하고 또 쓸쓸하게 했다.

오후 업무 시작 전엔 규가 올린 글과 사진을 훑어보았다. 요새 규가 사진을 올리는 건 다 딸을 자랑하기 위해서였다. 스케치북에 선 하나 그어놓은 사진이 올라오면 규의 동료들이 미래의 대화가라는 댓글을 달았다. 밥풀로 뒤범벅된 아이 얼굴 사진이 올라오면 사돈을 맺자는 댓글이 이어졌다. 규가 올린 사진 속에서 가끔 형수의 모습을 보았다. 손이나 하체, 뒤통수 일부만 등장했지만 나는 그게 형수라는 걸 알 수 있었고 처음 보았던 발 모양까지 또렷이 떠올릴 수 있었다. 아이를 낳은 뒤 형수는 기미를 가릴 만한 화장도 하지 않고 머리는 파마기 없이 이리저리 뻗쳐서 누가 봐도 어린아이의 엄마 같은 모습이었지만 발목의 굵기만큼은 변함이 없었다.

"춥지 않으세요?"

남자 주임 하나가 선풍기 난로를 들고 갔다. 저 자식은 남자인데도 뜨끈뜨끈한 난로를 옆에 두고 싶을까. 그래도 아무 이상이 없는 걸까. 나는 규의 사진을 닫고 인터넷 기사 몇 개를 읽었다. 라디에이터가 박차를 가하는 소리가 들려왔다. 누군가 머그잔에 따뜻한 물을 가득 받아 지나갔다. 그리고 나는, 무방비인 채로 모니터와 일대일로 앉은 나는 검색창에서 광고 배너에서 기사 목록에서, 여지없이 나를 겨냥하는 문장 하나와 마주쳤다. 나를 슬프게 하지만 열지 않을 수 없게 하는 한마디.

'사타구니가 가려우십니까?'

*

가려웠다. 봄 여름 가을 겨울 언제나 가려웠다. 봄가을에는 정신없이 가려웠고 여름에는 못 견디게 가려웠고 겨울에는 그냥 가려웠다. 어떻게 하면 상처 안 나게 긁을 수 있을까, 어떻게 하면 티 안 나게 긁을 수 있을까, 날이 더워지면 그 생각에만 몰두했다. 사무실에 앉아 있을 땐 바지 주머니에 손을 넣어 어떻게든 긁었지만 사람들이 많은 곳에서 가려움이 시작되면 발가락을 짓누르다 자리를 피하는 것 말고는 방법이 없었다. 의사들은 오래 앉아 있는 게 좋지 않다고 했지만 나한테는 외근보다 파티션이 하체를 가려주는 사무실 근무가 편했다.

가려움증 때문에 깊이 잠들기도 어려웠지만 자다가 무의식적으로 긁게 되는 것도 난감했다. 미친 듯이 긁다가 정신을 차려보면 진물이 흐르면서 피가 났다. 피가 난 음낭과 허벅지 안쪽은 악어가죽처럼 딱지로 덮여 있을 때가 많았다. 한여름에는 한두 시간만 앉아 있어도 금세 땀이 찼고 조금만 걸어도 살이 쓸리면서 쓰라렸다. 진물 때문에 속옷은 누렇고 뻣뻣해졌고 뻣뻣해진 천이 다시 살을 자극했다. 뭐라 설명하기 힘든 시큼털털하고 쉰 냄새가 가시지 않았다.

증상이 심해진 건 다 규 때문이었다. 아버지 장례를 치르고 나는 바로 군에 입대했다. 가려움이 시작된 건 그 무렵부터였다. 그래도 군대에서는 으레 그러려니 했다. 훈련 땐 항상 땀에 절어 있었고 제때에 씻지도 못했다. 어쩌다 씻어도 마를 새 없이 급하게 입었고 군복은 통풍이 되지 않았다. 휴가를 나와 술을 먹던 중 규가 연고 하나를 권했다. 자기 내무반에서 모두가 효과를 본 연고라고 했다. 군인인 동안은 절대 나을 수 없는 병이기 때문에 휴가 때마다 독한 연고를 사가지고 들어가 꾸준히 바르는 것만이 방법이라고 했다.

전역 후 제일 먼저 간 곳은 사우나였다. 제대로 씻고 싶었다. 사우나를 마치고 몸을 닦으면서 전신거울 앞에 섰다. 수건으로 꼼꼼히 닦던 중이었다. 나는 몇 번을 다시 보았다. 그 부분이 검었다. 그냥 검은 게 아니라 탁한 이물질이 섞인, 썩어가는 듯한 검은색이었다. 분명히 얼마 전까지만 해도 털 밑 살이 빨간 정도였는데. 뒤를 돌아 몸을 훑었다. 다시 앞으로 돌아 훑었다. 중심부에서 시작된 어떤 것이 항문과 허벅지, 배꼽 아래까지 번져 있었다. 거뭇거뭇한 반점과 피딱지와 각질만이 아니었다. 정체를 알 수 없는 희뿌연 무언가가 마수를 뻗고 있었다. 그런 채로 내 뿌리가 헐어가고 있었다. 중년 남자들이 이십대의 내 몸을 보면서 눈살을 찌푸렸다. 관리자가 내가 닦은 수건을 비닐팩에 넣어 쓰레기통에 버렸다.

사우나에서 나와 첫번째로 찾아간 비뇨기과에서 의사가 말했다.

"씻고 잘 말리세요."

나는 군대에서 썼던 연고를 내밀었다. 의사가 혀를 찼다.

"환자분은 일반 습진이 아니라 사타구니에 곰팡이가 서식하는 것입니다. 항진균제를 써야 하는데 이렇게 독한 스테로이드제를 몇 년씩 썼으니 더 심해질 수밖에요. 연고 함부로 쓰시면 큰일납니다."

의사는 다리를 떨듯이 습관적으로 혀를 찼다. 나는 그게 거슬려서 병원을 옮겼다. 옮긴 병원에서 의사가 말했다.

"씻고 잘 말리세요."

그곳은 간호사들이 불친절해서 마음에 들지 않았다. 다음 병원에서 의사가 말했다.

"지구상에서 곰팡이가 살기에 가장 좋은 곳이 어딘지 아십니까?"

"……"

"바로 인간 남자의 생식기입니다."

나는 그가 그렇게 말하는 게 비뇨기과 의사이기 때문이라고 생각했다. 건축업자라면 지구에서 곰팡이가 살기에 가장 좋은 곳은 결로가 있는 베란다라고 했을 것이다. 두피관리사라면 두피라고 할 것이고 락스회사 홍보팀장이라면 세상의 모든 곳이라고 할 것이다. 그다음부터는 비뇨기과가 아니라 피부과를 찾아갔다.

"가려워서, 죽겠습니다."

의사가 말없이 고개를 끄덕였다. 나는 더이상 시간 낭비를 하고 싶지 않았다.

"혹시 이것 때문에 말입니다, 성 기능에도 문제가 있을 수 있습니까?"

나는 그동안 제일 궁금했던 것을 마침내 물었다. 그러나 묻고 나자 이 질문은 피부과보다는 비뇨기과에서 하는 게 더 어울릴 거란 생각이 들었다.

"음…… 곰팡이가 이미 죽은 조직이나 약해진 것들을 먹고 살긴 합니다만, 강해지시는 게 아무래도 좋겠죠. 강해지시려면…… 술 담배 하지 마시고요, 운동하시고요, 집밥 드시고요, 스트레스를 줄이세요."

"……"

"곰팡이가 온도가 높고 습한 곳에서 확 퍼지는 거 아시죠? 씻고 잘 말리세요."

처방전을 입력하던 의사가 덧붙였다.

"장기전이 될 겁니다."

"……"

"곰팡이는 이 세상에서 번식력이 가장 좋은 생물이거든요."

나는 그 병원에도 다시 가지 않았다. 마지막 말이 나를 무시하는 것처럼 들렸기 때문이었다.

*

오전부터 시작된 전국 사무처장 회의가 점심시간까지 이어졌다. 올해 예정된 두 개의 국제 행사 때문에 연초부터 각 지방 연맹과

연계된 실무회의가 연이어 열렸다. 행사가 열리는 곳은 완주와 평창이었다.

"어째 얼굴이 좀 거칠해 보여요. 혼자일수록 몸보신 잘하셔야지."

강원 연맹 강처장이 자판기 커피를 건네며 말했다. 얼핏 들으면 걱정을 해주는 듯한 말이었지만 실상은 나를 까는 말이었다. 지방 연맹 감사를 할 때 칼자루를 쥔 건 나였다. 그러나 부서가 바뀐 이상 이제 나는 정중히 업무 협조를 구해야 하는 위치에 있었다. 더구나 그는 평창 행사 실무를 쥐고 있었다. 평창은 완주보다 위도도 고도도 높은 곳이었다. 평창 행사는 겨울이고 완주 행사는 여름이었다. 완주는 내가 피해야 하는 곳이었다.

강처장은 곧 그녀한테 걸어갔다. 몇 마디 하더니 둘 다 웃음을 터뜨렸다. 지적만 하던 나보다는 같이 행사를 해온 그녀가 몇 배 편할 것이다. 그녀와 얘기를 하면서도 강처장은 계속 이쪽을 의식했다. 임원 찬조금에 조금씩 손대고, 대원 포상비를 노트북 수리비로 쓰고, 퇴사한 후배 명의로 인건비를 지출해온 것을 스스로도 알고 있을 것이다. 그리고 그것들을 내가 덮었다는 것도 잊지 않고 있을 것이다.

강처장과 전북 연맹 사무처장이 부장실로 들어가고 그녀는 다시 업무 자세로 돌아갔다. 내가 보기에 그녀는 부서에서 가장 많은 일을 했다. 본격적인 일정은 시작되지 않았지만 부서의 중요한 연락은 거의 그녀의 내선을 통해 마무리가 되었다. 그렇다고 그녀가 회의에서 분위기를 주도하거나 부장이나 총재와 특별히 가깝거나 한 것도 아니었다. 주임들은 그녀가 일의 줄기를 짚어주기보다 혼자서 일을 해버린다고 종종 불만스러운 모양이었지만 그녀는 일 욕심을 내며 나서는 스타일도 아니었다.

이번 인사는 이해가 가지 않는 부분이 많았다. 그동안 재무와 감사 등 본부의 주요 행정 일만 담당해온 내가 왜 노가다나 다름없는 행사 주무 부서로 이동이 된 것일까. 나한테 감정이 있는 지방 연맹의 누군가가 움직인 것은 아닌지, 어떤 뒷말이 들리든 외근을 피하기 위해 짜갔던 내 판이 이대로 어그러지는 것은 아닌지, 이런저런 생각들이 오갔다. 어차피 큰 행사가 있으면 본부의 모든 직원이 동원되었지만 업무 지원을 하는 것과 주무 부서에서 책임을 맡는 것은 다른 일이었다. 그녀는 이 부서에서 가장 오래 일한 사람이었고 나는 이 부서에 처음 온 사람이었다. 그런데도 그녀와 나는 직급도 책임져야 할 덩어리도 비슷했다. 완주팀과 평창팀이 꾸려지면 그녀와 내가 한 팀씩 맡아야 할 것이다. 그녀와 격의 없이 편한 동료가 되는 것이 일단 필요했다. 그런데도 나는 일간지 일 면에서 본 그녀의 모습에서 벗어나지 못하고 있었다. 나쁜 짓을 하다 들킨 아이처럼 그녀와 눈이 마주치는 것이 편치 않았다. 그리고 그녀가 이런 내 태도를 어쭙잖은 자격지심이나 견제로 받아들일까봐 신경이 쓰였다.

오후 간식으로 피자가 배달되었다. 큰 회의가 끝난 뒤여서인지 다들 쉬지 않고 먹었다. 몇몇 업무 얘기를 끝으로 화제는 엊그제 범인이 잡힌 살인사건으로 이어졌다. 일이 주 사이에 끔찍한 범죄가 잇달아 터지고 있었다. 이별을 통보한 여자친구를 난도질해 죽인 사건, 유치원생을 성폭행하고 죽인 사건, 귀가하는 여자를 내리쳐 죽인 사건. 살해된 사람은 모두 여자였다.

"죽이려면 남자를 죽이지. 아무튼 여자 죽이는 것들은 다 씨를 말려야 돼."

누군가 콜라를 들이켜며 중얼거렸다. 살인사건은 부장의 입에서 바로 업무 얘기로 연결이 되었다.

"해마다 소녀 대원들 수 내리막길인 거 알죠. 기금 개발에 머리 좀 굴립시다 다들. 지방 연맹들은 맨날 사업비 올려달라는 말만 하지 도대체 돈 나올 데가 없잖아요."

여자를 죽이는 남자들이 우리 연맹의 적인 건 확실했다. 소녀 대원들 등록비로 월급 받아먹는 민간 비영리단체에서 여자의 수가 주는 건 밥벌이가 위협받는 것이었다. 소녀를 낳을 가임기 여성들, 가임기 여성으로 클 소녀들. 우리에겐 누구보다 소중한 존재들이었다.

새로운 대원들을 끌어올 좋은 교육프로그램 연구, 대원들 등록비에만 의지하지 않고 단체를 운영할 수 있는 기금 조성 활동. 연초마다 중요성이 강조되는 그 사업들 모두 물론 중요했다. 그러나 한정된 인력으로 정해진 행사만 치르기에도 한 해는 빠듯했다. 쓸 만한 신입들은 일 좀 가르쳐놓으면 다른 곳에 취업이 되었다고 그만두었고 어쩌다 이곳을 탈출할 시기를 놓치고 연맹에 붙어 있는 나 같은 연차들은 일정 정도의 타성과 반복되는 피로, 같은 색깔의 무력감에 절어 있었다.

여자 신입 둘이 피자를 먹자마자 휴대폰과 파우치를 들고 시시덕거리며 화장실로 갔다. 탁자 위에는 콜라를 마신 컵들과 소스가 묻은 티슈가 너저분했다. 이럴 때 뒤처리를 하는 것은 그녀이거나 남자 신입들이었다. 이곳은 내가 있어야 할 곳이 아니라는 듯 뽀얀 얼굴로 왔다갔다하다 몇 개월 만에 그만두는 여자 신입들을 나는 증오했다. 푹푹 찌는 한여름에도 카디건을 걸치고 앉아 뜨거운 커피를 홀짝거리며 길거리를 내다보는 여자들. 그런 여자들만 보면 나는 가서 다 망쳐놓고 싶은 충동을 느꼈다. 내가 땀 흘려 일하는 사회교육단체의 소녀 대원들이 내가 증오하는 부류의 여자로 클지도 모른다는 사실. 그만두고 싶은 고비는 그럴 때 찾아왔다.

그녀가 낮게 한숨을 뱉으며 자리로 돌아갔다. 갈피가 보이기 전에 신입한테 정을 주는 일은 금물이었다. 그녀도 그걸 모를 리 없었다.

완주에서 열릴 여름캠프는 그녀가 몇 번 치러본 행사였다. 여러 회기를 거치며 정착이 돼서 큰 사고만 나지 않으면 되었다. 반면 평창 행사는 여러 가지가 걸려 있었다. 동계올림픽이 유치되기 전에 결정된 행사였지만 올림픽 유치가 되면서 더 주목을 받고 있었다. 총재가 평창 행사의 조직위원장과 두 손을 맞잡고 찍은 후원 협약식 사진이 도처에 널려 있었다. 행안부에서 공모하는 억대의 지원사업 선정 건도 걸려 있었다. 단순한 후원단체 역할만으로는 안 되었다. 아직도 우리 연맹이 건재하다는 존재감을 확실히 드러내야 했다. 총재는 그녀에게 평창을 맡기려고 할 것이다. 당연했다. 잘할 수 있는 사람도, 애써온 사람도 그녀였다.

나는 업무 협조차 한 번 갔다가 무슨 핑계를 대서라도 다시는 가지 않는 여름캠프를 떠올렸다. 한여름의 습한 휴양림. 텐트 위로 우발적으로 쏟아지는 소나기와 모기. 땀에 젖은 티셔츠를 입고 오가는 발육 잘된 소녀들. 그리고 제철을 만나 더욱 창궐할 나의 곰팡이 균사들. 삼십 개국 일만 명의 소녀들 앞에서 사타구니를 긁고 있을 내 모습이 보였다. 재앙이었다.

*

한파가 계속되었지만 겨울은 조금씩 지나가고 있었다. 설 연휴가 끝나고 일정이 시작될 즈음에 맞춰 점점 날이 풀릴 것이었다. 가려움증이 덜한 겨울일수록 연고를 더 꼼꼼히 발라야 했다. 곰팡이가 포자 형태로 잠시 숨는 것이지 없어지는 게 아니기 때문이었다. 없어진 줄 알고 방심했다가 더 심하게 재발한 게 여러 번이었다. 생각보다 질긴 장기전이었다. '완치' 혹은 '박멸'이라는 단어가 주는 희망에서 나는 조금씩 마음을 돌렸다. 곰팡이의 씨를 말릴 수 있는 연고는 어디에도 없었다.

저녁 일곱시가 넘어가는 중이었다. 통로 저쪽에 그녀가 혼자 앉아 있었다. 밖은 이미 어두웠다.

"퇴근 안 하세요?"

나는 일부러 경쾌한 목소리로 물었다. 하루종일 그녀의 코트와 포개져 있던 내 코트 깃에서 오랫동안 맡아보지 못했던 냄새가 났다.

"좀더 있다 가려구요."

그녀의 책상에는 이번 계절 연맹지가 펼쳐져 있었다. 60년대에 소녀였던 한 할머니 대원의 인터뷰가 실린 연맹지였다. 연맹지 옆으로 완주와 평창 팸플릿들이 흩어져 있었다. 평창 팸플릿 곳곳에 'Happy 700'이라는 문구가 별처럼 박혀 있었다.

"인간이 가장 행복감을 느끼는 고도라죠. 해발 칠백 미터요."

그녀가 희미하게 웃으며 말했다. 밀폐, 습기, 창, 그 너머를 바라보던 그녀가 바로 내 앞에 있었다. 눈 결정처럼 응고되는 성에 속으로 그녀가 언뜻언뜻 가려졌다. 평창에서 살고 싶다는 걸까. 평창 행사를 맡고 싶다는 걸까. 아니면 행복해지고 싶다는 걸까. 어느 결에 그녀가 차 한 잔을 타와 건네며 내 옆에 섰다. 어둑한 사무실엔 퇴근 무렵의 분주했던 공기가 낮게 가라앉아 있었다. 석유난로 위에서 가습용 주전자가 천천히 식어갔다. 신문이 펼쳐져 있는 회의 탁자 너머로 캐비닛의 낡은 문짝이 조금씩 어긋나 있었다. 철제 책장에 꽂혀 있는 묵은 서류철들. 통로 끝에서 복사기 불빛이 환영처럼 어른거렸다.

"예전에는 보면 알 수 있었어요. 여기에 남을 사람인지, 떠날 사람인지."

그녀가 사무실 허공에 눈을 두고 말했다.

"그런데 이젠 잘 모르겠어요."

그녀가 발끝을 보며 흐리게 웃었다. 잘 안다. 십 년이 훌쩍 넘는 시간을 이곳에서 보내면서 그녀 또한 왔다가 떠나는 사람들을 수없이 지켜보았을 것이다. 잡아본 적도 있을 것이고 흔들린 적도 있을 것이다. 혼자서 일을 하는 위험한 습관은 그녀가 자신을 지키기 위해 택한 어쩔 수 없는 방편인지도 몰랐다.

나는 다시 한번 퇴근을 안 하느냐고 물었고 그녀는 조금 더 있을 거라고 대답했다. 집에 돌아와 짜파게티를 두 개 끓였다. 어머니가 보낸 김장김치를 꺼내놓고 허겁지겁 몇 젓가락을 먹다가 반 넘게 버렸다. 손톱을 더 짧게 깎고 항균비누로 손을 씻었다. 티셔츠 아래로 헐렁한 사각팬티만 걸친 채 나는 컴퓨터 앞에 앉았다. 왼손을 팬티 속에 넣어 긁기 시작하면서 오른손으로는 마우스를 잡았다. 긁던 손을 꺼내 수시로 냄새를 맡아보면서 가려움증과 연관된 검색어 속으로 빠져들어가다보면 자정이 훌쩍 넘었다. 밤을 할애한 검색 덕분에 나는 성기에 오소리 기름도 발라봤고 유칼립투스 추출 섬유로 만든 팬티도 입어봤다. 아기 엉덩이에 바르는 파우더가 효과가 있다는 글을 보다가 나는 문득 규를 떠올렸다. 규는 다 나았을까. 형수가 싫어하지는 않았을까.

이런저런 생각을 하다 습관처럼 연맹 그룹웨어에 접속했다. 뜻밖에도 접속자 명단에 그녀의 이름이 있었다. 밤이 늦었는데 설마 아직 사무실일까. 나는 쪽지 창을 열고 '안 가고 뭐해요?'라고 썼다. 그러다 '안 자고 뭐해요?'라고 고쳤다. 그러다 다시 지웠다. 빈 쪽지 창을 띄워둔 채 나는 부서 게시판에서 그녀의 글을 검색했다. 그녀가 그동안 올린 글이 무수히 떴다. 무슨무슨 회의록, 이런저런 경과보고 들 중에서 제일 짧은 제목이 보였다. 작년 8월 29일 17시 45분에 작성한 글이었다.

'유난히 더웠던 한 주가 지나가네요. 지구가 정말로 소리없이 돌고 있기 때문이겠죠. 모두 고생하셨습니다.'

텅 빈 사무실을 바라보던 그녀의 옆모습이 떠올랐다. 자기 자리로 천천히 걸어 돌아가던 그녀의 뒷모습도 보였다. 내가 다른 부서에 있던 다른 시간, 다른 계절에도 그녀는 지금처럼 거기에 있었다. 그 자리에서 부서 사람들을 챙기고 묵묵히 일을 하고 있었던 것이다. 나는 글을 그대로 띄워놓고 한참을 바라보았다. 눈으로도 읽어 보고 소리내서도 읽어보았다. 지구가 도니까, 땀 차는 여름이 지나면 땀 덜 차는 겨울이 올 것이다, 지나갈 것이다, 결국에는 글이 그렇게 나를 다독였다. 그녀가 보고 싶었다. 단 한마디라도 그녀에게 닿고 싶었다. 나는 다시 접속자 명단을 열었다. 그러나 그녀는 그룹웨어에서 나간 뒤였다.

포털 사이트를 열었다. 그리운 사람의 이름을 쳐보는 사람처럼 나는 검색창에 '창 너머 겨울'이라고 쳐보았다. 다시 '창 너머 겨울 출근버스'라고 쳐보았다. 그러자 정말로 그녀의 얼굴이 떴다. 그녀는 버스에 앉아 있었다. 버스 앞 신호는 지금 붉은빛일 것이다. 그리고 곧 바뀔 것이다. 아침까지가 너무 길게 느껴졌다.

나는 바탕화면의 잡다한 폴더들을 정리했다. 그리고 그녀의 사진을 화면에 가득차게 깔아놓았다. 침대에 누워 팔베개를 한 채 나는 그녀를 바라보았다. 꿈을 꾸었고, 그러다 잠이 들었다.

설 연휴 전의 마지막 점심식사 자리에서 그녀는 은색 밥그릇 뚜껑에 자신의 밥을 덜어주었다. 그날 밤 이후로 내게는 그녀의 행동 하나하나가 이전보다 더 의미를 두고 다가왔다. 콩비지찌개를 같이 떠먹는 동안 나는 그런 생각을 했는지도 모르겠다. 신랑을 위해서 자신의 어떤 것을 조금은 희생해주는 사내 부부의 아내처럼, 그녀가 내 사정을 헤아리고 평창을 양보해주지 않을까 하는 생각.

버섯 세트를 하나씩 나눠든 직원들이 집을 향해 흩어졌다. 설 연휴를 어떤 가족들과 어떻게 보낼지 처음으로 그녀의 그런 것들이 궁금해졌다. 나는 그동안 다니던 피부과를 정리하고 다시 비뇨기과로 병원을 바꾸었다.

*

어머니가 말씀하셨다. 세상은 더럽고 우리에겐 락스가 있다고.

락스를 사랑하는 내 어머니는 여전히 명절 때의 대장이었다. 작은어머니와 형수가 일할 분량과 범위를 정해놓고 더는 넘어오지 않게 했다. 어머니는 며칠 동안 락스를 풀어 걸레를 삶고 집안 구석구석을 닦으면서 명절 때 오고갈 사람들의 동선을 그려보았을 것이다. 윤이 나는 바닥을 네 살이 된 규의 딸이 내달리며 놀았다. "우리 종손께서 얼른 짝을 데려와야 형님이 든든하시지." 작은어머니가 올해도 내 어깨를 치며 말했다.

아이를 낳고 서너 해가 지나자 형수는 한결 편안해 보였다. 가끔은 웃는 모습이 너무 환해서 저 사람이 정말 우리 집안 사람이 맞는 건가 신기하기도 했다. 형수가 "큰어머니, 큰어머니" 하며 우리 어머니한테 이것저것 묻고 살갑게 대하면 기분이 좋았다. 그러다 작은어머니랑 한바탕 웃는 것을 보면 형수의 진짜 시어머니는 내 어머니가 아니라 규의 어머니라는 생각에 잠에서 깬 기분이 들었다.

어머니는 말씀하셨다. 다른 거 따질 거 없다. 그저 화목한 부모 밑에서 사랑받고 자란 여자가 제일이야. 그런 여자가 너도 위해줄 줄 알고 애도 반듯하게 키우는 거다. 그게 어머니가 말하는 배우자의 덕이었다. 양친이 있고, 그 양친의 사이가 좋고, 그런 부모가 저절로 심어준 세상과 사람에 대한 믿음 때문에 빛깔 자체가 환한 여자. 그런 여자들이 내 주위의 어딘가에 있기는 있었던 것 같지만 그들은 나와는 늘 다른 반, 다른 과, 다른 동네였다. 같은 지하철역에서 내려도 다른 빌딩으로 출근했다. 나는 해사한 형수를 볼 때마다 내가 그동안 사귀었던 음울한 여자들을 떠올렸다.

작은어머니와 형수가 전을 부치기 시작했다. 계란옷의 간까지 다 맞춰놓은 어머니가 아이를 어르며 숨을 고르고 있었다. 작은아버지와 함께 낚시를 하고 있다며 규한테서 나오라는 문자가 왔다. 막 일어서려는 참이었다. 아이의 변 뒤처리를 해주던 어머니가 말했다.

"야 잠지에서 냄새가 많이 나네."

형수는 동태전을 뒤집고 있었다.

"애가 감기기가 있어서 샤워를 못 시켜서 그래요 큰어머니. 이따 씻기면 괜찮아요."

"이게 안 씻겨서 나는 냄새가 아닌데."

그러면서 어머니가 욕실에 있는 락스 통을 집어들었다.

"끓인 물에 락스 풀어서 씻기면 거기 냄새는 싹 없어진다."

"큰어머니!"

순식간이었다. 불길 속에서 아이를 건져내듯, 납치범한테서 아이를 낚아채듯, 뒤집개를 내던진 형수가 한달음에 달려와 어머니한테서 아이를 빼갔다. 어머니를 바라보는 형수의 눈빛에서 한순간 혐오가 지나갔다. 큰 소리는 오가지 않았다. 형수는 아이한테 휴대폰을 쥐어주고 한쪽에 앉힌 뒤 일을 서둘러 마무리했다. 작은어머니는 겪을 만큼 겪었다는 듯 고개를 돌리고 아무 말이 없었다.

혼자 멋쩍게 앉은 어머니를 보는 게 힘들어 나는 밖으로 나왔다. 자기 시어머니였어도 저런 눈빛이 스쳤을까 하는 서운함에, 어머니의 락스 신봉이 이 지경까지 이르렀다는 충격에 마음이 쓰렸다.

마당으로 나오자 선산이 보였다. 마을 어디에 숨어도 선산이 보였다. 마찬가지로 선산 어디에 있어도 마을이 보였다. 마을을 가로지르는 강과 강보다 올라선 지대에 늘어선 집들.

사람들은 아버지와 작은아버지를 보면 형만한 아우 없다는 말을 했다. 작은아버지가 속을 알 수 없는 얼굴로 말없이 사방을 주시하는 사내인 데 반해 아버지는 정도 많고 웃음도 많고 술도 좋아해 주위에 사람들이 많았다. 풍채도 좋아서 여동생과 나를 양팔에 매달고 수건처럼 휘휘 돌려주기도 했다. 아버지는 그 호방한 성격을 내가 아닌 여동생에게 거의 물려주었지만 나는 동네 사람들이 아버지와 소소한 고민을 나누러 들르거나 먹을 게 생기면 우리집에 보내오는 게 싫지 않았다. 아버지를 좋아하지 않는 건 작은아버지뿐이라고, 가까운 사람들은 농담 반으로 말했다.

두 형제는 하나씩뿐인 아들들을 데리고 매해 선산에 올라 벌초를 했다. 벌초는 여름이 끝나갈 무렵이면 치러지는 넷만의 의식이자 소풍이었다. 벌초가 끝나면 규는 잔풀들을 정리하고 나는 배낭에서 술과 과일을 꺼냈다. 아버지와 작은아버지는 무덤들 앞에 나란히 앉아 땀을 식히며 강을 내려다보았다. 상류 쪽 숲을 벗어난 강은 마을을 통과하며 넓은 들판으로 흘러갔고 들판 끝자락에 이르면 수평선처럼 풀어지며 빛으로 띠를 둘렀다. 그렇게 앉아 강을 보며 막걸리 한두 잔을 걸치고 나면 아버지는 꼭 '그날' 얘기를 했다. 그날을 잊을 수가 없다. 참 좋았지. 참 좋았어.

그건 햇빛에 대한 얘기였다. 동네 강가에서 조금 들어간 곳에는 너른 바위가 하나 있었다. 나무가 우거진 곳을 벗어나는 지점에 있었기 때문에 햇빛이 쏟아졌고 오목한 곡선 안쪽이어서 바람이 아늑했다. 아버지와 작은아버지가 이십대 중후반이던 무렵, 완전히 벗고 너른 바위 위에 누워 일광욕을 했다는 얘기였다. 그렇게 누워 있으니 그곳이 저절로 힘을 받으면서 해 쪽을 향해 일어섰다고 했다. 기분이 매우 뜨겁고 상쾌하고 좋았다고 했다. 그게 왜 그렇게 좋았다는 것인지 그때는 이해하지 못했다. 너른 바위는 우리가 어려서부터 발가벗고 놀던 곳이었다. 다 벗고 누워 있는 일은 우리도 많이 해본 일이었다. 그날 단 하루였다. 그 이후로는 그렇게 해를 향할 기회가 없는 채로 하루가 지나고 일 년 십 년이 지나 어느새 늙어버렸다고 아버지는 껄껄 웃었다.

나는 눈 쌓인 선산을 올려다보았다. 거기에 아버지가 누워 있었다. 어린 시절이 아니라 성인이 되고 난 후에, 내 중심부가 제 역할을 갖추고 난 후에 나는 그곳을 햇빛에 온전히 노출해본 적이 없었다. 그곳은 늘 막혀 있고 접혀 있고 어두웠다. 나는 '그날'을 갖지 못한 채로 급속히 썩어가고 있었다.

"역시 집안엔 애가 있어야 된다."

한복을 입은 아이가 복주머니를 매달고 집안을 걸어다녔다. 개구리처럼 엎어져 세배를 하는 바람에 집안의 어색한 공기가 묻히고 다들 한 번씩 웃은 뒤였다. 아이는 아빠를 잘 따랐다. 밥을 먹자마자 규의 등에 올라타 말을 몰았다. 아이는 규를 닮은 데가 전혀 없었다. 외탁인지 형수의 모습 그대로였다. 규가 자신과 닮지 않은 아이를 위해 울고 웃으며 방바닥을 기어다니는 모습은 나한테 다소 위안을 주었다.

해가 났지만 날씨가 제법 매서웠다. 규와 형수는 뒤꼍에서 집에 가져갈 시래기를 나누고 있었다. 아이는 잘 웃고 사람 경계를 안 해 나하고도 금세 친해졌다. 감기기가 있다는데도 계속 밖에서만 놀고 싶어했다.

"우리 저 뒤에 있는 비닐하우스 구경 갈까? 거긴 따뜻하고 흙놀이도 많이 할 수 있어."

아이가 신이 나서 팔에 매달렸다. 형수가 한복에 맞춰 가닥가닥 땋아준 머리가 앙증맞았다. 나는 아이를 안고 뒤꼍을 가로지르며 규와 형수한테 소리쳤다.

"우리 비닐하우스로 놀러 갑니다!"

아이가 내게 안긴 채로 엄마 아빠한테 손을 흔들었다. 고개를 막 돌리려던 참이었다. 형수가 규의 손에서 시래기를 가져가며 턱짓으로 우리를 가리켰다. 떨어진 거리였지만 한눈에 알 수 있었다. 그건 규한테 우리를 따라가라는 얘기였다. 규가 장갑을 벗으며 털레털레 일어섰다. 아이가 어서 가자고 내 어깨를 흔들었다. 그러나 나는 이미 형수의 표정을 보아버린 뒤였다. 형수가 굳어가는 내 얼굴에서 심상치 않음을 느꼈는지 걸어와 애를 안았다. 아이가 비닐하우스에 가겠다며 뻗대고 울다가 엄마한테 안겨 집으로 들어갔다.

비닐하우스로 들어가자 규가 따라왔다.

"뭐냐 이거?"

나는 정색을 하고 물었다.

"애가 아직 어리잖아. 쉬 마렵다고 할 수도 있고…… 너 괜히 번거로울 수도 있고……"

규가 우물쭈물하며 눈을 내리깔았다. 어려서부터 그랬다. 내가 눈을 부릅뜨면 규는 나한테 맞서지 못했다. 규가 한 해 먼저 태어났어도 내가 빠른 생일인 탓에 우리는 학교를 같이 다녔다. 운동도 싸움도 공부도 규는 내 밑이었다.

"말 돌리지 말고 똑바로 말해. 무슨 뜻이냐고. 내가 애한테 무슨 짓이라도 한다는 거야?"

"그게 아니잖아. 요새 딸 가진 엄마들 다 저래. 친아빠 말고는 누구하고도 둘만 있게는 안 한다고. 너도 뉴스 보잖아. 요즘 흉흉한 일이 한두 가지냐."

"아아아아아아아아, 진짜."

뱃속에서 뱀 같은 것이 꿈틀댔다. 어제부터 누적된 무언가가 목구멍을 뚫고 북받쳐올랐다. 형수가 어떻게. 형수가 어떻게.

"형수가 나한테 어떻게 이래!"

비닐하우스가 미세하게 흔들렸다. 메아리도 그 자리에서 멈추었다. 정적을 뚫고 바깥으로 바람이 휘몰아갔다. 규의 표정이 미묘하게 바뀌는 것이 보였다.

"집사람이 뭐. 집사람이 너한테 어떻게 해야 되는데."

규가 나를 빤히 쳐다보았다. 나는 허공으로 고개를 돌리며 웃었다.

"야, 애 너무 그렇게 키우지 마."

"허, 우리가 애를 어떻게 키우는데. 오바 좀 하지 마. 니가 딸 가진 부모 맘을 알아?"

규가 턱을 치켜들었다.

"모른다 새끼야. 내가 씨발, 걸들 마음은 알아도 니들 마음은 몰라. 내가 니네 속을 어떻게 알아!"

나는 비닐하우스의 흙을 차올렸다. 흙 알갱이가 규의 입 언저리에 가서 튀었다. 규가 주먹을 날리고 싶은 걸 겨우 참는다는 얼굴로 씩씩댔다. 적반하장이었다. 내 앞에서 이럴 수 있는 놈이 아니었는데. 결혼을 하고 아이를 낳고 나서 규한테는 굉장히 거슬리는 자신감 같은 게 붙어 있었다. 규가 주먹 대신 얼굴을 들이대며 말했다.

"너 거기 아직도 안 나왔냐? 아무도 모르겠지 하면서 은근슬쩍 긁지 좀 마. 존나 변태 같애."

나는 규의 멱살을 잡았다.

"내가 누구 때문에 지금까지 이 개고생인데. 그 연고만 꾸준히 안 발랐어도 내가……"

"웃기지 마. 니네 아버지한테 옮았다고 질질 짠 게 누군데. 휴가 때 하도 징징대서 내가 보다 못해 연고 준 거 아니야. 어디서 남 탓이야, 찌질하게."

규가 나를 내팽개치고 밖으로 걸어나갔다.

아버지? 아, 그래, 아버지. 나는 실실거리며 비닐하우스 흙바닥에 주저앉았다.

*

아버지가 마신 건 박카스 뚜껑으로 한 모금이었다. 입술만 축여도 죽는다는 전설의 제초제 그라목손이었다. 실수로 마셨는지 홧김에 마셨는지는 알 수 없었다. 어머니는 티 안 나게 깐죽대온 작은아버지 탓을 했고 작은아버지는 티 안 나게 긁어온 어머니 탓을 했다.

쓰러진 아버지를 발견하고 병원에 가서 형식적인 위세척을 했지만 아버지가 살지 못할 거라는 건 마을 사람 모두가 알았다. 마을에는 그라목손을 먹고 죽는 사람들이 주기적으로 꼭 있어왔다. 그라목손은 어떤 억센 것도 살아남지 못하게 하는 맹독성 식물전멸제였다. 일손이 부족한 마을에서 그라목손은 일반 제초제와는 비교도 안 되게 효자 노릇을 했다. 마을 어디에든 그라목손이 뿌려져 있었다. 어른들은 아이들에게 누누이 일렀다. 논둑에 난 쑥 같은 거 함부로 뜯어먹으면 큰일난다고. 그러면서도 그들은 막다른 골목에 서면 그라목손에 의지해 죽어갔다.

그라목손을 먹은 사람들의 마지막 며칠을 본 사람들은 하나같이 말했다. 먹으려면 많이 먹고 빨리 죽는 게 나아. 내장이 녹아가는데도 의식은 멀쩡해서 열에 아홉은 죽어가는 동안 살려달라고 매달렸다.

병원에서 돌아온 아버지는 안방에 눕혀지는 걸 한사코 거부했다. 가족들을 위한 마지막 배려인지도 몰랐다. 아버지는 몇 년 전 집을 확장해 내 공부방으로 만들었던 곳에 눕혀졌다. 가까운 사람들이 병문안을 하듯이 들러 죽어가는 아버지를 들여다보고 갔다.

어머니는 몸져누웠고 여동생은 입시를 핑계로 아버지 근처에는 절대 가지 않았다. 아버지 담당은 내가 되었다.

병원에서 막 돌아왔을 때만 해도 아버지는 곧 죽을 사람이라는 느낌은 들지 않았다. 그러나 이틀이 지나자 아버지는 가슴을 뜯으며 숨을 몰아쉬기 시작했다. 약 성분이 산소와 결합해 폐가 굳어가게 될 것이라고 의사는 말했다. 산소가 닿을수록 조직이 빨리 굳기 때문에 산소호흡기로 숨을 쉬도록 도울 수도 없었다.

그때부터 열흘이었다. 약이 파고든 아버지의 몸은 숨을 쉬기 위한 몸부림과 숨을 제대로 쉴 수 없는 고통 속에서 경련하는 일만을 반복했다. 몸이 본능적으로 들이켠 숨이 숨통을 움켜쥐며 아버지를 끔찍하게 뒤틀었다.

"스흐— 스흐—"

젖은 습자지를 목젖에 붙이고 있는 듯한 소리가 아버지 입에서 새어나왔다. 어떤 날은 불길을 훑고 나오는 소리가 났다. 아버지가 입을 벌릴 때마다 그라목손 특유의 역한 냄새가 방안에 퍼졌다. 찌는 듯한 날씨가 계속 이어졌다. 숨이 붙어 있는데 살이 먼저 썩지 않게 나는 아버지 몸을 이리저리 돌리며 선풍기를 쏘이는 일에 열중했다.

무더위가 사흘째 이어지던 밤이었다. 나는 수건을 차게 적셔서 아버지가 누운 방에 들어갔다. 아버지는 아무것도 안 걸치고 홑이불 하나만 덮은 채 천장을 향해 있었다. 짓무른 등과 둔부에서 벌써 냄새가 새어나왔다. 얼굴 쪽으로 다가가자 검붉은 핏발로 뒤덮인 아버지의 동공이 움직였다. 아버지는 아직 살아 있었다.

"좀 닦아드릴게요, 아버지."

나는 홑이불을 조심스럽게 젖혔다. 처음에는 회백색 변인 줄 알았다. 그다음에는 혹시 정액인가 했다. 죽기 전에 아버지 몸에서 마지막으로 흘러나온 것일까. 그러나 아니었다. 거미줄보다 몇십 배는 미세한 실. 훅 불면 곧 풀어질 연기 같기도 하고 눈의 초점을 바꾸면 없는 듯도 보이는 어떤 실이 아버지의 중심부를 얽고 있었다.

"흐으— 흐으—"

칼집을 낸 듯이 갈라진 아버지의 입술이 벌어졌다. 약이 직접 닿은 입천장과 혀의 상태는 처참했다. 좋았던 풍채와 두둑했던 살집은 찾아볼 수 없었다. 제초제를 친 풀처럼 아버지는 한순간에 쪼그라들어 있었다.

"아버지."

나는 아버지의 손을 잡았다.

"아버지, 제 말이 들리세요? 들리면 제 손을 쥐어보세요."

아버지가 내 손을 쥐었다. 미약하게나마 아버지의 손힘이 느껴졌다. 나는 검푸르게 꺼진 아버지의 얼굴을 한참 동안 내려다보았다. 밖에서 여름 풀벌레들이 맹렬하게 울어대기 시작했다.

"아버지, 죽고 싶으셨어요?"

아버지 손에선 아무런 강약이 안 느껴졌다.

"아버지, 살고 싶으세요?"

아버지 손에선 아무 힘도 느껴지지 않았다. 나는 허리를 조금씩 비틀며 떨고 있는 아버지의 하체를 바라보았다.

"아버지, 가려우세요?"

그러자 아버지가 내 손을 움켜쥐었다. 모든 힘을 끌어모은 듯 강하게 움켜쥔 채 놓지 않았다. 신작로로 차가 지나가는 소리가 들렸다. 나는 밤이 깊어지기를 기다렸다. 리어카는 창고 옆에 있었다. 나는 리어카를 끌고 와 아버지를 실었다. 벌레 소리가 반짝 그치고 밤바람에 풀들이 흔들리는 소리가 들렸다. 나는 아버지를 싣고 강줄기를 따라 걸었다. 강이 만들어낸 곡선을 따라서 리어카 바퀴와 함께 걸었다. 걷다가 멈춰서 보면 밤하늘이 시시각각 무늬를 달리하며 저편으로 흘러갔다. 다른 별에서 보내오는 빛이 검은 강물에 닿았다가 다시 땅의 선들을 비추었다. 너른 바위는 그 자리에 있었다. 나는 홑이불을 걷고 나체 상태 그대로 아버지를 너른 바위 위에 눕혔다. 양팔과 양다리는 큰대자로 펼쳐드렸다. 바위 밑을 훑는 강물소리를 듣다가 나는 아버지 옆에 쪼그리고 누워 잠이 들었다.

무언가가 얼굴을 찔러와 눈을 떴다. 아침해가 너른 바위 위를 비추고 있었다. 아버지는 호흡이 멎어 있었다. 더이상 숨을 쉬지 않아도 되는 몸이 햇빛 아래에서 고요했다. 내가 보기를 기다렸다는 듯이 따가운 볕이 아버지의 중심부로 쏟아져내렸다. 마늘을 들이대면 화를 내는 드라큘라처럼, 아버지의 중심부를 덮고 있던 거대한 균사체가 신경질적으로 나부끼기 시작했다. 나는 아버지 옆에 앉아 계속 몸을 긁었다.

장례 기간에 아버지의 모든 것을 불태웠다. 아버지가 죽어가는 동안 썼던 베개와 요, 아버지가 누워 있던 방의 책상과 의자까지 모두 태웠다. 그래도 근지러웠다. 어머니는 한 달 넘게 그 방을 락스로 닦았다. 벽도 닦고 천장도 닦았다. 집안 곳곳에서 유한락스 통이 소주병처럼 뒹굴었다. 바람이 불면 화학액에 삭은 고무장갑이 빨랫줄에 매달려 손을 흔들었다. 어머니는 알코올중독자처럼 락스를 사들였고 그때부터는 사과에서도 상추에서도 속옷에서도 락스 냄새가 가시지 않았다.

그러나 어머니도 나도 실수한 게 하나 있었다. 우리는 아버지의 물건이 아니라 아버지의 시신을 불태웠어야 했다. 아버지를 덮고 있던 그 사상균(絲狀菌)들은 아버지의 관을 뚫고 나와 땅에 뿌리를 내렸을 게 분명했다. 어쩌면 내가 죽은 후까지도 이 지구에서 기세 좋게 살아갈 거였다. 선산을 볼 때마다 내 눈에는 보였다. 아버지를 먹어치우고 땅의 자양분을 받은 균사체가 선산을 점령한 채 나를 비웃는 것을.

아버지가 죽은 뒤 아버지의 많은 것들을 작은아버지가 가져갔다. 집안의 대소사도 아버지의 사람들도. 그 자식들은 어떤가. 작은아버지의 아들은 짝을 찾아 아이를 낳았고 아버지의 아들은 잠재적 아동 성범죄자가 되어 비닐하우스에서 웃고 있었다.

*

다시는 규의 일가를 보지 않으리라 다짐했다. 안 보면 그만이라고 머리를 털며 출근했지만 형수의 표정은 잊히지 않았다. 작은아버지한테 쌓여 있던 오래전의 감정들까지 하나씩 올라왔다. 누군가 건드려만 주면 터질 수 있을 것같이 목 끝이 팽팽했다.

연휴 후유증도 없이 그녀는 분주했다. 나는 다리를 풀고 의자에 기대앉은 채 결재판을 들고 지나가는 그녀를 보았다. 락스에 대해서 어떻게 생각해요? 그녀를 돌려세우고 그렇게 묻고 싶었다. 그녀가 조금이라도 이상한 표정으로 돌아보면 마음을 다스리기 힘들 것 같았다.

부장이 같이 점심을 먹자고 그녀와 나를 불렀다. 부서 워크숍 전에 우리끼리 가닥을 잡고 갑시다, 부장이 말을 꺼냈다. 얘기가 마무리되기까지는 오래 걸리지 않았다.

"평창 맡았으니 창팀장, 완주 맡았으니 주팀장. 이제부터 이렇게 불러야 되겠네."

부장이 입을 벌리고 웃었다. 목주름이 보기 싫게 오르내렸다. 저 여자도 소녀 대원이던 때가 있었을까. 부장 앞에 한 그릇, 내 앞에 한 그릇, 그녀가 전골을 덜어 건넸다. 표정이 밝았다.

부장이 계산을 하는 동안 그녀와 함께 골목 밖으로 걸어나왔다. 장신구 부스들이 모두 걷힌 거리는 휑했다. 교복을 입은 소녀들이 건너편 제과점의 초콜릿 상자 앞으로 뛰어갔다.

"저."

나란히 서 있던 그녀와 내 입에서 동시에 말이 나왔다. 멋쩍은 듯 웃던 그녀가 다시 고개를 돌려 나를 보았다. 그렇게 마주본 채로 몇 초쯤, 시간이 흘렀다. 먼저 입을 뗀 건 그녀였다.

"우리 잘해봐요, 주팀장님."

골목에서 부장이 나왔고 그녀가 한번 더 웃고는 걸어갔다. 완주에 가면 변태가 될지도 모른다고 하면 그녀는 어떤 표정을 지을까. 앞서 걸어가는 둘을 따라 걸으며 그녀가 한 번만 뒤를 돌아보면 좋겠다고 생각했다. 한 번만 더 고개를 돌려주면 내 마음이 바뀔지도 모른다고.

나는 걸음을 늦추며 강처장한테 전화를 걸었다.

작년 9월 5일 19시 20분 작성, 고성 행사 예산 집행 보고서. 작년 11월 29일 21시 40분 작성, 보조금 집행 현황 보고서. 부서 게시판을 띄워놓은 채 오후 내내 강처장한테 건넬 자료를 만들었다. 보내고 나니 퇴근시간이었다. 나는 그녀 쪽을 보지 않으려고 애쓰면서 사무실을 나왔다.

저녁 거리는 어둑하고 바람이 찼다. 수많은 여자들이 종종걸음으로 내 앞을 지나갔다. 휴대폰을 귀에 대고 걸어가는 여자. 지하계단으로 또각또각 내려가는 여자. 버스 요금 단말기에 지갑을 대는 여자. 여자. 여자들. 저 여자들은 다 어디로 가는 걸까. 저 많은 여자들 중에 출산을 전제로 나와 진지하게 만나줄 여자는 없는 걸까. 내 꿈은 크지 않았다. 덕이 있는 여자를 만나 나를 닮은 아들 하나, 그녀를 닮은 딸 하나를 낳고 고도 칠백 미터쯤 되는 쾌적한 곳에서 집밥 해먹으며 사는 것. 세상의 잠재적 범죄자들로부터 자신을 지켜줄 거라고 순도 백으로 나를 믿어주는 존재. 유전자가 구십구 퍼센트 이상 일치해야만 가능한 그 믿음을 이 세상에서 단 한 사람한테만이라도 받고 싶었다.

집 앞 포장마차에서 잔치국수를 시키고 소주 한 병을 마셨다. 집에 들어서자 취기가 올라왔다. 수납함을 보니 락스가 한 통뿐이었다. 나는 컴퓨터 앞에 앉았다. 지금 주문하지 않으면 이 기분을 몇 분도 견뎌내지 못할 것 같았다. 인터넷 쇼핑몰 창을 열었다. '남성 사타구니 가려움증, 그 해결책은?' 검색창에 조용히 앉아 있는 문구가 보였다.

그 문장 앞에 서면 나는 매번 흔들렸다. 저 창을 열면 남성 청결제나 기능성 팬티의 세계가 아니라 전혀 다른 세상으로 연결될지도 모른다는 기대. 어쩌면 햇빛에 대한 이야기. 혹은 겨울에 대한 이야기. 아니면 아주 깨끗한 이야기. 그런 이야기 속으로 한 번쯤은 들어갈 수 있기를 바랐다.

나는 문장을 뒤에서부터 한 자씩 지웠다. 그리고 주문하려던 것을 적어넣었다.

가슴이 뻐근한 걸 보니 꽤 오래 잔 듯했다. 사무실에서 전화 수십 통이 걸려와 있었다. 화장실에 다녀오자 다시 전화가 울렸다. 주임이었다.

"팀장님. 대체 어디세요."

목소리가 다급했다.

"지금 도(道) 감사 기간이잖아요. 강원 연맹 쪽에서 일이 생긴 것 같아요. 근데 그게 이상하게 중앙사무처랑 얽혀서…… 우리 팀장님이 지금 상황이 안 좋아요. 부장님도 난리나고…… 빨리 나오셔야겠어요."

주임이 말하는 '우리 팀장님'은 그녀였다. 강처장은 역시나 내 제안을 거절하지 못한 것 같았다. 예상대로 된다면 그녀는 내부 징계를 면치 못할 것이었다. 전화를 끊고 나서 휴대폰 전원을 껐다. 사방이 조용해졌다. 결국 이렇게 된 것이다. 나는 침대에 멍하니 웅크리고 앉았다.

초인종이 울렸다. 현관문을 열자 커다란 택배 상자가 밀고 들어왔다. 나는 이때껏 이 택배 상자만을 기다려온 것 같았다. 상자를 욕실까지 끌고 간 뒤 욕조의 마개를 닫았다. 상자에 빽빽하게 담긴 이 리터짜리 유한락스를 한 통씩 꺼냈다. 그리고 욕조에 붓기 시작했다. 반신욕 깊이가 될 때까지 계속 부었다. 락스 원액에 내 하반신을 그대로 담글 생각이었다. 내 몸을 먹던 놈들이 욕조 속에서 요동치는 것을 똑똑히 보고 말 것이다. 오직 그 생각에만 사로잡힌 채 나는 넋이 나간 듯 락스를 쏟아부었다.

마지막 통의 뚜껑을 열 때쯤 시야가 기울었다. 편도선에 바늘침이 들어오는 것처럼 목이 아팠다. 메스꺼움과 함께 헛구역질이 올라왔다. 나는 가까스로 세면대를 잡고 서서 거울을 보았다. 독성이 스며든 눈에서 눈물이 새어나오고 있었다. 샤워기의 온수를 틀었다. 뜨거운 물이 락스 원액에 내리꽂히며 증기를 끌어올렸다. 거울이 흐려지면서 욕실 안은 염소 기체로 들어찼다. 나는 숨을 몰아쉬다가 욕실 바닥에 주저앉았다.

신음을 뱉으며 벽에 머리를 기댔다. 감각이 마비되는 듯한 몽롱함 속으로 몸이 꺼져들어갔다. 눈앞에 욕실등이 어른어른했다. 젖은 눈썹에 맺힌 물방울들이 몇 겹으로 번져나갔다. 고리처럼 이어진 물방울들 끝으로 잡힐 듯 말 듯 무엇인가가 보였다. 겨울이고 한낮인 어느 거리였다. 공기가 시리고 하늘이 맑았다. 그녀가 거울 앞에 서서 떨잠을 꽂아보고 있었다. 옛 여인들이 좋은 날 꽂았다는 장신구였다. 둥근 백옥판 위에서 여러 빛깔의 유리 장식이 반짝였다. 그녀가 머리를 움직일 때마다 은사로 된 떨새가 파르르 떨리며 진동했다. 지구는 소리없이 돌고, 한겨울 햇빛이 구슬 가닥가닥을 파고들며 빛을 흩뿌렸다.

그녀가 나를 돌아보았다. 한파주의보가 내렸던 그날, 사진이 찍히던 바로 그 순간에, 당신이 창 너머로 보고 있던 것은 무엇이었습니까. 그녀가 웃음을 거두며 얼굴을 돌렸다. 신호가 바뀌었다. 소리만으로도 욕조가 곧 넘칠 거라는 걸 알 수 있었다. 나는 욕실 문손잡이로 팔을 뻗었다. 한 번, 두 번, 세 번, 손이 미끄러질 때마다 나는 바닥을 치며 울었다.

| 작가노트 |

어떤 겨울

첫 한파가 오고 겨울을 실감할 무렵이 되면 날씨 보도 기사에서 한 번씩 보게 되는 사진들이 있다. 머플러로 얼굴의 반을 감싸고 길을 건너는 사람들이나 김이 서린 버스에 앉아 밖을 내다보는 사람들 사진이다. 소설에 나오는 일간지 기사와 사진은 2011년 11월 25일자 한겨레신문 이 면에 실린 '창 너머 겨울'이라는 제목의 사진에서 따온 것이다. 한 직장인이 출근버스에 앉아 창밖을 내다보고 있는 사진이었다. 사진을 보면서 궁금했다. 그가 어떤 곳으로 출근해 어떤 하루를 보내는 사람인지, 그 사람이 보고 있는 창 너머로 정말 겨울이 왔는지.

소설의 출발점이 된 또다른 장면 중 하나는 그보다 좀 전에 찾아왔다. 옛 사람들이 썼다는 공예품을 보던 중이었다. 전복 껍데기로 만든 자개장이나 오얏꽃을 그려넣은 은잔 같은 것들이었다. 그 사이에 여자 장신구가 하나 있었다. 은실로 만든 용수철 끝에 꽃이나 새 같은 장식을 단다는 설명이 있었다. 움직일 때마다 그 장식이 떨린다고 했다.

떨린다는 말 때문이었을까. 새라는 말 때문이었을까. 그날부터 장신구를 조심스럽게 집어들어 머리에 꽂아보는 여자의 모습이 계속 따라다녔다. 그 여자가 누구이고 왜 거기 있는지는 알 수 없었다. 선명한 것은 한 여자가 있고 그 여자가 무언가 반짝이는 것을 머리에 막 꽂아보고 있으며 여자한테로 햇빛이 쏟아지고 있었다는 것이다. 인간의 일곱 가지 감정 중에 그 장면을 감싸고 있던 느낌을 나타낼 수 있는 말이 있을까. 있다면 아마도 슬픔이라는 말이 제일 가까웠을 것이다.

그 장면이 주는 슬픔이 생각보다 생생해서 나는 한때 그 사람을 잘 알았던 것만 같았다. 다른 소설을 쓰는 중에도 문득 그 장면이 떠오르면 글을 멈추고 느낌들을 어루만져보곤 했다. 어떤 이야기와 만나 어떤 곳으로 들어가려고 이런 느낌으로 찾아오는 걸까, 궁금하면서도 한편으로는 그 장면이 어떤 이야기 속으로도 풀어져 들어가지 않고 훼손 없이 내게 머물러 있기를 바랐다. 그 장면의 슬픔을 들여다보는 시간은 가루가 내려앉은 암석판을 붓으로 쓸어내는 것처럼 무언가를 잃어버리는 시간, 당시의 내 마음이 향하던 곳과 마주하는 시간이기도 했다.

내 것이 될 수 없는 것이 내 앞에서 빛날 때, 반짝일 때, 아름다울 때. 그럴 때의 슬픔이 그 안에 있었다. 여자가 서 있는 곳은 겨울 햇빛 속이었고 여자 뒤로는 겨울로도 햇빛으로도 걸어들어갈 수 없는 한 남자가 보였다.

그 남자가 소설의 화자가 되면서 내게 머물던 장면은 남자한테로 떠나갔다. 소설이 끝나도 삶이 계속된다면 이 남자도 언젠가는 잊는 것들이 있을 것이다. 잊는 것들 사이사이로는 삶의 마지막 순간, 주마등에 나타날 몇 장면이 남기도 할 것이다. 어쩌면 한겨울 햇빛 아래에서 빛나던 떨새의 움직임 같은 것. 떨새를 고안한 사람이 꿈꾼 것도 그런 게 아니었을까?

| 해설 |

창 안쪽 상흔

전소영

사람이라면 다 그런가봐요. 생각보다 적응이 빠르죠. 내가 있는 이곳이 어디였는지 더웠는지 추웠는지 악취가 났는지 향기가 번졌는지 금세 잊어버리곤 해요. 그러다 무심결에 뱉은 입김이 창문에라도 가 닿으면, 닿아서 성에 같은 것이 번지면, 그제야 나한테 온기가 있었구나, 바깥세상은 온통 차갑구나, 알아차리게 되는 순간도 있는 거예요. 저야 지금 당신이 어떤 얼굴로 있을지, 삐딱하거나 꼿꼿하게 앉아 있을지, 짐작도 하기 어렵네요. 다만 조금 전 하나의 소설을 같이 통과한 끝에 마지막 장을 덮으며 함께 어떤 성에 같은 것을 느꼈다면 당신과 제가 마찬가지라 여겨볼까 해요.

우리에겐 창이 하나 있어요. 이 창의 안쪽에는 결핍, 상흔, 욕망 같은 것들이 잔뜩 진열되어 있죠. 소설의 말을 빌리자면 사타구니

가려움증처럼, 누구에게라도 보여줄 수 없지만 누구에게나 있을 수 있는 무언가 말이에요. 물론 우리는 기피나 묵인이라는 커튼으로 그걸 잘 가리고 있으니, 그러는 한 창 바깥에선 평온해 보이겠죠. 그런데 이 소설이 성에같이 낀 거예요. 끼어들었다 할까요. 끼어들어서 창 안과 밖의 불편한 차이를, 그걸 알아차렸을 때의 불안을, 그 아픔을 기어이 감각하게 했어요. 소설 속에 참 괴상하게 갈무리된 남자의 삶이 끝내 나나 당신의 것과 많이 다른가 물으면서요. 대답은 각자의 몫이겠지만, 이 질문 하나로 이제 창 안쪽의 진열장을 모른 척할 수가 없게 된 우리입니다.

성에 같은 소설이고 성애 같은 소설이죠. "그 여자는 내 사촌형수였다"라는 시작이라니. 첫 문장부터 어쩐지 금단의 애정 냄새가 물씬 풍기네요. 그런데 그 정체를 섬세하게 더듬다보면 이야기가 좀 달라져요. 여기 한 남자가 있어요. 그의 말을 빌리면 그는 그저 "덕이 있는 여자를 만나 나를 닮은 아들 하나, 그녀를 닮은 딸 하나를 낳고" 살고 싶어하는 인물입니다. 성애라면 성애이고, 번식욕이라 해도 되겠고, 궁극적으로는 삶의 가장 원초적인 욕동이라 말해질 수 있겠지요. 참 사소하고, 사소한 만큼 애틋하네요. 세상의 반수가 여인이라지만, 더군다나 그는 "소녀를 낳을 가임기 여성들, 가임기 여성으로 클 소녀들"을 아우르는 직업마저 가졌는데도 제 소박한 연정을 끝끝내 접어야 할 테니까요. 다른 무엇도 아닌 생식기 곰팡이 때문에. 하필, 생식기에 핀 곰팡이라뇨.

혹시 당신이 곰팡이 꽃을 본 적이 있는지 모르겠는데, 참 희한할 정도로 왕성한 꽃이죠. 곰팡이를 유독 '피다'라는 서술어와 접붙이는 이유는 그것이 의외로 꽃의 존재 방식과 닮았기 때문인 것 같아요. 원래 꽃이란 것이 그렇잖아요. 고유의 아름다운 빛깔이나 향기 덕택에 꽃으로 인정을 받아요. 그런데 곰팡이 꽃은 지상의 다른 꽃들과는 다르죠. 단지 너무 꽃다운 그 형상만으로 곰팡이 균사체는 꽃인 거예요. 게다가 무성생식을 해서 많은 개체를 빠르게 증식시킬 수 있는, 더없이 두렵고 매혹적인 꽃이죠.

남자의 생식기에 뿌리내린 소설 속 곰팡이라면 이러하네요. "거미줄보다 몇십 배는 미세한 실. 훅 불면 곧 풀어질 연기 같기도 하고 눈의 초점을 바꾸면 없는 듯도 보이는 어떤 실" '신경질적으로 나부끼기 시작한 거대한 균사체' "정체를 알 수 없는 희뿌연 무언가". 아, 외양을 갈무리하다보니 그것의, 적어도 세 가지 정도의 정체가 보이기 시작하는데요. '실' '거대한' '정체를 알 수 없는'.

일단은 '실'. 임종 때 아버지의 생식기에서 나부끼던 곰팡이가 남자(아들)에게 옮겨와, 그것도 유달리 생식기에 기생하게 되었다는 것, 참 흥미롭죠. 게다가 "아버지를 덮고 있던 그 사상균(絲狀菌)들은 아버지의 관을 뚫고 나와 땅에 뿌리를 내렸을 게 분명했다"라거나 "선산을 볼 때마다 내 눈에는 보였다. 아버지를 먹어치우고 땅의 자양분을 받은 균사체가 선산을 점령한 채 나를 비웃는 것을"이라니. 남자와 그의 아버지, 다시 그의 후손들로 숙주를 바꾸거나 바꾸게 될 곰팡이의 생리, 말하자면 남자의 가계도를 따라 그것이 유전되고 있다는 사실이 새삼 돌출되어 보이네요. 그래서 이 곰팡이, 실 모양인가봐요. 곧 풀어질 것 같은데 그에 얽혀 있고 없는 것 같으면서도 종내 있을 수밖에 없는 실. 다른 말로 상처의 계보라고 해도 되겠어요.

그러네요. 상처의 계보인 거예요. 소설 속에 흩뿌려진 상처와 결핍과 그것들을 보상받기 위한 욕망들, 이를테면 가질 수 없는 여인들을 향한 남자의 욕정과 복수, 사촌에 대한 질투, 어머니의 결벽증(또는 망각에 대한 집착)은 결국 아버지의 자살에서 비롯된 것이었잖아요. 아버지와의 사별 후 가세가 기울면서, 가졌던 것들을 빼앗기고, 가질 법한 것들까지 못 가지게 되어 죽음에의 욕망에 시달리는 남겨진 가족들. 이들의 이야기가 낯설게 느껴지는 건 생식기 곰팡이라는 낯모를 것과 이어져서일 뿐 실은 결핍, 욕정, 질투, 복수 같은 것들, 낯이 익지 않던가요. 애써 꾹꾹 눌러 감추고 있어서 그렇지 당신이나 내가 잘 알 만한 감정들이지요. 그 감정은 어딘가에 잠복해 있는 상처를 환기시키는 것들이고요.

상처, 상처라. 그러고 보면 곰팡이가 피어났다 숨어드는 일 자체가 꼭 상처의 가역 작용을 떠올리게 하는 것도 같아요. 곰팡이든 상처든 축축하고 습하고 퀴퀴한 음지에서 배양되죠. 볕 좋은 날, 가슴의 습기가 좀 걷히면 언제 그랬냐는 듯 잦아들기도 하고요. 다만 둘 다 없어지는 건 아니에요. 잊힐 뿐이죠. 곰팡이는 기온이나 습도에 따라 번지기도 사그라지기도 하지만, 아무튼 그것이 자리를 틀었던 곳에는 어김없이 자국이 남아요. 상처라고 다르겠어요. 긁힌 가슴에는, 어떤 가역 반응에도 상흔이라는 것이 남으니까요. 꼭 생채기의 크기에 비례해서. 그냥 살이라 해도 그렇잖아요. 작은 자상이라도 생긴 부위는 아무리 단단히 아물어도 전과 같아지지는 않죠. 마음이라면 더하지 않을까요. 별로 동의가 안 될 수도 있으니 잠깐만 살짝 들여다볼게요. 당신과 나의 가슴에 남아 있을, 흡사 곰팡이 얼룩 같은 흉터를.

이렇게 보면 남자가 왜 곰팡이 균들이 "내가 죽은 후까지도 이 지구에서 기세 좋게 살아갈 거였다"고 말했는지 알겠네요. 실상 남자에게 있는 상처 계보도는 당신에게도, 내게도 있을 만한 거였어요. 충분히 '거대한' 것이죠. 아, 그래서였군요. 고통의 족보 가장 위에 놓인 아버지의 죽음에 대해서만큼은 소설이 철저히 뭉뚱그려놓은 이유가 궁금했는데, 생각해보니 남자가 겪어야만 하는 통증을 '정체를 알 수 없는' 것으로 모호하게 만들기 위한 것이었나봐요. 남자도, 우리도 아버지가 비극으로 걸어간 이유든 하필 자신의 생식기에 곰팡이가 옮아붙은 까닭이든 알 수가 없죠. 그것은 그저 불가항력적으로 부지불식간에 육박한 통증. 차라리 그래서 남자의 아픔이 더 가깝게 느껴지지는 않던가요. 고통이란 그렇죠. 갑자기, 별수 없이 겪어야만 하는 것.

삶에 몸부림치다 죽음을 택했고 죽음 앞에선 다시금 살고자 몸부림치는 사내의 마지막 모습을 이내 지울 수 없었다면, 혹은 곰팡이 핀 사내의 이야기가 거의 그의 일이면서도 전적으로 그만의 일이 아니라 느껴졌다면 한 가지만 기억해주시겠어요. 상흔이라는 것이 결국 우리가 지닌 가장 진솔한 공감의 장소라는 것을 말이죠. 고통(passion)이 공감(com-passion)의 가장 순수한 매개라는 건 외롭고 슬프고 또 다행스러운 일이에요.

누구라도 삶에 대해 너무 많이 알 수는 없어서 당신도 나도 상처가 덧나고 곪고 아무는 지난한 과정을 끝없이 겪어야만 하겠지요. 그러면 질투든 복수든 욕정이든 사타구니 가려움증처럼 번져나갈 테고, 우린 가려운 사타구니만큼이나 들키기 싫은 그것들을 몰래 긁는라 곧잘 외로워질 거예요. 그럴 때 우리에게 절실하게 다가오는 위로란 의외로 어떤 거창한 것이 아니리라 여겨요. 그저 "지구가 도니까, 땀 차는 여름이 지나면 땀 덜 차는 겨울이 올 것이다, 지나갈 것이다"와 같은 말, 그러니까 우리가 매한가지라는 다독임. 사내는 이 뒤에 "결국에는 글이 그렇게 나를 다독였다"고 덧붙였는데, 이건 사실 작가가 이야기하는 소설의 존재론일지도 모르겠어요. 이 소설이 그렇듯이. 말하자면 이건, 당신도 그래? 의 소설, 나도 그래. 인 소설인 거죠. 그런 소설이 당신과 내가 가진 어떤 창에 성에처럼 끼었네요.

다시 우리의 창 이야기를 해볼게요. 우리 가슴에는 성에가 핀 창이 하나 있는 거예요. "정체를 알 수 없는 희뿌연 무언가"가 "거미줄보다 몇십 배는 미세한 실. 훅 불면 곧 풀어질 연기 같기도 하고 눈의 초점을 바꾸면 없는 듯도 보이는 어떤 실"처럼 들러붙어 있네요. 아 이런, 성에인 줄로만 알았는데 웬걸 곰팡이였나봐요. 실은 성에든 곰팡이든 그건 중요치 않을 거예요. 이것이 고통의 온도와 습도에서 무성생식 하는 공감의 포자라는 것, 우리는 그것으로 연결되어 있다는 걸 알아차릴 수만 있다면요. 이쯤이라면 하나의 소설과 지금 이 글까지 함께 지나온 당신과 나를, 그냥 전적으로 우리라 여겨도 되겠지요. 가슴에 곰팡이 꽃이 흐드러진 채로 무수한 여름과 겨울을 버텨내야 하는 당신과 나, 다행히 우리입니다.

전소영

2011년 『문학사상』 신인상에 평론 「'놀이'의 존재태(存在態), 독자성의 공동체—김중혁론」이 당선되어 등단.

기준영

이상한 정열

작가노트 있고, 없음

해설 이재원 뛰고, 또다시 뛰는

기준영

2009년 문학동네신인상에 단편소설 「제니」가 당선되어 등단. 소설집 『연애소설』 『이상한 정열』 『사치와 고요』, 장편소설 『와일드 펀치』 『우리가 통과한 밤』이 있다. 2016년 젊은작가상, 창비장편소설상을 수상했다.

| 수상작 |

이상한 정열

그녀에게 그는 스물일곱 생일에 소개받아 칠 개월을 사귄 남자였다. 서른 살 그 남자는 이름이 무헌이었다. 그는 때로 아무 데서나 연인을 치켜세우며 자랑스러워했다. 있지, 넌 뭔가 신이 나서 말할 때 열 살은 어려 보여. 그때 네 눈은 반짝 빛이 나. 많이 먹어. 살 빼지 마. 그대로가 좋아. 주황색이 잘 어울려. 긴 머리칼 자르지 마. 샴푸도 채소도 내가 사주는 유기농 제품만 써. 내 예쁜 별님.

그녀의 본명은 말희였다. 어떤 여자들이 옷장 저 깊숙한 데다 한두 벌쯤 처박아둔 유행 지난 주름치마 같은 이름. 물론 정감 어린 데가 없진 않았지만 그녀는 자기 이름을 소개해야 하는 자리에서 '말희' 대신 '마리'라고 흘려 쓰거나 말하곤 했다.

무헌은 크리스마스를 어떻게 보낼 것인지에 대해 초가을부터 떠들어대기 시작했다. 말희는 좀처럼 입을 다물 줄 모르고 떠벌리며 들떠 있는 그가 신기해서 때로 손뼉을 쳐가면서 화답해줬다. 그래, 그래, 그게 좋겠다. 그래, 그것도 좋겠다. 그는 일관되게 서툴렀다. 그와 키스하던 때마다 말희는 그와 자도 좋겠다는 생각을 했지만 그는 그녀에게 자자고 하지 않았다. "지켜줄게" 했다. 그와 함께 있을 때 그녀는 때로 불타올랐다가 얼음창고에 갇히곤 하는 벌받은 인형 같았다.

그러다 그들은 그해 크리스마스를 함께 보내지 못하고 관계를 정리하게 된다. 늦가을 무렵이었다. 누구의 잘못이라고 꼭 집어 말할 필요가 있는가 모르겠지만 굳이 말하자면 내 탓이었다고 생각한다, 라고 말희는 친구에게 털어놓은 적이 있다. 4월부터 9월까지 그녀는 그와 이것저것 함께했지만, 10월 중순으로 접어들자 만사에 시들해져서 맥없는 시선으로 그를 바라봤다. 11월이 되자 혼자 시간을 갖겠다며 화를 냈고, 간혹 슬픈 표정으로 자기를 가만히 내버려두라고 호소했다. 그는 그녀와 아직 해보지 못한 일들이 얼마나 많은지, 또 앞으로 어떻게 하면 그녀가 그를 다시 받아줄 수 있을지 묻고 되뇌며 괴로워했다. 그녀는 세련되고 성숙한 이별의 방식에 관한 책들을 서너 권 찾아 읽었지만 실전에서는 아무짝에도 쓸모가 없었다. 그래서 최대한 비겁하게 행동하기로 했다. 전화를 받지 않았고, 어쩌다 연락이 닿게 되면 새로 만나는 사람이 있는 것처럼 꾸며댔다. 그 무렵 무헌은 프랑크푸르트 지사로 발령이 나 있었다. 최소한 일 년 반 정도 해외로 나가 있게 된 마당에 결혼 계획을 꺼내놓지 않아서 그녀가 마음을 정리한 것 아닌가 지레짐작하여 다급히 청혼을 해 그녀 마음을 돌려보려고 했지만, 그녀는 냉담했다.

이듬해 무헌은 직속 상사와 몇 차례 불화를 겪으면서 탈모가 진행됐다. 머리털이 일찌감치 하얗게 세기 시작한 건 어쩔 수 없다고 받아들였지만 머리가 벗어지기까지 하는 데는 초연하기 힘들었다. 식이요법, 두피마사지, 바르는 약과 먹는 약을 가리지 않았으나 효과를 보지는 못했다. 그는 스스로 인내심이 많은 편이라고 생각해왔지만 그게 꼭 좋은 것만은 아니라고 반추하기도 했고, 예고 없이 일어난 사사로운 일들에 과민해지며 괴팍하게 굴었다. 현지에 남을 것인지 한국으로 돌아갈 것인지를 고민해야 하는 시점이 왔을 때 그는 한국으로 돌아가 다른 일을 시작하는 것으로 마음을 정했다. 그리고 귀국하는 비행기에서 우연히 재회한 대학 동창과 이 년을 사귀다 결혼했다.

결혼 오 년 차에 접어들면서, 무헌은 아담한 전원주택을 지었다. 좋은 시절이었다, 라고 그의 아내는 회고했다. 그가 다니던 바이오 산업체에서는 친환경 농법으로 재배한 약초에서 추출한 성분으로 찜질팩과 한방화장품을 개발하여 매출 기록을 경신했고, 그가 사놓은 땅은 도로 개발로 값이 뛰었다. 무헌의 형은 그즈음 원목 수입과 인테리어 사업에 손대고 있던 친구와 어울려 다녔는데, 형의 친구가 무헌이 집을 짓는 데 이런저런 조언과 도움을 주었다. 지금은 폐간된 『행복을 부르는 집』이라는 월간지에는 무헌의 이 전원주택이 사진과 함께 소개되기도 했다. 그때 집안 이곳저곳에 카메라를 들이대던 사진기자는 안방 벽에 걸어놓은 커다란 결혼사진 속에서 웨딩드레스를 입은 신부의 배가 불룩한 것을 보았다. 무헌은 신부의 뱃속에 그때 이미 육 개월 된 아기가 있었다고 기자에게 이야기해주었다. 아기의 태명은 별님이었다. 무헌의 아버지가 곧 태어날 손녀를 위해 '현서'라는 이름을 지어주었으나, 부부는 딸아이가 여섯 살이 되기까지 현서보다는 별님이라는 애칭으로 부르기를 즐겼다.

현서는 어릴 적에는 얌전하고 총명해서 부모의 행복이었다가 사춘기에 접어들자 공부에 별 뜻이 없는 사고뭉치로 변하면서 골칫거리가 되어갔다. 공부가 아니면 다른 재능이라도 키워주겠다며 이것저것 레슨을 받게 했는데, 간신히 첼로에 재미를 붙이는가 싶더니 이내 싫증을 냈다. 늘지 않는 실력을 툭하면 악기나 선생 탓으로 돌리며 자기 미래를 한탄했다. 대한민국에서는 숨이 막혀서 있기 싫다면서 뉴욕에 있는 막내이모한테나 가서 살려고 하니 보내달라고 떼를 쓰는가 하면, 아빠는 젊었을 때 왜 프랑크푸르트에, 아니면 파리나 밀라노 같은 데 정착하지 못했는지 따져 물었다. 자신이 진득하지 못한 것이 제 탓만은 아닌 것 같다고도 했다. 그럴 때마다 무헌의 아내는 네 이모도 타국에서 힘들게 공부하고 있는 것이다, 세상에 만만한 일이 하나라도 있는 줄 아느냐 하며 혼쭐을 내기도 하고, 비행기에서 운명의 상대를 만난 부부의 영화 같은 재회를 읊어대기도, 오래된 잡지를 펼쳐 보이며 집을 꾸미면서 품었던 꿈을 이야기해보기도 했다. 현서는 알아듣는 것처럼 잠잠해졌다가도 심사가 꼬이면 소리를 지르며 스트레스를 해소하거나 방안에 틀어박혀

음악을 크게 틀어놓고 입을 꾹 다물어버리는 방법으로 부모의 복장을 터지게 했다.

현서가 열여섯 살 되던 해 여름날에 무헌의 아버지가 뇌출혈로 쓰러졌다. 무헌의 형은 벌여놓은 사업이 수습되지 않자 여기저기 돈을 융통하러 다니며 수시로 혈압을 체크했다. 여동생은 그해 겨울 아버지 장례식에나 얼굴을 들이밀었는데, 비쩍 마르고 퀭한 눈으로 그에게 이렇게 대충 조언해주었다. 현서를 그냥 몇 달 내보내보지그래, 실제로 겪어보면 아이 생각이 달라질 수도 있어. 여동생은 친구들 두 명과 출자해 가게를 하나 낼 생각으로 이것저것 알아보고 있는데 세상에 믿을 놈이 별로 없다고 했다. 장례식을 치르고 한 달 후, 무헌은 이혼을 했다. 현서는 제 엄마가 키우기로 했다.

무헌은 진돗개 새끼 한 마리를 분양받았다. 오랜만에 만난 고등학교 시절의 친구가 개보다는 낚시에 취미를 붙여보는 편이 어떻겠느냐고 하면서 커다란 참돔을 잡아올린 자기 사진을 스마트폰에서 찾아 보여주었다. 친구는 대구에 있는 무역회사에 다니고 있었는데, 일이 있어서 서울에 올라왔다가 재미있는 모임에 참석하게 됐다면서 거기서 만난 부부가 마련한 저녁식사 자리에 동석하지 않겠느냐고 물었다. 무헌은 사람 두루 알고 지내서 나쁠 것 없다는 비즈니스 차원에서가 아니라 혼자 저녁을 먹는 일이 번거로웠는데 잘되었다 싶은 생각에 친구를 따라나섰다. 그리고 거기서 말희를 만났다. 말희는 무릎까지 오는 회색 치마를 입고 그 집의 주방 한쪽에 앉아 있었다.

"어머, 이게 누구야?"

그녀가 먼저 말을 걸었다. 그래서 무헌은 그녀를 알아봤다.

"아, 너 여기서 뭐해?"

그도 마치 어제 만났다 헤어진 사람처럼 그녀에게 되물었다. 그녀는 훌쭉하니 말랐고 머리칼도 머리통에 착 붙을 만큼 짧았다. 목소리는 약간 허스키해진 것 같았다. 회색 치마 위에는 하얀 앞치마를 둘렀다. 손가락은 여전히 가늘고 길었으나 마디에 굵은 주름이 졌고 피부는 윤기가 없이 거칠어 보였다.

"남편은 어디 있어?"

"여기 없어."

"이 집 식구 아니야?"

"아니야."

무헌은 그럼 왜 여기서 앞치마를 두르고 있는가 묻고 싶었지만, 그때 안주인이 주방으로 들어와 말희에게 음식이 식지 않도록 주의하라고 시켰기 때문에 질문할 기회를 놓쳤다. 안주인은 무헌에게 왜 주방에서 서성대고 있는지, 혹시 뭘 찾는 건 아닌지 물었다. 그는 다 괜찮다고 하면서 테이블 위에 있던 음료수를 들어 한 모금 마셨다. 안주인이 거실로 나가자 그도 따라나서려 했다. 말희가 그때 테이블보에 가려져 있던 다리 한쪽을 드러내며 일어섰다. 다리에 세로로 길게 흉이 져 있었다.

"다쳤나봐."

그가 중얼거렸다.

"꽤 됐어, 뭐."

말희가 짧게 대꾸하면서 뒤돌아섰다.

무헌은 거실로 나와서 사람들 속에 다시 섞였다. 치과의사, 섬유산업 종사자, 변호사, 수입차 세일즈맨, 작가가 동석한 자리였다. 어느 대학의 경영자과정에서 만난 사람들이라 했다. 작가는 지난달에 두 번 거기서 특강을 한 적 있는, 베스트셀러 『낙원의 저편』의 저자라고 전해들었다. 무헌의 친구는 안주인이 자리를 잠시 떴을 때 무헌의 귀에 대고 안주인이 보기와는 다르게 남편보다 다섯 살 연상이라고 넌지시 일러줬다. 그녀가 이번 모임을 이 집에서 갖자고 했단다. 아주 샤프한 여자야. 친구가 말했다. 무헌은 중간에 잠깐 진돗개 이야기로 주목을 끌었으나 곧 사람들에게 잊혔다. 무헌이 다시 주방 쪽으로 걸어들어갔을 때 그에게 신경을 쓰는 사람은 아무도 없었다. 그는 말희에게 다가갔다. 그녀는 냉장고에 기대선 채 앞치마 어깨끈을 매만졌다.

"애는?"

그가 물었다.

"하나 있어."

그녀가 대답했다.

"너는?"

그녀가 물었다.

"난 혼자야."

그가 대답했다.

무헌은 이튿날 병가를 내고 쉬었다. 열이 나고 목구멍이 뜨거웠지만 한 시간 정도는 개를 데리고 산책했다. 횡단보도에서 누군가 그에게 개가 크면 팔 거냐고 물었다. 그는 마당이 넓은 집으로 이사를 갈 것이라고 대답했다. 그러려면 집이 팔려야 될 텐데 하고 생각하면서 집으로 돌아왔다. 전원주택 주변의 전원은 사라진 지 오래고, 집은 낡았으며 혼자 살기에는 휑하니 넓었다. 그는 진돗개의 발을 닦고 그릇에 물을 채워준 뒤 작은방에 들여넣었다. 그리고 자기는 바나나를 잘라넣은 시리얼에 우유를 부어 숟가락으로 떠먹으며 전원을 켜지 않은 채로 캄캄한 텔레비전 모니터를 쳐다보았다. 잠깐 눈을 붙였다가 일어나서 진돗개에게 사료를 주었고, 자기도 해열제를 먹고 잠자리에 들었다.

다음날 아침에 그는 실내화에 두 발을 꿰며 몸이 가벼워진 것을 느꼈다. 체중을 재보았더니 하루 사이에 삼 킬로그램이나 줄어 있었다. 거울 앞에 섰다. 약간 구부정했던 자세가 펴지면서 키가 조금 커진 듯했고, 벗어진 정수리 부분에 검은 잔털들이 솟아나고 있는 것처럼 보였다. 이마를 만져보았다. 열은 그대로였다. 그는 회사로 나가서 휴가신청서를 써 냈다.

"세상에, 무슨 일이 있었던 거야?"

화장실에서 마주친 다른 부서의 동료 하나가 그를 아래위로 훑어보면서 말했다.

"내 눈을 못 믿겠어. 뭘 한 거야?"

무헌은 어깨를 펴고 미소를 지어 보였다. 동료가 그의 등허리를 살짝 어루만지면서 말했다.

"너 너무 무리했어. 몰골이 이게 뭐야. 좀 쉬어가는 것도 필요해."

무헌은 안 그래도 휴가를 신청했다고, 열흘간 쉴 것이라고 대답했다.

"어떡하냐."

동료는 회사 분위기가 요즘처럼 침체되고 동종 산업이 모두 악재를 타고 있는 때 휴가가 떨어졌다는 건 다음에는 목이 떨어질 신호라고 했다.

"이런 말, 우리 사이엔 할 수 있는 거잖아. 쉬쉬할 일만은 아니잖아. 하지만 인간적으로다가……"

청소부 아주머니가 들어와서 그들 발밑을 걸레질하려 했으므로 그들은 입을 다물고 잰걸음으로 비켜섰다. 무헌의 동료는 화장실 문을 열고 나갔다. 무헌은 거울 앞에서 잠시 더 어정거리며 자기 모습을 살펴봤다. 몸매가 호리호리해 보이는 게 괜찮았다. 수척해졌다는 동료의 표현은 잘못됐다. 그는 화장실 밖으로 나가서 동료에게 너무 컴퓨터만 들여다보지 말라고, 눈을 혹사시키면 나중에 고생한다고 톤을 높여 말했다. 동료는 그를 힐끔 쳐다보더니 별다른 대꾸 없이 발걸음을 재촉해서 사무실로 들어갔다.

그는 회사에서 나와 곧장 집으로 돌아왔다. 그리고 지난 모임에서 건네받은 치과의사의 명함을 찾아내 전화를 걸었다. 간호사가 오후 네시에 환자 하나가 예약을 취소해서 검진 정도면 받을 수 있겠다며 친절하게 찾아오는 길을 알려주었다. 그는 자꾸 따라나서려는 개와 실랑이를 벌이다가 결국 개를 차 뒷자리에 태우고 논현동에 있는 치과로 향했다.

그는 개를 데리고 병원에 들어섰다. 간호사가 개는 들일 수 없다고 정색하며 주의를 주어서 되돌아갈까도 싶었지만, 의사가 나와서 알은체를 하자 간단히 문제가 수습되었다. 그는 가지고 온 입마개를 개의 주둥이에 채운 뒤 검진대에 올랐다. 그가 누워 있는 동안 다른 간호사 한 명이 개의 목줄을 잡고 그 옆에 서 있었다. 의사는 그의 입속을 이쪽저쪽 면밀히 들여다보았고, 여기저기 건드려보면서 아프거나 시리지 않은지 물었다. 그는 검진을 마친 뒤 입안을 헹구어내고서 될 수 있는 한 자신의 말이 자연스럽게 들리도록 신경쓰며 물었다.

"그때 식사가 참 맛있었는데 어디서 그렇게 음식 솜씨 좋은 사람을 구하시는지! 집안 행사 때마다 저희 집사람 스트레스가 이만저만이 아니거든요."

의사는 자기네는 일주일에 두 번, 아마도 월요일과 목요일에 아주머니를 부르고 있는 것 같은데 그때 와서 음식 몇 가지를 만들어놓고 간다고, 연락처는 부인이 알 거라고 했다. 의사는 친절하게도 부인에게 직접 전화를 걸어 무헌에게 연락처를 알려주었다. 무헌은 개를 끌고 접수대로 가서 진료비를 냈다. 후속 조치로 병원에서 제시한 치료법을 모두 따르려면 예상보다 많은 비용을 치러야 했다. 치아미백까지 포함하면 약간은 디스카운트가 가능하다면서 간호사가 탁상용 달력을 들췄다. 그는 스케줄을 확인한 뒤 전화로 다음 예약을 잡겠다고 하고 밖으로 나왔다.

무헌은 말희에게 세 번 전화를 걸었다. 말희는 한 번은 받더니 서둘러 끊었고, 이후 두 번은 받지 않았다. 그러자 그는 편지를 쓰기 시작했다.

말희야.

그는 그 장을 찢어낸 뒤 다음 장에 다시 고쳐썼다.

마리야.

그는 거기까지 적고 더는 아무 말도 쓰지 못했다. 그러다 개를 데리고 산책을 나갔고, 나간 김에 다섯 정거장을 더 걷고 걸어서 서점을 찾아 들어갔다. 베스트셀러 『낙원의 저편』을 구입해서 집에 돌아와 삼십 페이지까지 읽었는데 편지에 써먹을 만한 구절은 없었다. 사람들이 왜 이런 책을 사서 읽는지 알 수 없었다. 그는 책을 집어던지고 다시 펜을 들었다. 그는 두 줄을 적고 난 뒤 이부자리를 펴고 잠이 들었다.

다음날 오전에 그는 헬스클럽 회원권을 끊었다. 젊은 남자 트레이너가 가벼운 스트레칭부터 하는 게 좋겠다고 권했지만 무헌은 아주 빠른 음악을 들으며 러닝머신 위를 달렸다. 빠져버려, 너의 매력. 정신 차려, 나의 한숨. 그대는 핫, 핫, 핫. 나는 우후후후후.

"그만하세요."

트레이너가 그를 끌어내렸다. 그는 심장에 손을 얹고 벽에 기대섰다가 바닥으로 주르륵 미끄러져내렸고 사람들이 그를 매트에 눕히고 팔다리를 주물렀다.

샤워를 하고 나니 몸속의 노폐물이 싹 빠져나간 것 같았다. 그는 트레이너에게서 앞으로는 지시한 대로 따라야 운동 효과가 있다는 설교조의 잔소리를 들었지만 아랑곳하지 않았다. 젊은 사람이 노파심이 많아, 귀엽군, 하고 생각하며 미소로 응대했다. 그는 집으로 돌아와 개도 씻겼다. 진돗개에게 이름을 지어주지 못했다는 걸 그제야 깨달았다. 그는 '탄'이라는 이름을 붙였다. 탄, 이리 와. 탄, 가만있어. 그러다 그는 말희의 전화를 받았고, 두어 시간 뒤에 자신의 차에 말희를 태워 드라이브를 했다. 목이 말라. 말희가 말해서 카페에 데려갔다. 말희는 배가 고프다는 말은 안 했는데, 그도 밥 생각은 나지 않았다.

말희는 사고로 다리를 다쳐서 한동안 병원 신세를 졌다고 말해주었다. 그래도 미니스커트 입으면 봐줄 만한 게 각선미는 아직 삼십대 같다는 농담도 했다. 말희는 명랑했다. 결혼하자마자 살림에만 매달려서 이제는 할 줄 아는 게 살림뿐이라고, 사는 게 참 웃기고도 단순하다며 미소지었다. 그는 그 말, 참 웃기고 단순하다는 게 전혀 새로운 말이 아닌데도 듣기에 새롭고 좋았다.

그들은 무헌의 휴가 기간에 두 번 더 약속을 잡아 만났다. 한 번은 진돗개 탄을 데려갔다. 말희는 개를 좋아하지는 않는 편이지만 탄이 영리한 것 같아 마음에 든다고 했다. 그는 그 다음번 만남에는 개를 데려가지 않았는데, 그날은 집을 나서기 전에 딸이 들이닥쳐 경황이 없었다. 딸은 무헌에게 엄마가 우울한 것 같다고, 아빠가 가서 위로를 하라고, 둘이 어떻게 좀 잘해보면 안 되느냐고 하더니 바닥을 뒹굴며 엉엉 울었다. 탄이 짖으며 그 주위를 맴돌았다. 개와 사람의 혼돈과 소요가 공기를 덥혔다. 끝내는 한방에 있는 그들 모두가 질식할 것 같은 슬픔으로 가슴이 미어지는 중이었다. 그는 딸을 달래고 나서 창문을 모두 열고 환기를 시켰다. 현서야, 뭐 좀 시켜 먹고 있어. 개는 축 늘어져서 그의 발끝을 두어 번 핥았다. 개랑도 좀 같이 있어주고. 이 녀석도 놀랐나보다. 물지 않아. 좀 안아줘봐. 그는 그래놓고 말희를 만나러 갔다. 말희는 이날 가슴과 허리의 선이 드러나는 원피스를 입고 나왔지만 그가 '너랑 하고 싶다'고 말했을 때 '그때 못한 건 지금도 못한다'며 거절했다. '뭘 하고 싶은지 묻지도 않냐?'고 그가 말하니 '말 안 해도 안다'며 자기는 그 부분에 관해서라면 흥이 떨어졌다고 대답했다. 말희는 그에게 종교를 가져보라고 권유했다.

"너 너무 피곤하고 지쳐 보여. 불안하고 우울해 보여."

말희는 고개를 설핏 저으며 말했다. 그러나 그가 너는 무엇을 믿고 있는가 물었을 때, 그녀는 자기에겐 종교가 없다고 대꾸했다.

"사고당하고 나서 복잡한 생각들 다 버렸어. 인생에서 일곱 달은 별게 아니야. 너도 참 너다. 우리 그만 만나는 게 좋을 거 같아."

그는 자신이 한 말과 그녀가 한 말을 되뇌고 곱씹어보았다. 그러다 딸의 전화를 받고 집으로 향했다. 딸은 전화로 엄마랑 대판 싸웠기 때문에 오늘은 아빠 집에서 자고 가려고 한다고 통보하듯 말했다.

현관문을 열고 들어서자 딸이 닭튀김을 만진 기름진 손으로 탁자에 얼룩을 남기면서 텔레비전 뉴스를 보고 있는 게 눈에 들어왔다. 그때는 주요 보도는 끝나고 날씨 예보가 이어지는 중이었다. 하얀 원피스를 입은 기상캐스터가 무릎을 살짝 구부렸다 펴면서 내일은 화창하고 바람도 적당히 불어 나들이하기 좋은 날이라고 하더니 눈웃음을 지었다. 딸이 뒤를 한번 돌아보더니 중얼거렸다. 기분도 썩고 날씨도 썩었어. 그리고 물었다.

"내가 아빠 닮았어?"

밤새 딸은 쿵쿵 발소리를 내면서 방과 방 사이를 오갔다. 그는 어린아이가 잠자리에서 양을 헤아리듯이 절이나 교회의 입구, 화려하거나 고아한 신전 들을 떠올리며 거기에 상상으로 자신을 세워보았지만, 그때마다 딸의 발소리가 그 장면을 툭, 차듯이 밀고 들어왔고 이미지는 흩어졌다. 믿음, 이라는 단어는 너무 오랫동안 사용해보지 못한 말이었기에 그는 무언가를 믿는다는 그 느낌을 불러일으키고 따라잡기 위해서 가능한 한 많은 것들을, 소리없이 사그라져가는 많은 것들을 호명해보아야 했다. 손전등에 의지해 기억의 창고를 뒤지듯이 조심스럽게. 먼지 쌓인 바닥에서 빛바래고 해진 블라우스나 셔츠를 주워올리며 그걸 입었던 사람의 육체를 불러일으켜보듯이 집중력과 에너지를 한데 모으면서. 청춘의 어느 밤 헤맸던 거리, '다시는'이라는 단어로 시작되던 어떤 약속이나 맹세, 사절까지 될 수 있었던 동요, 아버지의 발, 어머니의 배, 아이의 볼, 단

내 나는 숨결, 입맞춤과 감탄, 한숨과 밀어들. 바깥의 소리들이 희미해지면서 내면의 소리가 부풀어오르기 시작했고, 그는 그것을 지속시켜보기 위해 몸을 뒤척였다. 입을 벌린 채 두 눈을 깜박이며 땀을 흘렸고, 그러다 선잠이 들었다. 그는 밤새 무언가를 쫓아다니는 꿈을 꾸었는데, 새벽녘에 눈을 뜨자 조금 열어뒀던 창문 틈으로 바람이 새어들어와 얇은 커튼 자락이 하늘거리는 게 보였다. 꿈의 이미지들이 빠르게 소멸되는 자리에서, 그는 알 만한 여자의 치맛자락을 떠올렸다.

아침이 되어 그는 주방으로 나와 식탁에 앉았다. 물 한 잔을 아끼듯 천천히 한 모금씩 우물거리다 목으로 넘겼다. 얼마 있다가 딸이 산발한 채 걸어나와 냉장고에서 막 꺼내온 차가운 풋사과를 한 입 사각 베어물고는, 아작아작 소리내 씹으며 그의 곁으로 다가섰다. 그는 비밀을 품은 사람처럼 표정을 내보이지 않았지만, 얼굴이 익은 과일처럼 붉었다. 딸이 그의 팔을 살살 건드렸다.

"아빠 오늘 집에 있게?"

주말이었지만, 그는 딱히 갈 데가 없었다. 집은 잠시 딸과 딸의 친구들에게 내주기로 했다. 탄은 그가 데리고 나왔다. 딸과는 화해를 했다.

"그래도 아빠, 아빠 집도 있고 엄마 집도 있고 그러니까 좋은 거 같아. 친구들이 좋아할 거야. 요즘 기분이 되게 다 시시해져 있거든. 아빠도 기분전환 하고 와. 내가 내일 아침에 해장국 끓여줄게, 술 먹고 늦게 와도 돼. 나 국 끓이는 거 잘해. 엄마보다 잘할걸."

그는 집을 나서면서 이상한 기분이 들었다. 엊저녁 딸의 서러움과 울분으로 집의 벽이 휜 것 같았다. 밖에서 보니까 집은 조금 부풀어오른 것처럼 보였다. 그리고 그 집의 주인은 자기가 아니라는 생각이 들었고, 자신이 딸 정도 나이의 소년이 된 듯한 기분이었다. 그는 영원히 돌아갈 데가 없는 사람의 슬픔을 생각하면서 점점 자유로워졌다. 그는 어린 날 보았던 만화영화의 주인공처럼 개와 함께 뛰었다.

"이봐요. 조심해요!"

그와 부딪친 행인이 뒤에서 욕을 해댔지만 그는 미안하지도 아프지도 않았다. 정말 아무렇지 않았다. 그의 동료가 그에게 전화를 걸어와 다음주에 회사에 나오면 분위기가 많이 달라져 있을 것이라고, 서로 몸조심들 하자고 했지만, 그는 숨이 차서 대꾸하지 못하고 헉헉 입바람만 불어댔다. 아직도 아픈 거야? 동료가 근심했고, 그는 날씨가 정말 좋다고 숨을 몰아쉬며 대꾸했다. 동료는 뭐라고 말을 더 하려는 듯했지만 무헌은 전화를 끊었다. 소형차 한 대가 길을 비켜달라며 클랙슨을 울렸기 때문이다.

무헌은 말희에게 전화를 걸었다. 말희는 받지 않았다. 그는 전화를 걸고, 걸고, 걸고, 또 걸었다. 음성메시지도 남겼다. 문자메시지도 보냈다. 그러자 얼마 후 말희에게서 전화가 왔다.

"누구세요?"

그는 휴대폰을 귀에서 떼고 발신자를 다시 확인했다. 말희가 맞았다. 그런데 말희의 목소리가 아니었다. 소년과 성년의 중간 목소리가 그에게 물었다.

"누군데요? 뭔데, 어딘데요?"

무헌의 휴가는 끝났다. 아픈 데는 딱히 없었는데, 열이 내리지 않았다. 어딘가 염증이 생긴 모양이라고 걱정하면서도 병원에 갈까 말까 고민만 했지 정작 가보지 못했다. 출근해서 몇 군데 전화를 돌리고, 미팅을 잡고, 보고서를 검토했다. 회사는 새로운 산학협력 프로젝트를 추진중이었고, 예산 일부를 지자체에서 지원받게 될 것이다. 신문지상에 향후 사업 전망에 관한 보도도 나갈 것이다. 동료들이 그에게 잘 쉬었느냐고, 좋은 타이밍에 에너지를 충전하고 온 것 같다며 부럽다고 인사했다. 그러더니 갑자기 무슨 일인가 돌아가는 분위기가 조성되고 있다고, 전반적으로 그렇지 않으냐고 그에게 물었다.

탄이 장염에 걸려서 동물병원에서 치료를 받았다. 현서가 친구들과 개를 보러 왔다. 다시 평범한 시절이 시작되고 있었다. 익숙해지는 시간. 숨쉬어야 하는 시간.

무헌은 이후 어느 월요일에 말희를 만났다. 둘은 할 게 별로 없었다. 그는 슬퍼했고, 그 바보 같은 슬픔이 말희에게는 옛일의 향수를 불러일으켰다. 그들은 같이 잤다. 별일은 없었다. 뭘 했다고도 안 했다고도 할 수 없이, 그는 서툴렀다. 너무 성급했고, 금세 낙담했다.

말희는 그때 그를 쓰다듬는 대신 잠이 깬 탄의 머리를 쓰다듬었다. 무헌이 텔레비전을 켜자, 첫사랑을 만나 불륜으로 빠진 남녀의 이야기가 흘러나왔다. 공교로운 일은 아니었다. 흔하게 재연되는 이야기가 그때도 그들 주변에서 재연되고 있을 뿐이었다. 세상 모든 사람들이 놀라는 척하지만 실은 그다지 놀라지는 않고 남들의 생은 어떠한지 쳐다보게 되는 그런 민낯의 이야기들. 무헌과 말희는 서로의 유일한, 유일했던 사랑은 아니었다. 두 사람 다 그걸 알고 있었다. 그리고 이제 막 다른 것도 확인했다. 텔레비전을 끄자 말희는 자리에서 일어섰다. 그리고 전에 그에게 했던 말을 다시 꺼냈다.

"기운내. 말 안 해도 알아. 종교를 가져봐. 너 너무 피곤하고 지쳐 보여."

그러자 그는 웃었다.

"너 말 참 웃기게 하네. 내가 너 때문에 웃네. 나 좀 웃고 싶네."

무헌은 말희의 아들을 만난 적이 있다. 그는 가끔 그날에 대해 생각했다. 말희가 그의 전화를 받지 않았던 날, 현서가 그의 집에 친구들을 불러들이고 신나게 놀아볼 요량으로 들떴던 그날, 그가 미친 듯 말희에게 끝까지 전화를 해보려고 했던 그 주말. 그는 어린 날 보았던 만화영화의 주인공처럼 개와 함께 뛰고 난 참이었고, 이봐요, 조심해요! 그와 부딪친 행인이 뒤에서 욕을 해댔고, 그래도 미안하지도 아프지도 않았던 그날. 정말 아무렇지 않았던 날. 누구세요? 뭔데, 어딘데요? 말희의 휴대폰으로 그에게 묻던 변성기의 소년은 이름이 군도라고 했다. 한강 고수부지에서 두 사람은 강을 보고 앉았다.

"그러니까."

군도가 먼저 운을 떼고는 잠시 사이를 두었다.

그러니까 아저씨가 엄마 친구라고요? 군도가 마저 말했다. 무헌은 군도에게서 말희와 닮은 점을 찾아냈다. 매끈하게 뻗은 콧날, 긴 손가락, 둥그런 얼굴형과 작은 입. 군도는 강바람을 느끼듯이 가슴을 펴면서 심호흡을 했다. 군도는 열다섯 살이라고 했다. 외양만으로는 열세 살로도 보였다. 아무튼 군도는 조심스럽게 그를 뚫어보듯 훑다가, 이내 이것저것 재지 않는 태도로 술술 말을 풀어놓았다.

"우리 엄마도 내 친구들 다 모르는데, 내가 엄마 친구를 어떻게 다 알겠어."

군도는 그 전전날 밤 엄마의 밍크코트를 몰래 내다 팔아먹을 생각으로 싸가지고 나왔다. 그건 외할머니가 엄마에게 물려준 거였지만 유행에 뒤처지는 터라 입을 일 없이 옷장 안에 자리만 차지하고 있던 물건이었다. 여기저기 수소문해서 괜찮은 가격에 팔아치울 데를 알아보고, 그 돈으로 친구들하고 기분을 좀 내려고 했을 뿐이다. 자전거 한 대를 자기 몫으로 산 뒤에는 남은 돈을 모두 엄마에게 가져다주려 했는데 일이 죄다 꼬여버렸다. 군도의 옆에는 커다란 보라색 보따리가 있었는데, 군도는 그게 바로 밍크코트라고 말하고는 한숨을 내쉬었다. 좀 더럽혀져서 속상하지만 어쩔 수 없는 일이라고도 했다. 무헌의 옆에서는 탄이 목줄을 잡아당겼다. 무헌은 탄을 끌어와 옆에 앉히고는 쓰다듬었다. 그러다 강가에서 낚시를 하는 한 남자를 봤고, 어떤 물고기가 이곳에서 잡히는지, 잡히면 그걸로 뭘 할 건지 쓸데없는 궁금증을 품다 버렸다.

"그랬구나. 그래서?"

무헌이 중얼댔다.

"어제 엄마가 나 있는 데를 찾아내서 화를 내며 이런 걸 다 내던지고 갔어요. 내 친구들 보는 앞에서. 다 내 잘못이죠, 뭐."

군도가 보따리 속에 손을 집어넣고 휘젓더니 거기서 휴대폰과 작은 거울, 분첩, 립스틱, 손수건을 끄집어내 보여주었다. 말희가 던진 손가방에서 쏟아져나온 것들이라고 했다. 손가방과 지갑은 도로 말희가 챙겨갔다는 말도 덧붙였다. 밍크코트와 잡동사니들. 말희의 것이지만 지금 말희의 아들 손에 보따리를 이룬 그것들. 무헌은 자신도 그 어떤 보따리에 속하는 물건 같다는 생각을 잠깐 했다.

"아저씨는 뭘 잘못했는데요?"

군도가 물었다.

"뭘 잘못해서 계속 전화하고 그런 거예요? 아님 우리 엄마가 아저씨한테 뭐 잘못했어요?"

무헌이 망설이니까 군도는 대답을 굳이 듣고 싶지는 않다는 듯이 자리를 털고 일어서서 다른 질문을 던졌다.

"내가 개 끌어봐도 돼요?"

보따리를 지키는 소년과 경계하는 개, 자기의 물질성을 헤아리는 초로의 남자가 있는 강가의 풍경.

군도가 탄을 끌었고, 무헌은 군도 대신 보따리를 들었다. 그러다 두 사람은 택시를 잡았고, 탄과 커다란 보따리를 불쾌해하지 않는 마음씨 좋은 운전기사를 만난 것을 함께 다행스러워했다.

전화벨이 울리자 군도가 전화를 받았다. 말희였다. 무헌은 군도의 옆자리에 다리를 모으고 앉은 채로 군도와 말희의 통화 내용을 엿들었다. 모자는 오래 대화하지는 않았지만, 무헌은 두 사람 모두 안도했다는 걸 느낄 수 있었다. 말희는 무헌을 바꿔달라고 하지 않았다. 무헌은 그들 모자에게 결정적인 인물은 아니었다.

"저기, 좀 기다렸다 엄마 보고 가세요."

제 집 앞에 내린 군도가 그렇게 인사한 것을 무헌이 위로의 말처럼 느낀 것은 그 때문인지 몰랐다. 그렇지만 무언가가 그때 가슴을 스치며 베고 간 것 같았고, 무헌은 그 말을 조심스럽게 받아안고 싶어졌다. 그는 그 집에 들어섰다. 오래된 연립주택 일층이었다. 안으로 들어서니 열린 방문 틈으로 부부의 침실이 보였다. 거실 벽에는 흔한 풍경 사진이 한 장 걸려 있었다. 하늘, 산, 꽃, 바람. 탄은 문턱에서 힘을 주면서 들어오지 않으려고 버티더니 무헌이 줄을 놓아버리고 식탁으로 다가가 의자에 앉으니까 순순히 제 발로 다가와 그 밑에 쭈그리고 엎드렸다. 군도가 어디에선가 전단지 몇 장을 찾아들고 와 그걸 바닥에 펼쳐놓고는 그 위에 보따리를 가만히 내려놓았다. 그러고는 냉장고에서 큰 우유팩을 꺼내 통째로 들고 마시다가 토해냈다.

"웨엑, 상해버렸네."

군도는 젖은 옷을 벗어들고 바닥에 엎드려 흘린 우유를 닦아냈다. 그리고 화장실로 들어가 옷을 내던지더니 문을 열어놓은 채 샤워기를 틀고 씻었다. 군도가 그 와중에 무헌에게 뭐라고 소리치고는 계속 중얼중얼댔다. 그러나 물소리에 묻혀 무슨 말인지 정확지 않았다. 잠시 후 찰칵 소리와 함께 현관문이 열리면서 머리칼이 희끗한 사내가 실내에 들어섰다.

"누구요?"

사내는 허벅지 통이 넓은 청바지를 입었고, 불룩 나온 배 밑을 허리띠로 조였다. 키가 컸고, 코도 컸고, 목소리는 굵고 낮았다.

"여기서 뭐하는 겁니까?"

사내는 서둘지 않는 동작으로 바닥에 어질러진 전단지와 커다란 보따리를 주시하면서 그에게로 두 걸음 다가왔다. 탄이 고개를 바짝 쳐들고 있다가 몸을 일으켜 길길이 뛰면서 짖어대기 시작했다. 무헌은 목줄을 잡아당기며 진땀을 흘렸고, 군도는 물에 젖은 채 팬티만 걸친 차림새로 화장실에서 뛰어나왔다. 사내는 멈칫했다. 세 사람이 이룬 구도 속에서 탄이 버둥거리며 짖었다. 종래엔 아픈 듯이 짖었다. 세 사람은 서로에게 침착하라는 표시로 허공을 다독다독했다. 마치 약한 날갯짓을 하듯이. 탄은 짖는 걸 멈추고는 다리가 풀린 듯 자리에 주저앉았다. 그 순간 무헌은 자기 생이 오래전에 뭔가를 건너뛰었음을, 건너뛴 그 부분에서 뭔가가 다시 시작되고 있는 듯한 기분을 느꼈다.

"선생 개가 상태가 좋지 않아 보이는데요. 병원에 좀 데려가지그래요?"

소란스러운 첫 대면이 끝나고 이런저런 대화가 짧게 오간 뒤에 말희의 남편은 그렇게 말했다. 말희의 남편은 지금은 가전제품 판매원이지만 과거에는 사냥개를 훈련시켰단다. 그의 무용담이 시작되려는 찰나 말희가 현관문을 밀고 안으로 들어왔다. 무헌이 서툴게 인사말을 떼자마자 군도가 바닥에 털썩 무릎을 꿇었다.

"미안해요, 엄마."

무헌은 그 순간 저도 모르게 그 옆에 무릎을 꿇고 눈물을 쏟을 뻔했지만, 감정을 억누르며 숨을 골랐다. 군도는 고개를 수그린 채 어깨를 들썩이며 흐느끼기 시작했다. 무헌은 막막한 다음번을 기약하고는 개를 끌어안고 뒤돌아 밖으로 나왔다.

마리야.

무헌이 그런 애칭으로 시작해 겨우 두 줄 적다 만 편지는 주어와 술어가 어긋난 채 마침표가 아닌 쉼표에서 멈추었고, 아직 어디에 가 닿지 못했다. 그는 자신이나 자신을 둘러싼 세상이 끔찍하게 텅 빈 채로 소란스럽게 느껴질 때마다 말희의 집 앞으로 달려가고 싶은 욕구를 느꼈고, 실제로 그곳으로 달려가보기도 했다. 상처 입고 굶주리면서도 옛집을 찾아가는 그 어떤 혈통 좋은 진돗개들처럼 탄도 그를 따라 성실하게 뛰고 또 뛰었다. 그는 오랜 시간 서성이며 그 집의 불이 켜졌다 꺼졌다, 창문이 열렸다 닫혔다 하는 모습을 반복해서 보았다. 안에서 아무런 기척도 느껴지지 않던 어느 저녁 무렵에는 그 집 앞을 오가던 이웃들의 모습을 살폈다. 그는 턱없이 더 집요해질 때도 있었다. 보라색 꾸러미를 들고 그와 한 택시에 올라탔던 소년, 가전제품과 개에 정통한 사내, 다리에 흉이 진 채로 나타난 옛사랑이 살고 있는 저편, 아니 그가 부재한 자리에서 무언가를 통과해왔고 이제 여기 당도해서 서걱거리고 부딪치고 신음하고 비틀렸다가, 다시 환한 웃음이 되고 아무렇지도 않게 밝아오는 아침해를 함께 맞는 것들에. 모든 것을 친애하고 싶은 그의 마음은 한순간 너무 뜨거워져 정염과 헷갈렸다. 그는 때로 열이 오르고 야윈 채로 갈팡질팡했다. 생이 덧없다는 말은 무용했다.

| 작가노트 |

있고, 없음

첫 두 문장을 쓰고서 제목을 붙이자 이런 일들이 벌어졌다. 무헌은 처음에는 말희와 남의 집 주방에서 우연히 재회하고, 그다음에는 강가에서 말희의 아들 군도를 만난다. 그가 말희의 남편과 마주하게 됐을 때는 군도는 거의 발가벗은 채로 물을 뚝뚝 떨어뜨리고 있고, 그의 개는 온몸으로 짖어댄다.

세월은 덧없이 흘러가버리고 사람들의 일상은 소소하지만, 어떤 순간들은 낯익은 것들 너머로 별처럼 떠오르며 고유해지기도 한다. 무헌의 전 생애는 그가 겪은 최근 며칠간의 일들보다 대단치도 않다. 이상함과 정열을 나란히 놓은 제목처럼, 그렇게 어울릴 법하지 않은 것들을 한데 놓고 바라보는 일로부터 인물과 함께 내달리는 일이, 그러다 마지막 여운에 마침표를 찍는 일이 기쁘고, 아프고, 따뜻했다.

| 해설 |

뛰고, 또다시 뛰는

이재원

어떤 소설은 우리가 그것을 유독 천천히 읽게 만든다. 지난해에 읽은 기준영의 소설들이 내게 그랬다. 어째서였을까. 기준영의 소설에서 어떤 뚜렷한 서사를 짚어내기란 쉽지 않다. 대신 거기에는 서사의 진행과는 별 관련이 없는 사소한 사실이나 찰나, 그리고 그것을 그저 담담하게 관찰하는 시선이 있다. 그런데 중요한 것은 그것들을 따라가다보면, 어느 순간 조용하게 그러나 묵직하게 마음을 요동치게 하는 몇 개의 장면과 만나게 된다는 점이다. 그렇다면 그 담담함의 곳곳에는 미세한 기미들이 잠재되어 있으며, 기준영의 소설에는 그것들이 한꺼번에 터져나오는 순간들이 있다고 말할 수 있겠다. 아마 나는 그 미세한 기미들을 아끼고 싶은 마음, 또 어떤 '결정적 순간'에 대한 기대 때문에 그 소설들을 천천히 읽었을 것이다. 그리고 「이상한 정열」의 경우라면, 결정적 순간으로는 무헌이 뛰어

다니는 두 개의 장면을 꼽고 싶다.

무헌이 처음으로 뛰는 장면을 말하기 위해서는, 우선 이 소설의 첫 장면을 떠올릴 필요가 있다. 그 장면에서 우리는 '연애'란 무엇인가에 대해 새삼 끄덕이게 되기 때문이다. 연애를 하면, 제 마음에 들지 않는데도 누구에게나 불려야 하는 '말희'라는 이름 대신, 단 한 사람에게 '마리'나 '내 예쁜 별님' 같은 애칭으로 불리는 식의 경험을 하게 된다. 그리고 그러한 화사함은 내 시간이 너를 향하고 네 시간이 나에게 몰두함으로써 가능해지는 종류의 것이다. 즉 연애란 자신에게서 출발하는 마음이 그것을 받아주고 대응해줄 타인의 마음과 마주하는 '관계'를 전제로 한다. 그렇기에 연애를 하는 동안 우리는 '나'만의 시간으로는 결코 성립될 수 없는, 서로 다른 시간이 포개어져 가능한 고유한 시간 속에 머무르게 된다. 그리고 무엇보다 수평으로 흐르는 시간이 아니라 수직으로 튀어오르는 그 순간의 시간 동안 우리의 살아 있음은 선명하게 감각되는 것이다.

그러나 다른 시간들의 포개짐이라는 연애의 전제는 양가적인 것이어서, 더이상 그 전제가 충족될 수 없게 되면, 충만하게 생을 감각하게 했던 만큼 강렬하게 상실감을 준다. 그렇게 길지 않은 연애의 시간이 사그라지고, 이별마저 겪은 뒤에는, 길고 긴, 그렇지만 막상 뒤돌아보면 단 몇 개의 문단만으로도 압축될 만한 고요하고 담담한 시간이 지속된다. 시계의 시간과 바깥의 소리 들에 맞추어 그저 해야 하는 일을 할 뿐인 시간이며, 내면의 소리가 점차 바깥의 소리에 잠겨버려서 그것이 삶을 증명하게 되어버리는 시간이다. 그러다 문득 정신을 차려보면 삶은 엉뚱한 곳으로 흘러가버려 있곤

하는 것이다. 말희와 헤어진 후 무헌의 삶이 그랬다. 그는 휑하도록 큰 집에서 개 한 마리와 함께, 꺼져 있는 텔레비전을 쳐다보며 밥을 먹고 회사를 다닌다. 그런데 말희와 재회하면서 그는 다시 "바깥의 소리들이 희미해지면서 내면의 소리가 부풀어오르"는 경험을 한다. 말희를 통해 그는 오랫동안 잊고 있던 것들, 그러나 한때 그의 삶을 지탱해주던 것들과 조우하게 되는 것이다. 아마 그때부터였을 것이다. 무헌이 탄과 함께 뛰기 시작한 것이.

> 그는 집을 나서면서 이상한 기분이 들었다. 엊저녁 딸의 서러움과 울분으로 집의 벽이 휜 것 같았다. 밖에서 보니까 집은 조금 부풀어 오른 것처럼 보였다. 그리고 그 집의 주인은 자기가 아니라는 생각이 들었고, 자신이 딸 정도 나이의 소년이 된 듯한 기분이었다. 그는 영원히 돌아갈 데가 없는 사람의 슬픔을 생각하면서 점점 자유로워졌다. 그는 어린 날 보았던 만화영화의 주인공처럼 개와 함께 뛰었다.(188쪽)

이 장면에서 무헌은 "영원히 돌아갈 데가 없는 사람의 슬픔을 생각하면서 점점 자유로워"진다. 이는 "그 집의 주인은 자기가 아니라는 생각"에서 비롯됐을 텐데, 돌아갈 곳이 없어진 그는 슬퍼하는 것이 아니라 오히려 오랫동안 제 삶을 채우던 바깥의 것들로부터 벗어나 자유로워진다. 그 자유 속에서, 무의미하게만 지나가버리던 일상의 시간을 비집고 오랫동안 잊어온 내면의 소리들은 더욱 부푼다. 그와 부딪친 행인이 욕을 해도 아무렇지 않아진다. 그러니

이 뛰어다님은 목적지를 향해 다급하게 나아가는 성질의 것이 아니라, 제 마음의 요동침을 발산하는 행위이다. 몸이 뛰어서 심장박동이 빨라지는 것이 아니라 마음의 박동에 몸의 속도가 맞추어지는, 마음에 시동이 걸리는 순간인 것이다. 기준영의 소설은 이렇듯 평범한 인물에게 닥쳐오는 연애라는 보편적인 사건을 통해서, 바깥에서 휘몰아치는 소리들을 가까스로 잠재우고 존재 내부로부터 발생하는 마음의 호흡에 귀를 기울인다. 그래서 그가 그려내는 인물들은 더없이 평범하면서도 특별해진다.

그러나 이 소설의 특별함은 별일 없이 지속되던 무헌의 삶이 말희와의 재회를 통해 활기를 찾아가는 과정을 섬세하게 그려냈다는 점이 아니라, 그 되찾았다고 생각되는 것들의 소용없음에 다가가는 무감함에 있다. 즉 이 소설은 한때 포개어졌던 그들의 시간이 각자의 자리에서 다른 시간들과 포개어지고, 그렇게 서로에게 알 수 없는 시간이 된 채로 오래 흘러왔음을, 무헌이 '모르는' 시간 동안 말희의 시간은 다리의 상처, 아들과 남편, 가정부 일 같은 것들로 채워져왔음을 잊지 않는다. 말희에게 무헌은 이미 오래전부터 "결정적인 인물"이 아니었으며, 오랫동안 잊지 못할 만한 유일하거나 강렬한 사랑도 아니었다. 말희의 집에서, 또 "뭘 했다고도 안 했다고도 할 수 없"었던 그들의 하룻밤에서 무헌은 그들이 서로에게 "그 어떤 보따리에 속하는 물건"과도 같았을 뿐임을 알아버린다. 오래전에 결별했던 옛사랑과의 재회가 증명한 것은 서로를 향한 여전한 마음이 아니라, 언젠가 있었지만 이미 지나가버린 삶의 활기와 충만함, 그것의 흔적에 지나지 않았던 것을 말이다.

그렇게 말희를 향해 뻗어나가던 무헌의 마음은 오히려 자신에게로 되돌아와, "자기 생이 오래전에 뭔가를 건너뛰었음을, 건너뛴 그 부분에서 뭔가가 다시 시작되고 있는 듯한 기분을" 비추어낸다. 이때 그가 건너뛰었다고 느낀 것은 아마 말희, 혹은 말희로부터 얻을 수 있었던 마음의 요동침들일 것이다. 삶에서 결정적이었어야 하는 것은 바깥의 소리들로 장악되어 있는 일상에 있는 것이 아님을, 그렇게 오직 앞으로만 나아가는 삶 속에서 중요한 무언가를 놓쳐버렸으며, 또 그것을 잃어버린 줄도 모르고 너무 오래 지나와버렸음을 자각했을 것이다. 그렇지만 또 그의 사정과 무관하게, 시간은 그것을 잃기 전으로 돌아갈 수 없게 하며, 그의 바깥에서 언제나처럼 비슷한 모습으로 "다시 평범한 시절"이 흐르도록 만든다. 이렇듯 시간은 그의 의지와 상관없이 무색하게 흐르지만, 존재는 바로 그 시간 속에서만 존재일 수 있다. 그러니 무헌은 그 평범한 시절 속에서, 존재이기에 벗어날 수 없는 시간의 타자성, 그리고 그것으로부터 비롯하는 실존적 한계와 생의 허무를 한꺼번에 절감한다. 뒤늦은 자각과 상실 속에서, 무헌의 시간은 이미 지나가버린 시간을 향해 고여 있으니, 그 존재 내부와 바깥의 시차가 현재를 "끔찍하게 텅 빈 채로 소란스럽게" 만들 수밖에 없다. 그래서였을 것이다. 무헌이 이렇게 뛰어다니게 된 것은.

그는 자신이나 자신을 둘러싼 세상이 끔찍하게 텅 빈 채로 소란스럽게 느껴질 때마다 말희의 집 앞으로 달려가고 싶은 욕구를 느꼈고, 실제로 그곳으로 달려가보기도 했다. 상처 입고 굶주리면서도 옛집을 찾아가는 그 어떤 혈통 좋은 진돗개들처럼 탄도 그를 따라 성실하게 뛰고 또 뛰었다. 그는 오랜 시간 서성이며 그 집의 불이 켜졌다 꺼졌다, 창문이 열렸다 닫혔다 하는 모습을 반복해서 보았다.(195쪽)

무헌은 여전히 자기 내부의 정염을 주체할 수 없어 뛰어다니지만, 그것은 처음의 것과 달리, "자신이나 자신을 둘러싼 세상이 끔찍하게 텅 빈 채로 소란스럽게 느껴질 때" 시작된다. 처음 무헌이 뛰었던 것이 닿고자 하는 곳을 향하던 마음의 박동에 충실해서였다면, 지금의 것은 가까스로 되찾은 내면의 소리가 말희에게로 닿는 것에는 이미 의미가 없음을, 그렇기에 제 마음의 통로가 막힌 것이나 다름없음을 아는 데서 비롯하는 것이다. 그것은 할 수 있는 것이 무엇도 없다는 데서 시작되는 것, 도달할 곳을 잃어버렸기에 모든 것에게로 뻗어나가는 '이상한 정열'이다. 이쯤에서 이 소설의 첫 장면과 무헌이 처음 뛰던 순간, 그리고 이 마지막 장면을 떠올려보자. 그 간극을 체감하면서, 우리는 삶이란 서늘하게도 문득 이같은 간극과 마주하는 것이며, 그럴 때라면 우리 역시 무헌처럼 쓸모없는 열정을 쏟아보는 것 말고는 할 수 있는 것이 없음을 실감하게 된다. 그러니 무헌의 시간을 겪은 뒤 우리의 마음이 각자의 소리에 귀를 기울이던 도중에 이내 슬퍼지는 것은, 누구에게나 자신도 모르는 사이 잃어버린 것들이 있어서이다. 예전처럼 '마리야'라고 부르다 쉼표 뒤에서 허무하게 멈추어버린 편지처럼, 어딘가에 닿지 못하고 그쳐버린 것들을 잊은 채 바깥의 소리에 묻혀 오늘을 지나보내서이다.

그리고 역설적이게도 우리의 살아 있음은 연애의 시간뿐 아니라 그 이상한 열정, 즉 무정한 시간이 겪게 하는 생의 덧없음의 한가운데에서도 쉽게 사그라지지 않는 우리 내부의 요동침으로 인해서도 증명된다. 그렇게 「이상한 정열」은 무헌이 각기 다른 온도로 뛰게 되는 두 개의 결정적 장면을 통해 삶을 정직하게 증명한다. 그래서 이 소설을 읽은 뒤 남은 것은 이 이상한 정열 역시 그리 길지 않은 시간을 지나면, 다시 평범한 시절에 속하게 되리라는 예감이었다. 내면의 소리가 열을 내며 끓다가 시간 속에서 식어버리는 과정, 그것이 영원히 반복되리라는 어렴풋한 예감 때문에, "생이 덧없다는 말은 무용했다"라는 소설의 마지막 문장까지도 나는 오래 읽어야만 했다.

이재원

2012년 중앙신인문학상에 평론 「이름을 찾는 주체들의 문장—신해욱 · 이근화 · 심보선의 시를 중심으로」가 당선되어 등단.

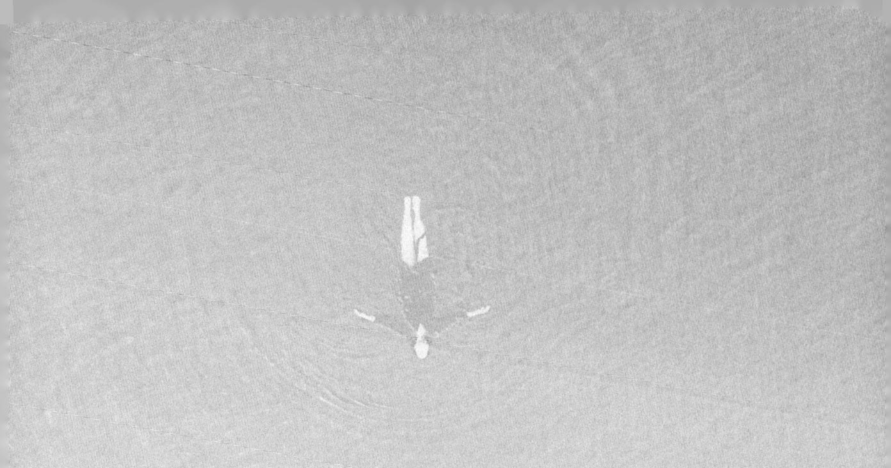

손보미

산책

작가노트 행운

해설 신샛별 나는 잠들고 있는데, 너는 산책을 떠나네

손보미

2009년 『21세기문학』 신인상에 단편소설 「침묵」이, 2011년 동아일보 신춘문예에 단편소설 「담요」가 당선되어 등단. 소설집 『그들에게 린디합을』 『우아한 밤과 고양이들』, 중편소설 『우연의 신』, 장편소설 『디어 랄프 로렌』 『사라진 숲의 아이들』이 있다. 2012년 젊은작가상 대상, 2013년, 2015년 젊은작가상, 한국일보문학상, 김준성문학상, 대산문학상, 이상문학상을 수상했다.

| 수상작 |

산책

그녀는 남편을 흔들어 깨운다. 그는 깊게 잠들어 있어서 웬만해서는 깰 것 같지 않았지만, 그녀는 인내심을 가지고 그의 왼쪽 어깨를 계속 흔들었다. 이윽고 그가 끙, 소리를 내며 몸을 뒤척였다. 그녀는 그의 귀에 대고 조그만 목소리로 속삭였다. 일어나, 일어나, 어서. 그가 눈을 떴다. 살짝 열린 문틈 사이로 길게 불빛이 들어와 있었지만 그것을 제외하고 방안에는 빛이라고는 없었다. 불완전한 어둠 속에서, 그는 자신의 눈앞에 아내의 실루엣이 점점 또렷하게 떠오르는 것을 느꼈다. 그녀는 코트를 입고, 목도리를 둘둘 말고, 장갑까지 낀 채로 침대에 걸터앉아 있었다. 그는 어안이 벙벙했지만, 곧 양손을 뻗어 그녀의 허리를 감싸안았다.

"지금 퇴근한 거야?"

그는 여전히 잠에 취해 있었지만, 다정한 말투로 그녀에게 물었다.

"일어나."

그는 눈을 감고 그녀의 품으로 파고들었다.

"일어나, 일어나보라구."

그녀는 허리를 감은 그의 손을 억지로 풀면서 말했다. 작지만 단호한 목소리였다.

"아버지 집에 가봐야겠어."

그녀의 허리를 놓아주지 않으려고 장난을 치던 그는 손을 풀었다. 그제야 완전히 제정신이 돌아오는 것 같았다.

그녀의 아버지는 그들의 집에서 차로 사십 분을 달려야 도착할 수 있는 서울 근교 주택가에 살고 있었다. 서울의 복잡함에 싫증이 난, 돈 좀 있는 어르신들이 모여 사는 동네였다. 집은 한결같이 크고 멋스러웠으며, 대문 앞에는 좋은 차가 주차되어 있었다. 오 년 전에 그녀의 아버지는 다니던 은행에서 정년퇴임했고, 그후 퇴직금과 이러저러한 돈을 모아 그 동네로 이사를 갔다. 그 '이러저러한 돈' 중에는 그녀가 보탠 것도 있었다. 그때 그는, 그녀가 돈을 보태는 것에 대해 이러쿵저러쿵 참견할 만한 처지가 아니었다. 이 년 전에 삼 개월 정도 일을 쉬었을 때를 제외하면, 쉴새없이 돈을 벌어들이는 건 그녀였지 그가 아니었다. 그녀는 명품 화장품을 취급하는 외국계 회사에 다녔다. 툭하면 야근을 해야 했고 자주 해외 출장을 가야 했지만, 삼 개월을 쉬고 일에 복귀한 후로 그녀는 더이상 출장을 가지 않았다. "난 앞으로 우리 가족에게 더 관심을 기울일 거야. 미안해, 내가 당신에게 너무 소홀했어." 그녀는 그에게 그렇게 말했었다. 그녀는 아버지에게도 더 많은 신경을 쓰기 시작했다. 남편을 데리고 아버지 집에 들러 함께 식사를 했고, 자주 안부전화를 걸었다. 전에는 없던 일이었다. 그들 부녀의 통화는 대개 아주 짧은 시간 동안 형식적으로 이루어졌지만, 그래도 그녀는 전화를 거는 것을 멈추지 않았고, 그녀의 아버지 역시 딸의 전화를 성실하게 받았다. 모든 것이 자연스러워 보였고, 문제가 생길 건덕지 같은 건 전혀 없었다. 정말이지 모든 게 괜찮았다.

그런데 어느 날 밤, 그녀의 아버지가 전화를 받지 않았다. 그녀는 별생각 없이 한 시간 후에 다시 전화를 걸었고, 그제서야 아버지와 통화를 할 수 있었다. 그녀는—그 이유는 자신도 몰랐지만—자신이 한 시간 전에 전화를 걸었다는 말 같은 건 하지 않았고, 그냥 언제나 그랬던 것처럼 통상적인 대화를 나누었다. 그리고 보름 후쯤 다시 그런 일이 생겼고, 그리고 열흘 후에 그런 일이 또 일어났다. 자꾸 그런 상황이 반복되자, 결국 그녀는 아버지가 전화를 받지 않는 것을 몹시 신경쓰게 되었다. 참다못한 그녀가 도대체 왜 그렇게 자주 전화를 받지 않는 거냐고, 혹시 밤마다 어디에 나가는 거냐고 묻자, 그녀의 아버지는 쑥스럽다는 듯이 웃었다. 자신은 밤중에 하는 산책에 재미가 들렸다는 것이었다.

"아무도 없는, 어둡고 고요한 거리를 혼자 걸으면 내 정신이 깨끗하게 씻기는 것 같단 말이다. 사십 년간 돈과 관련된 일을 해온 나를 정화시킨단다."

그는 장인의 말을 백 퍼센트 이해하기는 어려웠지만, 딱히 그게 거짓말이라고 생각하지도 않았다. 하지만 그녀의 생각은 전혀 달랐다. 그녀는 아버지를 좋아했지만, 아버지를 온전히 솔직하고 올바른 인간이라고 여기지 않았다. 그녀는 아버지와 어머니가 이혼했던 당시를 똑똑하게 기억하고 있었던 것이다. 그녀는 웃지 않았다. 냉정한 표정으로 건강에 좋지 않으니 삼가라고만 말했을 뿐이다. 하지만 그녀의 아버지는 '산책'을 그만두지 않았고, 결국 그녀는 아버지의 '산책'을 완전히 못마땅하게 생각하게 되었다. 그녀는 자신의 그런 감정은 아버지에 대한 애정에서 비롯되는 거라고 주장했다.

"아버진 이제 나이도 많으셔. 예전 같지 않으시다고. 혼자 그렇게 밤에 돌아다니시다가 무슨 사고라도 나면 어떡해? 난 진짜 너무 걱정이 돼. 잠이 오지 않아. 견딜 수가 없다고."

물론 이런 걱정을 한 것은 사실이었지만, 그녀가 아버지의 산책을 못마땅하게 생각한 데는 결정적인 다른 이유가 있었다. 그녀는 자신의 아버지가 같은 동네에 혼자 사는 노부인과 눈이 맞았다고 믿었던 것이다. 하지만 그녀는 그런 말을 입 밖에 낼 수는 없다고 생각했다. 그녀는 아버지의 연애에 대해 이러쿵저러쿵 말하는 것이 자신을 꽉 막힌 사람으로 보이게 할까봐 두려워했다.

차에 시동을 건 그는 마지막으로 그녀에게 물었다.

"꼭 지금 거길 가야겠어?"

하지만 그는 그녀의 대답을 이미 알고 있었다. 그녀는 이럴 때마다 "자기 아버지라고 생각해봐"라고 말했다. "자기 아버지가 이렇게 어두운 밤 동네의 골목을 걷고 있다고 생각해보라고, 마음이 편해?"라고 말이다. 하지만 그는 자신의 아버지에 대해 그런 식으로 상상할 수가 없었다. 그는 더이상 그녀를 설득할 생각 같은 건 하지 않았다. 그는 한 번도 그녀를 설득할 생각을 해본 적이 없었다. 그는 그녀에게 눈 좀 붙이라고 말했다.

"차가 안 막히니까 이십 분 정도 걸릴 거야."

그녀가 다니는 회사는 사소한 법정 분쟁 때문에 계속 비상이었다. 매일 피곤한 몸으로 늦은 시간에 집으로 돌아왔지만, 그녀는 아버지 집에 전화 거는 것을 잊지 않았다. 전화를 받지 않는 날이면 그녀는 남편과 함께, 그게 몇 시든 아무런 상관도 하지 않고 아버지가 사는 동네로 차를 몰았다.

그녀가 좌석을 뒤로 젖혔다. 열두시가 넘은 시간이었지만, 도로 위에는 아직도 차가 꽤 있었다. 그녀가 혼잣말하듯 중얼거렸다.

"도대체 사람들은 이렇게 늦은 시간에 어디를 가는 걸까?"

"집으로 돌아가는 사람들이지."

"뭐하다가?"

그가 웃으며 대답했다.

"자기처럼 늦게까지 일을 하다가."

"그렇지 않을 거야."

"그럼?"

"글쎄."

그녀는 어두운 창밖을 잠자코 바라보았다. 그는 사랑스럽다는 듯이 그녀의 왼쪽 허벅지를 어루만졌다.

"회사 일은 어때?"

그가 물었다.

"조만간 해결이 될 것 같은데, 모르겠어."

그녀는 이렇게 말하고 좌석을 원상태로 만든 후 허리를 펴고 똑바로 앉았다. 허리를 곧추세웠기 때문에 마치 벌받는 아이같이 보였다. 잠시 후, 그녀가 갑자기 생각난 듯이 덧붙였다.

"어쩌면 나 프랑스에 다녀와야 할지도 몰라."

그는 가만히 고개를 끄덕였고, 그들은 잠시 아무 말도 하지 않았다. 그는 사이드미러를 통해 빠른 속도로 뒤로 밀려나는 도로를 바라보았다.

"자기는 오늘 뭐했어?"

"그냥 집에 있었어."

"하루종일?"

"응, 설거지도 하고, 청소도 하고, 책도 읽고 그랬지, 왜?"

"왜 학교에 안 갔어?"

"오늘은 강의도 없고, 그냥 집에 있고 싶었어."

그들은 또다시, 아무 말도 나누지 않았다. 침묵이 그들을 에워쌌다. 그녀가 갑자기 명랑한 목소리로 그에게 물었다.

"오늘, 하루종일 집에만 있었다는 거지?"

그는 힐끗 그녀를 바라보았다. 그는 그녀보다 두 살이 어렸다. 그는 자신이 자기 또래의 남자들보다 더 어려 보인다고 생각했고, 그건 어느 정도 사실이었다. 그는 영문학을 전공했고, 이 년 정도 미국에서 유학을 했다. 그리고 지금은 대학에서 영문학사를 강의하고 있지만, 정말 하고 싶었던 건, 소설을 쓰는 일이었다. 학부 시절에는 줄기차게 소설을 썼다. 심지어는 미국에 있을 때도 줄기차게 써댔다. 한때는 자신이 만들어내는 이야기가 너무 많아서 주체할 수 없을 정도였다. 그랬던 적도 있었다.

목적지에 도착하고 나서, 언제나 그랬던 것처럼 그들 부부는 차에서 내리지 않았다. 그녀는 차 안에서 아버지 집 쪽을 주시하다가 전화를 걸곤 했다. 아버지가 전화를 받으면 그녀는 마치 자신의 집에서 전화를 걸었다는 듯이 통상적인 안부를 건넨 후에 아무렇지도 않게 통화를 끝냈다. 전화를 받지 않을 때에는 아버지를 기다렸다가, 집에 들어가는 게 보이면 다시 전화를 걸곤 했다. 그녀의 아버지는 딸이 이렇게 밤늦은 시간에 집 앞까지 와서 자신의 안부를 확인하고 있다는 사실은 꿈에도 몰랐을 것이다. 하지만, 이번에는 달랐다. 그녀는 아버지와 직접 대화를 나누고, 자신이 아버지를 얼마나 걱정하고 있는지 직접 알려줘야겠다는 생각이 들었다. 그녀는 아버지가 저멀리 모퉁이를 돌아 걸어오는 게 보이자마자 갑자기 차에서 내렸다. 그는 이 사태를 어떤 식으로 받아들여야 할지도 모르면서 그냥 아내를 따라 차에서 내렸고, 주머니에 손을 넣고 어깨를 움츠린 채 아내 뒤를 따라 걸었다.

"아버지, 저랑 얘기 좀 해요."

그녀의 아버지는 딸 부부의 갑작스런 방문에 무척 놀랐고 당혹스러움을 숨기지 못했다. 그녀는 아버지의 표정을 놓치지 않았고, 혹시 다른 사람이 있는가 해서 아버지가 나타난 골목 뒤쪽을 슬쩍 살펴보았다. 그는 주머니에 두 손을 넣은 채 장인에게 가볍게 목례를 했다. 세 사람 사이에는 기묘한 긴장감 같은 것이 흘렀는데, 그건 누구도 선불리 먼저 말을 꺼내서 괜히 손해보지 않겠다는 태도에서 비롯되는 것이었으리라. 그 긴장감을 깨고 먼저 말을 시작한 것은 그녀의 아버지였다.

"자, 어쨌든 들어가자꾸나."

그녀의 아버지는 도어록의 비밀번호를 누르면서 꾸민 듯한 목소리로 말했다.

"무슨 급한 일이 생겼나보구나."

"아버지가 전화를 안 받으셨잖아요."

"뭐라고?"

그녀의 아버지는 문을 열다 말고 영문을 모르겠다는 표정으로 그녀를 바라보았다. 하지만 그녀가 아무런 대답도 하지 않았기 때문에 그가 대신 대답했다.

"장인어른이 걱정돼서 그래요."

마지막으로 집으로 들어간 그녀가 문을 닫으며 크게 한숨을 쉬었다. 집안은 깜깜했고, 잠시 후 불을 켜자 집안의 가구들이 모습을 드러냈다. 거실 탁자 위에는 고지서들이 아무렇게나 놓여 있었다.

"아버지, 제가 항상 말씀드렸잖아요. 이런 건 그냥 자동이체를 하시라고요. 그게 훨씬 편하다구요."

그녀는 몹시 신경질적으로 말했지만 그녀의 아버지는 별로 개의치 않는 말투로 대답했다.

"나는 자동이체는 딱 질색이다."

잠자코 있던 그가 물었다.

"왜요?"

그녀가 어이없다는 표정으로 그를 바라봤다. 그녀는 그런 질문조차 불필요하다고 생각했던 것이다.

"자동이체는 믿을 수가 없거든. 그걸 누가 믿을 수 있겠나? 자네, 뭐 한잔 마시겠나?"

"아뇨."

그가 고개를 가로저었다. 그는 이제부터는 그저 사태가 어떻게 흘러가는지 바라보기만 할 생각이었다. 이들 부녀의 일에 자신이 끼어들어야만 하는 상황이 발생하지 않기만을 바랄 뿐이다.

"아버지, 왜 그렇게 제 말을 안 들으세요? 이렇게 추운 날 밤중에 나갔다가 쓰러지기라도 하면 어쩌시려고 그래요? 길이 얼마나 미끄러운지 아세요? 전 정말이지 걱정이 돼서 잠도 안 와요."

"그럼 안 되지."

그녀의 아버지는 정말로 미안하다는 표정을 지으며 그녀를 물끄러미 바라보았다.

"하지만 이런 시간에 집까지 쳐들어오다니 좀 당황스럽구나."

그녀는 '쳐들어왔다'라는 표현 때문에 약간 흥분했고, 그래서 격한 어조로 말했다.

"오늘이 처음이 아니에요."

"뭐라고?"

"오늘이 몇 번째인지도 모르겠어요."

"얘야, 그게 무슨 소리냐?"

"저기 저쪽에 차를 세워두고 아버지가 집에 계신가 안 계신가 확인했다고요."

"날 염탐했니?"

"아버지!"

그녀는 도움을 청하는 표정으로 그를 바라보았다. 그는 그녀와 눈이 마주치자 고개를 떨구었다. 그녀는 거의 울 듯한 표정이 되어서 아버지의 손을 잡았다.

"아버지, 전 정말 아버지가 걱정돼서 그래요. 산책은 낮에 하시면 되잖아요."

그녀는 근심 어린 표정으로 아버지를 바라보았다.

"얘야 잘 들어라, 자네도 잘 들어. 이걸 그냥 내 취미생활이라고 생각할 수 없겠니?"

그녀는 '취미생활'이라는 단어가 대단히 부적절하다고 느꼈다. 취미생활이라니! 아버지는 어째서 저런 식으로 이야기하는 걸까? 도대체 왜?

그때, 문득 그녀는 자신이 진정으로 원하는 것이 무엇인지 깨달았다. 이제까지 그녀는 아버지가 여자를 만난다는 사실이 끔찍하게 싫은 거라고 생각했었다. 아버지가 여자를 만나는 것을 원치 않는 거라고 생각했었다. 하지만, 그 순간 그녀는 그게 아니란 걸 알 것 같았다. 자신이 진짜로 원하는 것은 그런 게 아니었다. 그녀의 마음을 못 견디게 하는 이유는 따로 있었던 것이다. 그건, 아버지가 자신에게 거짓말한다는 사실이었다. 그녀는 아버지가 자신에게 진실을 털어놓기를 바랐다. 내가 바라는 것은 고작 그것뿐이야, 라고 그녀는 생각했다.

"그러니까, 그 '취미생활'을 밝을 때 하시면 안 돼요?"

그녀의 아버지가 한숨을 쉬었다.

"사실은, 이건 말이다. 그냥 내가 혼자 비밀로 간직하고 싶었는데 말이다."

그녀의 아버지가 머뭇거리며 입을 열었다. 그녀는 크게 심호흡을 했다. 드디어 아버지가 자신에게 진실을 말해줄 거라고 생각하니 한순간 마음이 후련해지는 것 같았다.

"사실은 말이다. 정말 이건 죽을 때까지 비밀로 간직하고 싶었던 건데…… 이것 참…… 사실은……"

그녀는 아버지가 이야기를 꺼내는 것을 어려워하는 기색을 보이면 보일수록 자신의 마음은 더욱더 편안해지는 것을 느꼈다. 누군가가 자신에게, 경건한 마음으로 진실을 털어놓을 시간이 점점 가까워오고 있다는 사실에서 오는 감정이었다.

"저기 말이다. 저기 저 놀이터에, 한 달에 두세 번 정도 젊은 부부가 찾아온다. 단순히 젊은 부부가 아니라, 아주 어린 아이들이지. 정말 아직 아기들이야."

그녀의 아버지가 어렵게 이야기를 시작했을 때, 맥이 빠진 건 그녀뿐만이 아니었다. 그 역시 그녀의 생각—아버지가 여자를 만난다는 생각—을 짐작하고 있었고, 그것이 어느 정도 사실일 거라고 믿고 있었기 때문이었다.

"몇 달 전에 밤에 뭘 사러 나간 적이 있는데, 그때 우연히 보았다. 아주 어린 부부였는데, 항상 저기 놀이터 그네에 앉아 무언가를 의논하고 있더구나. 그래서……"

거기까지 말을 했을 때, 그녀는 조용히 아버지를 불렀다.

"아버지."

그녀는 말없이 아버지를 바라보다가 이윽고 이렇게 말했다.

"도대체 왜 거짓말을 하세요?"

그렇게 말한 후 그녀는 고개를 돌려 그를 바라보았다. 그리고 그를 향해 다시 한번 더 말했다.

"도대체 왜 거짓말을 하는 거냐구?"

그가 당황한 듯 어깨를 으쓱했다. 그녀의 아버지는 잠시 동안 그녀 부부를 말없이 바라보았고 평정심을 유지하려고 애쓰며 이야기를 시작했다.

"그래, 몇 달 전에 너희 부부가 우리집에 와서 같이 저녁식사 했던 거 기억나니? 기억이 안 날 수가 없겠지. 그때 자네가 와인을 몇 병 사왔지 않나. 물론 그걸 자네 돈으로 산 건 아니겠지만 말이네. 여튼 아주 좋은 와인이었어. 그런데, 이 아이가 그걸 너무 많이 마셨지. 완전히 취했었어. 나는 그때처럼 이 아이가 화를 내는 건 본 적이 없네. 화가 나서 자네에게 와인글라스를 집어던졌지. 기억나니? 기억이 안 날 수가 없겠지. 난 안다. 넌 술에 취해 있어서 하나도 기억나지 않는다고 말했지만, 넌 다 기억하고 있잖니? 너를 비난하려는 게 아니야. 너는 화를 냈어야만 했는데, 참았지. 왜 안 그렇겠니, 넌 너무 착해. 니 엄마랑 내가 이혼한 이후에도 너는 한 번도 우리 속을 썩이지 않았지."

"그런 얘기 듣고 싶지 않아요."

"안다, 하지만 이건 중요한 이야기 같구나."

"뭐가요? 아버지랑 어머니가 이혼한 이야기요?"

"아니, 너와 니 남편에 관련된 이야기 말이다."

그녀의 아버지는 그를 바라보았다. 그 표정은 뭔가를 질책하는 것도 아니었고, 뭔가를 추궁하는 것도 아니었다. 그건 마치 뭔가를 갈구하는 것에 가까웠다. 그는 그것을 모른 척했고, 그녀의 아버지에게 눈길을 주지 않으려고 노력했다. 이윽고 그녀의 아버지는 그를 바라보는 것을 그만두고 이야기를 이어갔다.

"하지만, 니들이 원하지 않는다면 나도 거기에 대해 더이상 이야기하지는 않겠다. 여하튼 그날 니들이 돌아간 후에 나 혼자 남아 청소를 했다. 너는 너무 취해 있었고, 자네도 정신이 하나도 없었지. 사실 난 자네가 저애를 차에 태우지도 못할 줄 알았네. 그 정도로 저앤 심하게 화를 내고 있었으니까. 여하튼 그날 난 이 집을 치워야만 했어. 깨진 와인글라스를 쓸어내고, 식탁보도 걷어내서 버렸어. 그게 얼마나 비싼 건지는 너도 잘 알고 있지 않니? 설거지까지 다 끝내고 거실 소파에 가만히 앉아 있다가 문득 맥주를 한잔 마시고 싶더구나. 그래서 냉장고를 뒤졌는데, 이런, 맥주가 없었지. 그래서 나는 그걸 사오기로 마음먹었다. 그날 밤은 그냥 잠들 수가 없을 것 같았거든."

그에게 자식이라고는 딸내미 하나뿐이었다. 그는 자신의 딸이 아내를 쏙 빼닮았다고 늘 생각했고, 그리고 그것이 다행이라고 생각했다. 그의 아내는 대학에서 회화를 전공했다. 그들이 사귀고 있을 당시 그녀는 유학을 준비하고 있었지만, 그는 그렇게 먼 곳으로 그녀를 보내고 오랜 시간 동안 기다릴 자신이 없었다. 물론 그건 그녀도 마찬가지였다. 그녀 역시 그렇게 오랜 시간 동안 그와 떨어져 있을 자신이 없었다. 그녀는 결국 유학을 포기했다. 유학을 떠나지 않고도 전공을 살릴 수 있는 일을 찾을 수 있을 거라고 믿었고 그럴 자신도 있었다. 하지만 결혼을 하고 출산을 하면서, 그의 아내는 그쪽으로는 완전히 손을 떼게 되었다. 나중에 그녀는 남편과 딸아이 때문에 자신의 재능이 다 고갈되어버렸다는 이야기를 자주 했고, 남편을 원망했다. 그는 그저 돈을 버는 것이 좋았다. 그는 명문대를 우수한 성적으로 졸업했다. 경기가 무척 좋았던 시절이었다. 그는 좋은 은행에 취직을 했고, 누구나 혀를 내두를 정도로 열심히 일했다. 그는 한 단계 한 단계 진급을 하며 성취감을 맛보았지만, 그의 아내는 자신의 인생이 한 단계 한 단계 점점 내려앉고 있다고 느꼈다. 그녀는 그런 느낌을 종종 딸에게 호소하곤 했다. 하지만 그때 딸의 나이는 고작 열세 살이었고, 그런 것들을 이해하기에는 너무 어렸다. 하지만 그때까지 어떤 문제들이 표면에 드러난 것은 아니었다. 여전히 그들 부부의 사이는 좋았고, 그들의 딸도 행복했다. 예나 지금이나 그의 고집은 몹시 꺾기 힘들었는데, 그래서 그의 아내는 종종 그를 "이 고집불통!"이라고 불렀다. 그들의 딸은 성인이 된 이후에도 그 말을 종종 떠올리곤 했다. 그 말을 떠올릴 때면, 그들의 딸은 그들 가족이 더없이 행복하고 단란했던 한때를 생각해낼 수 있었다. 결국 깨져버렸지만, 그래도 그런 시절이 한순간이나마 있었던 것에 대해 그의 딸은 몹시 감사했다.

그들 부부가 이혼하게 되었을 때, 그들 모두 자신의 딸에게는 몹시 미안한 감정을 가지고 있었다. 이혼했다는 그 사실 때문만이 아니라, 딸 앞에서 그들이 한 말과 행동 때문이었다. 딸이 사윗감을 데리고 그녀를 찾아갔을 때, 그녀는 몹시 감격해서 이렇게 말했다.

"얘, 엄마는 너무 기쁘다. 난 니가 정말이지 결혼 같은 건 아주 하지 않을 거라고 생각했지 뭐니."

그도 마찬가지였다. 그는 자신의 딸이 행복한 결혼생활을 꾸리기를 바랐다. 세상 그 누구보다 행복해지기를 바랐다. 딸이 데려온 남자는 별볼일 없는 대학강사였고 별다른 미래도 보이지 않았지만, 그래도 그와 그의 전부인은 딸아이 부부의 앞길을 진심으로 축복해주었다.

그는 딸과 사위를 보낸 후 도저히 잠을 이룰 수가 없었다. 그는 24시간 편의점에 가서 술을 사오기로 결정했다. 처음에는 될 수 있는 한 빨리 취한 후 잠이 들고 싶었지만, 일단 밖으로 나오자 마음이 조금씩 진정되는 것을 느꼈다. 그는 자신에게 필요한 것은 술이 아니라, 잠시 숨을 돌릴 여유라는 것을 깨달았다. 그래서 그는 일단 동네 한 바퀴를 돈 후에, 술을 사러 갈 것인지 그냥 집으로 돌아갈 것인지 다시 생각해보기로 했다. 주위는 고요했다. 그는 단순하고 명쾌하게 지어진 건물 사이를 지나쳐 걸어갔다. 어둠 속에 서 있는 건물들은 마치 잠들어 있는 것처럼 보였다. 모두 아주 멋진 꿈을 꾸고 있는 것처럼 보였고, 그는 이 잠이 영원히 깨지 않기를 바랐다. 그는 마을 중앙의 커다란 공원까지 걸어갔고, 공원 벤치에 앉아서 잠시 쉬기로 했다. 어둠에 물든 나무에 휩싸인 채로 홀로 앉아 있던 그는 이제까지 느껴보지 못한 감정에 빠져들었다. 조금은 두려웠고 어쩌면 조금은 마음이 아팠지만, 다른 한편으로는 들뜨기도 했다. 도저히 말로 설명할 수 없는 기분이었다. 그는 그런 감정이 자신에게 좋은 영향을 줄지 그 반대일지조차 구별할 수 없었다. 내가 너무 낭만적인 감상주의에 빠진 걸까? 그는 이렇게 자기 자신에게 반문하면서 다시 걷기 시작했고, 어느새 동네의 가장 비싼 집 앞을 지나게 되었다. 그 앞에는 또다시 작은 공원이 있었다. 공원의 중심에는 작지만 화려한 분수대가 있어서 사람들은 그곳을 분수공원이라고 불렀다. 밤에는 분수가 작동되지 않는 모양이었다. 그는 바람 때문에 수조 안의 물이 일렁거리는 것을 바라보았다. 분수공원 바로 옆에는 조그만 놀이터가 있었다. 그 동네에는 놀이터에서 놀 만한 꼬맹이들이 살지 않았지만, 그곳 주민들의 손자 손녀가 놀러 올 때를 대비해서 만들어둔 것이었다. 놀이터 사방에 성인의 허리까지 오는 관목을 심어두어서 멀리서 보면 마치 울타리가 있는 것 같았다. 그가 분수공원을 지나 놀이터 쪽으로 걸어갈 때였다. 놀이터 안에서 누군가 소곤거리는 소리가 들려왔다. 순간 그는 겁이 났다. 그는 반사적으로 걸음을 멈추고 몸을 낮춘 후, 관목 아래로 자신을 숨겼다. 누구지? 지금 이 시간에 도대체 누구지? 그는 여전히 몸을 낮춘 채, 관목 너머를 살피며 목소리의 주인공을 찾았다. 목소리의 주인공은 놀이터 그네에 앉아 있는 두 명의 남녀였다. 그들은 감자칩 같은 걸 먹으며 이야기를 나누고 있었다. 여자가 과자 부스러기 묻은 손가락을 쪽쪽 빨았다. 그들은 그에게 아무런 관심도 없는 것 같았고, 자신들의 이야기에만 푹 빠져 있는 것처럼 보였다. 그는 머쓱해져서 몸을 폈고, 마치 아무 일도 없었다는 듯이, 그들에게는 눈길도 주지 않고 그곳을 지나갔다. 그리고, 그는 그들이 자신을 보지 못했기를 바랐다. 그는 자신이 이렇게 밤늦게 동네를 배회한다는 사실을 그 누구도 몰랐으면 하고 바랐던 것이다.

그가 그들을 다시 본 것은 한 달쯤 후의 일이다. 그사이에도 그는 종종 밤 산책을 나갔는데, 그 사실을 그의 딸이 알게 되었다. 그의 딸은 그가 밤 산책을 한다는 사실을 죽도록 싫어했기 때문에 그는 웬만하면 자제하려고 애썼다. 그래도 가끔 참을 수 없을 정도로 울적해지면 어쩔 수 없이 밖으로 나가 동네를 산책했다. 코스는 항상 같았다. 마을 중앙의 공원까지 걸어가서 잠시 쉰 후, 동네의 가장 비싼 집 앞의 분수공원을 지나 놀이터를 거쳐서 집으로 돌아온다. 두번째로 그들을 본 장소도 놀이터였다. 하지만 그는 지난번처럼 그곳을 지나치지 못했고, 그들을 보고는 분수공원으로 되돌아와야 했다. 왜냐하면 그들이 그네에 앉아서 진한 키스를 하고 있었기 때문이었다. 그는 도저히 아무렇지도 않게 그 옆을 지나갈 용기가 없었다. 그는 울렁거리는 마음을 진정시키며 분수대 근처 벤치에 앉았다. 그곳이라면 그들은 그를 볼 수가 없을 터였다. 잠시 후 그들의 목소리가 들려오기 시작했다. 때로는 웃음소리도 들렸다. 웃음소리가 들리자 그는 왠지 안심이 되었다. 그런데 어느 순간부터 그들의 목소리가 점점 커지기 시작했고, 갑자기 여자 쪽에서 화를 내며 소리를 질렀다.

"당신이 초인종을 누르기로 약속했잖아! 애초에 그렇게 약속했기 때문에 난 이곳으로 당신을 따라온 거라고!"

남자 쪽에서는 잠자코 듣고만 있었다. 그 역시, 거기에 그렇게 앉아 그들의 이야기를 듣고만 있었다.

그후로도 그는 그들을 종종 볼 수가 있었는데, 그는 그들이 첫째 주나 마지막 주에 거의 정기적으로 그곳을 찾아온다는 것을 알게 되었다. 또한, 그는 그들이 결혼식을 올리지 못한, 혼인신고만 한 부부라는 것과 고작해야 스무 살이 갓 넘은 아이들이라는 사실도 알게 되었다. 그는 딸이 자신이 밤에 나가는 걸 걱정한다는 사실을 알고 있었다. 그래서 밤에 나가는 것을 최대한 자제하려 했지만, 어린 부부가 오는 날이 되면 어쩔 수 없이 밤 열두시가 넘은 시간에 집을 나설 수밖에 없었다. 그들이 놀이터에 와 있는 걸 확인하면 그는 분수공원에 앉아서 그들의 이야기를 엿들었다. 그들이 오지 않은 날에는 작동하지 않는 분수대의 수조 안을 한동안 바라보곤 했다. 어린 부부는 대부분의 시간 동안 시시껄렁한 이야기를 나누었고, 때로는 웃었다. 그러다가, 그 동네에서 가장 비싼 집의 초인종을 누가 누를 것인가로 실랑이를 벌이곤 했다. 끝에 가면 결국 남자는 입을 다물었으며, 여자는 울음을 터뜨렸다. 그것은 그로서는 이해할 수 없는 일이었다. 그토록 어린 부부가 밤늦은 시간, 그곳에 앉아 감정적인 소모를 하는 것도 이해할 수가 없었고, 자신이 그들을 보러 나온다는 사실, 그리고 어떤 의미에서 자신이 그들을 기다린다는 사실도 이해할 수 없었다. 계절은 겨울을 향해 달려가고 있었고, 그는 그들이 더이상 나타나지 않을까봐 두려웠다. 하지만 어린 부부는 첫째 주와 마지막 주가 되면 어김없이 그 동네를 방문했다.

언젠가부터 어린 부부는 과자를 먹는 대신 술을 마시기 시작했고, 그들 사이에 오고가는 단어도 전보다 과격해졌다. 그들은 막가려고 하는 것처럼 보였다. 가끔씩 그는 그들 앞에 나타나서 뭔가를 도와주고 싶었지만, 그게 자신이 해야 하는 일인지, 혹은 자신이 할 수 있는 일인지에 대한 확신이 없었다. 그건 이상한 감정이었다. 그는 이렇게 무언가를 확신할 수 없는 처지에 놓인 것이 까마득히 오래전의 일이라는 것을 알게 되었다.

"그렇지 않니? 내가 하는 일은 대부분 아주 단순한 일이었다. 나는 뭐든 확신을 가지고 일을 해왔어. 다른 많은 사람들이 직장을 그만둬야만 했던 그해에 내가 살아남을 수 있었던 이유 중의 하나는 내가 확신을 가지고 일을 처리했기 때문이었어. 나는 우물쭈물한 적도 없었고, 갈팡질팡한 적도 없었지. 난 말이다. 내가 이런 말을 한다면 니가 어떤 반응을 보일지 두렵지만 말이다. 니 엄마랑 이혼을 할 때도 확신이 있었다. 니 엄마랑 헤어지는 게 훨씬 내 삶에 도움이 될 거라고 말이다. 그래, 나는 내 삶에 도움이 될 만한 일을 하고 살아왔어. 하지만, 그 부부에 대해서는 난 아무런 결정을 내릴 수가 없었다. 그래, 맞다. 니 말이 맞아. 그들이 나에게 완전한 타인이기 때문에 그런지도 몰라. 나랑 아무 상관 없는, 정말이지 근본적으로 아무 상관도 없는 타인 말이다."

딸아이 부부가 들이닥친 그때에도, 그는 분수공원에 앉아 그들의 대화를 엿듣고 돌아오는 중이었다. 날씨가 꽤 추워졌기 때문에 그는 산책을 하러 나갈 때면 두꺼운 코트를 입고 목도리를 둘렀으며, 장갑을 끼고, 귀를 가리는 방한용 모자까지 썼다. 괜히 감기에 걸려서 딸을 걱정시키고 싶지는 않았다. 그렇지만 어린 부부의 옷차림은 처음 봤을 때와 거의 차이가 없었다. 둘 다 낡고 얇은 코트를 걸치고 있다는 사실을 제외하면 말이다. 그들은 장갑도 없어서 늘 맨손이었다. 그날, 그들은 아주 다정한 부부처럼 굴었다. 그네에 앉아서 서로의 언 손을 꼭 잡고 있었다.

"다음 달에 우리 결혼기념일이 있는 거 알아?"

여자가 부드러운 목소리로 남자에게 말했고, 남자는 고개를 끄덕이며 알고 있다고 대답했다.

"나는 자기랑 결혼한 거 후회하지 않아. 나는 당신이 영원히 저 집의 초인종을 누르지 못한다고 해도 변함없이 자기를 사랑할 거야, 알지?"

남자는 또 고개를 끄덕였다.

"하지만 당신이 저 집의 초인종을 누른다면 난 좀더 편한 마음으로 당신을 사랑하게 될지도 몰라. 나는 말이야…… 당신을 정말 사랑하지만…… 지금은 마음이 너무 불편해. 행복하지 않다는 말이 아니라 그냥 불안한 거야. 나는…… 내 마음을 자기가 잘 알아야 한다고 생각해……"

여자의 말은 자주 끊겼다. 여자는 가끔 다음 단어가 생각이 나지 않는다는 태도로 힘들게 이야기를 끌어갔고, 최대한 나긋나긋하고 사랑스러운 말투로 이어가려고 노력하고 있었다. 그때 여자의 말을 끊고 남자가 말했다.

"자기야, 사랑하는 자기. 내가 왜 저 집의 초인종을 누르는 걸 망설이는 건지 알아?"

여자는 남자를 바라보았다. 그는 이야기를 더 잘 엿듣고 싶어서 모자를 벗었다. 귀가 금방 차가워졌다.

"난 말이야, 예전에 우리 할머니가 몹시 편찮으신 적이 있었어. 그때 할머니 연세가 이미 칠순이 넘었던 거 같아. 대수술을 이미 두 번이나 받으셨는데, 세번째 수술을 받을 때는 모두 할머니가 돌아가실 거라고 생각했었거든. 근데 기적적으로 할머니가 살아나신 거야. 그리고 당신 집으로 돌아오실 수 있게 됐어. 난 그때 열 살이었어. 부모님이 나를 할머니 집에 데리고 가셨지. 할머니 집에는 예쁜 새소리가 나는 초인종이 있었는데 나는 그 초인종을 누르는 걸 굉장히 좋아했단 말이지. 그래서 할머니 집에 가면 그 초인종을 누르는 건 항상 내 몫이었어. 키가 닿지 않을 때는 아버지가 이렇게 날 들어올려주셨거든."

남자는 이렇게, 라고 말하면서 작은 아이를 들어올리는 시늉을 해 보였다.

"그날도 마찬가지였지. 그때는 이미 초인종을 직접 누를 수 있을 정도로 자랐으니까, 난 의젓하게 초인종을 눌렀어. 새소리가 났지. 그리고 할머니가 직접 현관문을 열어주셨어. 우리 가족은 집안으로 들어갔어. 우리가 거실에 앉아 있는 동안 할머니는 내게 뭘 가져다주시겠다며 방으로 들어가셨는데, 아무리 기다려도 나오지 않으셨어. 무슨 말인지 알겠어? 할머니는 내게 문을 열어주고 방으로 들어가서 바로 돌아가신 거야. 이게 무슨 이야기인지 알겠어? 자기야, 사랑하는 자기야, 나는 그래서 초인종을 누를 수가 없어. 초인종을…… 누를 수가 없어."

남자가 이야기를 마치고 나자 잠시 정적이 흘렀다. 그는 입안에 고인 침을 삼킬 수조차 없었다. 그때였다. 여자가 큰 소리로 웃기 시작했다. 그는 자기도 모르게 두 손으로 모자를 꽉 쥐었다. 잠시 후 웃음을 멈춘 여자가 또박또박하게 말했다.

"세상에, 그 대사는 우리가 자주 보는 미국 시트콤에 나왔던 거잖아. 왜 거짓말을 하는 거야? 이런 상황에?"

남자는 여자를 바라보았다. 이번에도 정적이었다. 하지만 이번에는 아무도 웃지 않았다. 어느 누구도 입을 열 수 없으리라는 걸, 남자도, 여자도, 그리고 그걸 엿듣고 있던 그도 알 수 있을 것만 같았다. 그는 고개를 숙였다. 모자를 꽉 쥐고 있는, 가죽장갑을 낀 두 손이 보였다. 차가운 공기가 그의 얼굴을 때렸다. 시간이 얼마나 흘렀을까? 그는 모자를 썼다. 이제 돌아가야겠어. 벤치에서 일어났을 때, 그는 여자의 목소리를 들었다. 그 어린 여자애는 방금 전과는 달리, 울먹이며 이렇게 말하고 있었다.

"자기야, 미안해, 정말 미안해. 그런 식으로 말할 생각이 아니었는데. 난 자기 마음 다 이해해. 그 말이 거짓말이 아니란 것도 알아. 알고 있어. 정말 미안해. 응?"

집으로 돌아올 때는 그녀가 운전을 했다. 그들은 아무 말도 하지 않았다. 그녀는 절망감에 빠져 있었고, 그는 이 모든 상황이 조금 짜증스러워진 상태였다. 그는 운전하는 그녀의 옆에 멍한 표정으로 잠자코 앉아 있었지만, 실제로 그의 머릿속에서는 몇 달 전 술에 취해 소리를 질러대던 그녀의 얼굴이 떠올랐다가 사라지는 것이 반복되고 있었다. 그때 그녀는 여러 가지 말을 했고, 입을 열 때마다 새로운 비난이 쏟아져나왔지만, 한 문장만은 그녀가 입을 열 때마다 빠지지 않고 등장했다. "그때, 당신은 어디 있었지? 내가 집에 없는 동안 당신은 어디 있었어? 이 개새끼!"

입을 꽉 다물고 있던 그녀는 집에 돌아와서 옷을 갈아입고 침대에 눕자마자 이해할 수 없을 정도로 격렬하게 울었다. 그녀가 울음을 그칠 때까지 그는 그녀의 옆에 앉아서 그녀의 어깨를 쓰다듬었다. 그녀는 울면서, 아버지가 도대체 왜 그런 거짓말을 하는지 이해할 수가 없다고 말했다. 그가 거짓말이 아닐 수도 있다고 말하며 그녀를 달래주었지만, 그녀는 들으려고 하지 않았다.

"나도 그 시트콤을 알아. 내가 어렸을 때 아버지랑 즐겨 보던 시트콤이니까. 그건 아주 예전에 한 거라고. 지금 스무 살짜리 여자애는 그런 내용을 알 수가 없어. 알아? 당신 내 말 듣고 있어?"

그녀는 똑같은 이야기를 반복하며 계속 울기만 했다. 하지만, 시간이 조금 흐른 후에 다행히도 그녀는 진정을 되찾을 수 있었고, 그는 그런 아내를 위해서 따뜻한 물을 가져다주었다.

"난 아버지가 누구를 만나든 상관 안 해. 다만 나는 아버지가 진실을 말해주길 원했을 뿐이야. 거짓말은 이젠 질렸어."

말을 이으면서 그녀는 가끔 딸꾹질을 했지만, 그 정도면 양호한 편이었다. 그는 불을 끄고 그녀의 곁에 누워서 팔베개를 해주었다. 그녀는 그의 배 위에 손을 올려 껴안았고, 그의 가슴 위에 머리를 댔다.

"난 무슨 일이 있어도 프랑스에는 안 갈래. 며칠씩 집을 비우고 싶지 않아. 내 말은……"

"알아."

"설사 날 해고하겠다고 하더라도…… 나는……"

"그래."

그녀는 격렬한 감정의 터널에서 막 빠져나온 참이었기 때문에, 금방 잠이 쏟아지기 시작했다. 하지만 잠들어서는 안 된다는 생각이 들어서 그녀는 감기는 눈을 억지로 뜨려고 노력했다. 눈을 뜨려고 하면 할수록 점점 더 심하게 감겼기 때문에, 그녀는 이번에는 뭔가를 말해야 한다고 생각했다. 그녀는 뭔가를 중얼거리며 점점 더 깊은 잠에 들었는데, 그녀는 자신이 잠들면서 무슨 말을 중얼거렸는지 영원히 알지 못했다.

| 작가노트 |

행운

「산책」에 대해 이야기하려면 「담요의 죽음」에 대해 먼저 이야기해야 한다. 「담요의 죽음」이라는 작품을 처음 구상할 때의 계획은 어쨌든, 콘서트장에서 불의의 사고로 아들을 잃은 경찰인 '장'에 대해 쓰는 것이었다. 나는 이 발상이 마음에 들었고, 그리고 잘 쓸 자신도 있었다. 나는 전체적인 이야기 얼개를 만들어놓고 쓰는 걸 좋아하는데, 이상하게도 「담요의 죽음」은 처음 구상할 때부터 잘 쓸 자신이 있었는데도 불구하고 좀처럼 전체적인 얼개가 완성되지 않았다. 아무래도 주인공이 갈피를 잃은 느낌이었고 무언가 중요한 게 빠져 있다는 생각이 들었다.

그즈음에 나는 〈사인필드〉라는, 뉴욕의 세 남녀가 주인공인 시트콤을 즐겨 보았는데, 거의 모든 에피소드가 다 좋았지만, 그중에서도 특별히 나를 사로잡은 장면이 있었다. (언제나 그랬듯이 완전히 잘못 기억하고 있는 것일지도 모르지만) 주인공과 친구는 누군가를 찾아가야만 하는 상황이었는데 문 앞에서 누가 먼저 들어갈 것이냐를 두고 옥신각신하다가 친구가 자신의 어릴 적 기억을 이야기한다. 그 내용인즉슨, 어렸을 적 할머니 집을 방문한 적이 있었는데, 그날 자신이 초인종을 눌렀고 얼마 지나지 않아 건강하던 할머니가 갑자기 돌아가셨다는 거였다. 자신은 재수가 옴붙었고 자신이 누군가의 집의 초인종을 누르는 것만으로도 누군가를 죽일 수 있다는 이야기였다. 물론 이것이 굉장히 엄숙하거나 진지한 것은 아니었다. 그건 웃기기 위한 농담에 불과한 것이었다. 아마도 나 역시 그 대화 장면을 보면서 웃었을 것이다. 시간이 좀 흐른 후에 나는 그 대화에 대해 자주 생각하게 되었고 거기에 뭔가 아주 중요한 것이 있을 거라는 막연한 생각이 들었다. 그리고 결국 이것과 관련된 소설을 한 편 쓰고 싶다는 생각을 하게 되었다. 어린 부부가 초인종을 누르는 것 때문에 옥신각신하는 이야기. 물론, 그때까지도 나는 여전히 「담요의 죽음」을 제대로 시작도 못한 처지였고, 「담요의 죽음」을 포기할까 하는 마음도 얼마쯤 있었다. 그러다 문득 '장'과 이 어린 부부를 만나게 하면 어떻게 될까? 라는 생각을 하게 되었다. 그 후로는 일사천리였다. 나는 단숨에 「담요의 죽음」을 완성했고 그 소설은 나중에 '담요'라는 제목으로 발표되었다.

「담요의 죽음」을 쓴 후로 나는 줄곧 그 어린 부부에 대한 소설을 쓰기 위해 애를 썼다. 혹은 〈사인필드〉의 그 대화를 떠올리려고 애

썼다. 거기에 있는 '무언가'가 궁금했다. 혹은 '장'이 만난 어린 부부가 왜 그런 추운 곳에서 떨고 있었으며, 왜 초인종을 누르는 일 따위로 옥신각신하는지 궁금했다. 이 모든 것을 하나의 근사한 이야기로 만들고 싶었다. 하지만 나는 결국 실패했다. 그리고 결국, 나는 이번에도 역시 이 어린 부부를 만났거나 혹은 만났다고 주장하는 사람을 등장시켜서 이야기를 완성시키게 되었다. 처음에 내가 계획한 것은 자신을 믿지 못하는 딸에게 아버지가 밤 산책을 제안하는 것이었다. 둘은 깜깜한 거리로 나가 어린 부부와 마주치기 위해 산책을 한다. 하지만 이미 그 어린 부부는 '장' 덕분에 집으로 돌아간 이후이기 때문에 그들은 그 어린 부부를 만날 수 없다. 하지만 어쩐지 이런 식으로는 이야기를 진행시킬 자신이 없었다. 결국 이 소설은 아버지에 대한 이야기도, 딸에 대한 이야기도, 딸의 남편에 대한 이야기도, 그렇다고 그 어린 부부에 대한 이야기도 아니게 되어버렸다. 어쩐지 이런 식으로 소설을 쓴다는 게 좀 비겁하다는 생각도 들었지만, 언제나 그랬듯이 나는 그냥 내가 쓸 수 있는 한에서 최대한 열심히 쓰려고 노력했다. 이런 과정이 결과적으로는 좋게 작용한 거겠지만, 어린 부부에 대한 온전한 소설을 쓰지 못했다는 것은 아직도 좀 안타깝다.

학교에 나가지 않아도 되는 날 아침, 나는 잠에서 깨어나자마자 이 소설을 쓰기 시작했다. 추운 날이었기 때문에 침대에서 나가고 싶지 않았다. 나는 침대 위에 작은 반상을 올려놓고 그 위에 다시 노트북과 커피가 담긴 커다란 머그잔을 올려둔 채로 작업을 시작했다. 물론 내 엉덩이 아래에는 작은 사이즈의 전기장판이 켜져 있었다. 그렇게 아침부터 저녁까지 뜨뜻한 장판 위에 앉아 소설만 썼다. 시간의 흐름에 따라 변하던 방의 색이 기억난다. 거의 해가 넘어갈 때쯤 친구 제이에게 전화가 왔다. 우리 동네에 볼일이 있어서 들렀다고 저녁이나 같이 먹자는 것이었다. 생각 같아서는 계속 작업을 하고 싶었지만, 일부러 집 앞까지 왔다는 친구를 그냥 돌려보내기도 힘들었다. 해가 진 직후여서 밖은 어둑어둑했고 저멀리 서 있는 제이의 얼굴이 잘 보이지 않았다. 제이 옆에는 내가 처음 보는 제이의 친구가 서 있었다(그리고 그날 이후로 제이의 친구를 다시는 만나지 못했다). 제이의 친구는 혀가 약간 짧아서 'ㅅ' 발음을 잘 못했다. 아마도 우리는 그것에 대한 농담을 조금 나누었던 것 같다. 나와 제이와 제이의 친구는 그날 밤에 양수리로 드라이브를 나갔다. 강가에 있는 정체 모를 레스토랑에서 정체를 알 수 없는 경양식을 먹었고, 다시 서울로 돌아와서는 24시간 영업 중국집에서 탕수육과 짜장면을 먹었다. 그렇게 노는 동안, 때때로 나는, 집으로 빨리 돌아가서 소설을 마저 써야 하는데, 라는 생각을 하긴 했지만 그건 아주 잠깐이었고 대부분의 시간 동안은 아주 좋았다. 배부르고, 신나고, 재미있었다. 집으로 돌아왔을 때는 이미 아주 늦은 시간이었다. 침대 위에는 내가 나갔을 때와 그대로 반상과 노트북과 머그잔이 올려져 있었다. 씻기 전까지는 계속 이어서 작업을 할 계획이었지만, 씻고 나오니 생각이 바뀌었다. 나는 반상을 통째로 들어 침대 아래로 내려놓았다. 그리고 침대에 드러누웠다. 하루종일 소설을 열심히 쓰고 밤에는 친구와 친구의 친구를 만나서 놀고 먹는다. 아, 오늘은 굉장한 행운의 날이었구나, 하는 생각이 새삼 들었다. 그리고, 그 생각은 아직도 변함이 없다. 너무 큰 행운이어서 앞으로 향후 몇 년 동안은 찾아오지 않을 것 같기도 하다. 하지만 영원히 다시는 맞이할 수 없을 정도의 행운은 아니고, 내가 앞으로 계속 소설을 쓰다보면 언젠가는 다시 만나게 될 행운이라고 생각한다. 그날 밤, 그렇게 실컷 놀고 들어온 밤, 나는 잠들기 전에 이런 생각을 했다. 소설은 내일 마저 쓰면 되지. 뭐, 내일 못 쓰면 그다음 날, 그다음 날에도 못 쓰면 그다음 날에 또…… 그렇게 나는 그날 밤, 아주아주 깊은 잠에 들었다.

| 해설 |

나는 잠들고 있는데, 너는 산책을 떠나네

신샛별

사건의 진실이 하나일 때에도 사람의 진실은 여럿일 수 있다. 사람과 사람이 얽혀 만들어낸 관계에 오해와 의심과 해명이 끼어드는 이유가 여기에 있다. 각자의 진실들이 자기를 주장하고 나설 때 관계의 결속력은 급격히 약해지고, 그 관계 안에서 당연하게 누려왔던 안정감은 순식간에 불안과 두려움으로 바뀐다. 손보미가 친밀한 관계 내부에 잠복해 있는 불안과 두려움의 요소를 포착하는 데에 특별히 출중하다는 사실은 잘 알려져 있다. 그녀가 직조한 이야기들은 오래도록 불안과 두려움에 시달려오던 인물의 감정이 어떤 암초를 만나 고조되다가 마침내 폭발하는 격정적 순간을 향해 고요히 나아간다. 언뜻 엉뚱해 보였던 묘사나 대사도 그 격정적 순간에 이르면 제자리를 찾으면서 모종의 역할을 해낸다. 소설 안에 있는 아무리 사소한 것들조차도 '치밀하게 사소한' 「산책」을 읽으면서 나는 먼저 하나의 예술작품으로서 이 소설의 뛰어난 완성도에 감탄했고, 또 손보미가 누구보다도 관계의 속살을 면밀하게 이해하고 있는 작가임을 재차 확인했다.

「산책」은 그리 미덥지 않은 여러 진실들 중에서 단 하나의 믿을 만한 진실을 찾아내겠다는 주인공의 의지가 이끈 꿈결 같은 산책에 대한 이야기다. 이 소설에 등장하는 두 개의 산책, 즉 아버지의 산책과 그것이 못마땅한 그녀의 산책은, 아버지가 보았다는 젊은 부부의 이야기를 중심에 두고 서로 만난다. 똑같이 혹한의 어둠을 배경으로 하는 두 산책에서 그녀가 찾아내려 한 진실은 표면적으로는 일단 아버지의 그것처럼 보인다. 그녀는 어머니와 이혼하고 지금은 은퇴해 홀로 살고 있는 아버지가 같은 동네의 노부인과 연애중이라고 짐작했고, 그래서 아버지가 산책을 핑계로 집을 비울 때마다 아버지의 진짜 행방을 궁금해한다. 아버지의 집 근처를 배회하면서 아버지의 외출과 귀가 장면을 몰래 지켜봐오던 그녀가 드디어 참았던 질문을 아버지에게 쏟아내며 진실을 묻는다.

그런데 그녀의 질문에 아버지가 미심쩍은 대답을 늘어놓는 와중에 기이하게도 그녀와 (아버지가 아니라) 남편 사이에 꽤 두텁게 쌓여 있던 의심과 불만이 서서히 드러난다. 여기서부터 이 소설의 표층과 심층은 전혀 다른 의미로 읽히기 시작한다. 그리고 우리는 소설 말미에 이르러 분명히 말할 수 있게 된다. 그녀가 그토록 찾아 헤맸던 것은 '아버지의 진실'이 아니라 '남편의 진심'이었다고. 그녀가 아버지를 경유해 남편에게 넌지시 무언가를 말하고 있다는 것을 염두에 두면, 이런 가정이 가능해진다. 그녀가 아버지를 추궁하는 일은 자신이 일에 몰두하느라 집을 비운 사이 행적이 묘연했던 남편을 심문하는 일과 다른 것이 아니었고, 아버지를 향한 그녀의 과도한 원망은 자신의 감정을 몰라주는 남편을 향한 서운함의 표현이었을 것이다. 더불어 다음과 같은 대목이 의미심장하게 다가온다.

> 그녀의 아버지는 그를 바라보았다. 그 표정은 뭔가를 질책하는 것도 아니었고, 뭔가를 추궁하는 것도 아니었다. 그건 마치 뭔가를 갈구하는 것에 가까웠다. 그는 그것을 모른 척했고, 그녀의 아버지에게 눈길을 주지 않으려고 노력했다.(219쪽)

장인과 사위가 주고받는 눈길 속에 어떤 '갈구'와 그것에 대한 '외면'이 담겨 있었다고 말하는 위의 인용문은 이 소설에서 아버지가 일종의 대리인일 수도 있겠다는 생각을 굳히게 한다. 아버지는 딸이 자신의 입으로는 차마 할 수 없는 이야기를 에둘러서 사위에게 건네는 사람이 되어 있기도 한 것이다. 요컨대 그녀는 아버지를 대동해 깊이 잠든 남편을 굳이 깨워서 남편의 진심을 찾아 산책을 나선 것이 아닌가. 그녀에게 그 산책은 자신을 괴롭히고 있는 불안과 두려움을 남편에게 토로하고 부부관계의 견고함을 확인받기 위한 목적을 지니고 있었는데 남편은 도통 그에 걸맞은 응답을 내놓지 않는다(남편의 냉랭한 반응에 대비해 그녀와 아버지는 두꺼운 코트를 입고, 목도리에 장갑까지 착용했는지도 모르겠다. 사람의 진심을 확인하기 위한 여정에는 추위를 견디는 일과 흡사한 고통과 외로움이 수반되는 것이니 말이다).

긴장감으로 팽팽하던 산책이 끝날 무렵까지도 그녀가 남편에게 듣고 싶었던 진심은 제대로 들려오지 않는다. 아버지가 산책길에서 본 젊은 부부의 싸움이 꺼림칙하게 마무리돼버렸듯이, 그녀가 남편의 진심을 확인하는 일도 흐지부지돼버렸다. 해소되지 않은 불편한 감정을 삼키면서 그녀는 산책을 멈추고 귀가한다. 아버지가 들려준 이야기 속에서 젊은 여자가 남자의 진심을 끝까지 따져 묻자 그들의 관계가 와해됐듯이, 그녀는 남편의 진심을 집요하게 확인하려 하면 오히려 그를 잃게 될지도 모른다는 예감에 붙잡혔을 것이다. 그러나 그 산책이 끝난 뒤 남편은 분노와 불신이 뒤섞인 그녀의 물음("그때, 당신은 어디 있었지? 내가 집에 없는 동안 당신은 어디 있었어? 이 개새끼!")을 연거푸 떠올리게 되고, 복잡한 심경으로 그 질문을 붙들고 살게 된다. 부부관계의 위기를 감지하고 상대방의 진심을 확인하기 위해 산책을 떠나는 일의 주체가 이제 아내에게서 남편에게로 넘어가는 마지막 장면은 이 소설에서 가장 빛나는 대목이다. 그 대목은 깊이 잠든 남편을 아내가 흔들어 깨워 아버지의 집으로 이끄는 첫 장면과 호응하면서 부부관계의 진실에 대한 의미 있는 은유 하나를 제시하고 있지 않은가.

이를테면 어느 부부가 자신들이 신뢰로 굳건한 관계라고 여길 때 그것은 일종의 '꿈'일 수도 있다는 것 말이다. 그 꿈에서 깨어나지 않기 위해 그들은 수시로 '나는 그/그녀를 믿어도 좋은가', '나는 그/그녀를 사랑하는가' 하는 질문에 대답할 수 있어야 할 터다. 그러나 상대방의 어떤 말과 행동이 내 신뢰를 불안하게 만들고, 거기에 (이 소설에서 '해외 출장'이 그렇듯이) 한동안 떨어져 지내야 할 상황이 더해지면, 앞의 질문에 선뜻 대답할 수 없게 될 것이다. 그럴 때 어떤 이는 상대방의 진심을 찾아 '산책'을 떠난다. 상대방의 진심을 확인하기만 하면 금방 명쾌한 대답을 내놓을 수 있을 것만 같아서다. 그러나 이 소설에서 아내가 끝내 남편의 진심을 확인하지 못하고 절망해버린 것처럼 그 산책 또한 실패하고 말 것이다. '나는 그/그녀를 믿어도 좋은가' 하는 질문에 대한 대답은 오직 자기 자신만이 헤아릴 수 있는 마음의 척도로 상대방에 대한 나의 사랑과 의심을 저울 양쪽에 올려놓아야만 알 수 있는 것이 아닌가. 이 소설에서는 그녀가 해외 출장을 포기하는 것이 바로 그녀 자신의 '대답'에 해당할 것인데, 아무래도 그녀는 언제고 또다시 산책을 떠나야만 할지도 모르겠다.

이제 이 소설에서 '아버지의 진실'에 대응되는 '남편의 진심'이 설명되지 않은 채 남겨진 까닭도 납득이 된다. 아내는 남편을 깨워 아버지에게 함께 다녀왔다고 생각했지만, 사실 남편은 아직도 꿈속에 있었다. 아내가 "일어나, 일어나, 어서" 하며 남편을 흔들어 깨울 때 그것은 남편에게, 우리가 부부라는 '꿈'에서 깨어나 우리가 정말 부부인지를 곰곰 따져보자는 요청이었을 것이다. 소설 말미에 이르기까지 그 요청은 묵살됐고, 아내는 부재하는 진심(진실)의 자리 주변을 맴돌다 돌아와 통곡했으며, 진정이 되고 난 뒤에는 남편이 있는 꿈속으로 천천히 걸어들어간다. 흥미로운 것은 '우리가 정말 부부인가'를 자문하던 아내가 잠에 들기 시작하자('우리는 부부'라는 꿈에 빠져들기 시작하자) 도리어 남편이 자신들의 부부관계에 대한 어떤 각성에 이르게 된다는 점이다. 어쩌면 부부란 잠에 빠지는 일과 깨어나 산책하는 일을 한 명씩 교대로 맡을 때에만 유지되는 관계인지도 모르겠다. 둘 다 잠들어 있다면 관계에 대한 성찰이 불가능할 것이고, 둘 다 깨어 "격렬한 감정의 터널"을 함께 통과하게 된다면 속수무책으로 밀려드는 불신과 의심, 추궁과 질책을 감당할 수 없어질 것이다. 그러므로 산책을 떠나는 일은 한 사람만으로 충분하다. 부부란, 나는 잠들고 있는데 너는 산책을 떠나는, 그 불균형 안에서만 균형을 찾는다. 그러니 홀로 잠든 그/그녀의 뒷모습을 물끄러미 바라보며 슬퍼할 필요는 없을 것이다.

신샛별
2012년 문화일보 신춘문예에 평론 「절망을 이야기하는 소설의 두 가지 행로—김애란과 김사과에 주목하여」가 당선되어 등단.

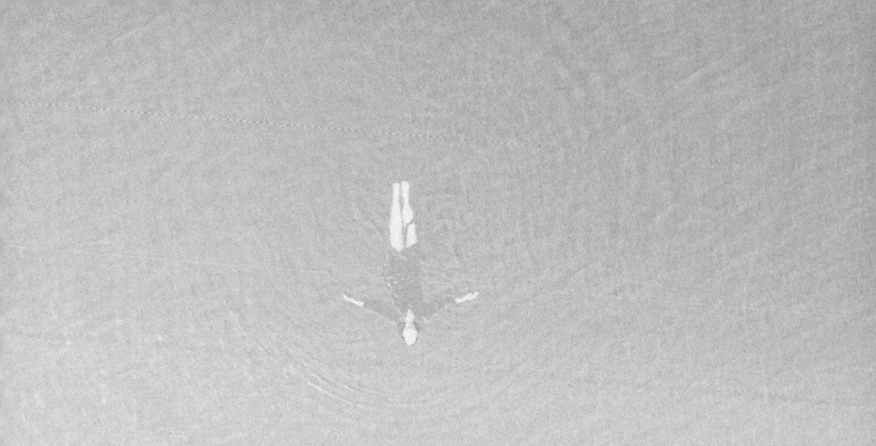

최은영

쇼코의 미소

작가노트 나를 다독이면서

해설 양재훈 그들은 다시 만나야 한다

최은영

2013년 『작가세계』 신인상에 중편소설 「쇼코의 미소」가 당선되어 등단. 소설집 『쇼코의 미소』 『내게 무해한 사람』, 장편소설 『밝은 밤』이 있다. 2017년, 2020년 젊은작가상, 허균문학작가상, 김준성문학상, 한국일보문학상, 대산문학상을 수상했다.

| 수상작 |

쇼코의 미소

나는 차가운 모래 속에 두 손을 넣고 검게 빛나는 바다를 바라본다.

우주의 가장자리 같다.

쇼코는 해변에 서 있으면 이 세상의 변두리에 선 느낌이 든다고 말했었다. 중심에서 밀려나고 사람들에게서도 밀려나서, 역시나 대양에서 밀려난 바다의 가장자리를 만나는 기분이라고. 외톨이들끼리 만나서 발가락이나 적시는 그 기분이 그렇게 좋지는 않다고 했다.

"언젠가는 바다를 떠나서, 사방을 둘러봐도 빌딩밖에 없는 도시에 가서 살 거야."

쇼코는 '언젠가는'이라고 말했다. 열일곱 살에도, 스물세 살에도.

언젠가는 도시로 나갈 거고, 언젠가는 한국을 일주일 동안 여행할 거고, 언젠가는 남자와도 함께 살아볼 거고, 언젠가는 병원을 관둘 거고, 언젠가는 고양이를 키울 거고, 무엇이든 해보리라고 내게 이야기했다.

쇼코의 영어는 알아듣기 쉬웠다. 누가 들어도 일본인의 억양을 알아차릴 수 있었지만 발음이 정확했고 세련된 연음을 구사했다. 한국인 학생들과 일본인 학생들이 모여 앉은 등나무 아래에서 쇼코는 유창한 영어로 말했다.

"언젠가는 유두 근처에 애벌레 모양의 타투를 할 거야."

그애의 말에 얼굴이 새빨개지던 여자애들 사이에서 나는 혼자 웃었다.

쇼코는 세 명의 여학생들과 함께 우리 학교로 견학을 왔다. '한국 학생들과 일본 학생들의 문화 교류'라는 주제로 열린 행사였다. 일본 문화가 한국에 전격 개방되던 해였다. 쇼코가 다니던 학교는 일본 A시 소재의 작은 여학교로, 우리 고등학교와 자매학교라고 했다. 쇼코는 그 학교 일학년 중에서 가장 영어를 잘하는 네 명 안에 들어서 우리 학교를 방문했다.

이 작은 행사에 들뜬 교장은 그 네 명의 학생들을 일학년부터 삼학년까지 전 교실로 데리고 다녔다. 그애들은 지치지도 않는지 마지막 목적지인 우리 교실에까지 와서도 명랑하게 인사했다. 쇼코는 부끄러워하는 듯 보였지만, 사실은 부끄럽지 않은데, 그냥 습관적으로 부끄러운 듯이 말하는 것처럼 보였다.

쇼코가 한국에 오기 전에 엄마와 나와 할아버지는 시간이 날 때마다 집을 청소했다. 쇼코와 나는 같은 학년이었고, 나는 일학년 중에서 더듬거리면서라도 영어로 말할 수 있던 몇 안 되는 학생 중의 하나였다. 담임은 그런 이유를 들며 엄마에게 쇼코가 한국에서 머무는 일주일 동안 우리집에서 머물 수 있기를 청했다. 그애와 나는 한 뼘쯤 떨어져서 어색하게 우리집으로 향했다.

현관문을 열고 집에 들어갔을 때 우리를 바라보며 웃던 엄마와 할아버지의 얼굴이 아직도 떠오른다. 쇼코가 누군지도 모르면서 그저 멀리서 온 손님이라는 이유로 활짝 웃으며 반겨주던 그 모습이. 애정 표현에 서툴고 서로에게 웃어주는 일조차 어색해하던 가족이었기에 쇼코를 반갑게 맞이하던 할아버지와 엄마의 얼굴은 낯설고 우스꽝스럽게만 보였다.

"네가 쇼코니? 반갑다. 집이 좁아서 불편하지나 않을지 모르겠네."

엄마는 쇼코가 한국어를 알아들을 줄 안다는 듯이 한국어로 이런저런 이야기를 했고, 할아버지는 그 말을 일본어로 전하면서 연신 미소지었다.

할아버지는 소파에 앉아 텔레비전을 보면서 재떨이 가져와라, 물 떠와라, 발을 데울 더운물을 가져와라, 명령만 할 줄 알았다. 내가 학교에서 돌아오면 늘 앉아 있는 그 자리에서 나를 힐끗 보고는 다시 텔레비전을 보는 식이었다. 그러던 할아버지가 텔레비전을 끄고 쇼코에게 이런저런 것들을 물어보고 있었다. 일본어로 말하는 할아버지의 목소리에는 자신감이 붙어 있었다. 괴팍한 일본인 교사들에게 배운 말이었지만 일본어는 할아버지가 유일하게 할 줄 아는 외국어였다.

우리 가족은 밥을 먹을 때도 별다른 말을 하지 않았다. 그저 텔레비전을 켜놓고 뉴스나 드라마를 보면서 최대한 빨리 먹어보자는 식이었다. 그런데 쇼코가 나타나자 할아버지는 내가 끼어들 틈도 없이 일본어로 말하면서 시시때때로 껄껄댔다. 할아버지가 그렇게 웃으며 이야기를 많이 하는 모습을 본 건 그때가 처음이었다.

쇼코는 무릎을 꿇고 앉아서 아주 상냥하게 할아버지의 말을 듣고 미소를 지었다. 처음 교실에서 쇼코가 수줍어하는 표정을 봤을 때처럼 나는 쇼코의 웃음에서 알 수 없는 이질감을 느꼈다. 쇼코는 정말 우스워서 웃는 게 아니라, 공감을 해서 고개를 끄덕이는 게 아니라, 그냥 상대를 편하게 하기 위해서 그런 포즈를 취하는 것 같았다.

할아버지는 때때로 쇼코 앞에서 나를 가리키며 웃었다. 내가 쇼코에게 할아버지가 무슨 말을 하는 거냐고 물어보면 쇼코는 할아버지가 나와 관련된 웃긴 일화들을 이야기하는 중이라고 말했다. 가령 내가 가방을 까먹고 학교에 갔다가 집에 돌아왔던 일이라든지 귀신 이야기를 듣다가 오줌을 쌌던 일 같은 바보 같은 이야기였다. 할아버지는 내가 그런 실수를 할 때마다 불같이 화를 냈었기에 그런 일들을 재미있는 추억이랍시고 이야기하는 것을 이해할 수 없었다.

쇼코는 나보다 할아버지와 더 말이 잘 통하는 것 같았다. 나와는 영어로 대화해야 해서 많은 부분이 통하지 않았지만 할아버지와는 일본어로 할 수 있어서 모든 말이 다 통했다. 할아버지는 쇼코에게 자신을 '미스터 김'이라고 불러달라고 부탁했다. 쇼코와는 친구가 되고 싶다고, 다 늙은 교장선생 같은 사람이 되고 싶지는 않다고 말하면서.

여름방학을 앞둔 7월의 밤이었다.

쇼코와 나는 동네의 천변을 걸으며 이야기했다. 쇼코는 우리집 식구들이 다정하고 재미있는 사람들이라고 말했다. 나는 대답하지 않았다. 영어로 표현할 수 있는 말은 적었고, 쇼코에게 느끼는 호감은 표현하고 싶었다. 나는 쇼코의 팔짱을 꼈다.

쇼코는 걸음을 멈춰서 굳은 표정으로 나를 바라보더니 딱딱한 영어로 말했다.

"나는 이성애자야. 너에게 성적인 관심은 없어. 또다른 동성들에게도 마찬가지야. 난 남자가 좋아."

나는 조금 놀라서 너에게 성적으로 관심이 없다고, 팔짱을 끼는 건 친구들 사이에서는 허물없이 할 수 있는 스킨십이니 오해하지 말라고 말했다. 쇼코는 미심쩍어했지만, 다음날 학교에서 팔짱을 낀 수많은 여자애들을 보고 내 말을 이해하게 됐다.

쇼코는 고모와 할아버지와 함께 산다고 했다. 그래서 우리집에 왔을 때 우리 가족이 낯설지 않고 되려 편안한 기분이 들었다고 했다. 쇼코의 고모는 실질적인 가장이었지만 때때로 외박을 해야 하는 일을 해서 자주 집을 비운다고 했다. 그리고 쇼코의 할아버지는 쇼코를 공주처럼 대접해준다고, 쇼코가 세상에서 제일 예쁘고 똑똑한 여자아이인 줄 굳게 믿고 있다고 말했다.

"할아버지에게 나는 종교이고, 하나뿐인 세계야. 그런 생각을 할 때마다 죽어버리고 싶어."

쇼코는 비가 내리던 날에 우산을 들고 오는 할아버지와 마주치지 않기 위해 담을 넘어 집으로 가기도 했다고 말했다. 할아버지가 얼마 없는 돈을 쪼개서 사준 옷을 포장째 쓰레기통에 버린 적도 있다고 했다. 쇼코는 할아버지가 자기를 마치 여자친구처럼 생각하는 게 소름끼친다고, 고등학교만 졸업하면 도쿄로 떠나서 다시는 고향으로 돌아오지 않을 거라고 말했다.

"그럼 우리 할아버지를 너에게 줄게. 할아버지는 내가 세상에서 제일 멍청한 앤 줄 알고, 볼 때마다 살 좀 빼라고 닦달인데. 옷은커녕 껌 한 통도 사준 적이 없어."

쇼코는 나를 보고 조용히 웃었다. 친절하지만 차가운 미소였다. 다 커버린 어른이 유치한 어린아이를 대하는 듯한 웃음이었다.

쇼코가 머물렀던 그 일주일 동안 집에는 이상한 활력이 돌았다. 쇼코가 좋아한다는 수박을 사러 슈퍼에 간 할아버지, 영어든 일본어든 언어를 공부해야겠다고 목표를 정한 엄마, 쇼코가 만든 주먹밥을 먹으며 주고받던 삼 개 국어의 시간들.

"사진을 찍을게요."

쇼코는 펜탁스 카메라에 필름을 넣어서 수박을 먹고 있는 우리 세 사람의 얼굴을 찍었다. 뿐만 아니라 저녁을 준비하는 엄마, 거실을 청소하는 할아버지를 파파라치처럼 찍어댔다. 엄마와 할아버지는 곤혹스러워하면서도 그런 관심이 싫지 않다는 듯 웃어넘겼다.

눈을 반짝이며 웃는 엄마와 말이 많은 할아버지는 내가 모르는 사람들 같았다. 이런 사람들을 바깥에서 만났다면 나는 주저 않고 좋은 어른들이라고 말할 수 있을지도 모른다고 생각했다. 엄마와 할아버지는 늘 무기력했고 사람을 사귀는 일에 서툴렀다. 나는 엄마와 할아버지가 작동하지 않아 해마다 먼지가 쌓이고 색이 바래가는 괘종시계 같은 사람들이라고 생각했었다. 변화할 의지도, 아무런 목표도 없이 그저 그 자리에서 멈춰버린 사람들이라고.

가족은 언제나 가장 낯선 사람들 같았다. 어쩌면 쇼코는 나의 할아버지에 대해서 나보다 더 많이 알았을지도 모른다.

쇼코와 나는 하굣길에 비디오를 빌려서 집으로 돌아오곤 했다. 대부분 청소년관람불가 영화였지만 쇼코와 함께 비디오가게에 가면 어떠한 의심도 받지 않고 비디오를 빌릴 수 있었다. 에단 호크가 화가로 나오는 〈위대한 유산〉, 야한 베드신이 있는 〈셰익스피어 인 러브〉, 일본 공포영화 〈링〉, 줄리아 로버츠의 〈노팅 힐〉 같은 영화들이었다. 우리는 거실의 불을 끄고 녹차를 마셔가며 영화를 봤다. 야한 장면이 나올 때면 할아버지와 나, 쇼코 사이에는 정적이 흘렀다.

"너처럼 영화를 좋아하는 애는 처음 봤어. 어쩌면 넌 영화를 만드는 사람이 될지도 모르겠다."

비디오를 반납하는 내게 쇼코는 말했다.

"작가나 감독 같은 거 말이야."

나는 웃으면서 고개를 저었지만 이상하게도 쇼코의 그 말은 내 마음에 분명한 자국을 남겼다. 쇼코의 말에는 힘이 있었다.

쇼코는 내게 네모로 접은 세계지도를 선물해줬다. 쇼코는 세상은 넓고, 우리는 어디든지 갈 수 있다고 말했다. 우리 읍에서 가까운 도시로만 갈 것이 아니라, 기왕이면 서울로, 베이징으로, 파리로, 뉴욕으로 가라고 말했다. 나는 그 말이 웃겨서 그냥 웃기만 했다. 우리 가족 중에는 서울에서 살아본 사람도 없었고, 나도 그냥 내가 태어난 근방에서 살아갈 거라고 생각했었으니까.

나는 쇼코가 준 세계지도를 벽에 붙여놓고, 쇼코가 살고 있는 A시와 우리 군에 빨간색 점을 찍었다. 두 점은 한 뼘도 되지 않을 정도로 가까웠다. 그리고 쇼코가 가고 싶다는 세계의 도시들에도 점을 찍었다. 베이징, 하노이, 시애틀, 크라이스트처치, 더블린. 그 작은 점 속에서도 사람들이 살고 있다고 생각하니 아득해지는 기분이었다.

쇼코의 첫번째 편지는 쇼코가 떠난 지 일주일 뒤에 왔다. 쇼코는 한국에서 머물렀던 시간을 잊을 수 없을 거라고 말했다. 언젠가 대학에 가게 되면 한국에 다시 와서 나와 여행을 하겠다고 했다. 쇼코는 다시 도착한 일본이 너무나 습하고, 집으로 들어가는 순간 무덤 속으로 들어가는 기분이었다고 불평했다. 그리고 다음에 만나면 꼭 팔짱을 끼자고 적었다.

편지는 나에게만 온 게 아니었다. 쇼코는 다른 봉투에 일본어로 편지를 써서 우리 할아버지 앞으로 부쳤다. 할아버지와 나는 나란히 소파에 앉아서 영어와 일본어로 쓰인 편지를 읽었다. 할아버지는 소파 팔걸이에 쇼코의 편지를 올려두고, 하루에도 몇 번씩 그애가 세로쓰기로 쓴 편지를 들여다보곤 했다.

쇼코의 편지는 언제나 공평했다. 나와 할아버지에게 같은 날, 같은 분량의 편지가 왔고, 어떤 날은 내가, 어떤 날은 할아버지가 쇼코의 편지를 우편함에서 발견했다. 우리는 경쟁하듯 우편함을 열어 편지를 확인했고, 나란히 소파에 앉아서 쇼코의 일상에 대해 이야기했다.

쇼코는 할아버지에게 늘 밝은 내용의 편지를 적어 보내는 것 같았다. 달리기 경주에서 일등을 했다, 고모와 맛있는 카레집을 찾아갔다, 휴일에 친구들과 보트놀이를 했다, 북해도를 여행했다. 할아버지에게 보내는 쇼코의 이야기는 그림엽서에나 나올 법한 아름다운 이야기들이었다.

반면 내가 받은 편지에는 어두운 이야기뿐이었다.

쇼코는 할아버지의 돈을 훔쳤지만 할아버지는 모른 척했다, 그 돈을 하수구에 버려버렸다, 가끔씩 할아버지의 음식에 독을 타고 싶다, 아빠가 보내는 양육비를 고모가 허비해버리는 걸 알고 고모의 속옷을 하나둘씩 찢어서 거리에 내던졌다, 가끔씩 소독한 칼로 자신의 골반 근처를 찌른다.

당시에는 쇼코의 모순된 말들에 혼란을 느꼈다. 할아버지에게 하는 말이 진짜인지, 아니면 내게 하는 말이 진짜인지 판단하기가 어려웠다. 그러나 시간이 지나면서 나는 그 두 종류의 편지가 모두 진실이었으리라고 짐작했다. 모든 세부사항이 사실이 아니더라도, 모두 진실된 이야기였을 거라는 걸. 아니, 모든 이야기가 허구였더라도 마찬가지다. 할아버지의 편지에서 보이는 것처럼 남들에게 인정받고, 사랑받고 싶었을 것이고, 내 편지에 썼듯이 자신을 포함한 가장 가까운 사람들에게 복수하고 싶었겠지.

쇼코는 열흘에 한 번꼴로 우리 둘에게 편지를 보냈다. 우리가 답장을 하든 말든 신경쓰지 않았다. 그렇게 고등학교를 졸업할 때까지 편지를 보내왔다.

쇼코에게는 가까운 친구가 없었다고 한다. 겉보기에 어울리는 사람들은 있었을지 모르겠지만 쇼코는 어떻게 다른 사람들과 내밀한 우정을 쌓는지 알지 못하는 부류의 사람이었던 것 같다. 그래서 가까운 사람들에게는 절대로 속을 열어 보이지 못하는 대신 살을 부딪치며 만날 필요가 없는 외국인에게 외국어로 편지를 써서 보내는 방법을 택했다.

만약 내가 일본인이었고, 쇼코의 주변에 사는 사람이었다면 쇼코는 내게 관심조차 보이지 않았을 것이다.

눈에서 멀어지면 마음에서도 멀어진다는 말이라든가, 미운 정이든 고운 정이든 자주 보고 정이 들어야 한다는 말이 있지만 쇼코의 경우에는 달랐다. 자신의 삶으로 절대 침입할 수 없는 사람, 보이지도 들리지도 않는 먼 곳에 있는 사람이어야 쇼코는 그를 친구라 부를 수 있었다.

쇼코는 공부를 잘했다. 어떻게든, 도쿄로는 갈 수 있을 것 같다고 했다.

쇼코의 편지는 고교 졸업 직후인 3월에 끊겼다.

마지막 편지에서 쇼코는 이렇게 썼다.

"도쿄로 갈 수 없게 되었어. 쇼코."

그리고 할아버지에게 보낸 편지에는 이렇게 썼다.

"할아버지를 보러 한국에 가고 싶었습니다만, 기약을 할 수가 없습니다. 죄송해요. 쇼코."

할아버지는 그 한 줄짜리 편지를 들고 말없이 한숨만 쉬었다. 할아버지에게도, 쇼코는 소중한 말동무였다. 할아버지는 쇼코가 대학생이 되어 한국에 오면 다 같이 제주도도 놀러 가자고 계획했던 사람이었다. 일본이라면 치를 떨던 사람이, 우매한 정치인들이 문제이지 선량한 시민들을 증오해서는 안 된다고 말하기도 했다.

나는 아직도 쇼코와 할아버지의 우정을 잘 이해하지 못한다.

할아버지는 산책을 하러 나간다면서 늘 우편함을 열어 쇼코의 편지가 왔는지 확인했다고 한다. 나와 통화할 때마다 할아버지는 "쇼코가 바쁜가보지, 너에게는 연락이 없니?"라는 식의 말을 후렴구처럼 꼭 넣고서야 전화를 끊었다. 나는 쇼코의 편지가 더이상 오지 않아 아쉽긴 했지만 쇼코의 편지까지 신경쓰기에는 너무 바쁜, 약간은 얼떨떨하고 신기한 새내기생활을 막 시작하고 있었다. 서울의 한 사립 대학교에서였다.

쇼코를 거의 생각하지 않고 지낸 날들이었다. 처음으로 애인을 사귀고, 교환학생을 준비했다. 토플 영어 단어를 외우면서야 쇼코와 우리집 근처 천변에서 잘 되지도 않는 영어로 이야기했던 일이 떠올랐다. 내 팔에 닿던 그애의 팔의 감촉과 어린애 보듯 나를 쳐다보며 예의바르지만 차갑게 웃던 그 얼굴과 그애의 훌륭했던 연음 발음도 기억났다.

내가 알고 있는 건 쇼코의 집 주소뿐이었다. 나는 쇼코의 이메일 주소도 집 전화번호도 몰랐다. 쇼코의 주소로 몇 번 편지를 보냈지만, 답이 오지 않자 곧 시들해져버렸다. 그렇게 이 년의 시간이 흐르고 나는 교환학생으로 캐나다에 갔다. 가끔 쇼코가 떠올랐지만 그렇게 애달프거나 쓸쓸하지는 않았다. 씩씩한 사람이니 씩씩하게 잘 살아가고 있겠지. 어쩌면 나처럼 먼 나라에서 공부하고 있을지도 모른다고 생각했다.

유학생활이 거의 끝나가던 무렵, 나는 야간버스를 타고 국경을 넘어 뉴욕으로 2박 3일의 여행을 떠났다. 유스호스텔에서 아침으로 나온 식빵을 냅킨에 몰래 싸들고 나와 점심과 저녁을 때우는 식의 배고픈 여행이었다.

그날 나는 시립도서관 앞 계단에 앉아서 저녁을 먹고 있었다. 누군가가 나를 뚫어지게 쳐다보는 것을 느끼면서. 짧은 단발머리의 동양계 여자가 노골적으로 나를 쳐다보고 있었다. 나도 눈싸움에서 밀려서는 안 되겠다는 생각으로 그 여자를 쳐다봤다. 여자는 내 쪽으로 천천히 다가오더니 입을 열었다.

"한국에서 왔지? 나 기억해? 나, 하나야. 한국으로 견학 갔던 일본인 학생."

나는 천천히 고개를 끄덕였다. 일본인 견학생 중 한 명이었던 하나. 얼굴은 기억나지 않았지만 저음의 부드러운 목소리는 기억났다. 하나는 너무 반갑다며 나를 자신의 아파트로 데려갔다.

"삼 년 전에 미국으로 이민을 왔어. 이민 오기 전에 운이 좋게도 한국으로 갈 수 있었고. 아직도 그때의 기억이 생생해. 다들 우리에게 잘해줬었지. 내가 묵었던 집 식구들과 늘 외식하러 나갔던 생각이 나. 내가 돼지껍데기나 곱창 같은 걸 먹으면 다 같이 박수를 치면서 좋아했었어."

"그랬구나."

"너도 호스트였잖아. 쇼코의."

나는 대답 대신 고개를 끄덕이며 탁자 끝을 바라봤다.

"걔랑 아직 연락하니? 너랑 편지를 주고받는다고 얘기했던 것 같은데."

나는 쇼코에게서 온 마지막 편지에 대해서 이야기했다. 도쿄로 가지 못하게 됐다는 한 줄을 편지로 보내놓고는 완전히 연락을 끊어버렸다고. 어쩌면 내가 쇼코에게 무슨 실수를 했는지도 모르겠다고 말이다. 왜 쇼코와 이메일 주소나 전화번호를 교환할 생각도 하지 못했었는지 나 자신이 한심하다고도 말했다. 하나는 옅게 웃으며, 쇼코는 잘 있으니 걱정하지 말라고 했다.

"쇼코는 우리 도읍의 대학에 들어갔어. 와세다 대학의 법학부에 붙었지만 가지 않았어."

문제는 쇼코의 할아버지였다. 신부전증이 발병한 할아버지는 적어도 삼 일에 한 번은 병원에 가서 투석을 받아야 했다. 쉰이 다 된 고모는 자기 부모에 대한 책임감이 희미한 사람인데다 쇼핑 중독이었다.

그런 할아버지를 두고 쇼코는 도쿄로 가지 못했다. 경제적인 이유도 있었을 거라고 하나는 말했다. 도읍의 대학을 사 년 장학생으로 들어갔고, 버스로 통학할 수 있는 거리라 부담 없이 대학을 다닐 수 있었다는 것이다. 물리치료학과에 들어가서 졸업만 하면 어디든지 취직할 수 있다고, 쇼코는 안전한 길을 택했다고 하나는 말했다.

쇼코가 어떤 일을 하게 될지 특별히 상상한 적은 없었다. 단지, 한군데에 머무를 사람이 아니라는 막연한 느낌은 있었다. 쇼코는 마음만 먹으면 어디로든 가서 살 수 있다고 대수롭지 않게 얘기했으니까. 그래서 쇼코가 아직도 자신이 태어난 고향에서 한 발자국도 움직이지 못했다는 이야기가 마음에 남았다.

삼 일에 한 번씩 할아버지를 데리고 병원에 가는 쇼코의 모습, 와세다 대학의 입학 허가증을 버리는 쇼코의 모습, 아마 이틀 이상은 여행도 못했을 쇼코. 쇼코에게 느꼈던 서운함과 이상한 죄책감이 하나의 아파트에서 모두 사라져버렸다.

하나는 미국에서의 생활과 대학에 관한 이야기를 쉴새없이 했다. 나는 그 말들에 집중하려고 했지만 자꾸 쇼코의 일이 생각나서 하나의 말을 제대로 듣지 못했다.

아무리 그렇다고 해도 왜 그렇게 갑자기 연락을 끊어버렸는지, 그토록 빠져나오고 싶다던 집에서 할아버지의 병수발을 들고 있는지, 당시의 나로서는 이해할 수가 없었다. 나는 하나에게 내 이메일 주소를 알려주고 혹시나 쇼코의 메일 주소를 아는 사람이 있으면 내 메일로 보내달라고 부탁했다.

하나에게서는 답이 오지 않았다. 마치 쇼코가 자기의 연락처를 주지 말라고 부탁한 것처럼 느껴졌다.

대학교 사학년 여름, 나는 쇼코의 집을 직접 찾아갔다. 도쿄에서 야간버스를 타고 주소를 물어물어 쇼코가 살고 있다는 마을로 갔다. 그 마을에 있는 작은 여관에 짐을 풀고 적어도 일주일은 머물고자 했다. 쇼코가 집에 없다고 하더라도 이틀을 넘기지는 않으리라는 계산이었다. 쇼코의 얼굴이나 한번 보자, 그런 마음이었다.

일본에 도착하고서야 쇼코가 그리도 싫다고 말했던 일본의 습기라는 것이 어떤 것인지 몸으로 이해했다. 공기중에 섞인 수분은 그 자체로 땀 같았다. 땀구멍으로 땀이 나오는 게 아니라, 공기중에 녹아 있는 땀이 내 피부에 닿아서 흐르는 것 같았다.

쇼코의 집은 길을 건너면 바로 바닷가가 나오는 골목에 있었다. 작은 단독주택들이 붙어 있는 조용한 지역이었다. 중년 남자 둘이 부두에 앉아서 낚시를 하고 있었다. 아이들뿐만 아니라 젊은 사람들조차 찾아보기 어려웠다. 가끔씩 지나가는 자동차나 스쿠터 소리가 들려오는 소리의 전부였다.

나는 쇼코의 주소지로 걸음을 옮겼다. 코발트색의 대문. 명패는 없었다.

막상 대문 앞에 서자 전에 없던 용기가 생겼다. 적어도 쇼코가 나를 모른 척하지는 않으리라는 확신이 들었다. 쇼코를 못 보고 돌아간다 해도 상관없다고도 생각했다. 당시의 나는 거기까지 간 노력이 허사가 될 수 있는 모든 가능성들을 나열하고, 그 가능성들에 대해서 마음을 열어놓으려고 노력했던 것 같다.

문은 생각보다 빨리 열렸다. 키가 큰 백발의 노인이 나를 보며 웃고 있었다. 어두운 피부에 붉은 기가 돌았다. 대학 새내기 시절에 배웠던 교양 일본어를 떠올려보려고 했지만 입에서는 그저 쇼코, 쇼코의 친구, 한국, 편지 같은 단어들만 더듬더듬 튀어나왔다.

노인은 그런 나를 보고 웃으면서 알아듣지 못할 일본말들을 하더니 안으로 들어오라고 손짓했다. 그곳에는 분꽃을 심어놓은 작은 마당과 반질반질한 나무마루가 있었다. 노인은 그 마루에 앉으라고 손짓했다. 나는 신발을 벗고 마루로 올라가 앉았다.

노인은 나와 거리를 두고 앉아서 부끄러운 듯이 말을 이어나갔다. 무슨 말인지 알아들을 수는 없었지만, 그의 말에는 대부분 쇼코라는 고유명사가 들어갔다. 자기 할아버지는 자기가 세상에서 제일 예쁘고 똑똑한 줄 안다고, 그래서 숨이 막힌다던 쇼코의 말이 떠올랐다.

노인은 나에게 시원한 물을 한 컵 가져다줬다.

"쇼코, 쇼코."

조심스러운 목소리였다.

그러더니 소유가 왔다고, 한국에서 소유가 왔다고 말하는 것 같았다. 방안에서는 작은 소리조차 들리지 않았다. 노인은 문고리를 돌려보더니, 안에서 문이 잠겼다고 몸짓으로 말했다. 덥고 습한 날씨였지만 서늘했다. 쇼코는 더이상 나를 보고 싶어하지 않는다. 나는 그냥 쇼코의 가상 친구나 일기장 정도였는데, 쇼코는 그냥 그 일기장에 일기 쓰기를 그만둔 것뿐인데, 일기장 주제에 쇼코의 삶에 개입하려고 했다니.

노인은 괜찮다는 말을 반복하면서 모자를 쓰고, 자기가 잠깐 밖으로 나가겠다는 식으로 손짓을 했다. 노인이 대문을 밀고 나가는 동시에 쇼코의 방문이 열렸다.

긴 머리를 높이 묶고, 노란색 슬리브리스 나염 원피스를 입은 쇼코.

쇼코는 마루에 앉아 얼음물을 마시는 나를 물끄러미 내려다봤다. 쇼코는 타박타박 걸어서 조금 거리를 둔 채 내 옆으로 와서 앉았다. 쇼코에게서 섬유유연제 냄새가 났다. 우리는 아무 말도 없이 그냥 정면을 응시하고 앉아 있었다. 쇼코는 앞을 바라보며 천천히 말했다.

"내가 너를 보러 한국으로 갈 줄 알았는데."

나는 쇼코의 옆얼굴을 보며 말했다.

"너는 내가 먼저 와서 실망했지."

쇼코는 잠시 침묵하더니 입을 아주 작게 열고 한숨을 쉬듯 말했다.

"네가 그리웠어."

나는 쇼코가 조금 미워져서 나도 네가 보고 싶었다고는 말하지 않았다. 그런데도 내가 그리웠다는 그 말에 눈물이 났다.

어떤 연애는 우정 같고, 어떤 우정은 연애 같다. 쇼코를 생각하면 그애가 나를 더이상 좋아하지 않을까봐 두려웠었다.

사실 쇼코는 아무 사람도 아니었다. 당장 쇼코를 잃어버린다고 해도 내 일상이 달라질 수는 없었다. 쇼코는 내 고용인도 아니었고, 나와 일상을 공유하는 대학 사람들도 아니었고, 가까운 동네 친구도 아니었다. 일상이라는 기계를 돌리는 단순한 톱니바퀴들 속에 쇼코는 끼지 못했다. 진심으로,

쇼코는 아무것도 아니었다.

그러면서도 나는 쇼코에게 내가 어떤 의미이기를 바랐다. 쇼코가 내게 편지를 하지 않을 무렵부터 느꼈던 이상한 공허감. 쇼코에

게 잊히지 않기를 바라는 정신적인 허영심.

쇼코의 피부는 실핏줄이 다 비쳐 보일 정도로 얇고 하얬다. 밖으로는 안 나가느냐고 묻자 쇼코는 할아버지와 병원에 갈 때 빼고는 나가지 않는다고 했다. 나갈 때도 챙이 넓은 모자를 써서 햇빛을 피한다고 했다.

왜 도쿄로 가지 않았느냐고 묻자 쇼코는 나를 똑바로 보고 웃으며 고개를 가로저었다. 그러더니 방으로 가서 스케치북 한 권을 가지고 나왔다. 팔절지 크기의 스케치북을 펼치자 크레파스로 그린 단순한 그림들이 있었다. 어떤 그림은 그저 북북 그어넣은 색깔뿐이었고, 어떤 그림은 종이의 구석에 작게 그려져 있었다. 그림 아래에는 크레파스로 쓴 삐뚤빼뚤한 글씨가 적혀 있었다. 쇼코는 손가락으로 그 글자들을 가리키며 일본어로 읽고 영어로 말했다.

"불에 타다 만 발바닥."

"등이 꺼져버린 하이웨이 위의 가로등."

"썩었으되, 그것뿐인 씨앗."

"발을 맞춰 걷지 못하는 군인."

"의욕 없는 독재자."

"전형(典型)의 반대말."

"그러나…… 전형."

"이럴 줄 알았다는 말의 이상한 메아리."

"얼어 죽기 직전까지 바닥을 찍는 비둘기."

쇼코는 그림들과 그 제목들을 다 소개한 후에 손가락으로 자신을 가리키며 말했다.

"나. 쇼코."

쇼코는 퓨즈가 나가 있는 것 같았다. 나는 무거운 마음을 누르며 그림을 참 잘 그린다고 마음에도 없는 소리를 했다. 쇼코는 그림을 그릴까봐, 아니, 글을 써볼까, 라고 말하면서 예의 그 예의바른 웃음을 지어 보였다.

어렸을 때 쇼코가 지었던 웃음과 같은 웃음이었다. 하지만 어린 시절에는 차갑고 어른스럽게 보이던 그 웃음에서 나는 쇼코의 나약하고 방어적인 태도를 읽었다. 쇼코를 나보다 강한 사람이라고 생각했었다. 하지만 쇼코는 약했다.

분명히 쇼코도 그때 느끼고 있었겠지. 내가 쇼코보다 정신적으로 더 강하고 힘센 사람이 되었다는 것을. 마음 한쪽이 부서져버린 한 인간을 보며 나는 무슨 일인지 이상한 우월감에 휩싸였다.

나는 쇼코에게 나의 대학생활에 대해 이야기했다. 교환학생으로 캐나다에 갔던 이야기며, 때때로 떠나는 배낭여행과 새로 사귄 외국인들에 대해서. 뉴욕에서 하나를 만났던 일도 이야기했다. 하나에게 들었어. 와세다 대학에 합격했는데 가지 못했다고? 할아버지의 투석 치료 때문이라고 들었었어, 따위의 말들을 아무 생각도 없이 내뱉었다. 말을 하면서도 내가 넘어서는 안 될 선을 넘고 있다고 느꼈고 그 두렵고도 흥분되는 기분에 취해서 더 많은 선들을 건너버렸다.

"나는 네가 네 고향에서만 살 줄은 몰랐어. 그것도 할아버지의 간병 때문이라니 너답지 않다. 삼 일에 한 번은 할아버지와 병원에 가야 한다지? 투석은 정말 힘든 거라고 하던데. 당사자에게도, 보호자에게도. 나는 네가 네 할아버지를 그만큼이나 아끼는 줄은 몰랐어."

그때 쇼코가 내 말에 화를 내거나 적어도 자기변호라도 했다면 나는 내가 했던 말들로 인해 이만큼이나 상처받지는 않았을 것이다.

쇼코는 미소지으며 말했다.

"그래. 나는 겁쟁이야."

쇼코는 스케치북을 접어 방으로 들고 들어갔다. 그리고 내게 다시는 그런 것들을 보여주지 않았다. 쇼코는 방에서 나와 마루에 앉더니 입을 열었다.

"하지만 증오할수록 벗어날 수 없게 돼."

나는 마루의 끝에 어색하게 앉아 있었다. 그리고 왜 내가 쇼코를 만나기 위해 굳이 여기까지 왔는지 기억을 더듬었다. 쇼코는 아는 사람도 그렇다고 모르는 사람도 아니었고, 친구라고 하기에는 낯선 사람이었다. 쇼코는 처음부터 이것도 저것도 아니었지만 오랜만에 만나서 의미 없는 이야기를 늘어놓을 만큼 얕은 사람도 아니었다.

"하지만 네가 여기에 있어서 기뻐."

쇼코는 두 손으로 마루를 짚고 내 옆으로 다가왔다. 나는 쇼코를 쳐다보지 않고 마당에 핀 분꽃에만 시선을 줬다. 쇼코의 원피스가 마루에 쓸리는 소리를 들으며 나는 노인들에게서만 느껴지는 이상한 외로움을 쇼코에게서 느꼈다. 나는 쇼코의 얼굴을 보지 않고도 그것을 느낄 수 있었다.

쇼코는 노인이었다.

쇼코는 내 팔에 팔짱을 꼈다. 차갑고 부드러운 쇼코의 팔이 뜨겁고 축축한 내 팔에 닿았다. 소름이 끼쳤다. 쇼코는 내 어깨에 머리를 기댔다. 가늘고 부드러운 머리카락이 느껴졌다. 쇼코는 내 손에 깍지를 끼고 허공을 향해 물장구치듯 다리를 움직였다.

"여기서 나랑 지내자. 한국에 가지 말고 여기서 나랑 같이 살자."

쇼코는 마치 그게 가능한 일이라는 듯이 발랄하게 말했다. 나는 다시는 쇼코를 보지 않으리라 생각했다. 그저 열일곱 살의 쇼코를 기억하고 끊어져버린 연락을 안타깝게 여기며 그렇게 서서히 잊어버렸으면 좋았으리라고.

뉴욕 시립도서관 앞에서 하나를 만나지 않았더라면, 그래서 쇼코에 대한 안타까움과 궁금증을 품지 않았더라면 나는 그렇게 쇼코를 기억 속에서 지워버릴 수도 있었을 것이다. 어디로 떠나지도 못하면서 그렇다고 그렇게 박혀버린 삶을 사랑하지도 않는 사람의 맨얼굴을 들여다보는 일은 유쾌하지 않았다.

그때 대문이 열리고 노인이 마당으로 들어섰다. 노인의 얼굴은 조금 전에 봤을 때보다 더 붉게 달아올라 있었다. 노인은 팔짱을 낀 채 들러붙어 있는 우리를 보고 당황하여 가만히 선 채로 고개를 돌렸다. 모른 척하고 집안으로 들어갈 수 있었는데도 그렇게 서 있었다. 시간을 줄 테니 팔짱을 풀라는 뜻 같았다.

나는 쇼코의 팔짱을 풀려고 애썼지만 쇼코는 안간힘을 내서 내 팔을 붙잡았다. 나는 일어서서 팔에 붙은 쥐라도 떼어내듯 쇼코를 떼어냈다. 좁은 마당에서 노인과 나는 마주보고 섰다. 고개를 돌린 노인의 굳은 얼굴에 미소가 돌았다. 하지만 그 미소도 얼굴에 이는 작은 경련을 가리지는 못했다. 노인도 나도 움직이지 않고 그렇게 잠시 서 있었다.

"저 남자는 나에게 집착하고 있어."

쇼코는 노인에게 손가락질을 하며 영어로 조그맣게 말했다.

"빌어먹을 새끼."

나는 쇼코의 말에 놀라서 노인의 얼굴을 쳐다봤다. 노인은 눈에 도는 눈물을 감추려는 듯 고개를 돌려 분꽃을 보는 척했다. 나는 고개를 돌려서 쇼코를 바라봤다. 쇼코는 그런 유약한 노인의 모습을 보며 재미있다는 듯이 웃기까지 했다. 나는 집에 있는 우리 할아버지를 떠올렸다. 마치 우리 할아버지가 모욕을 받은 것처럼 느껴졌다.

"뭐라고?"

"빌어먹을 새끼라고. 어디 가서 죽어버렸으면 좋겠다고."

나는 말문을 잃었다. 몸은 뜨거워졌지만 그럴수록 머리는 맑아졌다.

"더이상 널 볼 일은 없을 거야. 애처럼 굴지 마."

쇼코는 웃으며 말했다.

"난 네가 누군지도 몰라. 넌 누구니?"

쇼코는 죽은 물고기처럼 대들보에 머리를 기대고 입을 약간 벌린 채로 무표정하게 나를 바라봤다. 나는 그 모습이 보기 싫어서 고개를 돌렸다. 노인은 구부정한 자세로 마치 아무 일도 없었던 것처럼 분꽃을 바라봤다. 노인이 들고 있는 투명한 분홍색의 비닐에는 사과 몇 알과 빨대가 달린 주스팩들이 들어 있었다.

나는 노인의 등뒤에 대고 고개를 숙여 미안하다고 말하고 그 집을 나왔다. 항공사에 추가요금을 지불하고 그다음 날 오후 비행기를 타고 한국으로 돌아왔다.

비행기는 낮게 날았다. 맑은 날이었다. 창밖으로 보이는 현해탄은 햇빛을 받아 반짝거렸다. 멀리서 본 사물은 티 없이 아름답기만 했다.

나는 할아버지에게 일본에서 쇼코를 만나지 못했다고 거짓말을 했다.

"며칠 동안 기다렸지만 집에 없었어. 미안해."

할아버지는 애써 웃으며 말했다.

"괜한 걸음 했구나. 그냥 인생 경험 했다고 생각해라. 이제 쇼코니 뭐니 하는 애는 잊어버리자. 그애도 많이 바빠서 그런 거니까. 우리가 이해해야지."

어린 시절의 할아버지는 매사에 화를 내는 사람이었다. 상대가 사정이 있어서 잘못을 했다고 하더라도 그런 사정 같은 건 봐줄 필요가 없다는 식이었다. 말로 풀 수 있는 갈등도 결국 싸움으로 번지게 했다. 이해나 관용이라는 것은 없었고 뒤끝도 있어서 자꾸만 지난 얘기를 끄집어내며 화를 냈다.

우리가 이해하자, 그애도 사정이 있겠지, 잊어버리자, 같은 말들은 할아버지의 말이 아니었다. 할아버지는 쇼코에 관해 말하는 것 자체를 회피하는 것 같았다. 쇼코에게 무슨 사정이 있었으리라고 여기며 자신의 마음을 보호하려는 것처럼.

그까짓 편지 교환이 무슨 그리 큰 의미였다고. 그것도 예순 살이나 차이 나는 외국인과의 펜팔이었다. 쉰 이후로는 돈도, 변변한 직업도 없이 살아왔지만 자기를 굽히는 법을 모르던 사람이 쇼코의 침묵 앞에서는 체념했다. 쇼코의 편지를 모아놓았던 거실 협탁 안은 텅 비어 있었다. 할아버지는 더이상 우편함을 확인하지도 않았다. 우리는 그날 이후로 쇼코에 대해서는 아무 말도 하지 않았다.

그 작은 집에서 인형처럼 붙박여 있던 쇼코의 모습이 유령처럼 언뜻언뜻 눈앞을 스쳤다. 물리치료사가 되었겠지. 그리고 돈을 벌기 시작했을 테고. 그 당시의 나는 쇼코가 너무 쉬운 결정을 내렸다고 생각했다. 스물세 살에 벌써 직업을 정하고 태어난 소읍에서 떠나지 못한다는 건 형편없는 선택이라고.

그때만 해도 나는 내가 다른 사람들과는 다른 삶을 살 수 있으리라고 생각했다. 나는 비겁하게도 현실에 안주하려는 사람들을 마음속으로 비웃었다. 그런 이상한 오만으로 지금의 나는 아무것도 아니게 되어버렸지만. 그때는 나의 삶이 속물적이고 답답한 쇼코의 삶과는 전혀 다른, 자유롭고 하루하루가 다른 생생한 삶이 되리라고 믿었던 것 같다.

영문과를 졸업하고 나는 한 방송국의 영화아카데미에 등록했다. 아카데미 등록 비용을 대기 위해서 밤에는 영어 과외를 했다. 팀원들과 함께 시나리오를 작성하고 카메라 촬영을 배우고, 꽤나 알려진 영화감독의 강연을 듣기도 하면서 초심을 다져나갔다. 물론 지난한 과정이기는 하겠지만 나는 언젠가 영화감독이 되리라는 내 꿈을 믿어 의심치 않았다.

대학 동기들은 은행으로, 항공사로, 출판사로 저마다 직장을 찾아서 떠났다. 나는 그애들이 자기가 진심으로 원하는 일이 무엇인지도 모르면서 단지 돈과 안정만을 좇는다고 생각했다. 그런 것들을 추구하는 인생은 무의미하다고 생각했다. 당시에 내게 중요한 건 오로지 의미였다. 나는 나의 꿈을 따라가기 때문에 의미 있는 삶을 살고 있다고 자위했다. 그러나 두려웠다. 영화감독이 되고 투자자들의 투자를 받는 영화를 찍는 것은 확률상으로 거의 불가능에 가까웠다.

아카데미를 마치고 단편영화 독립영화제에 작품을 냈다. 어떤 코멘트도 없는 낙방이었다. 마음을 정리하고 일 년 동안 쓴 시나리오 또한 공모전에서 떨어졌다. 같이 영화를 공부했던 사람들은 내가 쓴 시나리오가 진부하고 지루하며 개성이 없다고 혹평했다. 내 딴에는 꽤나 창의적이라고 생각했던 대사를 읽으며 이런 건 대사도 아니라고 말했다. 아직은 더 공부를 해야겠네, 영화를 더 많이 봐야겠어, 라는 말을 해마다 들었다.

자기는 시나리오 쓴 지 얼마나 됐어? 라는 물음에 쭈뼛거리게 되었을 즈음, 나는 서른을 목전에 두고 있었다. 오 년간 시나리오를 썼고, 작은 영화들에 스태프로 참여하기도 했지만, 그보다는 이런 저런 영화판 뒤풀이 자리에 가서 가십을 듣고 퍼뜨리기를 잘했다.

창작이 나에게 자유를 가져다줄 것이고, 나로부터 나를 해방시킬 것이고, 내가 머무는 세계의 한계를 부술 것이라고 생각했지만 현실은 정반대였다. 늘 돈에 쫓겼고, 학원 일과 과외 자리를 잡기 위해서 애를 썼으며 돈 문제에 지나치게 예민해졌다.

이미 직장에서 대리급이 된 친구들과는 돈 씀씀이가 확연히 달라졌고 그애들은 내가 밥값도 내지 못하게 했다. 친구들의 배려였지만, 그런 작은 일들 하나하나가 자존심을 긁었다. 직장에서 자리를 잡은 친구들은 주말이면 공연이나 영화를 보러 다녔고, 틈틈이 책을 읽었지만 나의 독서량은 그애들보다도 빈약했다.

반면 영화를 하는 친구들을 만나면 늘 그들의 재능과 나의 재능을 비교하며 열등감에 휩싸였다. 영감은 고갈되었고 매일매일 괴물 같은 자의식만 몸집을 키웠다. 일이 잘 풀리지 않아 알코올중독자가 된 감독 지망생과, 중고등학생들과 함께 패스트푸드점에서 일하며 야근 수당조차 제대로 받지 못하는 시나리오 작가 지망생을 보며 내가 그들보다는 낫다고 생각하기도 했다.

그래서 꿈은 죄였다. 아니, 그건 꿈도 아니었다.

영화 일이 꿈이었다면, 그래서 내가 꿈을 좇았다면 나는 적어도 어느 부분에서는 보람을 느끼고 행복했을 것이다. 하지만 나는 단지 감독이 되겠다는 나 자신과의 약속을 지키기 위해서, 마음에도 없는 글을 쓰고 영화를 만들었다. 나 자신도 설득할 수 없는 영화에 타인의 마음이 움직이기를 바라는 건 착각이었다.

어떤 영화를 만들고 싶다는 생각은 이미 죽어버린 지 오래였다. 나는 그저 영화판에서 비중 있는 사람이 되고 싶었다. 시나리오를 썼지만, 이야기는 내 안에서부터 흐르지 않았고 그래서 작위적이었다. 쓰고 싶은 글이 있어서 쓰는 것이 아니라 써야 하기에 억지로 썼다.

꿈. 그것은 허영심, 공명심, 인정욕구, 복수심 같은 더러운 마음들을 뒤집어쓴 얼룩덜룩한 허울에 불과했다. 꼬인 혀로 영화 없이는 살 수 없어, 영화는 정말 절실해, 같은 말들을 하는 사람들 속에서 나는 제대로 풀리지 않는 욕망의 비린내를 맡았다. 내 욕망이 그들보다 더 컸으면 컸지 결코 더 작지 않았지만 나는 마치 이 일이 절실하지 않은 것처럼 연기했다.

순결한 꿈은 오로지 이 일을 즐기며 할 수 있는 재능 있는 이들의 것이었다. 그리고 영광도 그들의 것이 되어야 마땅했다. 영화는, 예술은 범인의 노력이 아니라 타고난 자들의 노력 속에서만 그 진짜 얼굴을 드러냈다. 나는 두 손으로 얼굴을 가리고 눈물을 흘렸다. 그 사실을 인정하기가 어려웠기 때문이다. 재능이 없는 이들이 꿈이라는 허울을 잡기 시작하는 순간, 그 허울은 천천히 삶을 좀먹어간다.

나는 영화판에 발을 들여놓기 전까지 친구라고 부르던 사람들을 거의 다 잃어갔다. 기다려준 친구들도 있었지만 그림자를 먹고 자란 내 자의식은 그 친구들마저도 단죄했다. 연봉이 많은 남자와 결혼하는 친구는 볼 것도 없이 속물이었고, 직장생활에서 서서히 영혼을 잃어간다고 고백하는 친구를 이해해주는 척하면서 속으로는 고소하다고 생각했다. 그리고 그런 생각을 하는 나 자신의 끔찍함에 놀랐으나 그조차 오래가지는 못했다.

점점 집에 혼자 있는 시간이 많아졌다. 아무도 만나고 싶지 않을 때가 많았고, 엄마와 할아버지의 전화는 받지 않거나 건성으로 답했다. 그나마 나를 사랑해주는 사람들과도 거리를 두면서 영화를 통해 인간 내면의 깊은 곳을 그릴 수 있었다고 믿었다. 그 오만이 그 사람들을 얼마나 쓸쓸하게 했을지 그 당시의 나는 몰랐다.

할아버지에게 전화가 걸려온 건 오후 세시였다. 나는 그때까지도 일어나지 못하고 있었다.

"여보세요?"

"너 아직까지 자는 거냐? 네 집 앞이다."

비가 내리는 11월이었다. 전화를 끊고 핸드폰을 보니 아침 여덟시부터 할아버지에게서 다섯 통의 부재중 전화가 와 있었다. 언제부터 기다린 것인지 알 수가 없었다.

할아버지의 황토색 베레모가 축축하게 젖어 있었다. 코와 귀가 빨갰다.

"한 층에 몇 명이나 사는 거냐."

할아버지는 복도를 지나며 양옆으로 붙어 있는 방문들을 보고 쯧쯧 혀를 찼다. 나는 방으로 들어가서 책상 의자를 빼서 할아버지 쪽으로 끌었다.

"그깟 의자 필요 없다. 나는 바닥이 편하니."

나도 바닥에 앉자 할아버지는 여자는 차가운 바닥에 엉덩이를 대면 안 된다면서 의자에 앉으라고 소리를 쳤다.

"할아버지 여기서는 조용히 말해야 돼. 방음이 잘 안 돼."

"염병할 소리."

할아버지는 무슨 문병 온 사람처럼 비타민 음료 한 박스를 들고 왔다. 나는 박스에서 병 하나를 꺼내서 할아버지에게 줬다.

"이딴 거 필요 없다. 너나 먹어. 네가 하도 바쁘다 바쁘다 해서 얼마나 바쁜지 한번 보러 왔다. 네가 어떻게 사는지도 궁금했고. 별거 없구만. 기집애가 옷도 이래 없어서 남자나 한번 만나보겠어?"

"그딴 소리 할 거면 가."

서울 자취집에서 할아버지를 본 건 처음이었다. 할아버지의 자리는 우리집 소파 위이거나 할아버지 방의 옥장판 위였으니까. 그런 할아버지가 내 공간에 어색하게 앉아 있었다. 기차를 타고 지하철과 버스를 타고 비를 맞으면서까지 나를 보러 온 거였다. 그런 건 할아버지답지 않았다. 할아버지는 오라는 법은 있어도 발 벗고 찾아가는 사람은 아니었으므로.

나는 이 글에서 여러 번 할아버지답지 않다는 말을 썼다. 그런데 이제는 내가 생각했던 할아버지는 그저 그의 일부분일 뿐이었으리라고 생각한다. 물리적인 시간으로 따져도 나는 그의 삶의 사분의 삼을 알지 못한다.

할아버지도 결국은 그저 내 방을 잠시 지나쳐가는 손님일 뿐이었다. 속수무책으로 낯선 길에서 비를 맞아야 했던 노인, 다른 사람들 눈에는 아무것도 아닌 사람, 실패자 중의 실패자로 기억될 그 낯선 노인이 내 눈앞에 앉아서 딴청을 피웠다.

직장에 나간 엄마 대신 나를 업어 키운 그였다. 그의 돌봄으로 뼈와 살이 여물었고 피가 돌았다. 효도는 이데올로기에 불과하다고 말하는 사람들 속에서도 나는 할아버지에 대한 부채감을 느꼈었다. 물질적으로나 정신적으로나 나는 그에게 해준 것이 없었다. 그래서 그에게 더 등을 돌리려고 했는지도 몰랐다.

할아버지가 주머니에서 주섬주섬 뭔가를 꺼내더니 내 손에 쥐여줬다. 아직 채 뜯기지 않은 편지봉투였다.

"쇼코야. 쇼코가 우리에게 다시 편지를 보냈다."

할아버지는 속주머니에서 다른 편지봉투를 꺼내서 자랑하듯이 그 안에 든 작은 팸플릿과 폴라로이드 사진, 편지지를 꺼냈다. 코팅되어 있는 하늘색 팸플릿의 맨 앞 장에는 하얀 가운을 입은 여자 둘과 남자 하나가 웃고 있었다. 가운데의 중년 여자가 원장쯤으로 보였고, 양쪽의 남녀는 이십대로 보였다. 그 젊은 여자가 쇼코였다. 볼의 젖살이 다 빠져서 조금 성숙해 보였고, 머리카락과 눈썹은 갈색으로 염색되어 있었다. 볼에는 분홍색 블러셔를 과하게 발라서 얼굴이 온통 핑크색으로 보였다. 쇼코는 눈과 입을 있는 대로 과장해서 활짝 웃고 있었다.

폴라로이드 사진에서 쇼코는 발만 하얀색인 까만 고양이를 안고 있었다. 고양이는 눈을 감은 채 쇼코의 팔에 완전히 몸을 맡기고 있었다. 쇼코는 이 사진에서도 이를 보이며 크게 웃고 있었다.

"쇼코는 고향에서 물리치료 선생이 됐다. 아주 좋은 병원이라지. 내가 그 병원으로 가면 할인을 해주겠다나 뭐라나."

"고작 이런 거 때문에 여기까지 왔어? 그냥 전화를 하지."

"그냥, 그냥 온 거다."

그리고 다시 침묵이 돌았다. 할아버지는 주머니에서 담배를 꺼내서 담뱃불을 붙이고 담배 끝을 쳐다봤다.

"요즘 누가 방에서 담배를 피워. 집주인이 알면 당장 쫓겨나."

할아버지는 내 말에도 굴하지 않고 두번째 담배, 세번째 담배를 연달아서 피웠다. 나는 잔소리를 하려다가 관두고 팸플릿 속의 쇼코의 얼굴을 보는 척했다. 무슨 말을 어떻게 해야 할지, 할아버지가 보내는 침묵의 의미가 무엇인지 알 수 없었다.

"너 말이다. 이런 말은 처음 해보는데."

"……"

"나는 네가 이렇게 큰 사람이 될 줄은 몰랐다. 서울에 가서 공부도 하구 영화감독두 되구. 힘든 대루 손 벌리지 않고 네 힘으로 살구. 까짓것 다 무시하면서 네가 하고 싶은 대로 살지. 난 그거, 멋지다고 본다."

할아버지는 담배를 커피 깡통에 비벼끄더니 나를 물끄러미 쳐다봤다. 나에 대한 안쓰러움을 숨기는 얼굴이었다. 감정을 숨기는 연습이 잘 안 된 사람이어서 그런 감정이 얼굴에 그대로 비쳤다. 할아버지는 내가 수렁에 빠진 것을 알고 있었다. 아무도 나의 삶을 인정해주지 않는다는 것을 알았을 테니까 그런 식으로라도 나를 위로해주고 싶었겠지. 나는 할말이 없어서 팸플릿을 보며 말했다.

"얘는 화장을 무슨 가부키처럼 했대?"

"예쁘기만 하구만. 가부키든 경극이든 지가 하고 싶은 대로 하는 거지."

이 말을 하고 할아버지는 자리에서 일어났다.

"뭐야. 왜 벌써 일어나?"

“그냥 그 말 하려고 온 거다. 너 바쁜데 시간 뺏기 싫어.”

할아버지는 내가 하나도 바쁘지 않다는 걸 알고 있었다. 그랬으니까 그냥 불쑥 찾아와볼 수 있었을 것이다. 내가 오후 세시에도 집에 있다는 확신이 있었을 테니까. 나는 간다는 할아버지를 제대로 잡지도 못하고 밖으로 따라나갔다.

하나뿐인 이단우산은 제대로 펴지지 않았다. 성격 급한 할아버지는 이미 저만치 걸어가고 있었다. 버튼을 누르면 자동으로 펴지는 우산이었지만 버튼도 듣지 않았고 수동으로 펴지지도 않았다. 비는 굵은 방울로 떨어져내렸다. 이런 날씨에 우산 하나 제대로 챙겨오지 않은 할아버지에게 화가 났다. 골목 끝에 편의점이 있었지만, 나에게는 우산을 살 만한 돈이 없었다.

할아버지는 빠른 걸음으로 걸어가다가 뒤를 보더니 손을 흔들며 괜히 웃었다. 나는 고장난 우산을 들고 할아버지에게 뛰어갔다. 울음을 겨우겨우 참으면서, 할아버지 앞에서 눈물을 보여서는 안 된다고 다짐하면서. 나는 할아버지에게 우산을 건넸다.

“이딴 거 필요 없다. 비가 많이 오는 것두 아닌데. 야, 왜 울고 그래?”

나는 할아버지에게서 다시 우산을 뺏어서 우산을 펴려고 낑낑댔다.

“우산이, 우산이 펴지질 않잖아. 저번만 해도 잘 됐는데, 꼭 필요하면 이래.”

“눈물도 쌨다. 이리 줘.”

할아버지가 우산을 조금 만지자 꿈쩍도 않던 우산대가 활짝 펴졌다. 할아버지는 허허 웃으면서 나에게 우산을 씌워줬다. 할아버지가 쓰고 가라고 해도 막무가내였다. 비는 점점 더 거세졌다. 정류장까지라도 같이 가자고 하니 할아버지는 괜찮다고, 그냥 이대로 가겠다고 말했다. 그 말을 하는 할아버지의 눈이 빨개졌다. 울고 싶으니까 그냥 풀어달라는 눈빛이었다. 나는 할아버지의 손을 놓고, 할아버지는 뒤도 한 번 돌아보지 않고 곧장 앞으로 걸어갔다.

저렇게 제멋대로고 충동적이고 마음 여린 이상한 사람. 이상한 나의 할아버지. 저 엉망진창인 사람. 나는 할아버지의 모습이 사라질 때까지 할아버지가 씌워준 우산을 쓰고 그의 뒷모습을 바라봤다.

소유에게

잘 지내니? 물론 나를 잊었겠지만 이렇게 편지를 보낸다. 네가 우리집으로 찾아오기 전에 하나에게 뉴욕에서 너를 만났다는 이야기를 들었어. 그때 너의 메일 주소도 알게 되었지만 메일을 썼다 지웠다 여러 번 하다 결국 보내지 못했어.

단순하게 말하자. 나는 그때 아팠었어. 핑계라고 해도 좋아. 하지만 그게 사실이니까 이렇게 말하는 거야. 널 처음 만났을 때부터 전조가 있었고 대학 입학시험을 보기 전에도 아픈 건 마찬가지였어. 그때 너에게 이런저런 이야기를 써서 보냈었지. 과장도 있었지만 모두 사실이었어.

너는 왜 내가 도쿄로 가지 않았느냐고 물었었지. 그래. 난 누구보다도 도쿄로 가고 싶었어. 도쿄에 가면 보다 쉽게 죽을 수 있으리라는 생각이었어. 집에서는 할아버지와 고모가 돌아가며 나를 감시했었으니까. 내가 자살 시도를 하는지 어떤지. 한번은 할아버지에게 걸려서 죽다가 살았어. 생명의 은인인 셈인데 그때는 할아버지가 밉기만 했어.

할아버지가 내게 말하더라. 세상에는 살고 싶어도 살 수가 없는 사람들이 있는데 왜 그런 호사스러운 생각을 하느냐고. 마음을 강하게 먹어야 하지 않겠냐고. 사무라이 정신 운운. 우울증이 치료를 요하는 병이라는 것을 아무도 알지 못했던 것 같아. 그사이에 상태는 더 악화되었었고.

할아버지의 투석 때문에 도쿄로 가지 못한 게 아니야. 할아버지에게 내가 필요했던 게 아니라 나에게 할아버지가 필요했어. 도쿄로 가게 되면 내가 내 목숨을 정말 끝내버릴 것 같아 무서웠어. 집에서 자살 시도를 했을 때도 마음 깊은 곳에는 누군가 나를 구해주리라는 생각이 있었었나봐. 나는 겁이 났어. 그래서 고향에 머물렀던 거야. 나는 어떤 의미로든 할아버지와 고모에게 의존하고 있었어.

대부분의 시간은 무기력했고 가끔씩 정신이 맑아질 때는 내가 내 정신을 연료로 타오르는 불처럼 느껴졌어. 나를 포함한 세상 모든 것들에 화가 났어. 그렇게 화를 내고 보면 몸이든 정신이든 재처럼 부서져버리는 거야. 그런 과정들을 반복했어. 사람들은 열아홉 스물 스물하나를 아름다운 시절이라고 말하더라. 나는 하루하루 죽고 싶었던 기억밖에 없었는데도.

네가 우리집에 찾아왔던 날이 흐릿하게 기억나. 약물치료를 시작하던 즈음이었는데. 널 보고 반가웠던 것도(개였다면 오줌을 지렸을 거야) 너에게 내 스케치북을 보여줬던 것도, 너와 팔짱을 꼈던 것도, 너에게 나쁘게 말했던 것도 기억나. 약을 먹어서 멍한 상태였고, 네가 나를 뿌리치는데도 그냥 무덤덤했었어. 네가 대문을 박차고 나가는데도 널 따라가야겠다는 생각도 못했어. 네가 짜잔— 하고 다시 들어오리라고 생각했거든. 그렇게 마루에서 한참을 자고 일어났더니 해가 져 있더라. 그제야 내가 너에게 무슨 짓을 했는지 후회가 밀려왔어. 나는 너를 영영 잃어버린 거야.

날 용서해주기를 바라는 건 아니야. 그냥 내 마음 편하려고 이런 편지를 썼다고 욕해도 좋아. 사실 그렇기도 하니까. 이제 조금은 내 마음이 편해지기를 바라. 종종 편지할게.

쇼코

동이 틀 때까지도 잠을 이룰 수가 없었다. 책상 의자에 꼬박 앉아서 창밖의 풍경이 검정에서 짙푸른 색으로, 밝은 노란색으로 바뀌는 모습을 물끄러미 바라봤다. 중고등학생들이 가방을 메고 학교를 가는 모습을 지켜볼 때쯤 엄마에게서 전화가 왔다. 엄마의 목소리는 낮게 잠겨 있었다.

"어제 할아버지가 널 찾아가셨다고?"

"응."

"넌 생각이 있는 애니 없는 애니?"

"……"

"팔십 다 먹은 노인네가 비 오는 추운 날에 서울까지 갔어. 너희 집에서 재워드릴 생각은 못할망정 밥도 한 끼 안 챙겨드리고 빈속으로 그냥 보내?"

엄마는 여기까지 말하고 숨을 몰아쉬었다. 수화기 뒤편에서 "내가 오고 싶었다니까! 얼굴만 보러 간 거야. 애한테 왜 야단이야"라는 할아버지의 목소리가 들렸다.

"그게 그렇게 어려운 일이었어? 얼마나 대단한 일을 한다고 노인네를 찬 바닥으로 내몰아? 네가 아무리 철이 없어도 그렇지."

나는 아무 말도 하지 못하고 그냥 엄마의 이야기를 듣고만 있었다. 불안정한 엄마의 목소리에서, 엄마가 단지 나의 잘못된 처신에 대해서만 분노하고 있지 않다는 걸 느꼈다. 엄마는 나에게 화를 내고 있었지만 동시에 할아버지에게 시위하고 있었다.

할아버지는 병에 대해서 수치심을 느꼈던 것 같다.

늙는 것에 대해서도 할아버지는 좀처럼 받아들이려고 하지 않았으니까. 병든 노인 같은 건 멋지지 않다고 생각했던 것 같다. 감히 병 따위가 자신을 조종하고 무너뜨리려고 하다니. 그리고 실제로 그렇게 되어가고 있었고 할아버지는 그걸 견딜 수가 없었던 것 같다. 강단이나 고집만으로는 상대할 수 없는 병이었다.

내가 영화 좀 찍는다는 사람들이 모인 술자리에서 글이 잘 써지지 않는다며 앓는 소리를 하고 다닐 무렵이었다고 한다. 내가 글을 쓴다며 책상에 앉아서 연예 기사나 클릭하면서 시간을 보내고 있을 때, 할아버지는 이미 이 년째 통원치료를 받고 있었던 중이었다고 한다. 자취방에 찾아왔을 때도 통원치료를 받던 중이었다고 한다.

가끔씩 할아버지에게서 전화가 오면 받지 않거나 건성으로 받곤 했다. 할아버지는 늘 그 자리에 있는 사람이었으니까. 무슨 일이 있더라도 그냥 당연히, 원래 그렇게 있는 사람이었으니까. 내 상황이 나아지고 자리를 잡아서 떳떳해져야 한다고만 생각했었다. 할아버지는 건강에 대해서 가타부타 하지 않았고, 나이가 드니 감기도 잘 안 걸린다고 말했었다.

할아버지가 병원에서 퇴원하던 날 엄마는 전화로 이 사실을 알렸다. 잠시 일을 접고 주중에라도 집에 와서 할아버지의 간병을 해야 한다고. 엄마는 돈을 벌어야 하잖니, 페이는 적지 않게 줄게, 라고 말했다. 페이를 주지 않으면 내가 내려오지 않을 거라고 확신한다는 듯이. 하지만 나를 믿지 않는 엄마를 비난하기에 나는 너무 멀리 와 있었다.

할아버지는 소파에 앉아서 물끄러미 야구경기를 보고 있었다. 내가 들어온 모습을 보고 얼굴에 미소만 띠었을 뿐 미동도 없이 앉아 있었다. 깡마른 몸. 할아버지는 자취방을 찾아왔던 날에 썼던 황토색 베레모를 쓰고 있었다. 합성피혁의 붉은색 소파는 할아버지의 뒤통수가 닿았던 자리가 벗겨져 검은 내피가 드러났다.

나는 할아버지 옆에 앉아서 룰도 알지 못하는 야구경기를 보았다. 허벅지가 통통한 타자가 공을 치기 전에 발을 구르며 엉덩이를 씰룩거렸다.

"재미없어. 딴거 봐."

"거의 다 끝났다. 끝나는 것만 좀 보자."

나는 할아버지 손에서 리모컨을 빼앗아 채널을 돌려댔다.

"정신없어! 할아버지 보던 것 좀 보게 리모컨 줘봐."

"한 번이라도 내가 리모컨 잡아본 적 있어? 지금까지 할아버지 보고 싶은 것만 보고 살았잖아."

할아버지는 리모컨을 뺏으려고 했지만 손의 힘이 없었다. 할아버지 딴에는 힘을 쓴다는 표정이었지만 끝내 내게서 리모컨을 빼앗지 못했다. 나는 패션 채널을 틀어서 메이크업 강좌를 봤다. '내 남자를 유혹하는 아이 메이크업'이라는 주제였다. 할아버지는 천천히 텔레비전 쪽으로 걸어가서 전원 코드를 빼버렸다.

"야구 안 볼 거면 꺼버려라 이딴 거."

"언제까지 그렇게 고집부리면서 살 거야? 어떻게 그렇게 남 생각을 안 해? 자기 마음만 편하면 끝이야?"

할아버지는 소파로 돌아가서 고개를 숙이고 앉았다.

"왜 처음부터 얘기를 안 했어?"

"옘병. 쓸데없는 소리."

"속 시원해? 결국 이렇게 돼서?"

할아버지는 고개를 들고 내 얼굴을 바라봤다.

"난 정말이지 괜찮을 줄 알았다."

무슨 말이라도 하고 싶었다. 하지만 턱도 벌릴 수가 없었다. 턱을 벌려 입을 열면 눈물이 쏟아져내릴 것 같아서였다. 그제야 할아버지의 마른 얼굴이 눈에 들어왔다. 몸이 말라가고, 피부가 누렇게 변해가는 건 알고 있었지만 그건 그냥 자연스러운 노화의 과정인 줄로만 알았다. 단지 그 노화가 조금 빠르게 진행된다고만 생각했다. 나 자신에게는 그리도 예민했으면서 할아버지의 상황에는 왜 그토록 무뎠었는지.

할아버지는 쓰고 있던 베레모를 벗어서 무릎에 올려놨다. 숱이 적은 흰 머리카락이 모자에 눌려 있었다. 할아버지는 마치 애인에게 이별을 선고하는 남자처럼 변명했다.

"정말이다. 이렇게 심해질 걸 알았으면 너에게 진작 말했을 거다. 자주 얼굴이나 보자고."

할아버지는 안간힘을 써서 웃고 있었다.

"내가 말했으면 나 자주 보러 왔을까."

나는 대답 대신 할아버지의 머리를 꼭 안았다. 정수리에서 머릿기름 냄새가 났다.

할아버지는 그렇게 예순다섯 밤을 더 보내고 영면하셨다.

그 예순다섯 날들만큼 하루하루를 깨어 살아본 적은 없다.

우리 셋은 보이지 않는 법이라도 있는 것처럼 안방에서 함께 잤다. 할아버지가 장롱 쪽에서, 내가 가운데에서, 엄마가 문가에서 잤다. 불을 끄고 천장을 보면서 하던 이야기들. 그전에는 하지 못했던 말들. 하지 않아도 된다고 생각했던 말들도 용기를 내서 주고받았다. 마치 처음 사귀는 사람들처럼. 이제 막 말을 배우는 사람들처럼.

처음에는 할아버지와 내가, 또 나와 엄마가 대화를 주고받았다.

"거실 협탁 서랍에 있던 쇼코의 편지는 어디에 뒀어?"

"그거? 버렸지."

"왜?"

"그냥 속이 상했었어."

"할아버진 왜 걔가 그렇게 좋아?"

"예쁘잖냐. 잘 웃고."

"아빠는 나보고 예쁘단 적도 없었잖아. 질투났어."

엄마가 끼어들어 말했다.

며칠이 지나고, 할아버지와 엄마는 나를 사이에 두고 비로소 이야기를 시작했다.

"아빠. 아빠는 사십 년을 혼자 살았지."

"그래."

"왜 그랬어, 아빠?"

"…… 그런 너는 왜 이서방 가고 남자랑 만나지도 않고."

"눈치도 없으셔. 많이 만났어. 남자."

"이젠 만나지만 말고 같이 살아도 봐."

할아버지가 곧 돌아가신다는 분명한 사실이 우리 셋에게 유익한 독이 된 것 같았다. 하지만 독은 독이었다. 점점 모르핀 투약 횟수가 잦아졌고, 할아버지는 먹는 것마다 토하거나 아예 드시지 못했다. 깡통에 든 유동식을 드려도 드시지 못했다.

할아버지와 이야기하고 싶었다. 그냥 한두 시간만이라도 텔레비전을 끄고 서로의 얼굴을 마주보고 싶었다. 할아버지는 평생 좋은 소리 한 번 하는 법 없이 무뚝뚝하기만 했는데 그게 고작 부끄러움 때문이었다니. 죽음에 이르러서야 겨우 부끄러움을 죽여가며 나에게 이런저런 이야기를 하던 할아버지가 떠올랐다. 감정을 표정이나 말로 표현하는 걸 사내답지 않다고 여기며 깔보던 시대에 태어난 사람이었다. 가끔씩 그런 통제에도 불구하고 비어져나왔던 사랑의 흔적들이 있었다.

엄마와 나는 할아버지의 마지막 순간을 함께 지켰다. 그리고 그 이유만으로 나는 엄마를 상당 부분 용서했고, 장례를 치르고 나서는 일상적인 대화를 할 수 있을 정도로 관계가 좋아졌다.

나는 오랜 시간 동안 엄마를 용서하지 않았었다. 엄마는 나를 낳자마자 일을 나갔고, 흉한 소문이라도 되는 것처럼 아빠의 죽음을 덮으려는 데에만 급급한 것처럼 보였다. 시간이 지나면서 나는 엄마가 나로부터 아빠에 대한 애도의 기회를 빼앗아갔다고 생각했다. 비가 오면 우산을 가지고 온 학부모들을 제치고 비를 맞으며 집으로 갔던 일, 현관문 열쇠를 목에 걸고 동네를 돌아 돌아가기 싫은 집으로 걸어가던 일. 늘 방문을 걸어 잠그고 자던 엄마, 그 흔한 잔소리 한 번 하지 않던 무심한 엄마.

할아버지의 임종을 세 시간여 앞두고 엄마는 장례식장을 예약하고 상을 치르면서 쓸 세면도구를 가방에 넣었다. 할아버지의 숨소리가 점점 더 거칠어지자 나는 엄마의 손을 잡았다. 엄마의 손은 물기 하나 없이 딱딱하고 차가웠다.

할아버지의 숨이 멎자 엄마는 병원에 전화를 걸어 구급차를 불렀다. 목소리가 조금 떨렸지만 그뿐이었다. 내가 할아버지의 얇은 몸 위에 엎어져 울고 있을 때 엄마는 한 발자국 떨어져 서서 그런 할아버지와 나를 바라보기만 했다. 엄마는 울지 않았고, 눈가에는 눈물조차 맺혀 있지 않았다.

장례식장에서도 엄마는 손님들을 치르며 땅콩, 오징어포 같은 것들을 주워 먹었고, 일상적인 이야기를 나누며 선선히 웃기도 했다. 장례식 화장실에서 사람들이 수군거리던 소리. 소유 엄마 독한 거 보라지. 하나 있는 자식이 저리도 무정하니 죽은 노인네만 불쌍하네. 번듯한 아들이라도 하나 뒀으면 이만큼 초라하지는 않았을 거야.

엄마에 대해 아무것도 모르면서 껍데기만 보고 단죄하는 사람들에 대한 반감이 치솟을 무렵, 나는 그 사람들 편에 서서 엄마를 바라보지 않는 내 모습이 낯설었다. 슬픔을 억누르고 억누르다 결국은 어떻게 슬퍼해야 하는지도 모르는 사람이 엄마였다. 평생을 함께 산 아버지의 죽음 앞에서도 두려움 없이 눈물을 풀어낼 수조차 없는 사람, 울고 게워내서 씻어낼 줄을 모르는 사람, 그저 차가운 손과 발, 두통처럼, 보이지 않는 증상으로만 아픈 사람이 엄마였다.

벽제로 가는 버스 안에서 나는 좀처럼 따뜻해지지 않는 엄마의 얼음장 같은 손을 붙잡고 있었다. 엄마는 퉁퉁 부은 내 얼굴을 차갑게 바라봤다. 엄마의 흰자위는 하얗다 못해 파란빛이 돌았다.

"울고 싶어."

그 말을 하며 엄마는 힘들게 웃었다. 다 묶이지 않은 머리카락이 이리저리 빠져나와 있었다. 나는 주머니에서 실핀을 꺼내서 엄마의 비어져나온 머리카락을 머리에 고정시켰다.

"너도 엄마가 이상해 보이지."

나는 고개를 가로젓다가 끄덕였다.

"응. 엄만 정말 이상한 사람이야."

엄마에게 쌓인 감정을 풀지 못했을 때는 하지 않았던 말이었다. 엄마는 조금 웃다가 내 어깨에 기대어 잠들어버렸다.

할아버지의 옷은 네 박스 정도로 정리를 해서 가까운 아름다운가게에 기증했다. 구멍난 양말이며 얇아질 대로 얇아진 속옷, 기름때가 낀 플라스틱 빗, 밑창이 너덜너덜해진 운동화, 가죽이 허옇게 일어난 구두, 거의 다 쓴 코롱은 이십 리터짜리 종량제 봉투에 버렸다. 엄마는 별다른 고민 없이 할아버지가 80~90년대의 프로야구 기사를 스크랩해둔 스크랩북도 종량제봉투에 버렸다. 신문을 읽을 때 쓰던 돋보기안경과 틀니는 납골당 서랍에 넣기 위해 챙겼다. 평소에 쓰던 베레모, 여름철에 쓰던 중절모 하나, 두터운 펠트 천으로 만든 감색 중절모는 내 방에 가져갔다.

엄마는 납골당 안에 넣을 사진 세 장을 고르라고 했다. 나는 햇살이 환하게 들어오는 방에서 아직 아기인 나를 안고 있는 할아버지의 사진을 골랐다. 그리고 엄마의 중학교 졸업식에서 엄마와 한 뼘 정도 거리를 두고 서 있는 할아버지의 사진을 집어들었다. 사진 속에서 엄마와 할아버지는 그 흔한 꽃다발도 없이 가지런히 두 손을 앞으로 모으고 카메라 앞에 서 있었다.

하지만 엄마와 나 할아버지, 이렇게 셋이 찍은 사진은 고작 한 장뿐이었다.

우리 셋은 반통짜리 수박을 앞에 두고 어색하게 앉아 있다. 할아버지가 가운데에서 입을 꽉 다문 채 설핏 웃고 있고 나는 한 손에는 수박을 들고 한 손으로는 브이를 그리며 어색하게 웃는다. 엄마는 한 손에 식칼을 들고 표정 없이 카메라를 바라본다. 사진을 찍은 사람은 쇼코였다.

엄마와 할아버지는 사진 찍는 걸 좋아하지 않았다. 엄마는 사진 속 엄마의 얼굴이 너무 경직되어 보인다고 했고, 할아버지는 늙은이 사진을 찍어서 뭐하냐고 말했다. 엄마는 웃고 있는 자신의 모습을, 할아버지는 젊은 자기의 모습을 진짜 자기라고 생각했던 것 같다. 쇼코는 그래도 사진을 찍겠다고 사정했고 엄마와 할아버지는 어쩔 수 없이 사진을 찍었다.

쇼코는 그 사진을 할아버지에게 편지로 보냈다. 사진 중에는 쇼코와 내가 천변에서 조금 떨어져 서서 찍은 사진도 있었다. 콘택트렌즈를 끼기 전, 두꺼운 안경을 쓰고 있던 내 얼굴과 단정한 미소를 짓는 어린 쇼코가 거기에 있었다. 그때만 해도 쇼코가 나보다 한참은 어른처럼 느껴졌었는데 사진 속에서 웃고 있는 쇼코는 그저 어린애처럼 보였다.

쇼코가 보내온 사진은 노란색 고무줄에 묶여서 신발 박스의 맨 아래에 보관되어 있었다. 엄마가 거실에 신문지를 깔고 쪽파를 다듬는 사진, 할아버지와 내가 베란다에서 빨래를 너는 모습, 할아버지와 엄마가 소파에 앉아서 어색하게 웃는 사진이 있었다. 할아버지가 베레모를 쓰고 천변 벤치에 앉아서 배드민턴 라켓으로 파리를 쫓아내는 듯한 포즈를 잡은 사진도 있었다.

나는 엄마에게 쇼코도 할아버지의 병을 알고 있었느냐고 물었다. 엄마는 할아버지와 쇼코 사이에 어떤 내용의 편지가 오고갔는지 알지 못한다고 했다. 할아버지의 유품 속에서도 쇼코의 편지는 발견되지 않았다. 할아버지는 스크랩북과 사진을 제외한 기록물들을 모두 정리해버린 것 같았다. 그리고 내가 아는 한 할아버지의 마지막 투병 시기에 쇼코는 편지를 보내지 않았다.

"아빠는 삼십 년을 집에서만 보냈어."

엄마는 할아버지의 뒤통수에 닳아서 내피가 드러난 소파를 만지며 말했다.

"믿어지니? 네가 살아온 시간만큼이야."

엄마는 베란다 귀퉁이의 고무나무를 가리키며 말했다.

"저 화분과 다를 바가 없었어. 그게…… 얼마나 내 마음을 짓눌렀는지 너는 모를 거야."

할아버지는 고작 열 살 때부터 상점에서 점원 노릇을 하며 일을 시작했다. 부모에게 한창 투정 부릴 나이에 할아버지는 주판을 퉁기며 삼촌의 가게를 돌봤다. 아들이 없는 삼촌의 가게에서 입지를 다지는 것이 좋으리라는 증조할아버지의 결정이었다고 한다. 그렇게 쉰이 될 때까지, 그 가게가 망할 때까지 할아버지는 전쟁이 났을 때를 제외하고는 일을 거르지 않았다. 그렇게 할아버지 나이 쉰, 할아버지는 가게를 처분해야 했다. 할아버지의 사소한 실수 때문이었다고 할아버지는 엄마에게 고백했다고 한다.

가까운 사람에게 사기를 당한 것 같다고 엄마는 말했다. 몇십 년간 이유를 물었지만 할아버지는 대답해주지 않았고 그저 사람을 만나는 걸 꺼렸다.

"어린 시절을 떠올리면 아빠에 대한 기억이 없어. 아빠는 잠자는 것 말고는 집에 들어오지 않았으니까. 일을 정리하는 마지막까지도 아빠는 집에서 시간을 보내는 일이 없었어. 정작 필요할 때는 없다가 내가 독립할 때가 되니 갑자기 밖에 나가지 않는 거야."

엄마의 시댁 쪽 식구들은 왜 귀한 내 아들이 사돈을 부양해야 하는 거냐고 엄마를 호되게 나무라기도 했다고 한다. 건강한 양반이 왜 밖에 나가서 일을 하지 않는 거냐고 역정을 냈다고 한다. 하지만 나의 아빠는 교육받아야 할 때 교육받지 못하고 즐겨야 할 때

즐기지 못했던 사람이라며 우리 할아버지를 받아들였다. 아빠가 그토록 질색하는 담배를 할아버지가 환기도 시키지 않고 피우는 것도, 하루종일 소파에 앉아 아무 일도 하지 않는 것도 그럴 수 있는 거라고 말했다.

할아버지는 늘 내게 먼저 돌아가신 아빠에 대해서 좋은 말들을 했다. 아주 번듯하게 잘생겨서 사위라고 데리고 다니면 면이 섰다는 이야기, 타고난 이야기꾼이어서 밥상머리에서 늘 웃었다는 이야기, 천성이 다정해서 엄마나 할아버지의 생일을 잊지 않고 작은 선물들을 줬다는 이야기 같은 것들이었다.

엄마는 그 다정한 남편을 결혼한 지 사 년 만에 잃어버리고, 고집불통 노인네와 울기 잘하는 어린 딸과 지금껏 살아왔다. 나는 할아버지의 틀니를 만지작거리며 말했다.

"할아버지가 서울 자취방으로 오셨던 날 있잖아."

"응."

"그때 나한테 뭐라고 하셨는 줄 알아?"

"뭐라 하셨어?"

"내가 이러고 사는 게 멋지다고, 하고 싶은 걸 하면서 사는 거니까 멋지다고 하셨어. 그런데 이상하게도 그날 이후로 이쪽 영화 일이 마음으로 정리가 되더라."

"정리가 되다니?"

"이제는 끝내려고, 엄마."

엄마는 그 이유에 대해서 묻지 않았다. 우리는 별말 없이 할아버지의 유품을 정리했다. 엄마는 내가 서울에서 계속 지낼 건지, 아니면 고향으로 다시 내려올 건지 물었다. 나는 서울에 살든 고향에 살든 엄마와는 같이 살지 않겠다고 말했다. 엄마도 이제는 자유로워지라고, 집에 남자친구든 친구든 불러서 같이 놀고, 누구의 밥걱정도 하지 말고 그냥 그렇게 있으라고 했다.

"엄마는 누구보다도 혼자 있기를 바랐던 사람이잖아."

"……고마워."

엄마는 신문지로 포장된 돈뭉치를 건넸다.

"할아버지 유산 전부야."

"이걸 왜……"

"괜히 그러지 말고 받아. 할아버지가 꼭 너 주라고 하셨어."

엄마는 가방에 돈뭉치를 넣으며 가는 길에 은행에 가서 입금하라고 말했다. 내 계좌로 돈을 보내줄 수도 있었지만, 할아버지가 한 푼 두 푼 모은 돈을 지폐 그대로 보여주고 싶다고 했다. 얼마나 오랫동안 모은 돈인지, 구지폐가 아래쪽에 쌓여 있었다.

엄마의 집을 나오며 습관처럼 우편함에 손을 집어넣었다. 손끝에 봉투 하나가 걸렸다. 노란색 봉투에는 발신자 위치에 일본어가 적혀 있었고, 수신자 위치에 영어가 적혀 있었다. 수신자에는 Mr. Kim이라고 쓰여 있었다. 나는 편지를 훔쳐서 주머니에 넣고 시외버스 안에서 봉투를 뜯었다. 작고 뾰족한 쇼코의 서체가 눈에 들어왔지만 아무것도 이해할 수가 없었다. 세로쓰기를 한, 한 장짜리의 편지였다. 나는 핸드폰으로 편지를 찍어서 일본어를 잘 아는 시나리오 작가 R에게 전송했다.

'할아버지가 받은 편지야. 무슨 뜻인지 알고 싶어.'

R은 MMS 메시지를 보냈다.

미스터 김에게

어제는 할아버지의 요양병원에 다녀왔습니다. 병원의 서쪽 응달에도 목련이 눈부시게 피었어요. 오늘은 심한 목 디스크 때문에 수술을 한 환자가 드디어 혼자 옷을 갈아입을 수 있게 되었다고 문자를 보냈어요. 퇴행성 허리 디스크가 진행되고 있는 열여섯 살 여자아이가 전기치료를 끝내고 저에게 말했어요. 아프지 않아서 좋겠네요, 라고. 그애에게 잘못한 것도 없는데 괜히 미안해져서 미안하다고 말했어요.

미스터 김. 이제는 더이상 편지를 보내지 말라고 하셨지요. 제 편지를 기다리지 않아도 되니 그편이 마음 편하겠다구요. 편지를 보내지 않으니 자꾸만 미스터 김에게 말할 거리를 생각하게 되었어요. 그러다 미안해졌어요. 웃고 떠들고 일을 하고 맛있는 것을 먹을 때에도 미안했어요.

그동안 감사했습니다. 건강하세요.

쇼코

나는 봉투에 적힌 주소로 짧은 편지를 썼다.

쇼코에게

할아버지가 돌아가셨어. 4월 5일 저녁 일곱시 즈음이었어. 이 년간 투병하셨고 지난 두 달간 병세가 급격히 악화되었어. 네가 그나마 할아버지와 최근까지 연락한 친구야. 할아버지는 너를 각별히 여기셨고 네가 한번쯤은 당신을 만나러 오기를 바라셨었지. 한국에 온다고, 꼭 다시 만나자는 너의 빈말을 진담으로 알아들으셨나봐. 이제는 이런 손편지 쓰는 것도 귀찮아. 연락할 일이 있으면 이메일이나 스카이프로 전화해.

소유

나는 이메일 주소와 스카이프 아이디를 종이에 꾹꾹 눌러적어 빠른우편으로 보냈다. 그리고 서울의 자취방에서 아무 눈치도 보지 않고 이틀은 울기만 했던 것 같다. 몇 달 전, 바로 저기 보이는 행어 아래서 줄담배를 피우던 할아버지를 기억했다. 이제 더이상 할아버지를 볼 수 없다는 사실이 시간이 지나며 더 분명해졌다. 그 사실이 분명해질수록 오히려 사실처럼 느껴지지 않았다.

내 나이 서른. 경력이라고는 인문대학 학부 졸업장과 단편영화 두 편의 감독뿐이었다. 영어로 읽고 말하는 것이 크게 어렵지는 않았지만 영어 능력을 증명할 수 있는 자격증도 성적표도 없었고 인턴 경력조차 없었다. 원서를 써보려면 영어 성적이라도 있어야 할 것 같아서 대학교 때 보던 토플 책을 펼쳤다. 문법을 정리하고 하루에 단어를 백 개씩 외웠다. 그러자 뜨개질을 하듯이 마음이 정돈되고 쉽게 집중할 수 있었다. 단순 암기에 집중하니 잡념이 조금씩 사그라졌다.

시나리오를 쓸 때는 하루 웃었다 하루 울었다 했다. 하루는 글이 잘 써진다고, 이만하면 해볼 만하다고 생각하다가 다음날에는 전날 쓴 글을 버리고 다시는 글을 쓸 수 없을 거라는 두려움에 사로잡혔다. 꾸준히 써야 한다고들 말했다. 적어도 오 년을 꾸준히 썼지만 글이 늘지 않았다. 평생을 써도 아무 의미 없는 장면들만 만들어내리라는 공포가 근육을 굳게 했다.

내가 창의적이지 않은 사람이라는 사실. 능동적인 사람은 더더군다나 아니며 암기식 교육이 오히려 편하게 느껴지는 사람이라는 사실을 인정하는 데는 많은 시간이 걸리지 않았다. 그토록 싫어했던 제도권 교육 안에서 나는 얼마간 편안함을 느꼈는지도 모른다. 영어 단어를 외우는 동안 매일 인터넷 채용 사이트에 들어가서 취직 자리를 알아보는 일도 거르지 않았다.

새벽에 눈을 뜨면 사람은 아무것도 아니라는 생각이 들었다. 심지어 우리가 밟고 있는 이 단단한 땅도 결국 흘러가는 맨틀 위에 불완전하게 떠 있는 판자 같은 것이니까. 그런 불확실함에 두 발을 내딛고 있는 주제에, 그런 사람인 주제에 미래를 계획할 수 있다고 생각했다니.

쇼코에게서 전화가 온 건 새벽 한시였다.

이불 위에서 영어 단어를 외우다 까무룩 잠이 들었다. Teresa라는 아이디였다. 나는 자리에서 일어나 전화를 받았다.

"여보세요?"

상대편 전화 너머로 라디오 소리가 들렸다. 전화기를 든 상대는 한동안 말을 제대로 하지 못했다.

"말해. 쇼코."

쇼코는 작은 목소리로 천천히 말을 시작했다.

"너희 할아버지 소식은 유감이야."

감기에 걸린 것처럼 잠긴 목소리였다.

"약속을 지키지 못해서 미안해. 하지만 갈 수가 없었어."

"왜?"

"할아버지가 아픈 걸 나에게 보이기 싫어하셨어."

그게 무슨 말인지 처음에는 잘 이해가 되지 않았다. 할아버지가 아픈 걸 쇼코가 알고 있었다고는 생각도 못했었다.

"할아버지가 아픈 걸 알았어?"

"응. 소유 너는 몰랐었지."

응. 몰랐었어. 나만 빼놓고 모두가 알고 있었구나. 쇼코 네가 뭐라고. 나는 목이 멨다.

"널 속인 건 미안해. 하지만 할아버지와의 약속이 더 먼저였어."

내가 대답할 틈도 없이 쇼코는 말을 이었다. 지금이라도 한국에 가서 나와 할아버지를 보겠다고 했다. 나는 알겠다고, 하지만 지금 같은 기분으로는 쇼코를 볼 수 없다고 말했다. 내가 몰랐던 비밀을 할아버지와 공유했다는 질투, 내게 내내 연락하지 않았던 일에 대한 미운 마음, 일본에서 본 쇼코의 태도에 대한 거부감, 나의 불안정한 처지에 대한 방어심, 그 모든 감정들이 하나로 모여서 차가운 마음으로 굳어졌다.

"나는 너를 안 봐."

쇼코는 이게 마지막이면 마지막일 거라고, 나에게 줄 선물이 있다고 말했다.

"할아버지가 내게 보내신 편지는 이백 통 정도야. 나보다는 너와 너희 가족에게 더 의미가 있을 것 같아. 꼭 만나서 주고 싶어."

나는 목이 메어서 그냥 고개를 끄덕이기만 했다.

쇼코는 명동의 게스트하우스에서 묵는다고 했다. 나는 우리 동네 카페로 쇼코를 불렀다. 약속시간 이십 분 전에 카페로 나갔더니 쇼코는 이미 자리에 앉아 있었다. 팸플릿에서 본 것과 비슷한, 금발로 염색한 긴 머리에 속눈썹까지 붙인 진한 화장을 한 얼굴이었다. 쇼코는 반짝거리는 재질의 카키색 트렌치코트를 입고 하얀 옥스퍼드 단화를 신고 있었다.

쇼코에 대한 부정적인 감정 때문에 예의로라도 웃지 못했다. 나는 금색 펄로 번쩍이는 쇼코의 손톱에 시선을 줬다. 쇼코는 명동에서 칼국수를 먹고, 네일숍에 들르고, 마사지를 받았다고, 서울은 나의 고향인 K군과 전혀 다른 곳이라고 말했다.

"한국을 생각할 때면 늘 K군의 그 고즈넉한 분위기, 스쿠터를 타고 다니는 중년 여자들, 기다란 풀들이 우후죽순 솟아난 천변과 하루살이들이 떠올랐었어."

나는 그 말을 흘려듣고 쇼코에게 손을 뻗어 할아버지의 편지를 달라는 신호를 보냈다. 쇼코는 그런 내 손을 한 손으로 잡더니 다른 한 손까지 보태서 두 손으로 내 손을 감쌌다. 쇼코는 미소가 감도는 얼굴로 나를 바라보며 할아버지의 일은 유감이라고 말했다. 그 손짓과 표정에서 나는 위안을 느꼈고 쇼코로부터 위안받았다는 사실에 당혹했다.

나는 일본에 갔을 때 쇼코에게 느꼈던 우월감을 기억했다. 너의 인생보다는 나의 인생이 낫다는 강한 확신이 들었던 때. 집에 틀어박혀서 어디로도 갈 수 없었던 쇼코를 한심스럽게 생각했던 일. 넋이 나간 것처럼 내게 기대서 팔짱을 끼던 모습에 알 수 없는 소름이 돋았던 기억. 그리고 쇼코의 아픈 할아버지를 보며 나의 할아버지의 건강을 다행스럽게 생각했던 일도.

나는 쇼코의 그늘을 보지 못했다.

"여기."

쇼코는 비닐 쇼핑백 두 개를 꺼냈다.

"미스터 김의 편지야."

나는 쇼핑백으로 손을 뻗어서 편지를 하나 꺼냈다. 지독한 악필이었다. 세로쓰기가 된 편지에는 한자와 히라가나, 가타카나, 숫자가 분방하게 섞여 있었다. 그리고 편지지 구석에 머리가 둥글고 주둥이가 뾰족하게 나와 있는 참새 두 마리가 기지개를 펴듯이 날개를 펴고 웃는 그림이 있었다. 정교하지 않고 대충 그어놓은 스케치였지만, 새들의 기쁨이 고스란히 전해졌다.

할아버지의 소파 옆 협탁에는 재떨이와 전화기, 메모장이 언제나 놓여 있었다. 전화를 하면서 받아적을 노트를 위한 메모장이었지만 그보다는 할아버지의 낙서장에 가까웠다. 할아버지는 도형이며 사람의 얼굴, 나무, 동물들, 그리고 기괴한 문양 같은 것들을 그리면서 시간을 보내곤 했었다. 그러다 청소를 한다고 자신이 그린 것들을 다 쓰레기통에 던지곤 했다.

그림에 시선을 주는 나를 보고 쇼코가 입을 열었다.

"미스터 김은 화가가 되고 싶었대."

한 번도 들어본 적 없는 말이었다.

"화가가 되어서 전국을 유랑하며 그림을 그리고 싶었대. 그런데

열 살 때……"

"삼촌 가게에 취직하게 되지."

"맞아."

나는 다른 편지를 한 장 뽑았다. 아기 코끼리와 엄마 코끼리가 긴 코로 서로 장난을 치는 그림이 그려져 있었다.

"그는 내 상황에 대해서 정확히 알았어. 보지도 않고 환자를 치료하는 의사처럼 말이야."

"그랬니?"

나는 들고 있던 편지지를 쇼코에게 건넸다. 쇼코는 한 줄 한 줄 영어로 통역해서 들려줬다.

"오늘은 천변을 걷다가 응달에서 누워 자는 젊은 남자를 봤다. 서른쯤이나 됐을까. 얼굴에 면도를 한 지 꽤 된 것처럼 턱과 얼굴에 수염이 듬성듬성 나 있었다. 나는 걸음을 멈추고 그 남자 옆에 쭈그려앉아서 그의 얼굴을 뜯어보았다."

천변을 거닐며 소일하는 할아버지가 손에 잡힐 듯 보였다. 길을 가거나 버스를 탈 때 언제나 다른 사람들의 얼굴을 쳐다보곤 하던 할아버지. 나는 제발 사람들을 그렇게 뚫어지게 쳐다보지 말라고 화를 내곤 했다.

쇼코는 다른 쇼핑백에 든 편지 꾸러미를 앞으로 내밀었다.

"할아버지가 투병하셨을 때의 편지들이야."

나는 편지 하나를 뽑아서 펼쳤다. 편지 모퉁이에 크고 긴 귀를 가진 강아지가 혀를 내밀고 귀를 펄럭거리며 앞으로 뛰어가는 그림이 그려져 있었다. 쇼코는 그 편지를 들고 통역했다.

"오늘은 문어죽을 먹었다. 내가 좋아하는 음식인데 누군가 토해놓은 것처럼만 보이고 역한 냄새가 나서 겨우겨우 먹었다. 딸은 내게 '아빠, 무조건 먹어야 돼'라고 얘기하며 엄한 엄마처럼 굴었다. 굶어 죽고 싶냐고 화를 내는 딸을 봐서라도 먹었다. 토하면서 먹었다."

어째서 할아버지는 나에게 이런 이야기를 한마디도 하지 않았던 걸까.

"나에 대해서 쓰신 적은 없으셔?"

쇼코는 빨대로 아이스 아메리카노를 저으며 웃었다.

"네가 할아버지를 빼다박았다고 좋아하셨어. 우리가 다시 편지를 주고받게 되었을 때, 할아버지가 너에 대해서 얼마나 자랑을 했는지 몰라. 네가 만든 영화가 상영된 영화제에 다녀왔던 이야기도 쓰셨어."

나는 할아버지를 영화제에 초대하지 못했었다. 팔순이 다 된 노인이 굳이 이것 때문에 서울에 올라오는 건 아니라고 생각했고, 내 앞으로 지급된 표는 내가 인정받고 싶었던 영화계 사람들에게 뿌린 지 오래였기 때문이다. 나는 할아버지에게 시사회에 오실 수 있느냐고도 묻지 않았었다. 할아버지가 영화를 보여달라고 한참이나 보챈 뒤에야 나는 노트북에 저장된 영화를 할아버지 앞에서 틀었었다. 집을 잃은 소녀가 공사가 중단된 빈 아파트에 살며 쥐로 변하는 내용의 십오 분짜리 단편영화였다.

영화는 당연히 혹평을 받았다. 선악의 경계가 너무 분명하고 메타포가 강해서 세련되지 못하다는 평이었다. 하지만 할아버지는 아무 평도 내리지 않고 그저 내게 묻기만 했다. 그런 아이디어를 어디서 얻은 건지, 정말로 집을 잃은 사람들을 만나본 적이 있는지, 심지어 사람이 정말 그렇게 쥐로 변할 수 있는 건지, 그 소녀를 잡아낸 카메라는 누구의 시선인지 묻기도 했다. 그 불편하고 듣기 힘들었던 이야기들을 나는 어떻게든 피해보려고 애썼던 것 같다.

할아버지는 나의 유일한 관객이었다.

쇼코는 이빨로 빨대를 물어뜯다가 입을 열었다.

"미스터 김에게 하지 못한 이야기가 있어."

"……"

"내가 다시 편지를 보냈었잖아. 그날이 우리 할아버지가 돌아간 지 육 개월이 되던 날이었어. 마음을 추스르는 데 육 개월의 시간이 걸렸었나봐. 내 편지를 받고 미스터 김은 내게 답장을 하셨어. 투병중이라고. 병원에 통원치료를 받으러 다닌다면서. 그런데 그런 미스터 김에게 우리 할아버지가 돌아가셨다고 선뜻 말을 하지 못하겠더라."

나는 쇼코의 할아버지를 떠올렸다. 쇼코에게 험한 소리를 들으면서도 한마디도 되갚지 않고 죽은 듯이 분꽃을 바라보던 얼굴이 붉던 노인을.

"그래서 그냥 거짓말을 했어. 우리 할아버지의 병세가 점점 나아지고 있다. 아무 가망이 없다는 말을 들었지만 의사들의 예측이 비껴나갔다는 식으로."

쇼코는 그 말을 하면서 테이블에 흩어져 있는 할아버지의 편지들을 정리했다.

"우습지?"

"웃기다."

"소유야."

"응."

"우린 이제 혼자네."

쇼코는 그 예의바른 웃음을 지으며 어깨를 들썩했다.

그 만남 이후로 쇼코는 내 자취집에서 이틀을 같이 지냈다. 지금 보면 어설프기 짝이 없는 내 단편영화 두 편을 같이 봤다. 쇼코는 중국음식을 시켜 먹으며 시간을 아껴가며 할아버지가 쓰신 편지들을 전부 통역해 들려줬다. 쇼코는 일정한 톤과 빠르기로 편지를 읽어줬고, 가끔 영어로는 모르는 단어가 나오면 다른 영어 단어를 동원해서 설명하기도 했다. 우리는 집 근처 찜질방에도 같이 갔다. 그곳에서 나는 쇼코의 갈색 유두 근처에 새겨진 연둣빛 애벌레 타투를 보았다. 쇼코는 손가락으로 애벌레를 가리키며 웃었다.

우리는 함께 할아버지의 납골당에 갔다.

쇼코는 할아버지의 여름 중절모를 썼고, 나는 할아버지가 제일 좋아하던 베레모를 쓰고 갔다. 납골당 안에는 쇼코가 찍어준 우리 가족의 사진과, 천변 벤치에 앉아 있는 할아버지의 사진이 있었다. 두 장 모두에 쇼코의 시선이 내려앉아 있었다. 쇼코는 납골당 유리문에 두 손바닥을 대고 말했다.

"미스터 김."

그 말을 하고는 우리는 뜻 모르게 같이 웃었다.

쇼코는 우리 엄마 집에는 들르지 않았다. 집 근처의 천변에도, 쇼코가 다시 가보고 싶다고 했던 나의 모교에도 같이 가지 않았다.

"다음에 갈게. 그래야 또 올 이유가 생기지."

나는 쇼코를 김포공항까지 데려다줬다. 출국장에서 우리는 처음으로 포옹했다. 몸은 약간 떨어져서 팔로 서로의 등을 두르는 식의 포옹이었다.

출국장으로 들어가던 쇼코의 모습을 기억한다. 보딩패스를 내밀고 자동 유리문으로 들어가는 쇼코의 얼굴. 그때 쇼코는 그 예의바른 웃음으로 나를 쳐다봤다. 마음이, 어린 시절 쇼코의 미소를 보았을 때처럼 서늘해졌다.

나를 다독이면서

「쇼코의 미소」는 내 등단작이자 친구들이 처음으로 읽은 내 소설이기도 하다. 내가 쓴 소설들은 대부분 나 혼자만의 글로 남았었다. 친구들에게 내 속을 보여준다는 것 자체가 쑥스러웠고 글에 대한 자신감도 없어서였다. 등단을 하고 나서도 이 소설이 활자화되어 사람들이 읽으리라는 것이 두려웠다. 몇몇 친구들에게 잡지를 주면서 절대 읽어서는 안 된다고 말하곤 했는데 그 말의 반은 진심이었다.

그런데도 친구들은 쇼코에 대해, 소유에 대해, 할아버지에 대해, 어떤 장면들에 대해 자신들이 느낀 점을 이야기해줬다. 그들은 내가 쓰면서도 몰랐던 것, 의식하지도 못했던 부분들을 찾아서 말해줬고 나는 큰 고마움을 느꼈다. 누군가 내 이야기를 귀 기울여서 들어주고 대답해주다니. 나는 행복했다. 그러던 와중에 젊은작가상을 받았다는 소식을 들었다. 내 친구들만 내 소설을 읽어준 건 아니었다는 것을 그제야 알게 되었고 그저 놀라운 마음이 들었다. 이 글을 쓰는 지금도 얼떨떨하다.

「쇼코의 미소」는 작년 봄, 시간이 날 때마다 틈틈이 썼던 소설이었다.

언제나 떠나고 싶으면서도 떠나지 못하는 여자애가 내 머릿속에 떠올랐다. 그애는 왜 떠나지 못하고 있는 걸까. 그리고 그 여자애를 가로막고 있는 바다를 떠올렸다. 이 소설은 그 바다의 이미지에서 시작됐다. 쇼코가 제일 먼저 내게 왔고, 소유가, 할아버지가, 엄마가 내게 왔다. 이 소설을 쓰면서도 나는 이 사람들이 누구인지, 어떤 사람들인지 잘 몰랐던 것 같다. 그들은 내 소설 속에서 나와 무관하게 수박을 먹고 산책을 하고 팔짱을 끼고 그림을 그리고 싸우고 야간버스를 타고 여행을 했다.

활자로 인쇄되어 나온 그들은 조금 더 낯설어졌고, 나는 소설에도 제 나름의 생명과 운이 있다는 걸 알게 되었다. 이 소설은 나라는 사람에게만 머물기를 바라지 않았고 그리하여 당신에게로 갔다. 당신에게 읽히기를 바라면서, 어쩌면 사랑받기를 원하면서.

이 소설과 작별한 채로 나는 다시 백지 앞에 섰다.

소설쓰기는 거듭나는 훈련 같다. 매 작품마다 다시 시작해야 하고 매순간 최선을 다하지 않으면 다시 태어날 수 없다. 나는 소설쓰기의 그 정직한 속성이 좋다. 나는 소설쓰기를 통해서 나 자신을 신뢰하고 사랑하는 법을 배워나가는 중이다. 글쓰기를 통해서 예민하고 상처를 잘 받는 내 성격도 나의 일부로 받아들이고 미워하지 않을 수 있게 되었다. 불완전한 인간이지만 사랑해줘야지, 라고 나를 다독이면서 글을 쓴다.

사람에 대한 관심을 잃어버릴 때 소설가는 소설을 더이상 쓰지 못하게 된다는 은사님의 말씀이 늘 가슴 깊은 곳에 있다. 논쟁하고 분노하고 진저리를 치더라도 사람에 대한 냉담한 마음만은 품지 않을 수 있다면, 나는 계속 쓸 수 있으리라 믿는다.

이제 나는 어디로 가나.

나는 간다. 어디로 가는지도 모르면서 배낭을 메고 가볍게 걸어가는 떠돌이처럼.

그건 내 오랜 꿈이었다.

| 해설 |

그들은 다시 만나야 한다

양재훈

최은영의 「쇼코의 미소」는 독특한 독서 경험을 선사한다. 이 작품은 참신한 기교나 실험적인 형식 따위를 내세우고 있지 않으며 딱히 긴장감을 형성하는 문장으로 쓰이지도 않았다. 치밀하게 짜인 구조라든가 독자의 호기심을 자극하기 위해 삽입된 소설적 장치 같은 것도 특별히 눈에 띄지 않는다. 그저 담담한 필치로 차분히 자기 할말을 해나갔을 뿐인 것처럼 보이는 이 작품은, 그러나 독자 역시 차분한 마음을 유지하면서도 멈추지 않고 끝까지 읽게 하는 힘을 지녔다.

분량으로 따지면 웬만한 단편소설의 두 배가 넘는 긴 소설이 이렇게 편하면서도 지루하지 않게 읽히기는 쉬운 일이 아니다. 도대체 무엇이 이 특별할 것 없어 보이는 소설을 이처럼 매력적이게 만드는 것일까? 서사의 유형에 따라 분류하자면 이 작품은 '성장소설'이라는 흔한 명칭으로 부를 수밖에 없을 것이다. 그러나 거기에 담긴 성장의 의미는 그리 만만치 않다.

간단히 말하면 「쇼코의 미소」는 할아버지로 대변되는 가족관계의 굴레에 가로막혀 있을 뿐 자기 안에 특별한 가능성이 있음을 의심치 않던 주인공이 자신의 평범함을 깨닫게 되는 이야기이다. 하지만 이야기는 주인공 소유가 자기 가능성의 표출을 가로막는 가족의 굴레에 절망하거나 그로부터의 탈출을 꿈꾸는 데서 출발하지 않는다. 이야기의 출발점에서 소유의 의식은 자기 존재의 특별함이나 그것이 가로막혀 있는 상황 따위에 대한 자각 없이 주어진 환경에 매몰되어 있었다. 소유가 그것들을 의식하는 데는 외부의 계기가 필요했으니, 그것이 바로 시작 부분에서 쇼코가 하는 역할이다. 이 이야기는 이를테면 유년의 상태에 머물러 있던 소유가 쇼코의 등장을 계기로 사춘기에 접어들면서 시작되는 것이다.

작품의 제목이 '쇼코의 미소'이니만큼 쇼코가 짓는 미소의 의미가 변주되는 양상을 따라가보도록 하자. 쇼코는 늘 같은 표정으로 미소짓지만, 서사가 진행되고 소유가 변화/성장하면서 그녀가 그것을 받아들이는 방식은 달라진다. 그렇게 쇼코의 미소는 각기 다른 의미로 세 번 반복된다. 처음 그것은 "알 수 없는 이질감"으로 다가온다. 자신이 속한 세계 안에 한정된 상상력을 지니고 살아가던 소유에게 쇼코의 등장은 저 바깥에 전혀 다른 삶이 존재한다는 사실을 깨닫게 하는 낯선 외래자의 침입과 같은 것이었다. 이때부터 소유에게는 쇼코를 향한 동일시가 발생한다.

동일시는 대상과의 거리가 도저히 좁힐 수 없을 만큼 먼 경우에는 발생하지 않는다. 소유가 쇼코를 동일시할 수 있었던 것은 두 가지 조건이 있었기 때문이다. 우선 쇼코는 이질적인 세계에서 건너온 대상이면서도 일본 안에서는 소유처럼 소읍의 작은 학교 학생이었다. 그리고 쇼코의 등장 이후 알 수 있게 된 것이긴 하지만, 소유 자신에게도 스스로를 특별한 가능성을 지닌 존재로 여길 만한 조건이 있었다. 소유는 예컨대 "언젠가는 유두 근처에 애벌레 모양의 타투를 할 거"라는 쇼코의 말에 얼굴이 새빨개지던 여자애들 사이에서 혼자서만 웃었다든가 자신이 일학년 중에서 더듬거리면서라도 영어로 말할 수 있는 몇 안 되는 학생 중 하나였다는 점 등에서 그녀를 둘러싼 그 좁은 세계에 한정되지 않는 잠재적 가능성을 발견할 수 있었다. 이런 조건들 안에서 소유는 "세상은 넓고, 우리는 어디든지 갈 수 있다"는 쇼코의 말에 즉각 공감하지 못하면서도 세계지도의 대도시들 위에 찍어둔 점들을 보며 아득함을 느낀다.

쇼코와의 동일시는 그러한 동질감 위에서 가능했다. 하지만 그것이 작동하는 데는 자신에겐 없는 무언가가 쇼코에게는 있다는 일종의 전이적 믿음이 필요했다. 소유가 쇼코에게서 느낀 이질감은 결국 이런 전이의 효과였다. 소유는 이제 막 자신이 가족 내지 천변의 작은 마을이라는 좁은 세계 안에 갇혀 있었음을 자각했다. 그것은 아렌트(Hannah Arendt)적인 의미에서 사적 영역에 해당한다. 유기적으로 연결된 하나의 공동체인 그 안에는 타인을 위한 자리가 마련되어 있지 않다. 자신을 향한 쇼코의 미소를 "다 커버린 어른이 유치한 어린아이를 대하는 듯한 웃음"으로 여긴다거나 할아버지 앞에서 웃는 쇼코를 보고 "정말 우스워서 웃는 게 아니라 (……) 그냥 상대를 편하게 하기 위해서 그런 포즈를 취하는 것 같"다고 느끼는 것은, 곧 쇼코가 자신과 달리 유기적 공동체의 바깥을 마주하고 있으며, 따라서 자신의 의식 속에는 없는 타인을 위한 자리가 그녀에게 있음을 확인시키는 일이었다.

쇼코의 미소가 그러한 전이적 믿음에서 분리되는 것은 소유가 일본에 찾아가 그녀를 만났을 때다. 일본에서 본 쇼코의 미소는 소유에게 "이상한 우월감"을 안겨준다. 쇼코의 집에서 소유는 자신이 쇼코보다 "정신적으로 더 강하고 힘센 사람"이 되었다고 느낀다. 그토록 떠나려 했던 고향 땅에 박혀 "속물적이고 답답한" 삶에 안주해버린 쇼코의 미소는, 더는 자신을 둘러싼 답답한 환경을 뚫고 저 넓은 세계로 나가 자기 안의 가능성을 실현해 보이겠다는 강렬한 욕망이 들어 있지 않은, 그저 안면 근육의 관성적인 움직임으로만 남아 있었다.

소유는 쇼코가 자신의 동일시를 유발하던 것을 더이상 소유하고 있지 않음을 확인했다. 그러나 그것은 처음부터 쇼코에게 없었던 것이다. 쇼코에 대한 소유의 동일시는 자신이 도달해야 할 이상적인 모습에 대한 동일시가 아니라 자신과 같은 보잘것없는 조건 속에서도 그 안에 매몰되지 않고 바깥으로 눈을 돌리고 있다는 데 대한 것이었다. 소유에게 쇼코는 욕망하는 법을 알고 있다고 가정된 주체였던 셈이다. 물론 이것은 동일시의 작동에 불가결한 전이의 효과일 뿐 쇼코 자신과는 무관하다. 이를 통해 작동하던 소유의 욕망은 실체적 대상을 향한 것이 아니라 쇼코가 그 방법을 알고 있다고 가정된 욕망 자체를 향한 것이었으며, 또한 그런 한에서 철저히 쇼코에게 매개되어 있었다. "어쩌면 넌 영화를 만드는 사람이 될지도 모르겠다"는 쇼코의 말 한마디가 소유의 마음에 분명한 자국을 남겼던 것도 그 때문이다.

"마음 한쪽이 부서져버린" 쇼코의 모습은 더이상의 동일시를 불가능하게 한다. 그 점이 확인되자 소유는 "열일곱 살의 쇼코를 기억하고 끊어져버린 연락을 안타깝게 여기며 그렇게 서서히 잊어버렸으면 좋았으리라"고 말한다. 이런 후회는 욕망의 진짜 대상인 욕망 자체가 사라질지도 모른다는 우려에서 기인한다. 하지만 동일시는 불가능해졌어도 그것을 가능하게 했던 전이는 해소되지 않은 채 남았다. 단지 쇼코라는 외부의 대상을 향해 있던 전이적 믿음이 자기 안의 가능성을 향해 옮겨졌을 뿐이다. 때문에 소유는 여전히 영화감독을 꿈꾸며, 자신의 특별한 잠재력이 그 꿈의 실현으로 현실화되리라 믿는다.

전이의 해소는 동일시의 대상이었던 쇼코와 무관하게 할아버지의 죽음을 통해 이루어진다. 이는 할아버지야말로 드러나지 않은 채 숨어 있던 근본적 환상의 대상이었음을 짐작하게 한다. 이런 가능성을 염두에 두고 다시 한번 소설을 주의깊게 읽어보면, 욕망의 중심적 계기로 보였던 쇼코에 대한 동일시가 실은 할아버지를 향한 감정에 종속되어 있었음을 알 수 있다. 소유의 동일시는 처음부터 쇼코를 대하는 할아버지(와 엄마)의 태도에 대한 의문과 함께 발생했다. "애정 표현에 서툴고 서로에게 웃어주는 일조차 어색해하던 가족"의 분위기가 쇼코의 등장과 함께 완전히 달라졌던 것이다.

쇼코가 머물렀던 그 일주일 동안 집에는 이상한 활력이 돌았다. 쇼코가 좋아한다는 수박을 사러 슈퍼에 간 할아버지, 영어든 일본어든 언어를 공부해야겠다고 목표를 정한 엄마, 쇼코가 만든 주먹밥을 먹으며 주고받던 삼 개 국어의 시간들.(250쪽)

'사람을 사귀는 일에 서투르고 무기력'하던, "작동하지 않아 해마다 먼지가 쌓이고 색이 바래가는 괘종시계 같"던 엄마와 할아버지가, 처음 만나는 쇼코를 "낯설고 우스꽝스럽게만 보"일 정도로 활짝 웃으며 반겨주던 모습이라든가 사진을 찍는 쇼코 앞에서 "곤혹스러워하면서도 그런 관심이 싫지 않다는 듯 웃어넘"긴다든가 하는 일은, 소유에게 도무지 이해되지 않는 것이었다. 특히 할아버지는 "소파에 앉아 텔레비전을 보면서 재떨이 가져와라, 물 떠와라, 발을 데울 더운물을 가져와라, 명령만 할" 뿐 어떤 대화도 하지 않던 평소의 모습과 달리 텔레비전을 끄고 자신감이 밴 목소리로 쇼코에게 이런저런 것들을 물어보기도 하고, "가방을 까먹고 학교에 갔다가 집에 돌아왔던 일이라든지 귀신 이야기를 듣다가 오줌을 쌌던 일" 등 늘 불같이 화를 냈던 소유의 어릴 적 실수들을 재미있는 추억이라도 되는 양 이야기하기도 한다. 게다가 그는 자신을 '미스터 김'이라고 불러달라고 말하며 쇼코에게는 "다 늙은 교장선생 같은 사람"이 아닌 친구가 되고 싶다고까지 말한다. 자신에게는 단 한 번도 보여주지 않았던 할아버지(와 엄마)의 이런 불가해한 태도는 소유에게 '케 보이?(Che Vuoi?)'의 질문을 불러일으킨다—'저들은 쇼코에게서 무엇을 보는가? 쇼코를 욕망의 대상으로 만드는 쇼코 안의 X는 무엇인가?' 쇼코를 향한 동일시는 자기 안에 발생한 이런 의문에 대한 반응이었다. 요컨대 쇼코를 향한 상상적 동일시는 할아버지를 향한 상징적 동일시에 매개되어 있었던 것이다.

쇼코의 망가진 모습을 보고도 전이가 해소되지 않았던 것 역시 그런 이유에서였다. 때문에 소유는 욕망할 만한 어떤 것도 쇼코에게 없음을 확인한 후로도 쇼코를 향한 할아버지의 우정 어린 태도에 불쾌함을 느낀다. "매사에 화를 내는 사람"이었던 할아버지가 예순 살이나 차이 나는 외국인 펜팔 친구인 쇼코에게만은 너그럽다는 점을 이해하지 못하는 것이다. 이후 소유는 "속물적이고 답답한 쇼코의 삶과는 전혀 다른, 자유롭고 하루하루가 다른 생생한 삶"을 꿈꾸며 영화아카데미에 등록하고, 아카데미를 마친 후에는 단편영화 독립영화제에 작품을 내기도 한다. 하지만 "그건 꿈도 아니었다"는 소유 자신의 고백에서 알 수 있듯, 그것은 소유가 실제로 원하는 삶이 아니었다. 그런 삶을 통해 표현된 소유의 욕망은 영화감독으로서의 삶이 아니라 할아버지의 욕망을 향한 것이었다.

욕망의 맨 밑바닥에 있는 것은 부인됨으로써만 욕망을 유지시키는 환상인바 할아버지야말로 소유의 근본적 환상의 대상이었다. 이는 자신은 몰랐던 할아버지의 병을 쇼코가 알고 있었음을 들은 소유가 다시 한번 불쾌함을 표출하는 장면을 통해 확인된다. 소유가 줄곧 할아버지와 엄마에게 얽혀 있는 삶의 속박을 끊어내려는 욕망을 표출해온 것도 바로 그런 이유에서였다. 욕망은 그 아래 숨겨져 있는 진짜 대상, 충동의 맹목적 운동이 향하는 대상인 공백(void)에 이를 수 없기 때문에 그 은유적 대체물을 향하며, 그것에 도달하자마자 다른 대상을 향해 미끄러지는 환유적 운동의 악무한에 사로잡혀 있다. 그러한 욕망의 틀은 충동을 은폐하는 스크린으로 기능하는 환상에 의해 마련된다. 따라서 저 악무한에서 벗어나려면 환상을 넘어서야 하겠지만 환상은 제거할 수도 없고 해석되지도 않는다. 때문에 정신분석의 최종 단계는 증상과의 동일시를 성취함으로써 환상을 횡단하는 것이다.

소설의 마지막 부분에서 일어나는 일이 바로 이것이다. 그것은 할아버지의 죽음을 전후한 할아버지와 쇼코의 방문을 통해 이루어진다. 우선 갑자기 소유를 찾아온 할아버지는 누구에게도 인정받지 못하면서도 자기 하고 싶은 대로 하고 사는 소유가 멋지다고 말한다. 그는 또한 고향에서 물리치료사가 된 쇼코의 얼굴이 실린 병원 팸플릿을 가리키며 "얘는 화장을 무슨 가부키처럼 했"느냐는 소유에게 "가부키든 경극이든 지가 하고 싶은 대로 하는 거"라며 "예쁘기만 하"다고 말하기도 한다. 인정받지 못하리라 여겼던 자신의 삶과, 마찬가지로 더는 욕망의 대상이 될 수 없을 것처럼 보였던 쇼코의 삶을 긍정하는 것이다. 이는 소유에게 불가해한 타자의 욕망의 수수께끼를 가리고 있으리라 여겼던 베일 뒤에 실은 아무것도 없었음을 확인시키는 일이었다. 그에 따라 소유는 드디어 아무런 열정도 없이 관성적으로만 지속하던 영화감독 지망생의 삶을 정리할 수 있게 된다.

할아버지의 방문과, 얼마 지나지 않아 이어진 그의 죽음 이후 소유는 취업을 위해 토플을 공부하며 매일 백 개씩의 영어 단어를 암기하는 평범한 생활을 시작한다. 이를 통해 소유는 자신이 생각했던 것과 달리 창의적인 인간이 아니며 오히려 제도권 교육 안에서 편안함을 느끼는 종류의 인간임을 확인한다. 이제 그녀는 더이상 가족의 굴레에 가로막힌 자신의 가능성을 실현할 수 있는 미지의 바깥 세계를 꿈꾸지 않게 되었다. 자신이 얼마나 특별한 존재인지를 확인시켜줄 저 바깥의 세계가 실은 스스로 만든 환상이었음을 깨달은 것이다.

이제 소유는 그토록 경멸하고 벗어나고자 했던 평범한 삶에 대한 동일시를 통해 저 바깥의 세계를 향한 강박에서 벗어났다. 그러나 환상이 제거된 것은 아니다. 앞에서도 말했듯 환상은 해석도 제거도 불가능하며 오직 횡단만이 가능하다. 그렇기 때문에 자신이 몰랐던 할아버지의 병을 쇼코가 알고 있었다는 사실이 소유를 그렇게도 불쾌하게 만드는 것이다. 이는 소유가 다시 한번 증상의 매듭에 얽혀들 수 있는 상황에 처했음을 의미한다. 그러므로 서사가 완결되기 위해서는 쇼코의 방문을 통해 그녀와의 화해가 이루어져야 했다.

쇼코의 방문을 통해 소유는 "변화할 의지도, 아무런 목표도 없이 그저 그 자리에서 멈춰버린 사람"이라고 생각했던 할아버지가 실은 어린 시절에는 화가의 삶을 꿈꾸었으며, 그것을 포기한 후로도 줄곧 주변을 관찰하고 자신을 돌아보며 그림을 그려왔다는 사실을 알게 된다. 하지만 더 중요한 것은 "무슨 일이 있더라도 그냥 당연히, 원래 그렇게 있는 사람"이라고 생각했던 할아버지가 이제 정말 죽고 없음을 실감하게 되었다는 것이다. 소유는 줄곧 할아버지가 자신에게 내재된 가능성의 실현을 가로막고 있다고 여겼지만 할아버지가 실제로 했던 역할은 바로 그런 핑겟거리를 제공함으로써 소유 자신이 세계의 주인공이 아니라는 점에 대한 아픈 자각을 막아주는 것이었다. 이는 소유의 거울상인 쇼코 역시 마찬가지인 바 이제 그들은 각자의 할아버지들 없이 홀로 세계 안에 남겨지게 된 것이다. 바로 그런 자각 아래 쇼코는 "우린 이제 혼자"라고 말하며 예의 그 예의바른 미소를 짓는다. 그렇게 다시 한번 반복되는 쇼코의 미소 앞에서 소유의 마음이 서늘해지는 것 역시 그 때문이다.

작품의 제목을 이정표로 삼아 소유의 성장을 따라왔다. 이제 이 성장이 우리에게 왜 그렇게 매혹적인 이야기가 되는 것인지에 대해 이야기할 차례다. 그러려면 작품 안으로 깊숙이 들어갔던 발걸음을 돌려 작품 밖으로 나와야 한다. 작품이 직접 말'한' 것이 아니라 작품이 그것을 둘러싼 맥락 속의 어떤 자리를 차지함으로써 수동적으로 말'하게 된' 것에 대해 살펴보아야 한다는 말이다.

「쇼코의 미소」가 보여준 성장 서사가 이만큼이나 우리를 잡아끄는 것은 아마도 그것이 근대 이후 우리 사회가 밟아온 과정을 응축하고 있기 때문일 것이다. 식민지로 전락하면서 근대가 시작된 이래 우리는 단 한 번도 우리 자신의 손으로 스스로의 역할과 의미를 확인시켜줄 사회적 영역을 건설하는 데 성공한 적이 없다. 일 년 만에 무너져버린 아주 짧은 꿈이 한 번 있었을 뿐이다. 그런 점에서 아빠 없이 할아버지-엄마-손녀의 삼대로 이루어진 가족은 중요한 함축적 의미를 지닌다. 스스로를 위한 상징계를 건설하는 데 실패한 우리 사회 안에 있는 주체들이란 역사의 격랑 속에서 꿈이 좌절당한 채 늙어버려 아버지의 역할을 할 수 없는 박제된 천재들과 그렇게 집에 틀어박힌 아버지나 너무 일찍 죽어버린 남편을 대신해 생계를 꾸려야 했던 엄마들, 그리고 무기력한 자신의 기원적 지점을 부정하면서도 남들을 위해서만 존재하는 세계밖에는 눈 돌릴 데가 없는 손녀들인 것이다.

「쇼코의 미소」에 그려진 소유의 성장은 동시에 결코 스스로 선택하지 않은 삶의 속박을 끊어낼 수 없었던 세 사람 모두의 성장이기도 하다. 그들은 이 성장을 통해 서로의 동질성을 확인하고 서로를 이해하는 데 성공한다. 하지만 할아버지의 죽음과 서울에서의 소유의 실패가 보여주는바 그러한 화해 이후로도 소유의 삶은 세계 안에 그녀를 위한 자리를 만들어주지 못한 채 그것의 부재에 대한 자각을 막아주는 데 그쳐야 했던, 그리고 그나마 이제는 사라져버린 기원적 지점으로도 그리고 결코 자신을 위해 존재하지 않는 바깥 세계로도 향할 수 없다. 결국 소유의 가족은 각자의 성장을 통해 이중적으로 탈구되어 있는 삶을 받아들이는 데 그친다. 성장을 통한 화해가 가족의 화합이 아닌 해체로 이어지는 것도 그 때문일 것이다. 할아버지의 죽음 이후 고향 집으로 돌아올지 묻는 엄마에게 소유는 "서울에 살든 고향에 살든 엄마와는 같이 살지 않겠다"고 말한다.

탈구된 삶을 바꿀 수 없는 화해는 근대 이후 스스로 건설한 사회를 가져보지 못한 채 이어져온 우리의 역사적 맥락 속에서 그려질 수 있는 최대한의 위로였을 것이다. 하지만 어쩌면 이것은 화합을 통해 이중적 탈구를 은폐하는 것보다는 차라리 나을지도 모른다. 소설은 이처럼 이중적으로 탈구되어 있는 주체의 자기 및 세계

인식까지를 그릴 수 있을 뿐이지만 우리의 사고는 더 나아갈 수 있다. '이제 혼자'라는 쇼코의 말의 주어는 술어와 모순되는 '우리'였다. 증상과의 동일시를 성취함으로써 바깥을 향한 강박에서 벗어난 소유와 쇼코는 그렇게 혼자 남겨진 삶을 긍정하며 각자 살아갈 수도 있다. 아마도 그들은 우정을 유지하면서도 굳이 먼 곳까지 찾아가 주기적으로 만나려 하거나 전처럼 열정적으로 편지를 교환하지는 않을 것이다. 그러나 그들은 각자의 나라 안에 혼자 남겨진 '우리'로서 바로 자신들을 위한 세계를 건설하려는 목적 아래 연대를 구축하는 '행위'에 돌입할 수도 있다. 물론 이것은 눈에 보이지 않는 아주 희박한 가능성일 뿐이다. 그러나, 그것이 불가능하다 해도, 그들은 다시 만나야 한다. 그것만이 모든 장소로부터 탈구된 채 유령적으로 떠돌 수밖에 없는 우리의 운명을 바꿀 유일한 방법이기 때문이다.

양재훈
2014년 경향신문 신춘문예에 평론 「무-죄 증명의 논리와 유령 됨의 자각—정소현 소설 일인칭 화자들의 행동구조」가 당선되어 등단.

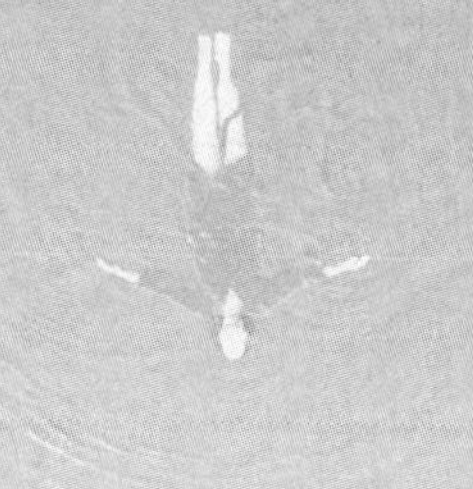

2014 제5회 젊은작가상

심사 경위
심사평

심사위원

김화영 권여선 서영채 신형철 임철우 하성란

선고위원

박인성 신샛별 이재원 황현경

| 심사 경위 |

문학동네에서 제정하고 시행하는 '젊은작가상'이 올해로 5회째를 맞았다. 이 상의 제정 취지와 그 실효성에 대한 평가는 이제 문단 안팎의 상당한 공감을 얻고 있다고 보아도 틀리지 않을 것이다. 등단 십 년 이하의 젊은 작가들이 한 해 동안 발표한 작품 중에서 일곱 편을 골라 '젊은작가상'을 선정·수여하는 것은 문예지에 발표되는 신예들의 탁월한 작품이 동시대 독자들에게 거의 실시간으로 전달될 수 있도록 도움으로써 당대 한국문학에 활력을 불어넣기 위함이다.

매년 1월에 선고심과 본심을 차례로 진행한다. 선고심은 일 년 동안 계간 『문학동네』의 '리뷰 좌담' 코너를 맡아서 한 해 동안 발표된 거의 모든 단편소설을 검토하고 선별·소개해온 네 분의 젊은 평론가들이 맡는다. 올해는 박인성, 신샛별, 이재원, 황현경 씨가 장

시간의 노고 끝에 삼십 편 남짓의 단편소설을 본심에 올렸다. 가장 많은 작품을 본심에 올린 작가는 황정은과 손보미였는데(각각 세 편씩), 이는 이 작가들이 근래 보여주고 있는 눈부신 활약의 당연한 귀결일 것이다.

최종 일곱 편을 선정하는 일은 쉽지 않아서 긴 시간의 격론이 필요했지만, 대상이 황정은의 작품에 주어져야 한다는 데에는 본심위원 여섯이 비교적 쉽게 합의할 수 있었다. 그만큼 황정은의 최근 소설이 보여준 성취는 탁월한 것이었다. 2013년 『작가세계』로 등단한, 등단작을 제외하고는 아직 다른 소설을 발표한 적이 없는 신예작가 최은영씨가 바로 그 등단작으로 젊은작가상을 수상하게 된 결과도 이채롭다. 이번 수상이 이 재능 있는 신인작가의 이후 활동에 기폭제가 되기를 기대한다.

| 심사평 |

김화영 _ 불문학자, 문학평론가

올해에는 유난히 심사과정이 어려웠다. 우선 예심을 거쳐온 작품들의 수가 과도하게 많아서 읽는 일이 고단했다. 게다가 같은 작가의 작품이 많게는 세 편씩이나 올라와서 그중에서 한 편을 선택하는 일도 만만치 않았다. 그러나 젊고 새로운 작가와 작품 들을 한꺼번에 이처럼 집중적으로 접하는 것은 언제나 귀한 경험이다.

처음 십여 편을 골라내는 일은 크게 힘들지 않았다. 다만 매년 좋은 작품을 선보이는 낯익은 이름들 이외에 새로운 작가의 진면목을 찾아내고 싶은 욕심 때문에 어떤 작품들은 더 눈여겨보게 되었다. 기준영, 최은미, 최은영이 눈앞에 썩 다가들었다.

기준영의 비교적 짧고 시적인 「연애소설」이 가장 먼저 산뜻한 인상을 남겼다. 그러나 곱씹어 읽어보면 「이상한 정열」이 마음속에 더욱 서늘한 틈새를 만든다. 이 작가는 문장, 감정, 감각, 행동, 장면 등을 딱 얼마만큼 어긋나게 이어붙여야 그 어긋남의 틈새로 삶의 생살이 보이게 되는지를 잘 안다. 이런 어긋남의 간극들이 이곳저곳에서 서로를 알아보았다는 듯이 뒤뚱거리며 화답한다. 그래서 작품을 다 읽고 난 순간 독자는 드디어 삶이란 어떤 것인지를 좀 알게 되었다는 시적 착각에 빠져든다. "그는 영원히 돌아갈 데가 없는 사람의 슬픔을 생각하면서 점점 자유로워졌다. 그는 어린 날 보았던 만화영화의 주인공처럼 개와 함께 뛰었다." 이런 대목을 만나면 문득 세상은 내가 늘 알고 있던 그런 모습과는 다르다는 느낌이 일어난다.

최은미의 「창 너머 겨울」도 수작이다. 창 너머 저쪽에 두 장의 초상화를 걸어두었다. 시선과 대상 사이에 "창"을 둠으로써 그 투명한 단절과 거리가 욕망과 금기의 사나운 싸움터를 형성한다. 끌어당기면서 밀쳐내는 이 무서운 동력학이 삶의 '중심'을 뒤흔든다. '보다' '지켜보다' '훑어보다' '드러내다'와 같은 지각동사가 소설 전편에 범람하면서 균이 득실대는 생의 중심으로 밀려든다. 집중과 해방. 그 위에 움직일 때마다 파르르 진동하며 흔들리는 은사의 "떨잠"을 꽂아둔 그림이 어느 순간 죄짓듯 아름답다.

최은영의 「쇼코의 미소」는 이번 당선작 중에서 가장 길이가 긴 작품이다. 처음 읽을 때는 아주 쉽게 편안하게 잘 읽힌다. 두번째 읽으면 작품은 서서히 그 정교한 구조의 한 모서리를 드러낸다. 그리고 마침내 '한국 학생들과 일본 학생들의 문화교류'라는 표면적인 관계가 이 작품의 숨어 있는 주제의 은유라는 것을 깨닫는다. 우리는 타자를 직접 이해하지 못하기 때문에 나와 타자 사이에 제3의 타자를 세워둠으로써 그 거울에 비친 나와 타자를 바라볼 수 있게 된다. 그 제3의 타자인 거울이 사람일 수도 있지만 사람으로 형상화된 '문학'일 수도 있다. 어떤 사람은 이 작품을 읽으면서 문학이 어떻게 하여 때로는 해방이 되고 치유가 될 수 있는가를 깨닫기도 할 터이다.

김화영

다른 심사위원들은 황정은의 「상류엔 맹금류」를 대상으로 선택했지만 다시 읽어보아도 나는 여전히 「양의 미래」 쪽에 더 호감이 간다. 단편소설 「상류엔 맹금류」 속에는 그토록 긴 일생이 고스란히 담겨 있어서 읽을거리도 많고, 그 사납고 무섭고 더럽고 아픈 맹금류의 등장으로 마지막에 힘을 넣은 것도 좋다지만, 그래서 지금까지의 황정은과 달라진 새로움이 났다지만, 나는 아무래도 「양의 미래」에 더 눈이 간다. 위쪽으로는 모든 희망처럼 "지상을 향해 부채꼴로 펴진 계단"과 "공중전화 부스"와 "가로등"과 "벚나무"가 끌어올리고 아래쪽으로는 "고밀도의 포자가 느껴지는 냉랭하고 습한 바람"이 불어오는 "지하층의 지하"가 끌어내리는 그 한가운데, 환하게 불을 밝힌 서점 안의 황정은이 훨씬 더 마음을 당긴다. 황정은은 지금까지의 세계를 탄탄하게 구축하는 일을 계속해도 아직 시간은 충분하다는 생각이다.

자신 본래의 세계를 탄탄하게 구축하고 있는 또 한 작가는 바로 손보미다. 「산책」은 눈에 잘 보이지 않는 기이한 균형미를 갖춘 수작이다. 이야기를 추진시키는 것은 세 가지의 거짓말 혹은 (진실과 허구 사이의) 불확실성이다. '이야기'의 불확실성이 타자에 대한 불확실성으로, 다시 삶 자체의 본질적인 불확실성으로 확대되면서 삶의 근거가 발밑의 모래처럼 패어나가는 불안의 무대를 차분하게 조명하는 작가의 역량이 돋보인다.

내가 사실 이번 심사에서 대상의 자격이 있다고 꼽아둔 작품은 조해진의 「빛의 호위」였다. 젊은 작가들의 패기만만한 '실험적' 시도들로부터 저만큼 물러나 혼자서 뚜벅뚜벅 걸어가는 것 같은 어떤 '격조' 같은 것이, '서술의 정석' 같은 것이 이 작가에게는 있다. 아마 그 격조는 너무나도 마음에 남아 울리는 작품의 제목 '빛의 호위'와 어우러져서 더욱 높아 보인다. "셔터를 누를 때 카메라 안에서 획 지나가는 빛이 있거든. 그런 게 있어? 어디에서 온 빛인데? (……) 평소에는 장롱 뒤나 책상 서랍 속, 아니면 빈 병 속처럼 잘 보이지 않는 곳에 (……)" 이런 빛을 그리 길지 않은 한 편의 단편소설 속에 담아둘 수 있다니 신기하지 않은가? 이런 빛을 마주치면 "옳고 그른 선택 따위 없는 모호한 세상"에서 아직은 좀더 살아도 좋겠다는 생각이 들지 않겠는가?

두 번의 독서를 이겨내는 좋은 소설들 | 권여선 _ 소설가

젊은작가상 후보작 서른네 편을 읽으면서 느낀 점은 조금 이율배반적이었다. 역시 젊은 작가들이라 새롭구나 하는 것과, 의외로 젊은 작가들의 스펙트럼이 넓구나 하는 것. 그러나 다시 생각해보니 전혀 이율배반적이지 않다. 젊은작가상 기준은 '등단 십 년'이다. 등단 십 년 이내의 작가이기 때문에 당연히 젊고 새로울 수밖에 없다. 아울러 '등단 십 년'은 생물학적인 기준이 아니기 때문에, 작품의 스펙트럼 또한 당연히 넓을 수밖에 없다. 그래서 이 상의 매력이 절묘한 듯하다. 생물학적으로 젊다는 것과 문학적으로 젊다는 것의 교집합이 아니라 합집합인 셈이니까. 서른네 편의 후보작 모두에게 읽는 과정의 즐거움을 선사해준 데 대한 고마움을 전하고 싶다.

최은영의 「쇼코의 미소」는 요즘 보기 드문 정통적인 단편의 미덕을 자랑한다. 자매결연을 맺은 일본 여학교의 방문 학생 쇼코의 등장으로 '나'의 할아버지와 어머니가 보이는 변화된 모습과 편지를 통해 이어지는 '나'와 쇼코의 관계, 청춘의 곤경 속에서 '나'가 가족을 이해하게 되는 서사는 언뜻 보면 교과서적인 틀을 벗어나지 못하는 듯하다. 그러나 조근조근 타박타박 꾸준히 이야기를 이어나가는 신인답지 않은 힘은 어떤 새로운 감각의 소설보다 드물고 소중하다.

최은미의 「창 너머 겨울」은 축복받은 소설임에 분명하다. 처음에 나는 이 소설의 치명적인 매력을 알아보지 못했다. 한 심사위원의 열렬한 옹호와 설득이 없었다면 이 소설의 운명이 어떻게 되었을지

권여선

알 수 없다. 물론 젊은작가상을 받든 받지 못하든 이 소설은 그 자체의 독특한 빛과 무게로 찬연할 것이다. 사타구니의 가려움증으로 고통받는 한 사내의 찐득한 일상과 그 너머에서 빛나는 차고 맑고 깨끗한 환영의 대비와 낙차를 통해, 목숨 가진 모든 존재의 슬픔을 일별하게 하는 이 소설의 마성적인 구성과 리듬은, 어쩌면 내가 첫눈에 알아보기에는 너무 개성적이고도 치밀했던 것인지도 모른다. 아직도 조금은 세부적으로 불만스러운 대목이 있다. 그러나 이미 나는 이 작가를 사랑하기 시작했고, 이 소설을 통해 심사를 하면서 얻을 수 있는 최고치의 기쁨과 설렘을 느꼈고 즐겼다는 것을 고백하고 싶다.

윤이형의 「쿤의 여행」은, 다 읽고 나도 '쿤'이 무엇인지 정확히 정의하기 어렵다. 뭉글뭉글한 잉여이자 결핍이자 대체물인 '쿤'으로 살아가다 그것을 떼어내고 열다섯 살이 된 여성이 있다. 쿤 없이 다시 살아가기 위해 '나'는 성장해야 하고 새롭게 관계를 맺어야 한다. 이 귀여운 분투의 과정이 소설의 테마이다. 윤이형은 독특한 장치를 통해 '성장'이라는 테마를 갖가지로 변주하는 데 능란한 작가이다. 그러나 역설적인 건, "괜찮아요, 자라지 않아도"라는 이 소설의 문장처럼, 마지막에 가서는 성장은 없다는 진실을 보여준다는 점이다. 이런 통찰이 통렬하기보다는 따스하고 사랑스럽다.

손보미의 「산책」은 손보미표 가족소설의 기묘한 매력을 다시 한 번 향유하게 해준 소설이다. 유독 거짓말에 민감한 손보미의 인물들은 언제나 상대가 자신을 속이고 있을지 모른다는 불안에 사로잡혀 있다. 진실을 말해달라는 집요한 요구와 그때 어디에 있었느냐는 느닷없는 질문은 이런 과민함의 표현이다. 낱낱이 친절하게 설명해주지 않는 생략의 효과는 독자로 하여금 짐작과 추리의 미로를 헤매게 하는데, 이렇듯 소설의 여백을 채워넣으면서 얻게 되는 재미가 만만치 않다. 소설 속에 드러나지 않은 인물들의 과거와 이력을 상상하는 놀이를 통해 실은 내가 그들과 한 치도 다르지 않음을 깨닫게 되는 섬뜩함은 덤이다.

기준영의 「이상한 정열」은 무헌이라는 중년 남자의 옛사랑 말희에 대한 이상한 정열을 다루고 있다. 그 대상이 왜 말희인지도, 정열의 정체가 무엇인지도 불분명하다. 그저 이상한 정열에 사로잡힌 남자가 있을 뿐이다. 삶은 텅 비었고, 그는 살아오면서 무엇인가를 건너뛰어버렸다고 느낀다. 그는 말희와 말희 가족에 대해 내용 없는 그리움을 느끼는데, 그 몸짓은 어쩌면 무의미한 의미처럼 느껴진다. 예전에 기준영이 보여주었던 시적인 문체가 이 소설에서는 성기고 거칠고 구멍이 숭숭 뚫린 문체로 바뀌었는데, 그 자체가 생을 지독히 닮았다.

조해진의 「빛의 호위」는 이미 많은 문학상의 후보작으로 올라 그 수준을 인정받은 바 있는, 단편소설의 전형 같은 작품이다. 나와 권은의 이야기 속에 알마 마이어와 노먼의 이야기가 자연스럽게 녹아들면서 자아내는 조화로움이 놀랍다. 사진기가 주는 이미지의 선명함과 바이올린 선율의 아름다움, 빛과 희망, 인간과 인간의 유대에 대해 깊은 울림을 주는 메시지는 한 편의 소설을 하나의 우주로 끌어올린다. 더이상의 말은 필요 없다. 이제까지 나는 조해진을 『로기완을 만났다』의 작가로 기억하고 있었지만, 이제 「빛의 호위」의 작가로 기억하게 될 것이다.

황정은의 소설을 읽는 일은 언제나 가슴 뛰는 일이지만, 「상류엔 맹금류」를 처음 읽고 나는 숨이 막혔다. 다시 찬찬히 읽으면서 내 숨을 멎게 한 지점이 어디인지 찾으려 했지만, 역시 또 숨이 막혔다. 이제는 알 수 있다. 사랑하는 남자의 가족과 수목원으로 소풍을 간 젊은 여자애의 입에서 튀어나온 단 한마디의 말이 나의 숨과 기를 막히게 했다는 걸. 사랑이 이런 것이고, 인생이 이런 것이고, 계급이 이런 것이라는 구구한 얘기들을 섬광처럼 단칼에 자르고만 그 순간, 정녕 황정은은 맹수가 되었다. 제희를 사랑하고 제희의 가족이 되고 싶어했던 '나'가 실은 상류에 사는 맹금이었던 것처럼. '나'의 허위의식이 까발려지는 순간, 아니 차라리 '나'의 맹금 본색이 드러나는 순간, 착하고 순진한 처녀의 감상적인 시선에서 나온 줄 알았던 이전의 모든 서술이 유유히 창공을 날며 도도히 아래를 내려다보는 맹금의 시선이었음이 드러난다. 오래전에 제희와 헤어지고 다른 남자와 결혼한 지금, 가끔은 남편을 보면서 "어째서 제희가 아닌가" 자문하지만, 어쩌겠는가. "모두를 당혹스럽고 서글프게 만든 것"이 '나'의 본성인 것을. 자기 속의 맹금이 울부짖는 소리를 한번 들은 자의 삶은 그럴 수밖에 없는 것을.

좋은 소설은 두 번 이상 읽어야 그 맛과 깊이를 제대로 느끼고 가늠할 수 있다. 내 경우엔, 앞서 언급한 최은미의 「창 너머 겨울」이 그러했고, 황정은의 「상류엔 맹금류」가 그러했다. 읽는 사람에 따라 다를 것인데, 분명한 건 젊은작가상 수상작 일곱 편 모두 재독을 이겨낼 수 있는 탄탄한 맷집을 가지고 있다는 사실이다.

서영채 _ 문학평론가

이번 심사를 위해 젊은 작가들의 단편소설 서른네 편을 읽었다. 이 작품들은 모두 기성들이 자기 이름을 걸고 발표한 소설인데다, 1차 심사를 통해 한번 추려진 것들이었으므로 이들 사이에서 일곱 편을 선정하는 것은 쉽지 않은 일이었다. 게다가 여섯 개의 서로 다른 눈이 모였으니 평온한 만장일치가 어려웠던 것은 당연할 것이다. 심사위원들의 의견은 다수 지지의 여유로움과 소수 지지의 격렬함 사이에서, 혹은 관대한 적극성과 집요한 소극성 사이에서 비껴다녔고, 종국적인 합의에 도달할 때까지 적지 않은 노력이 소요되었다. 하지만 어긋나는 의견들 가운데 있으면서도 마음이 불편하지 않았던 것은, 서로 다른 취향과 견해 가운데에서도 그 다름을 존중할 수 있는 상대들과 함께했기 때문이었다. 심사를 마친 후, 최종적으로 선정된 일곱 편의 소설을 찬찬히 다시 읽으며 그 사실을 새삼 확인하게 되었다. 그러니까, 이 일곱 편의 소설 중에는 심사 당시에는 마땅찮게 생각했던 작품도 있고, 또 반대로 내가 소수 의견자가 되어 특별하게 지지했던 작품도 있었다는 것이다. 내 견해에 대한 반대 의견을 만나면 어떻게 상대를 설득할 수 있을지에 대해 생각하면서 또 한편으로는 나 자신의 견해가 타당한지에 대해 되돌아보게 된다. 심사 후의 재독과정은 부족했던 내 견해의 정교함을 확보하고, 또 한편으로는 내가 미처 발견하지 못했던 상대의 견해의 타당성을 확인하는 과정이기도 했다. 새삼스럽지만, 이런 과정이 내게는 감수성과 취향에 관한 훈련과정과도 같이 느껴졌다. 그런 기회를 제공하는 데 가장 큰 공로자는 말할 것도 없이, 내게 이 풍성하고 다양한 감수성의 장을 만들어준 젊은 작가들이다. 그중에서도, 우리 삶의 여러 모습들을 개성적인 방식으로 건져올린 일곱 편의 작품들에 대해 간단하게 적어둔다.

황정은의 소설은 대체로 희미한 이야기들이다. 그 희미함이란 서사가 문장 속에 암죽처럼 풀어져 있는 탓이 아닐까 싶다. 그런 문장들의 흐름 속에서 뭉클거리는 것은 정서의 선이다. 이야기가 풀어져버린 영역에 남게 되는 정서의 질감이 황정은 소설의 독특함이라 한다면, 「상류엔 맹금류」라는 특이한 제목의 소설은 그런 황정은의 개성이 잘 발휘된 작품이다. 뜻대로 풀리는 인생이란 존재할 수 없다. 난데없이 공적인 자리에 내던져진 자기 가족이 이질적으로 보이지 않을 수도 없다. 자식을 민망하게 만드는 부모와 함께 소풍을 가야 했던 아들과 그 아들의 여자친구가 있다. 착한 아들은 양쪽에서 날아오는 두 개의 시선을 모두 견뎌야 했고, 그 난감해하던 모습을 오래전의 기억으로, 매우 자잘한 디테일까지 섬세한 정감으로 회상하고 있는 여성의 시선이 있다. 독자들은 바로 이 세번째 시선에 서서 어떤 특이한 소풍 이야기를 바라보게 된다. 그럴 때 그 특이한 소풍은 단순한 그것 자체임을 넘어 매우 구체적인 보편성으로서의 삶이 된다. 황정은의 소설이 그런 순간을 경험하게 한다.

서영채

손보미의 「산책」은 산책 이야기가 아니다. 정교하게 고안된 플롯과 두 개의 반전이 예비되어 있는 탓이다. 정기적으로 심야 산책을 하는(혹은 그렇다고 주장하는), 오 년 전 은퇴하여 혼자 사는 아버지가 있고, 그런 아버지를 걱정하는(혹은 그렇다고 주장하는) 직장인 딸이 있다. 소설의 이러한 설정은 이상하다는 느낌을 준다. 심야 산책을 하는 아버지의 이유인즉 밤늦게 놀이터에서 데이트를 하는 어린 부부를 몰래 지켜보기 위함이라는데, 그런 이야기도 이상하고 그런 이야기를 하는 아버지의 모습도 이상하고 또 아버지가 전화를 받지 않는다고 해서, 남편을 대동한 채 짧지 않은 거리를 자동차로 달려가는 딸의 모습도 이상하다. 딸은 아버지를 추궁하고 아버지는 어린 부부에 관한 옹색한 이야기를 늘어놓지만, 딸은 그것이 거짓말임을 알고 있다. 그러니까 아버지가 왜 심야에 외출을 하는지는 독자로서도 알 수가 없는 것이다. 그런데 중요한 것은 아버지의 행적이 아니라 왜 딸이 그토록 예민하게 구는지이며, 그것이 남편 때문이었음은 소설의 말미에 가서야 알 수 있게 된다. 그리고 그런 이유의 자리에서 사태를 바라보면 덜거덕거리던 서사의 부분들이 제자리에 있음을 알게 된다. 그것은 손보미가 지니고 있는 플롯에 대한 정교한 감각의 힘이다.

기준영이 지니고 있는 매우 독특한 유머 감각이 있다. 그것은 약간은 심드렁해 보이고 또 지나치게 태연하여 오히려 두드러져 보이기도 하는 그의 문장에 배어 있다. 남자와 여자가 연애를 하고 헤어지는 것은 무엇 때문인가. 제아무리 심각한 이유를 대더라도 이유는 간단하다. 서로 안 맞기 때문이다. 이런 태도는 기본적으로 대상으로부터 거리를 둔 관조적인 시선의 산물이므로 그 바탕에는 삶을 보는 스피노자적 서늘함이 놓여 있다. 「이상한 정열」은 기준영의 소설이 지닌 이런 특성이 잘 드러난 소설이다. 오래전에 헤어졌던 한 남자와 여자가 다시 만나게 되는 이야기이다. 나이가 들어 직장에서 위태로워진 남자는 이미 이혼한 몸이고, 말썽쟁이 아들을 둔 여자는 아직 이혼하지 않았다. 그런 두 사람이 다시 만나 자게 되었다면 어떤 일이 벌어질까. 격렬한 뭔가가 있어야 될 듯싶은데 작가 기준영은 매우 덤덤하다. 여자의 집에까지 간 남자가 그 여자의 남편과 마주치게 되었다. 어떤 일이 벌어질까. 그런 대목에서 발휘되는 것이 기준영의 서늘한 유머 감각이다. 괴물 같은 우울과 맞서 있는 시대에 이런 서늘한 유머는 매우 유효한 서사적 전략의 하나임을 기준영의 소설은 보여주고 있다.

윤이형의 「쿤의 여행」은 기이한 소설이다. 쿤이라는 이름의 괴물이 있다는 설정 자체가 비현실적이다. 소설에 따르면 언제부턴가 사람에게 들러붙어 그 사람의 몸과 하나로 합해져 있는 괴생명체가 있고 그것의 이름이 쿤이라고 한다. 소설의 주인공은 마흔 살의 여성인데, 자기 몸에 붙어 있는 쿤을 견디지 못해 제거 수술을 했다는 것이 이야기의 출발점이다. 사람 몸에 붙어 있는 괴생명체라고? 이런 설정의 디테일이 설득력을 갖는다면 SF일 것이고, 아니라면 알레고리일 것이다. 그런데 윤이형은 그 중간의 어떤 선으로 서사를 몰아간다. 디테일의 설득력 같은 것은 접어둔 채로 소설을 끝까지 밀어붙여 어떤 한계지점까지 치고 간다. 그 지점에 도달하면, 괴물은 쿤이 아니라 그런 쿤에게 자신의 추한 모습을 몽땅 맡겨버리고 그 뒤에 붙어 살아가는 사람들이라는 사실이 말을 하기 시작한다. 그리고 난데없이, 이중적인 삶을 살았던 아버지에 대한 추궁이 튀어나온다. 그곳까지 밀어붙이는 윤이형의 천하장사와도 같은 힘이 그런 돌연함과 설정의 기이함을 버텨낸다. 그런 힘은 아무나 가지는 것이 아니다.

조해진의 「빛의 호위」는 정통적이라는 느낌을 주는 잘 조직된 소설이다. 중요한 것은 사람을 살리는 일이라는 것, 그것은 다른 어떤 것보다 가치 있으며 전파력이 강한 일이라는 매우 평범한 진리가 소설 속에 적절하게 형상화되어 있다. 한 사람에게 살아갈 힘을 주었던 두 가지 사례가 병치되어 있다. 한 사람은 한국의 여성 사진작가이고, 다른 한 사람은 나치 치하의 유럽에서 탈출했던 유대인 여성 바이올리니스트였다. 바이올리니스트의 아들은 자신의 엄마가 받았던 호의를 자기 방식으로 실천하고 되돌려주기 위해 팔레스타인으로 갔고 거기에서 피폭을 당해 죽었다. 이런 경우의 죽음은 사라짐이 아니라 봉선화의 씨주머니가 터지는 것, 혹은 바람을 타고 일제히 날아오르는 민들레 홀씨들의 순간과도 같은 것이다. 한 다큐멘터리 필름을 묘사함으로써 조해진은 그런 순간을 매우 인상적으로 포착해주었다.

최은미의 「창 너머 겨울」은 무척이나 지독한 소설이었다. 사타구니 소양증 때문에 괴로워하는 결혼 적령기 남성의 마음이 집요하고 끈적끈적하게 묘사되었다. 사촌형제의 아내에게 마음을 빼앗겨버린 것도 괴로운 일인데, 그런 여성에게 신체적인 증상으로 인해 홀대를 당하는 것은 참을 수 없는 일이다. 다행스럽게도 이 남성에게 맞춤한 여성이 생겼다. 자기 마음을 뺏어간 이상형과 혼동할 만큼 닮은 사람이었고, 어렵지 않게 다가갈 수 있는 같은 회사의 미혼 여성이었다. 그런데도 여전히 문제는 결국 은밀한 몸의 지저분한 증상이었다. 좋아하는 사람에게 가까이 갈 수 없는 한 남성의 절망감을 「창 너머 겨울」은 잔인하게 묘사했다. 욕조에 락스를 채워넣는 마지막 장면이 그 정점이었으니 최은미는 이 소설에서 묘사만이 아니라 빼어난 극작술까지 구사하고 있었던 셈이다.

최은영의 「쇼코의 미소」는 한국과 일본의 두 젊은 여성이 각자의 할아버지와 나누었던 유대감을 정감 있게 그려낸 드라마투르기가 빛났다. 엄마의 수준으로 손녀와 삶의 이력을 공유했던 할아버지들이 있다. 그런 할아버지가 손녀에게 자기 병을 숨긴 채 조용히 세상을 떠난 것만으로도 가슴 아픈 일인데, 뒤늦게 손녀를 향한 할아버지의 마음을 확인하게 되는 못난 손녀의 경우라면 어떨까. 최은영의 「쇼코의 미소」는 독자들을 그런 손녀의 자리로 이끌어들인다. 그러니까 여기에서 중요한 것은 그런 할아버지의 이야기 자체가 아니라 그것을 누구의 시선으로 바라보는지의 문제이다. 작가로서도 어떻게 독자들을 그런 자리로 인도하는지가 서사술의 핵심일 것이다. 서툴다면 자칫 신파의 함정을 만나게 될 것이기 때문이다. 최은영은 독자의 마음이 흘러갈 수 있는 정밀한 물매를 만들어냄으로써 이런 쉽지 않은 일을 해냈다. 그래서 이 작가는 조금은 천연덕스럽다는 느낌을 주기도 하는데, 「쇼코의 미소」가 그의 등단작이기도 하다는 사실을 알게 되면 놀라운 마음이 좀더 커진다.

신형철 _ 문학평론가

최은영의 「쇼코의 미소」를 놓치지 않고 읽게 되어서 다행이다. '소유'와 '쇼코'라는 두 여성이, 국적과 언어가 다르다는 차이점과 할아버지와 함께 산다는 공통점에 골고루 힘입어, 상대방이라는 거울에 자신을 비춰보며 삶의 한 시기를 통과해나가는 모습을 그린 소설이다. 오해, 이해, 화해로 진행되는 전형적인 성장서사/가족서사라고 말한다면 좀 투박한 규정이기는 해도 틀렸다고 할 수는 없다. 그러나 중요한 것은 이 소설이 (고레에다 히로카즈나 이누도 잇신 감독의 어떤 영화들처럼) 거의 모든 영역에서 '진실하다'라는 느낌을 주고 읽는 이의 마음을 움직인다는 사실이다. 이 소설은 작가의 서랍 속에 있던 경장편소설을 줄인 것처럼 보이기도 하는데, 나는 그 경장편을 늘인 장편소설이 읽고 싶어졌다.

최은미의 「창 너머 겨울」의 '나'는 사촌형수에게 애착을 느껴오던 중에 그녀를 닮은 직장 동료를 만나 호감을 갖게 되지만 자신에게 있는 비뇨기과적 유전 질병 때문에 그녀에게 다가가지 못한다. 사촌형수에 대한 '나'의 애착에는 특별한 가족사적 맥락이 있는데, 그의 질병은, '아버지와 작은아버지'에게서 '나와 사촌'에게로 이어지는 어떤 질긴 운명의 반복, 그리고 그 속에서 느끼는 패배감과 연관돼 있는 것임이 드러난다. 결핍과 갈망의 드라마가 가질 만한 호소력이 있고, 또래 작가에게서는 거의 찾아볼 수 없는 샤머니즘적 분위기까지 어떤 개성으로 작동하는 소설이다. 그러나 나로서는 이 작가의 역량이 충분히 발휘된 소설이라고 생각할 수 없었다. 아마도 이 길지 않은 소설의 서사적 맥락과 감정의 흐름을 따라가는 데 애를 먹은 나의 무능력이 낳은 오판일 것이라고 생각한다.

윤이형의 「쿤의 여행」에서 등장인물들은 '쿤'이라는 존재에 업혀(붙어) 살아간다. 그것이 나 대신 살아가는 셈이니 편리하다고 여기지만, 언제까지 이렇게 살 수는 없다는 생각도 한다. 읽다보면 어쩔 수 없이 '쿤'이 무엇을 '상징'하는지 생각하게 된다. 자기 삶의 주체가 되기를 원하지 않으며 세상의 본질적인 영역과 대면하려고도 하지 않는, 즉 어른이 되기를 스스로 유예한 커쿤(cocoon, 누에고치)으로서의 인간. 특수하게는, 1976년생인 작가가 '386세대'와 '88만원세대' 사이에 끼어 있는 자기 세대의 어떤 특수한 결함에 대해 성찰하는 소설로 읽히고, 보편적으로는, 어느 시대 어느 누구건 '진정한 자기 자신'으로 살아가는 일은 지난한 것임을 말하고 있는 소설로도 읽힌다. 몇 가지 이유로 놀라운 소설이지만, 이 소설을 윤이형이 썼다는 사실은 별로 놀랍지 않다.

손보미의 「산책」에 대해서는 다른 곳에 적은 말이 있어 다시 옮긴다. 소설이 하는 여러 일 중의 하나는 감정의 창조다. 감정의 구조를 정확하게 묘파하는 서술자의 논변에 힘입어 삶의 진실에 대한 직접적인 각성을 유도하는 소설도 있고, 감정은 논리화될 수 없으므로 '이야기 안에서만' 혹은 '이야기 전체로서만' 온전히 전달될 수 있다고 믿고 그저 이야기를 보여주기만 하는 소설도 있다. 손보미는 이중 두번째 유형에 속할 소설 문법 하나를 어느새 구축해버렸다. 자주 지적됐듯이 그녀는 레이먼드 카버를 떠올리게 하는 기예로 친밀성(intimacy) 내부의 불안정성을 자주 탐색하는데, 특히 '의심'과 '불안'이라는 감정에 대해 쓸 때 성공적인 결과에 도달한다. 「산책」은 그녀의 작품 중에서도 특히 정묘한 플롯을 장착하고 있는, 「폭우」 이후 또하나의 수작이다.

신형철

기준영의 「이상한 정열」이 주목한 것은, 젊은 날 자신을 차버린 여자가 이십여 년 후 시시한 삶을 살고 있음을 우연히 알게 된 남자에게 갑자기 찾아온 '이상한 정열'이다. 손보미만큼이나 시종일관 보여주기(showing)로 일관하는 소설이지만, 개별 상황 속에서 발생할 법한 감정을 예리하게 포착해서 행간에 고이게 한다. 특히 주인공 남녀가 그들의(그리고 우리의) 삶만큼이나 진부한 첫 정사를 벌인 이후 나누는 대화를 적을 때, 또 남자가 여자의 현재 가족들과 본의 아니게 한자리에 모이는 상황의 우울한 우스꽝스러움을 그려낼 때, 이 소설의 톤은 절묘하다. 재료들은 평범한데 가공이 돋보이는 사례라고 해도 될까. 누구도 쓸 수 없는 것을 쓰는 작가라는 말도 의미 있는 칭찬이지만, 누구나 쓸 수 있는 것도 그가 쓰면 다르다는 말도 그만큼 귀한 칭찬이다. 뒤의 말을 이 작가에게 들려주고 싶다.

조해진의 「빛의 호위」는 사람이 사람을 살리는 일의 위대함에 대해서, 그 위대한 일이 잇달아 생겨나는 일의 경이로움에 대해 말한다. 예컨대 홀로코스트의 야만 속에서 한 남자가 한 여자를 살리기 위해 목숨을 걸고, 또 그 여자의 아이가 중년이 돼서 팔레스타인 난민을 구하려다 목숨을 잃고, 마침 현장에 있었던 사진작가가 다큐멘터리를 만들어 그의 죽음을 망각으로부터 살려내고, 이 영화를 보고 감화된 한국의 어느 사진작가는 그 자신도 시리아 내전의 현장으로 달려가는데, 사실 그는 어린 시절 한 친구가 선물한 카메라를 통해 절망으로부터 살아난 것이었으니, 시공을 넘나들며 펼쳐지는 이 살림과 살아남의 연쇄야말로 인간 역사의 박동 그 자체일 것이다. 이 소설의 핵심 이미지인 '빛'은 인간이 지켜내야 할 그 소중한 가치들을 '호위'하는데, 이 소설이 바로 그 빛을 뿜어낸다. 장편 규모의 감동을 선사하는 이 놀라운 단편에 경의를 표하지 않을 수가 없다.

황정은의 「상류엔 맹금류」는, '젊은 작가의'라는 제한적 수식조차 필요 없는, 2013년 최고의 단편소설이다. 이제 이 작가는, 마치 어떤 맹수가 먹잇감을 점찍고 한참을 노려보다가 단 한 번의 돌진으로 대상을 정확히 가격하여 쓰러뜨리듯이, 쓴다. 이 소설이 우리 시대의 어떤 감정—이를테면, 계급적 추락에 대한 불안 때문에 타인의 삶의 실상과 내면의 목소리를 외면하고 살아가는 동안 그 삶에 무시로 찾아오는 죄의식 같은 것—을 포착하고 형상화하는 방식의 탁월함은 여기서 짧게 언급하고 말 종류의 것이 아니다. 소설이 '시대정신'을 실어나르는 예술이라는 말이 여전히 유효한지 자신 못하겠지만, 적어도 '시대감정'을 가장 섬세하고 예리하게 포착하는 예술이라고는 분명히 말할 수 있을 것 같다. 황정은의 소설이 이제는 좀 무섭다.

임철우 _ 소설가

젊은작가상 심사에 참여한 것은 이번이 처음이다. 한마디로, 예상했던 것 이상으로 무척 신선하고 유익한 경험이었다. 갓 등단한 풋풋한 신인부터 한창 열정적인 생산력을 과시하고 있는 신진까지 여러 젊은 작가의 소설을 한자리에 놓고 조망해볼 수 있다는 것만으로도 즐겁고 가슴이 설렜다. 본심에 오른 서른네 편의 소설을 읽어보면서 우선 등단 십 년 이내의 젊은 작가들이 이렇게 많다는 데 놀랐고, 무엇보다 그들이 저마다 고유한 개성과 현란한 색깔로 펼쳐 보이는 다양성과 다채로움에 놀랐다. 또 한 가지, 전체 스물여덟 명 가운데 남성 작가가 겨우 네 명밖에 되지 않는다는 사실에 역시 놀랐다.

수상작 일곱 편 모두 어느 면에서건 손색이 없는 수작들이다. 그

중에서도 황정은, 최은영, 최은미, 손보미의 소설을 특히 인상 깊게 읽었다. 그러고 보니 우연찮게도 이들 작품 모두 가족 이야기를 중심 고리로 삼고 있다는 공통점을 지니고 있다.

황정은의 「상류엔 맹금류」는 일견 사소하고 평범해 보이는 서사 구조 안에 치밀하게 배치된, 사회성 짙은 주제의식의 강력한 흡인력이 일품이다. 삶의 목표가 곧 생존인 폭력의 시대. 선량하지만 무능하기 짝이 없는 제희네 일가족의 수목원 나들이는 이를테면 탈주 불가능한 궁핍의 무한궤도, 혹은 약육강식의 정글에 내던져진 약자들의 처참한 답사기라고 불러도 좋겠다. 현실세계의 폭력성은 소설 전편을 충만한 긴장감으로 지배하는데, 물가에 모여 점심을 먹고 나서 뒤늦게 맹금류 축사를 발견하는 장면의 충격은 가히 압도적이다. 개인적으로는, 작가의 이전 작품들에 비해 뭔가 새로운 변화의 기미가 감지되어지는, 어쩌면 하나의 전환점이 될 만한 의미심장한 작품이 아닌가 여겨진다. 더욱 확장된 주제의식과 더불어 부쩍 탄력성이 높아진 서술의 힘을 새롭게 확인할 수 있어서 반가웠다.

최은영의 「쇼코의 미소」는 소설이 주는 감동이란 무엇인가를 나로 하여금 새삼 생각해보게 만들었다. 모처럼 만나본, 작가의 진정성과 뜨거운 가슴을 확인할 수 있었던 감동적인 소설이었다. 이 소설의 강점은 무엇보다 진솔하고 흡인력 있는 화자의 진술, 그리고 인물 구도의 짜임새에 있다. 세 인물(나, 쇼코, 할아버지)은 서로 이중 삼중의 겹침을 이루면서, 동시에 각자의 고유한 무늬를 섬세하면서도 투명하게 그려내고 있다. 마치 미술시간에 배운 삼원색 표를 연상케 하는, 서로 다른 세 개의 동그라미들이 이뤄내는 화음은 무척 인간적이고 애틋하다.

임철우

최은미의 「창 너머 겨울」은 다 읽고 난 후에도 한동안 꽤 강렬한 잔상들을 뇌리에 남긴다. 그 특별한 인상을 만들어내는 것은 주로 몇 개의 중심 이미지들이다. 거미줄보다 더 미세한 균사체, 출근길 버스에서 차창 밖을 응시하는 여자, 바위 위에 알몸으로 누워 자신의 중심부에 햇볕을 쪼여주는 사내, 그리고 저 끔찍스런 락스 냄새까지. 다분히 자극적이고 때로 엽기적이기조차 한 그 이미지들은 여인(들)을 사랑하면서도 결코 사랑(?)할 수 없는, 주인공의 운명적 상황과 맞물리면서 한 편의 처절한 상황극을 연출해낸다. 다 읽고 나서도 어쩐지 가시지 않는 이 기이한 피부과적 감각의 혼란. 이 참을 수 없는, 존재의 가려움.

손보미의 「산책」은 한 개의 액자에 또다른 두 개의 액자가 들어 있는, 독특한 스토리의 삼중 구조가 우선 흥미롭다. '거짓말'은 그 세 이야기를 하나로 엮어주는 키워드이다. 여기서 핵심은 그들 각자 이야기의 진위성 여부 자체가 아니라, 불신 혹은 소통 불능의 벽에 대한 질문에 있다고 보아진다. 스스로 벽에 갇힌 자의 욕망이란, 실은 타인과 세계까지도 자신의 벽 안에 가두려는 폭력적이고 맹목적인 욕망에 다름아니다. 본디 소통 불능은 '나와 타자' 간의 문제이기 이전에 대부분 '나의 내면'의 문제인 까닭이다.

하성란 _ 소설가

젊은작가상의 후보 대상이 등단 십 년 차 이내인 작가들의 소설이라는 것을 새삼 확인하는 순간, 소설가 A가 떠올랐다. 오래전, 한 해 먼저 등단한 그와 길게 전화 통화를 한 적이 있다. 그가 불쑥, 일단 시작을 했으니 십 년은 열심히 써야 한다고 말했는데 묘하게 말끝을 눙쳐 그게 나에게 한 말인지 자신에게 한 말인지 알 수 없게 되어버렸다. 왜 십 년일까, 누가 그 시기를 정해놓기라도 했나, 의문이 들면서도 문득문득 햇수를 헤아렸다. 그사이 나보다 앞서 십 년을 채운 그가 홀연 자취를 감추었다.

유행가 가사 같지만 젊은 작가 시절에는 젊은 작가라는 것을 몰랐다. 뭘 쓸까, 어떻게 써야 하나, 눈치만 보았다. 무엇보다 유치하다는 말을 들을까봐 걱정했다. 그때 내가 젊은 작가만의 특권을 누릴 수 있었다면…… 달라졌을까……

어쩌다보니 이번 젊은작가상 심사평의 시작을 이렇듯 사적인 소회를 푸는 걸로 시작하고 말았다.

기준영의 「이상한 정열」은 여운이 길게 남는 소설이었다. 오래전 말희에게 구애했다가 거절당한 무헌이 이십여 년 만에 그녀와 조우한다. 이상하게도 그날 열이 나면서 하룻밤 새 삼 킬로그램이나 체중이 줄었다. 무헌에게 다시 사랑이 시작된 것이다. 말희의 태도도 이상하다. 전화도 잘 받아주지 않으면서 그렇다고 매정하게 무헌을 거절하는 것도 아니어서 몇 번의 만남 끝에 그들은 하룻밤을 같이 보내게 된다. 이쯤 되면 말희도 뭔가 달라져야 하는데 일방적으로 무헌의 정열만 커간다. 이 이상한 정열은 말희의 집 거실에서 무헌이 말희의 남편과 만나는 해프닝으로 끝이 난다. 하지만 정말 그것으로 끝이 난 것일까? 이 소설을 '이상하게' 하는 것은 무헌의 정열을 전달하는 서술자의 무심한 목소리이다. 또한 삶이 덧없다는 말도 무용하다는 것을 아는 우리들이다. 당사자인 무헌도 그걸 알고 있다. 그렇기에 그의 신체의 장기들은 그의 정열을 감당할 수 없어 열이 나는 것이다. 열에 들떠 갈팡질팡, 말라가면서도 정말 이게 이상한 거냐고 묻고 있는 것이다.

「쿤의 여행」은 좀비나 사이보그 등의 소재로 글을 써온 윤이형의 윤이형다운 소설이다. 우무나 곤약처럼 물컹거리는 성질의 쿤은 사람에게 달라붙어 그 사람과 똑같은 모습으로 자라고 늙어간다. 사람이 숙주처럼 보이지만 어느 순간 쿤이 숙주처럼 보이는 것도 흥미롭다. '나'는 제대로 자신의 삶을 살기 위해 그 쿤을 수술로 떼어내고 열다섯 살 모습으로 돌아간다. 이미 한번 살아본 삶이지만 쿤이 살아준 삶은 내게 녹록지 않다. 일단 몸이 자라지 않는다. 소설 말미, 아버지의 무덤 앞에 선 나의 독백이 울림 있게 다가왔다. 아버지 역시 쿤과 함께 살다가 죽은 뒤에야 분리되어 작은 몸으로 묻혔다. "괜찮아요, 자라지 않아도." 자의든 타의든 성장해야만 한다는 강박이 있는 우리로서는 위로를 받는 부분이다. 자라지 않으면 좀 어떤가. 때론 잔혹하고 때론 엽기적인 윤이형의 소설 속에서 반짝 이렇게 달팽이의 속살 같은 문장을 발견할 때가 나는 좋다.

손보미의 「산책」을 읽는 동안 작가에게 꼬리표처럼 따라다니던 번역투의 문장은 아예 생각하지 못했다. 그것에서 자연스럽게 벗어나는 과정일 수도 있고 어쩌면 아예 손보미만의 것으로 만들어버린 것일 수도 있을 것이다. 아무튼 그 이야기는 이제 중요하지 않다. 아버지의 이야기를 통해 등장하는 젊은 커플이 매력적이었다. 한 달에 두 번, 정해진 시간에 가출한 집에 찾아오지만 집의 초인종을 누르지 못한 채 근처 놀이터에서 시간을 보내다 가는 커플. 그 커플 때문에 밤에 산책을 간다는 아버지의 말을 딸은 믿지 않는다. 깊은 밤 아버지는 대체 어디에 다녀오는 것일까. 대체 그 밤에 누구를 만나 무슨 짓을 하다 오는 것일까. 그 의심은 자신이 출장 간 사이에 귀가하지 않은 남편에게까지 이어진다. 대체 무엇을 하는 것일까. 왜 내게 거짓말을 하는 것일까. 의심이 생기는 순간 진실은 중요하지 않다. 이때 나와 가장 가깝다고 생각되는 가족은 한 번도 본 적 없는 타인이 되는데 그 절묘한 지점을 손보미는 기가 막히게 잘 찾아내는 듯하다.

"장갑에 달린 고리가 반짝하고 흔들리면서 사방으로 빛이 튀"는 걸 보는 것만으로 어떤 사랑은 시작되기도 한다. 일정한 방향으로 흐르던 파동이 다른 표면을 만나 다른 곳으로 방향을 바꾸는 것이 반사라고 할 때 남자의 사랑이 엉뚱하게도 자신의 사촌 형수가 될 여인에게 가 박히는 것도 무리는 아닐 것이다. 그녀를 마음에 두고 있으니 그녀와 비슷하게 생긴 다른 여자에게 관심이 가는 것도 당연한 것이다. 바로 최은미의 「창 너머 겨울」이다. 나는 개인적으로 이 작품에 반했다. 허투루 사용하고 버리는 디테일이 없다는 것에 놀랐다. 이것은 작중인물들에게도 해당되어 작가는 가감 없이 인물들을 그려내는데 별 노력 없이도 그 장면이 눈앞에 그려지고 종잡을 수 없는 인물 내면의 흐름이 한눈에 보인다. 소설의 압권은 죽어가고 있는 아버지에 관한 장면이다. 아버지의 중심부를 얽고 있는 어떤 실, 죽음의 낌새를 알아챈 균사체들이 벌써 뿌리를 내리기 시작했다. 아버지에게는 살고자 하는 의지도 죽고 싶은 욕망도 없다. 그 상태의 아버지를 괴롭히고 있는 것은 바로 중심부에 뿌리내린 곰팡이들로 인한 간지러움이다. 죽음과 삶 위에 버티고 선 것이 간지러움이라니, 기껏 간지러움이라니.

하성란

최은영의 「쇼코의 미소」는 이 작가의 등단작이다. 젊은작가상 후보작 중에서는 유일한 중편소설이기도 하다. 이제 막 한 편을 발표한 신인이기에 작가에 대한 정보가 전무한 상태에서 소설을 읽었다. 소설 속 단편영화를 두 편 찍은 예비 영화감독이 혹시 작가의 분신일까, 라는 생각을 잠깐 했다. 이 소설의 미덕은 바로 이 작품이 이 작가의 등단작이라는 데 있을지도 모른다. 그 나이의 작가라면, 첫 소설이라면, 소설을 쓰기 위해 습작을 해온 작가라면, 작가는 아마도 심사위원의 시선을 빼앗을 만한 소재와 문장으로 소설 도입부부터 공을 들였을 것이다. 그런데 이 소설은 아무런 기교도 없이 마치 주인공의 일기장을 보여주듯 담담하게 흘러갈 뿐이다. 조금은 싱겁다 생각했는데 어느새 그 담담함에 매료되고 말았다. 소설이란 거창한 그 무엇이 아니라 소소한 우리 삶의 기록에서 출발한다는 것을 작가는 잘 알고 있는 듯했다.

조해진의 「빛의 호위」는 이미 여러 상의 후보작으로 올라 작품의 완성도에 대해서는 더 할말이 없을 듯하다. 심사위원 중 한 분이 "격조 있는 소설"이라는 말씀을 하셨는데 다들 그 말에 동의했다. 문득 '격조 있는 문학'이란 말을 들은 게 아주 오래전이라는 생각이 들었다. 나는 작가가 문학에 대해 품고 있는 그 마음 자세가 좋았다. '고전적'이라는 말을 쓰고 싶지만 자칫 낡은 것이라는 오해를 부를까봐 하지 않겠다. 우리가 고전적이라고 부르는 것, 그것은 기원이다. 첫발을 떼는 곳이다. 모든 변화는 바로 그 자리에서 시작된다. 그런데 새로움을 내세우며 그것을 지키지 않는 경우를 종종 보았다. 스노우볼 속의 눈 내리는 풍경을 들여다보듯 문장을 음미했다. 그러자 선율이 귓가를 맴돌았다. 그런데 이건 무슨 억하심정일까. 불현듯 스노우볼을 깨뜨리고 싶다는 생각이 들었다. 글리세린이 섞인 물이 쏟아지고 고요한 유리구슬 속 마을의 평화는 끝날 테지만 세상의 잡다한 소음들이 흘러들어가 왁자지껄해질 것이다.

황정은의 「상류엔 맹금류」를 읽으면서 나는 작가가 아주 자연스럽게 한 세계를 넘고 있다는 인상을 받았다. 그것도 다른 누군가의 스타일이 아니라 바로 황정은의 스타일로 황정은의 스타일을 넘고 있다는 느낌. "제희의 이름은 제희"이다. 다들 재희로 알아들어 제희가 꼭 부가설명을 해야 하는 이름이다. 어쩌면 제희가 재희가 아닐 때부터 이미 모든 관계들의 핀트가 틀어지기 시작했는지도 모른다. '나'는 남자친구인 제희의 병에 걸린 아버지와 아버지 간병으로 피곤에 찌든 어머니와 함께 추억에 남을 소풍을 떠나기로 한다. 장소는 수목원이다. 산기슭을 따라 난 길을 따라 조금씩 정상을 향해 올라갈 것이다. 그들은 검은 물이 흐르는 계곡 옆에서 도시락을 먹는다. 상류 쪽으로 가보려 하지만 어머니가 헛발을 딛는 바람에 포기하기로 한다. 그 검은 물이 다름아닌 상류의 맹금류 축사에서 흘러나온 오물이라는 것을 깨닫는 데는 오랜 시간이 걸리지 않는다. 그 사실을 그들에게 알려 산통을 깨는 건 바로 '나'이다. 가족의 일원이 되리라 믿어 의심치 않던 '나'이다. 오래전부터 상류는 맹금과 맹수 들의 것이었다. 진작에 알고 있는 그 진실이 더 쓰고 비리게 다가오는 것은 소풍이라는 장치 때문일 것이다. 망친 소풍에 대한 기억은 잘 사라지지 않기 때문일 것이다.

심사를 하면서 나는 이상하게도 들떴다. 소설을 다 읽은 뒤에도 묻히고 흐려지는 작품이 많지 않았다. 두서없이 이미지들이 떠올랐다. 볼을 부풀려가며 튜브를 불고 있는 청년, 어린 소녀인 어머니의 손을 잡고 어디론가 걸어가는 중년 남자, 불쑥 김수동! 하고 외치고도 싶었다. 그것은 기이한 경험이었고 오랜만에 느껴보는 신선함이었다. 그들의 십 년에 빗대 나는 다가올 우리의 십 년에 대해 생각했다. 마침 A도 돌아왔으므로.

문학동네 젊은작가상 수상작품집
2014 제5회 젊은작가상 수상작품집

1판 1쇄 2014년 4월 23일
1판 11쇄 2022년 10월 17일

지은이 황정은 조해진 윤이형 최은미 기준영 손보미 최은영
책임편집 김내리 | 편집 김고은 정은진 조연주
디자인 김마리 유현아
마케팅 정민호 이숙재 박치우 한민아 이민경 안남영 왕지경 김수현 정경주
브랜딩 함유지 함근아 김희숙 고보미 박민재 박진희 정승민
제작 강신은 김동욱 임현식 | 제작처 영신사

펴낸곳 (주)문학동네 | 펴낸이 김소영
출판등록 1993년 10월 22일 제2003-000045호
주소 10881 경기도 파주시 회동길 210
전자우편 editor@munhak.com | 대표전화 031) 955-8888 | 팩스 031) 955-8855
문의전화 031) 955-3578(마케팅) 031) 955-8864(편집)
문학동네카페 http://cafe.naver.com/mhdn
인스타그램 @munhakdongne | 트위터 @munhakdongne
북클럽문학동네 http://bookclubmunhak.com

ISBN 978-89-546-2447-3 03810

www.munhak.com